청년의 꿈

# 박태준

**PARK TAE-JOON**

궁핍시대에서 융성시대까지 철교를 놓다

청년의 꿈
박태준

이대환 지음

PARK TAE-JOON

아시아

1953년 여름, 6·25전쟁이 휴전으로 멈춘 즈음에 멀쩡히 살아남은 한 청년 장교가 자신의 영혼에다 조각칼로 파듯이 좌우명을 새겼습니다. '짧은 인생을 영원 조국에.', '절대적 절망은 없다.' 1969년 광복절, "철강산업을 일으켜 국가 건설의 초석이 되겠다. 그것이 내가 한국 땅에 태어난 뜻이다." 이 불굴의 의지를 태우며 대일청구권자금 일부를 포항종합제철(포스코) 건설 자금으로 전용하기 위해 일본 내각의 각료들을 만나러 뜨거운 도쿄 거리를 뛰어다닌 '맨손의 한 젊은 사장'이 있었습니다. 1977년 5월, 조업과 건설을 동시에 감당해 나가는 영일만 포항제철에서 절박한 목소리로 외치는 한 아버지가 있었습니다. "우리 세대는 다음 세대를 위해 순교자적으로 희생하는 세대다." 1992년 가을, 세계 최고의 최신예 제철소로 우뚝 자리 잡은 광양만 광양제철에서 감회 벅찬 가슴으로 약속을 거는 한 리더가 있었습니다. "국민 여러분의 끊임없는 사랑을 바탕으로 어떤 어려움이라도 헤쳐 나가면서 기필코 다음 세기의 번영과 다음 세대의 행복을 창조하는 국민기업의 지평을 열어갈 것입니다." 2011년 한가위 무렵, 포항제철 초창기부터 현장에 근무했던 퇴직사원 370여 명과 19년 만에 재회해 젖은 목소리로 감사와 위로를 보내는 한 노인이 있었습니다. "우리의 추억이 포스코 역사와 조국 현대사에 별처럼 반짝이고 있으니, 그것을 우리 인생의 자긍심으로 간직합시다." 바로 그가 박태준이었습니다. 박태준은 도무지 녹슬 줄 모르는 그 좌우명, 그 의지, 그 정신의 나침반을 따라 치열하게 삶의 길을 개척하며 조금도 벗어나지 않는 일생을 완주했습니다.

안녕하세요?

청년의 문턱을 넘어선 귀
하의 빛나는 청춘에 축하를
보냅니다.

이제는 아득히 멀어져버린
학창시절에 읽었던 민태원
작가의 수필 「청춘예찬」이

「박태준 초상」(변종곤 작) 곁에 선 장옥자 여사 (2014년 11월)

희미하게 떠오릅니다. 원대한 이상을 품고 거기에 도전하는 일이야말로 청년의 특
권이며 인생의 고귀한 가치가 아닐까요?

나는 대학을 졸업한 청춘시절에 박태준이란 청년과 결혼한 때로부터 비바람이
몰아치든 눈보라가 휘날리든 필생의 동반자로 함께 삶의 길을 완주했습니다. 그래
서 이 책의 주인공을 누구보다 잘 알기에 이 책을 청년에게 인생의 참고서로 추천
할 수 있습니다. 청년시대를 지나가는 내 손주들에게도 같은 말을 해줍니다.

고난을 영광의 거름으로 만드는 것은 사람의 정신입니다. 순정한 정신을 키우고
또 그 힘을 믿기 바랍니다.

박일석의 할머니 장옥자

# 차 례

# 작가의 말

 1959년 크리스마스이브, 영국 BBC가 〈a far Cry〉라는 40분짜리 다큐멘터리를 방영했습니다. 〈머나먼 울음〉으로 번역하면 좋을 그것은 배고픔에 시달리며 헐벗은 한국 아이들의 비참한 실상을 그대로 영국 사람들에게 알려줬습니다. 엔딩 화면의 마지막 말이 무엇인지 아세요? "이 아이들에게 희망은 있는가?", 이것이었습니다.

 나는 '58개띠'입니다. 전후 베이비붐 시대, 1958년생이지요. 포항시 송정동, 영일만 갯마을에서 태어나고 자라 초등학교 4학년 초가을에 온 동네 이웃들이 다 뿔뿔이 헤어지며 고향을 상실했습니다. 포항제철(포스코)에게 터를 내주는 강제이주였습니다. 그때 우리 마을에는 '제선공장' '제강공장' '열연공장' 같은 깃발이 나부끼고 있었답니다. 이별의 슬픔에 젖었던 아이들은 그게 무슨 뜻인지 까맣게 몰랐습니다. 나는 고등학생 때 제선공장이 용광로라는 것을 알게 되었지만, 그 깃발들이 내가 걸음마를 배우던 시절에 BBC가 마치 한국의 절망적인 미래를 예단하듯이 던져놓은 한마디 질문에 대한 대답이었다는 사실은 더 긴 세월을 살아본 다음에야 깨달았습니다. "한국에 희망이 있느냐고? 그래, 여깄다. 어디 한번 지켜봐라." 이런 대답이 그 깃발들이었던 거지요. 어쩌면 소리 없는 아우성처럼 나부낀 그것은 박태준 선생과 그의 동지들이 영혼을 걸고 맹세하는 떨림이었는지 모릅니다. 2021년 7월 UNCTAD(국제연합무역개발회의)가 창립 70년 만에 처음 대한민국을 미국·영국·독일·프랑스 같은 선진국 그룹에 포함시킨다고 공식적으로 결정했잖아요? 그분들은 거의 모두 타계했지만, 그분들이 앞장선 가운데 그분들 세대가 실제로 선진국 기반을 만들었던 겁니다.

2004년 12월에 나는 『박태준 평전』을 펴냈습니다. 870쪽 넘는 두꺼운 책이어도 미완이었지요. 선생은 2011년 12월에 유택을 마련했으니까요. 그래서 2016년 12월 선생의 서거 5주년을 맞아 다시 '세계 최고의 철강인'이란 수식을 붙인 『박태준 평전』을 펴냈습니다. 완결증보판이니 더 두꺼워져 1,100쪽이 넘습니다. 그동안 『박태준 평전』은 중국어판, 베트남어판으로 번역·출간되었습니다.

유럽에는 일찍부터 평전을 귀중히 여기는 전통이 확립되었는데, 왜 작가가 평전 (전기문학)도 써야 할까요? 왜 평전은 존재해야 할까요? 나는 2010년 베트남어판 박태준 평전 『철의 사나이 박태준』 '작가 후기'에 이렇게 밝혀뒀습니다.

고난의 시대는 영웅을 창조하고, 영웅은 역사의 지평을 개척한다. 그러나 인간의 얼굴과 체온을 상실한 영웅은 청동이나 대리석으로 만든 우상처럼 공적(功績)의 표상으로 전락하게 된다. 이 불행한 그의 운명을 막아내려는 길목을 지키는 일, 그를 인간의 이름으로 불러내서 인간으로 읽어내고 드디어 그가 인간의 이름으로 살아가게 하는 일, 이것이 전기문학의 중요한 존재이유의 하나라고, 나는 생각한다.

이 평전의 주인공이 어떤 탁월한 위업을 남긴 인물로만 기억되는 것을 나는 강력히 거부합니다. 그의 고뇌, 그의 정신, 그의 투쟁이 반드시 함께 기억돼야 한다는 뜻입니다. 이것이 국가, 민족, 시대라는 거대한 짐을 짊어지고 필생에 걸쳐 그 길을 헤쳐 나아간 인물에 대한 동시대인과 후세들의 기본예의라고 믿습니다.

2021년 12월은 박태준 선생 서거 10주기입니다. 비로소 나는 십여 년 전에 써뒀던 '청년을 위한 박태준 평전'의 원고를 꺼냈습니다. 오래 잠을 재웠으니 얼굴도 씻기고 머리도 감겼습니다. 벌써 두 해에 걸쳐 지구촌을 억압해오는 코로나19 대

유행이 선생을 추모하는 수많은 사람들의 한자리 모임이나 학술대회를 훼방하지만, 포항시립미술관은 9월 중순부터 넉 달 동안 선생을 추모하는 특별기획전 〈신화를 담다-꺼지지 않는 불꽃〉을 열고, 부산시 기장군은 12월부터 선생의 고향마을에 세운 '박태준 기념관'을 개관합니다.

박태준 선생 서거 10주기를 기리며 청년의 꿈과 청년의 길을 다시 생각해본 이 책에는 주인공을 그리워하는 평전 작가의 마음도 배어 있습니다. 인생, 이 미지(未知)의 길에 '존경하는 인물'을 보듬은 것은 마치 캄캄한 밤길에 손전등을 들고 있는 행운과 같지 않을까요?

2021년 늦가을에
이 대 환

# 하노이에서 길을 가리키다

　2010년 1월 하순, 박태준은 3박4일 계획으로 베트남 하노이를 방문합니다. 마침 하노이 시가지에는 '수도 천 년'의 경축 현수막들이 축제 분위기를 자아내고 있었습니다. 1010년 리타이또 황제 시절에 처음 수도로 지정된 이래 천 년째 베트남의 중심을 지켜내느라 오욕과 영광을 간직한 하노이. 오욕은 중국, 프랑스, 미국이 남

2010년 1월 하노이대우호텔에서 열린 베트남어판 평전 『철의 사나이 박태준』 출판기념회에서 인사말을 하는 박태준

긴 침략의 상처이고, 영광은 그들을 차례로 물리친 자부심이지요.

그는 하노이 중심가의 '하노이대우호텔'에 여장을 풀었습니다. 생애 네 번째로 베트남을 찾은 목적은 베트남 쩨 출판사가 번역·출간한 평전『철의 사나이 박태준』출판기념회 참석과 국립하노이대학교 특별강연이었습니다.

1월 28일 저녁 하노이대우호텔에서 열린 출판기념회에는 베트남 정부의 고위 관료들, 대학 교수들, 철강업계 인사들, 베트남 주재 한국대사를 비롯해 현지 한국 기업인들이 식장을 가득 메웠습니다. 이튿날 오전 11시, 국립하노이대학교 강당에는 총장, 보직 교수들과 함께 오백여 대학생들이 앉아 있었습니다. 문단별 순차 통역으로 진행된 박태준의 연설은 여든세 살의 노인이 아니라 현역 지도자처럼 패기와 열정이 넘쳤습니다. 베트남과 한국, 아니 세계의 청년에게 던지는 그의 사상이 응축돼 있었습니다. 자신이 걸어온 삶의 길도 외줄기처럼 드러났습니다. 모두가 몰입한 한 시간이 쏜살처럼 지나가자 벌떡벌떡 일어선 젊은이들이 힘차게 기립박수를 쳤습니다. 환호성도 질렀습니다. 통역을 맡았던 한국어 전공 여성 교수가 촉촉한 눈빛으로 털어놓았습니다.

"빌 클린턴 전 미국 대통령, 장쩌민 전 중국 주석, 그리고 얼마 전에는 이명박 한국 대통령이 하노이대학에서 강연을 했고, 저는 그분들의 고귀한 말씀들을 다 경청했습니다. 그러나 오늘 박태준 선생님처럼 저의 가슴을 울려주진 못했습니다."

과연 박태준의 어떤 말이, 어떤 정신이 베트남 젊은 엘리트들의 푸른 영혼에 감동의 물결을 일으켰을까요?

인간의 큰 미덕은 인생과 공동체의 행복에 대해 사색하고 고뇌하며, 실천의 길을 모색하는 것입니다. 내가 이 자리에 선 이유는, 한국의 경제개발 경험을 말하려는 것이 아닙니다. 파란만장한 격동을 헤치고 나온 경험을 바탕으로, 젊은 엘리트 여러분과 더불어 다시 한 번 인생과 역사를 성찰해 보자는 것입니다.

역사에는 특정한 세대가 감당하는 시대적 고난이 있습니다. 그것은 개인의 인생에도 심대한 영향을 끼치고, 그 세대의 운명이 되기도 합니다. 여기서 우리는 한국과 베트남의 20세기를 비교하면서 특정한 세대의 운명에 대해 생각해 봅시다.

이렇게 강연의 방향을 가리킨 박태준은 한국과 베트남의 20세기에 대한 비교와 특정한 세대의 운명에 대한 생각으로 나아갑니다.

나는 1927년에 태어났습니다. 한국의 우리 세대는 일본식민지 상태에서 유년시절과 학창시절을 보내고, 청년시절에 해방을 맞았습니다. 그러나 한반도는 불행했습니다. 세계적 냉전체제의 희생양으로, 남북분단이 확정된 것이었습니다. 분단은 곧 엄청난 전쟁으로 이어지고, 그 전쟁이 다시 휴전선이라는, 지구상에서 가장 살벌한 대결의 철책을 만들었습니다. 그때 한반도에 남은 것은 민족 간의 적개심과 국토의 폐허, 국가의 빈곤과 인민의 굶주림, 그리고 부패의 창궐이었습니다.

한국전쟁에 청년장교로 참전하여 '우연히, 운이 좋아서' 살아남은 나는 인생과 조국의 미래를 숙고하지 않을 수 없었습니다. 폐허의 국토를 어떻게 재건할 것인가? 우리 민족을 천형(天刑)처럼 억눌러온 절대빈곤을 어떻게 극복할 것인가? 미국과 서구가 자랑하는 근대화를 어떻게 이룩할 것인가? 이 시대를 나는 어떻게 살아야 하는가? 이 질문들에 골몰하는 중에 맨 먼저 좌우명을 결정했습니다. 그것은 두 가지였습니다.

'짧은 인생을 영원 조국에!'

'절대적 절망은 없다.'

돌이켜보면, 그 좌우명은 내 필생의 나침반이었습니다. 지금 이 순간에도 그것은 흔들리지 않습니다. 그 길을 따라 걸어온 내 삶의 여정(旅程)에 대해 어떤 후회도 없습니다.

한국정부가 경제개발의 깃발을 올린 1961년, 한국은 1인당 국민소득 70달러로, 세계에서 가장 가난한 나라였습니다. 당시 경제개발계획에 참여했던 나는 1968년부터 종합제철 건설과 경영의 책임을 맡았습니다. 자본과 자원이 없고, 경험과 기술이 없는 전무(全無)의 상태에서 포항제철이라는, 포스코라는 종합제철을 시작하여, 5년쯤 지나 어느 정도 기반을 잡은 다음, 나는 동지들에게 이렇게 말했습니다.

"우리 세대는 순교자처럼 희생하는 세대다. 우리 세대의 순교자적인 희생 위에서 다음 세대가 세계로 뻗어나갈 수 있다. 포스코는 다음 세대의 행복과 21세기조국의 번영을 위해 존재하는 회사다."

나의 동지들과 우리 세대가 설정한 시대적 목표는 '조국 근대화'였습니다. 그것은 우리 세대가 짊어진 폐허와 빈곤, 부패와 혼란을 극복하여 번영과 복지와 민주를 실현하려는 시대적 좌표였고, 마침내 우리는 근대화에 성공했습니다. 제2차 세계대전 후 탄생한 신생 독립국들 중에 거의 유일하게 산업화와 민주화를 동시에 성취했습니다. 산업화세력과 민주화세력이 마치 역사의 동일한 무대에 공존할 수 없는 듯이 갈등하고 대립했지만 실제로는 상호보완을 해왔던 것입니다. 산업화와 민주화는 모순관계가 아니었습니다. 상보관계였습니다. 물적 토대가 없는, 경제적 뒷받침이 허술한 민주주의는 든든할 수 없습니다. 고난의 시대를 영광의 시대로 창조했다고 자부할 수 있는 우리 세대는 그러나 후세에 엄청난 과제도 넘겨야 했습니다. 바로 남북분단입니다. 남북화해와 평화통일, 이 무거운 짐을 다음 세대에 넘겨주게 되어, 나는 참으로 가슴 아픕니다.

베트남을 이끌어나갈 여러분.

지난 백여 년 동안, 베트남에도 각 세대가 감당한 시대적 고난이 있었습니다. 편의상 여러분의 할아버지 할머니 세대, 아버지 어머니 세대, 그리고 여러분 세대, 이렇게 삼대로 나누어 봅시다.

"자유와 독립보다 더 중요한 것은 없다."

호치민 선생의 말씀입니다. 여러분의 조부모 세대는 그 말씀을 실현한 세대입니다. 헤아릴 수 없는 희생과 고통을 넘어서야 했지만, 당신들의 숙명적인 비원이요 과제였던 자유와 독립을 쟁취했습니다. 그러나 1954년 7월에 베트남은 북위 17도선에서 분단되었습니다. 그때 어린아이였을 여러분의 아버지와 어머니는, 통일로 가는 기나긴 전쟁이 자기 세대의 운명이 될 줄은 몰랐을 것입니다. 그분들은 예견하지 못했던 자기 세대의 참혹한 운명을 감당하게 되었으며, 드디어 1975년 4월에 종전과 통일을 선언할 수 있었습니다.

여러분의 부모 세대는 휴식을 누릴 여가도 없었습니다. 전쟁에서 살아남은 사람들에게는 조국재건의 새로운 책무가 기다리고 있었기 때문입니다. 덩샤오핑의 중국이 개방의 길을 선도하고, 베트남은 1986년에 개방의 길을 택했습니다. 그것은 일대 혁신이었습니다. 모든 혁신에는 다소간 혼란과 시행착오가 동반되기 마련이지만, 나는 베트남 지도부가 현명한 선택을 했다고 판단합니다. 1992년에 나는 하노이를 방문해 개방을 이끄는 두 모이 당서기와 만나 깊은 대화를 나누고 여러 가지 협력방안을 강구하기도 했습니다. 이 자리에서 언급하자니 더 아픈 일입니다만, 개방을 거부한 북한의 오늘은 나를 슬프게 만듭니다.

베트남은 한국보다 종전이 늦어진 그만큼 경제재건의 출발이 늦어졌습니다. 그러나 베트남은 통일국가이고, 한국은 분단국가입니다. 이 자리의 '여러분 세대'는 선배 세대로부터 '자유와 독립의 통일국가'라는 위대한 기반을 물려받았습니다. 그 기반 위에서 '여러분 세대'의 시대적 목표가 설정되어야 합니다. 현재 한국의 젊은 세대에게 '평화통일과 일류국가 완성'이라는 시대적 목표가 피할 수 없는 운명으로 주어져 있다면, 베트남의 젊은 세대에게는 '경제부흥과 일류국가 완성'이라는 피할 수 없는 운명이 주어져 있습니다. 통일 문제를 고려할 경우에는, 베트남의 젊은 세대보다 한국의 젊은 세대가 더 무거운 시대적 과제를 짊어졌다고 하겠습니다.

경제부흥과 일류국가 완성, 물론 이것은 분리할 수 없습니다. 인민의 행복, 찬란한 문화, 평화 애호라는 일류국가의 기본조건은 경제적 기반, 물적 토대 위에서 성립되기 때문입니다. 그럼에도 불구하고 지금 여기서 내가 경제부흥을 별개로 내세운 것은, 물적 토대 구축을 중시해야 한다는 강조인 동시에, 베트남의 젊은 세대에게는 경제부흥의 길이 활짝 열려 있다는 것을 강조하기 위해서입니다.

여러분의 조부모 세대는 특히 세계와 소통하기에 곤혹스러웠습니다. 1910년 6월에 스무 살의 청년이었던 호치민 선생이 프랑스 기선의 주방보조로 취직해 사이공에서 프랑스로 갈 때, 얼마나 걸렸습니까? 최소한 몇 주는 걸렸다고 합니다. 그 뒤 그분은 비슷한 방식으로 약 2년간 유럽, 아시아, 아프리카, 아메리카 등 세계 곳곳을 돌아다니며 혁명적 인생의 초석을 놓았습니다.

이 자리의 여러분이 세계 견문에 나선다면 어떻게 되겠습니까? 바다의 시간을 하늘과 육지의 시간으로 바꾼다면 2년이 아니라 2개월에 가능할 것입니다. 인터넷을 이용하면 또 어떻게 되겠습니까? 필요한 정보와 상식적인 지식만 수집하기로 한다면, 겨우 2시간에 해결할 것입니다.

교통수단과 정보통신기술이 발달해 여러분 세대를 결정적으로 지원하는 가운데, 여러분 세대는 귀중한 경험들을 쉽게 구할 수 있습니다. 예를 들어, 개발도상국가가 어떤 정책을 어떻게 써야 하는가? 이 질문에 대한 경험론적이며 총체적인 답변은 한국에도 있고, 여러분은 얼마든지 공부하고 연구할 수 있습니다.

**그리고 박태준은 교육과 개인의 가치관이 얼마나 중요한가를 역설합니다.**

여기서 문제는 국가의 인재육성 정책, 그리고 개개인의 삶에 대한 자세입니다. 인재육성과 국가의 명운이 직결된 사례를 일본에서 찾아봅시다. 아시아에서 가장 먼저 근대화에 성공한 일본이 20세기 전반기에 동아시아에서 저질렀던 역사적 죄업을 우리는 명백히 기억하고 있지만, 그때 일본의 부국강병은 인재육성과 밀접한 관계에 있었다는 점을 알아야 합니다. 메이지유신 무렵부터 일본은 젊은 이들을 서구와 미국으로 유학 보내고 있었던 반면, 한국은 국가의 문을 걸어 잠그는 쇄국정책을 고집하면서 근대적인 인재육성에 태만했고, 이는 한국이 자주적 근대화에 좌절한 요인의 하나였습니다.

여러분의 호치민 선생은 험난한 전쟁 중에도 전후 베트남의 재건에 대비하여 인재들을 해외로 보냈습니다. 조국에 죄를 짓듯이 미안해하는 그 젊은이들에게 "여러분에게는 공부가 바로 전쟁"이라는 가슴 뭉클한 격려의 말씀도 하셨습니다. 통일 베트남에는 그때 유학을 하고 돌아온 인재들이 각계에서 중요한 역할을 했을 것으로 생각합니다. 가장 혹독한 시기에도 인재육성을 잊지 않았던 베트남은 이제 경제부흥과 일류국가 건설의 새로운 국가적 목표에 따라 인재육성에 더 큰 힘을 기울여야 할 것입니다.

나는 개개인의 삶에 대한 자세를 강조하지 않을 수 없습니다. 여러분에게 반드시 들려주고 싶은 내 경험의 하나이기도 합니다. 세계 어느 나라를 막론하고, 한 나라가 일어서는 과정에 무엇보다 중요한 전제조건은 지도층과 엘리트 계층이 부패하지 않고 당대의 분명한 비전을 제시하는 것입니다.

물질적 유혹에 약한 것이 인간입니다. 인간은 강철처럼 강인하기도 하지만, 땡볕에 내놓은 생선처럼 부패하기도 쉽습니다. 그래서 부패는 인간 정신의 문제입니다. 권력을 잡은 지도층이나 엘리트 계층에 속한 인간이 부패하지 않는 것은 자기 정신과의 부단한 투쟁의 결실입니다. 역사 속의 모든 위인은 끊임없이 자기 정신과 투쟁했습니다. 여러분이 훌륭한 지도자로 성장할 꿈을 간직하고 있다면, 지금부터 자기 정신과의 투쟁을 시작해야 합니다. 젊은 날의 신념이 필생을 이끌어가는 나침반이 되기 때문입니다.

나는 지도층과 엘리트 계층이 당대의 비전을 제시해야 한다고 주문했습니다. 그러나 자기 인생의 미래를 설계해보지 않은 청년은 지도자가 될 수 없을 뿐만 아니라, 우연한 기회에 지도자가 된다고 해도 당대의 비전을 제시할 수 없습니다. 나는 한국 젊은이와 만난 기회에는 "10년 뒤의 자기 모습을 그려보라"는 충고를 빼먹지 않았습니다. 지금 여기서 똑같은 충고를 해주고 싶습니다. 여러분은 10년 뒤의 자기 모습을 그려놓고 있습니까? 만약 그려놓았다면, 치밀하고 열정적으로 그 길을 가야 합니다. 만약 그려놓지 않았다면, 몇날 며칠을 지새우더라도 10년 뒤의 자기 모습부터 그려야 합니다. 그리고 여러분 개개인의 비전이 모여서 베트남의 새 지평을 열게 된다는 사실도 명심하기 바랍니다.

마지막으로 박태준은 간곡하게 부패 경계와 자신감을 당부합니다.

이제 약속된 시간이 다 되었습니다. 오늘 여러분에게 선물한 『철의 사나이 박태준』이라는 책에 나오는 한 문장을 들려주고, 내 말을 마칠까 합니다. 책에서는 본문의 마지막 문장인데, 지난 2009년 9월, 어느 인터뷰에서 오늘날의 베트남을 위해 조언해달라는 권유를 받았을 때, 나는 책에 나온 그대로 답변했습니다. 그것을 읽겠습니다.

"개발도상국이 경제발전을 추진하는 과정에서 가장 중요한 힘은, 지도층이 부패하지 않는 것과 인민의 자신감입니다. 베트남에는 20세기의 세계 지도자들 중에 가장 청렴했던 호치민 선생이 국부로 계시고, 프랑스와 미국을 물리친 자부심과 자신감이 있습니다. 문제는 그 위대한 정신적 유산을 국가의 부강과 인민의 행복을 성취하기 위한 저력으로 활용하는 일입니다. 모든 역사에는 기복이 있지만, 지도층과 인민이 위대한 정신적 유산을 공유하고 그 바탕 위에서 합심한다면 반드시 일류국가를 만들 수 있다고 확신합니다."

오늘 여러분과의 만남을 오래 기억할 것입니다. 여러분 세대의 시대적 과제를 운명처럼 짊어지고 당당히 나아가는 여러분의 앞날에 행운이 함께하기를 빌며, 베트남의 무궁한 발전과 베트남 인민의 행복을 기원합니다.

역사적 진실과 자신의 체험에서 우러난 열정으로 베트남 젊은 엘리트들의 눈물샘을 자극하며 인생의 길을 가리킨 '세계 최고 철강인' 박태준. 그런데 이때 그의 늙은 몸에는 소리 없이 '나쁜 일'이 진행되고 있었습니다. 아홉 해 전쯤에 목숨을 걸고 폐 밑의 큼직한 물혹을 적출했는데, 그 지점에 다시 그놈이 돋아난 것이었습니다. 재발이었지요.


# 영혼에 맺힌 영롱한 말


2001년 7월 하순, 미국 뉴욕의 한낮은 찜통이었습니다. 어둠이 짙게 깔린 뒤에도 더위는 좀체 식지 않았어요. 열대야 현상이 지구에서 가장 막강하다는 국가의 거대한 도시를 점령한 것 같았지요. 그즈음에 일흔네 살의 박태준은 코넬대학병원에 누워 있었습니다. 7월 25일 오후 1시 30분, 수술실에서 중환자실로 옮겨져 빈사 상태를 막 벗어난 몸이었어요. 왼쪽 옆구리 33센티미터를 째고 갈비뼈 하나를 톱으로 잘라 통째로 빼낸 다음, 그 구멍으로 폐 밑에서 폐를 압박해온 풍선 같은 물혹을 끄집어내는 대수술. 소요 시간 6시간 30분, 물혹 무게 3.2킬로그램. 일찍이 어머니가 그를 출산하면서 겪은 진통 시간에 견줄 만하고, 갓 태어난 그의 몸무게보다 무거울 만한 기록이었지요. 이집트 출신의, 손이 자그마한 집도의(執刀醫)는 신생아 무게의 그 물혹을 세계적인 기록이라 했습니다.

이틀 뒤 그는 일반병동 10층 247호로 옮겼습니다. 늙었지만 등허리는 사관학교 생도처럼 꼿꼿했습니다. 걸어야 회복이 빨라진다는 의사의 말에 당장 걷겠다고 했습니다. 흑인 간호사가 하루쯤 쉬자며 말렸습니다. 서둘러 무리하게 회복 운동을 시작하면 뜻밖의 후유증이 발생할지 모르니까요.

"간호사 선생. 젊은 내 아들의 피로 수혈했소. 그러니 한시바삐 걸어야지 않겠소?"

기어코 노인이 몸을 일으켰습니다. 왼쪽 옆구리의 기다랗게 꿰맨 부위에서 뭔가 쏟아질 듯했지만 어금니를 물었습니다. 노쇠해졌어도 의지력 시험에 스스로 패배하는 수모를 용인할 수 없었던 거지요. 걸어야 한다는 일념을 지팡이처럼 거머쥐고 병실 문을 나섰습니다. 그의 익살스러운 표현대로 '몸에 생명 구걸의 깡통을 네 개나 매단 늙은 로봇'이 코넬대학병원 복도에 등장했습니다. 165센티미터 체구에 항생·영양·배설을 위한 큼직한 유리병을 넷이나 주렁주렁 매달고 걷는 모습은 우스꽝스러워 보였습니다. 좌우엔 보호자가 따라붙었지요. 칠순의 건강한 아내와 노련한 간호사였습니다.

집도의의 예언은 적중했습니다. 병원 복도를 세 바퀴 돌면 거의 7천 걸음. 하루세 바퀴씩 한 주일을 반복하니 밀려나 있던 심장이 제자리로 돌아오고, 접혀 있던 한쪽 폐가 조금씩 펼쳐지면서 멀쩡히 되살아난다는 진단이 나왔습니다. 폐의 놀라운 회복에는 일생 동안 담배를 멀리한 생활 습관도 큰 도움이 되었지요.

8월 초순, 노인이 요양병동으로 옮길 때는 폭염이 절정으로 치달았습니다. 9일에는 센트럴파크마저 12시 18분에 화씨 101도(섭씨 38.3도)로 1949년의 최고기록 100도를 돌파한 데 이어, 오후 2시엔 102도로 갱신됐으며, 그날 밤 뉴욕 메츠와 밀워키 부루어스가 메이저리그를 벌인 셰이스타디움은 열대야에 수많은 관중이 겹쳐 120도를 찍었습니다. 불타는 여름이었습니다.

재앙에 민감한 예언가는 불길한 낌새를 맡았을까요? 기록적 폭염은 정말 대재앙의 암시였을까요? 그로부터 한 달 뒤, 9월 11일, 여객기 두 대가 잇따라 뉴욕 쌍둥이빌딩을 들이받는 미증유의 참극이 발발하지요. 그 지옥의 가을을 예견할 수 없는 늙은 환자의 걸음걸이는 기록적 폭염 속에서 거의 정상으로 돌아와 있었습니다.

박태준의 머리맡에는 서울 청와대에서 김대중 대통령이 보낸 '쾌유 기원' 화분

대통령 당선자 김대중과 숙의하는 박태준

이 놓여 있었습니다. 모든 한국인이 '아이엠에프(IMF)사태'라 부르는 국가부도 위기사태가 터졌던 1997년 12월, 그때 벌어진 대통령선거에서 박태준은 김대중 후보와 손을 잡았습니다. "산업화세력과 민주화세력의 화해, 영남과 호남의 화합"을 주창하는 박태준의 뜻에 김대중은 공감했습니다. 그해 12월 5일 김대중은 박태준의 안내를 따라 생애 처음이자 마지막으로 경북 구미의 '박정희 생가'를 방문해화해와 통합의 디딤돌이 될 명연설을 남깁니다. "고인은 경제에 7할을 바치고 인권에 3할을 쓴 분"이었고 "고인과 정치적으로 대결하던 시절의 나는 인권에 7할을바치고 경제에 3할을 쓴 사람"이었으며 "고인과 나의 차이는 바로 거기서 기인한것"이었다고 정리했습니다. '경제와 민주주의의 병행발전'을 국정지표로 내세운 김대중 정부에서 박태준은 국무총리를 맡기도 했으며, 서울 상암동에 건립된 '박정희 기념관'의 기초예산을 김대중 정부가 마련했습니다.

부지런히 복도를 걸어서 엔간히 원기를 회복한 노인이 병원 밖으로 나갔습니다. 시간을 정해 성품 그대로 날마다 어김없이 아침 6시부터 30분 동안 아내, 자녀, 비서, 문병 온 친지들과 어울려 허드슨강 산책로를 따라 걸었습니다. 조깅하는 흑백 젊은이들의 눈에는 건강한 시민 일행으로 비쳤을 겁니다.

퇴원을 앞둔 어느 저물 무렵이었습니다. 박태준은 혼자서 병실 창 너머로 넘실대는 강물에 시선을 드리웠습니다. 자신도 모르게 아득한 추억을 더듬고 있었습니다. 생사를 넘나들었던 6·25전쟁의 전투 장면들, 포항제철 창설 과정의 온갖 애환, 동지들의 얼굴, 제1고로의 첫 쇳물, 철강업계 노벨상으로 불리는 '베서머 금메달' ……. 토막토막 끊어지는 필름을 돌려보는 노인의 영혼에 문득 프랑스 대통령 미테랑의 말이 영롱하게 맺히더니 따스한 손길마냥 꿰맨 자리를 쓰다듬었습니다.

프랑스 정부가 외국인에게 수여하는 최고 훈장인 '레종 도뇌르 코망되르', 이것을 1990년 11월 16일 박태준의 인생에 선물하는 이유를 미테랑은 이렇게 밝혔습니다.

한국이 군대를 필요로 했을 때 귀하께서는 장교로 투신했습니다. 한국이 현대 경제를 위해 기업인을 찾았을 때 귀하께서는 기업인이 되었습니다. 한국이 미래의 비전을 필요로 할 때 귀하께서는 정치인이 되었습니다. 한국에 봉사하고 또 봉사하는 것, 그것이 귀하의 삶에는 끊임없는 지상명령이었습니다.

예리하고 정확한 비평가의 시선이었습니다. 개인이나 가문의 사업이 아니라 조국에 봉사하고 또 봉사하는 삶으로써 20세기 후반의 대한민국 근대화에 탁월한 업적을 남긴 박태준. 이 인물의 생애와 정신에 대한 관찰을 시작하려면 1927년으로 거슬러 올라가야 합니다. 그가 극동의 조그만 갯마을에서 막 생명의 눈을 떴던 때가 그해였거든요.

대수술 후 회복기에 아내(장옥자)와 서울 남산을 산책하는 박태준

# '조센진'을 넘어서는 일등의식

'지배자의 땅에 와 있는 피지배자의 처지'라는 인식을 뚜렷이 세운 소년은 생애에
처음으로 삶의 나침반을 품게 됩니다. '공부를 잘해야 한다. 운동을 잘해야 한다.
일본인 학생들을 이겨야 한다.' 속으로 되뇌는 이 다짐은 자기분발을 촉구하는 각
성제였습니다.

## 대공황과 신작로

1920년대의 숱한 조선 농민은 보습 댈 땅을 잃었습니다. 시인 김소월이 비통하게 노래한 대로 '하루 일을 마치고 석양에 돌아오는 꿈'마저 상실했습니다. 그러나 유리걸식의 떠돌이로 살아갈 수는 없잖아요? 생계의 최후 수단으로 어디론가 떠나야 했습니다. 만주, 연해주, 시베리아, 일본, 하와이, 멕시코……. 유랑의 길은 멀고 무리는 줄을 이었습니다.

어촌 사정도 마찬가지였어요. 조선 어민은 어업권을 빼앗겼습니다. 황금어장도 미역바위도 '어업허가권'을 취득한 일본인의 사유재산으로 넘어갔습니다. 농사의 소작관계와 흡사한 어업의 소작관계가 생겨났던 겁니다. 미역으로 유명한 동해안 최남단 경남 동래군 장안면(현 부산시 기장군 장안읍) 일대, 이곳에서도 3·1운동이 가라앉은 무렵에는 멸치잡이 공동어장들과 미역바위들이 일본인의 소유물로 바뀌었습니다.

1927년 음력 9월 29일, 그 궁핍한 갯마을에 사내아기가 태어났습니다. 박봉관과 김소순 사이의 첫 아이였습니다. 한학을 공부한 아버지가 이름을 '태준(泰俊)'이라 지었어요. '장차 크게 되라'는 뜻이었습니다.

박태준이 걸음마를 익히고 잔뼈를 키우는 임랑리는 오지 같았습니다. 백사장을 따라 오막조막 늘어선 초가, 그 앞의 창망한 바다, 동쪽의 먼 산에서 흘러 내려와 마을 가장자리를 거쳐 바다에 스며드는 맑은 내, 백사장에 뒹구는 누렁이 몇 마리……. 전기, 수도, 자동차 같은 문명은 없었지요.

그즈음 세계는 대격변의 소용돌이에 휩싸이고 있었습니다. 1929년 가을에는 세계경제가 대공황에 빠져들었습니다.

제1차 세계대전의 패전국 독일은 베르사유조약의 막대한 전쟁배상금을 짊어지고 허덕이는 중 대공황의 치명타를 입었지요. 기업과 은행이 파산행렬을 이루고,

부산시 기장군 장안읍 임랑리 전경 ⓒ 박태준기념관

박태준 생가 앞 박태준기념관(2021년 12월 개관) ⓒ 박태준기념관

국민은 실의와 절망에 짓눌렸습니다. 메시아가 와야 했는데, 마침 히틀러가 국가사회주의독일노동당(나치, Nazi)을 키우고 있었지요.

　일본은 중국까지 먹으려는 야욕을 더 이상 참지 못합니다. 1931년 9월 만주를 집어삼키고, 1932년 5월 쿠데타를 일으켜 파시즘체제를 구축합니다. 본디 결속을 뜻하는 이탈리아어 '파시즘'이란 말도 그들에겐 매력덩어리였지요. 파시즘의 젖줄을 물어야 역사의 승자가 된다고 확신했으니까요.

미국은 파시즘체제와 다른 방식으로 대공황에 도전합니다. 케인즈의 수정자본주의를 수용한 프랭클린 루스벨트 대통령이 뉴딜정책을 밀고 나갔던 겁니다.

중국에서는 장제스의 국민당 군대에 내몰린 마오쩌둥의 공산당 군대가 꼬박 일년 걸려 1935년 10월 서북 내륙지방에 당도하는 2만5천 리 대장정에 올랐습니다. 그 험난한 여정은 곳곳에 혁명의 씨앗을 뿌리는 춘경(春耕)과 다르지 않았습니다.

소비에트연방(소련)은 레닌의 갑작스런 죽음 후 권력을 장악한 스탈린이 '계획경제'를 강력히 추진하는 중이었지요. 1930년대 후반기에 소련은 어느덧 철·석유·전기·석탄 생산력이 근대화 선진국에 비견할 수준에 이르러 엔간한 전쟁도 피하지 않을 자신감을 갖추게 됩니다.

한반도의 새 운명을 결정지을 열강들이 저마다 부국강병의 총력을 기울이는 시절, 박태준이 자라는 갯마을은 마치 세계의 온갖 소용돌이가 식민지의 빈궁으로 응축된 것처럼 간신히 생계를 이어가야 했습니다. 다만 임랑리에도 세계 심장부로 진입할 실핏줄은 있었지요. 부산항으로 갈 수 있는 뽀얀 신작로가 그것이었습니다.

먼저 박태준의 큰아버지가 자동차에 올라 신작로를 따라 사라졌습니다. 임랑리에 드나든 일본 토건회사 소메야 사장이 일자리를 마련해준 것이었지요. 소메야는 와세다대학 출신의 차분하고 후덕한 지식인이었습니다. 몇 달 뒤 일본에서 편지가 왔습니다. 형님이 동생의 일자리를 잡았던 겁니다. 그의 아버지는 아내와 아들을 두고 홀몸으로 떠났습니다. 대공황을 돌파해 나가는 일본 산업화가 블랙홀처럼 조선의 값싼 노동력을 빨아들이고 있었던 겁니다.

## 부관연락선의 새우

1933년 9월 초순 이른 저녁, 박태준은 어머니의 손을 잡고 부산항 부두에 나와 있었습니다. 일본에서 고향으로 다니러오는 아버지를 마중 나간 것이 아니었습니다. 눈동자가 보석처럼 반짝이고 귀가 큼직하고 인중이 긴 아이의 얼굴엔 옅게 그늘이 깔려 있었습니다. 두려움이었지요. 아버지가 기다리고 있다는 미지의 세계로 출발하려는 조그만 가슴이 감당하기 벅찬 무엇에 짓눌렸던 겁니다. 그 무렵의 일본은 어떤 나라였을까요? 인도 독립운동가 네루가 딸에게 보낸 편지에 잘 정돈돼 있었습니다.

지금은 공업적으로도 고도의 진보를 이루고 있는 일본은 과거와 현재와의 이상한 혼합체이며, 세계 제국을 건설한다는 야망을 품고 있다. 그러나 현재 최강의 나라인 미국의 적대감은 이 몽상의 실현을 가로막고 있는 큰 장벽이 되고 있다. 아시아에서 일본의 팽창에 대한 또 하나의 강력한 장벽은 소비에트러시아다. 많은 관측자의 예리한 눈길은 만주 또는 태평양의 넓은 해상에 이미 대규모의 전운이 드리운 것을 간파하고 있다.

젊은 어머니와 어린 아들은 거대한 철선을 바라보았습니다. 부산과 시모노세키를 잇는 부관연락선, 이 항로는 러일전쟁에 승리한 일본이 한반도를 거쳐 대륙으로 진출하기 위해 전리품처럼 획득한 매우 긴요한 '침략의 길'이었지요. 1905년 9월 5일 러일강화조약 체결, 9월 25일 부관연락선 첫 취항, 11월 17일 을사늑약 체결. 이런 순서였으니, 부관연락선은 일본이 한반도와 중국 대륙을 지배하려는 카운트다운을 시작한 것과 마찬가지였습니다. 해상교통이 일본과 한국을 이어주는 유일한 수단이었던 시대, 거대한 철선 두 척을 동원하여 항해시간을 11시간으로 단축한 것이 일본에게는 조선을 1박2일 생활권에 넣는 '다리'를 건설한 것과 같은 경사였지요. 그 철선에 몸을 싣고 도일하는 조선인은 기하급수적으로 증가합니다. 1916년엔 연간 5천624명, 1926년엔 14만8천503명, 1936년엔 69만501명이 부관연락선으로 현해탄(대한해협)을 건넙니다.

4천 톤급 쇼케이마루호, 이 철선이 고무신 같은 목선밖에 보지 못했던 어린 박태준의 눈에는 어마어마한 괴물로 비쳤습니다. 그것이 장차 세계 최고의 철강인이 되는 아이가 최초로 발견한, 철로 만든 근대의 웅장한 실체였답니다. 거대한 괴물이 잔뜩 벌린 입 속으로 어머니와 함께 새우처럼 들어간 박태준은 곧장 그 밑바닥으로 떨어졌습니다. 삼등실이었지요. 낯선 땅으로 새 삶을 도모하러 떠나는 조선 여인은 아무리 고달프더라도 돈을 아껴야 했습니다. 삼등실은 밤이 깊어지자 한 사람의 멀미가 옆 사람의 멀미를 깨워 급기야 온통 멀미의 공간으로 바뀌었습니다.

멀미가 진정되고 나서 어머니의 무릎을 베고 누워 아버지를 그리워하는 아이는 까맣게 몰랐습니다. 현해탄을 건너가면 식민지 출신의 한 아이가 어쩔 도리 없이 익혀나가야 하는 일본어와 일본문화, 피할 수 없이 다녀야 하는 일본학교가 그로부터 30여 년이 흐른 다음에 그의 인생에서 어떤 운명으로 돌아올 것인지, 지배자의 땅에서 보내야 하는 유년·소년 시절이 되찾은 조국의 미래에 어떤 방식으로 기여하게 될 것인지…… 수평선 너머의 세계 소식들을 싣고 와서 그의 고향마을 백사장에다 하염없이 하얀 포말로 부리는 파도는 어렴풋이 예견했을까요?

## 하얀 모자의 검은 띠

박태준의 아버지는 아다미에 자리를 잡고 있었습니다. 요코하마와 이즈반도 사이의 사가미만을 끼고 있는 고장이지요. 산과 바다가 도로 하나를 사이에 두고 맞붙어 있고, 산비탈을 따라 부락이 이뤄진 아다미에는 온천이 흔하고 기온이 온화해밀감이 열렸습니다. 아버지의 일터는 이즈반도 이토센 터널공사 현장이었습니다. 어린 아들의 초롱초롱한 눈에는 작업 나가는 아버지의 차림새가 무척 낯설어 보였습니다.

"아버지, 모두 이런 옷을 입고 일해요?"

고사리손이 만지작거리는 '이런 옷'이란 우의보다 거추장스런 시커먼 '고무옷'이었지요.

"그래. 기찻굴을 뚫는데, 그 안에서 온천수가 터져 나오니까 이 옷을 입어야 해."

어린 아들의 뇌리에 '고무옷' 얘기를 새겨준 아버지는 눈썰미가 남달랐습니다. 고향에선 한학 서적이나 뒤적이며 농사짓던 사람이 일본 건설현장에선 토목기술을 쌓았습니다.

이듬해 4월, 박태준은 다가심상소학교에 입학했습니다. 야산 중턱의 목조건물. 한 학년에 70명 안팎. 운동장에서는 5리쯤 떨어진 무인도 '하쓰시마'를 내려다볼 수 있었습니다. 총명한 아이는 달리기, 수영, 철봉을 잘해서 체육시간에도 주목을 끌었습니다. 여름방학을 앞두고는 학교에서 '하쓰시마 원영(遠泳)대회'를 열었습니다. 그 섬까지 헤엄쳐서 왕복하는 원영대회의 목적은 어린 학생들의 담력과 체력을 키워주는 것이었지요. 원영에 성공하면 마치 유도의 유단자를 표시하듯 하얀 교모에 검은 띠 하나를 새겨줬는데, 그것은 머슴애들의 우쭐한 자부심이기도 했습니다.

지배자의 땅에서 자라나는 식민지 아이는 일종의 방어본능처럼 지배자의 아이들에게 지기 싫다는 의식을 자신도 모르게 빳빳이 키우고 있었습니다. 박태준은 2학년 여름에 처음 '하쓰시마 원영대회'에 참가했습니다. 보트가 따라가니 익사 염려는 없었지요. 임랑리 갯마을에서 파도소리와 더불어 삶의 실핏줄을 짜고 잔뼈를 키운 그는 보트에 실리지 않았습니다. 어린 상어처럼 헤엄쳐 나가 하얀 모자에 검

유도를 잘하고 하모니카 연주를 즐기던 중학생 시절의 박태준

은 띠를 새겼습니다. 그것이 박태준의 인생에서 최초로 뿌듯하게 받아들인 성취감이요 자부심이었지요.

3학년 운동회. 박태준은 달리기에서 1등을 했습니다. 일본 아이들은 당연하게 여기는 눈치였습니다. 왜 그런가 했더니, 조선인은 모두 달리기를 잘하는 것으로 믿고 있었습니다. 순전히 손기정 선수 덕분이었지요. 1936년 베를린올림픽 마라톤대회에서 월계관을 쓴 선수가 조선인이란 사실은 아다미의 고요한 소학교에도 알려졌고, 이 뉴스가 아이들 세계에서 엉뚱하게도 박태준의 두 다리를 천부적 건각쯤으로 여기게 했던 겁니다.

아다미에서 박태준은 무럭무럭 자랐습니다. 1936년 가을에는 다부진 소년의 골격을 갖추는 중이었습니다. 밥상에 자주 오르는 '두부' 반찬도 도움이 됐을 겁니다. 콩 생산량이 적은 아다미에 두부 만드는 곳이 많았습니다. 이 어울릴 수 없는 상관관계를 푸는 열쇠는 멀리 중국 만주에서 찾아야 했습니다. 만주 들판의 콩 수확, 화물열차에 싣고 한반도 관통, 부산항에 하역, 부관연락선에 옮겨 싣고 대한해협을 건너 시모노세키항에 하역, 일본 전역으로 배송. 아다미 콩은 대부분이 만주 콩이었습니다. 동심들은 모르는 사정이었지만, 한 식민지 아이에게도 단백질을 제공해 준 두부는 일본의 만주침략과 뗄 수 없는 음식이었던 겁니다.

## 세계 최고를 부러워하다

1936년 11월 박태준 가족은 아다미에서 천 리쯤 떨어진 이야마로 이주합니다. 이야마는 일본 스키의 발상지로 겨울엔 토박이보다 타지에서 온 스키족(族)으로 북적거립니다. 설국(雪國)의 이야마에서 수력발전소 건설현장에 나가는 아버지는 이따금씩 장남에게 '공부'의 중요성을 강조했습니다. 일본에 사는 조선인 학생이 일본인 학생과 경쟁할 수 있는 유일 수단이 공부라는 것이었지요. 박태준은 아버지의 말씀을 새겨들었습니다. '지배자의 땅에 와 있는 피지배자의 처지'라는 인식을 뚜렷이 세운 소년은 생애에 처음으로 삶의 나침반을 품게 됩니다. '공부를 잘해야 한다. 운동을 잘해야 한다. 일본인 학생들을 이겨야 한다.' 속으로 되뇌는 이 다짐은 자기분발을 촉구하는 각성제였습니다.

박태준 가족이 이야마에 정착하고 일 년쯤 지난 1937년 7월, 일본은 기어코 중일전쟁을 도발합니다. 6년 전 일으킨 만주사변처럼, 일본은 베이징을 비롯한 중국의 주요 거점들을 손쉽게 점령해 나갔습니다. 하지만 국토가 광대한 중국은 국민당과 공산당이 국공연대의 강고한 항일전선을 형성합니다. 일본이 장기전에 말려들었지요.

1939년 가을, 박태준은 유럽에서 전쟁이 터졌다는 소식을 들었습니다. 폴란드를 짓밟은 히틀러의 독일이 영국과 프랑스의 선전포고를 비웃듯 승승장구 기세로 프랑스마저 간단히 먹어치웠습니다. 바야흐로 태평양 상공으로도 전운이 몰려들었습니다. 인도의 네루가 딸에게 보냈던 그 편지가 적중하는 중이었지요. 미국이 일본에 철강수출 금지를 단행했습니다. 무기 생산에 차질을 주려는 계산이었습니다. 이듬해 봄날에 그는 이야마북중학교 교복을 입었습니다. 교목이 '월계수'였어요. 4년 전 베를린올림픽 마라톤대회에서 우승한 손기정 선수의 머리를 빛낸 그 장식과 관련된 나무. '언젠가는 나도 월계관을 한 번 써봤으면……' 소년은 숨을 깊이 들이쉬었습니다.

정신이 어떤 성취를 창조하는 과정에서 육체는 가장 중요한 도구입니다. 이 관계에 비춰볼 때 박태준의 체력 단련은 시나브로 미래의 자산을 축적하는 일이었습니다. 설국의 긴 겨울 동안 그는 자주 스키를 둘러메고 나갔습니다. 레이스, 활강, 점프를 익혔습니다. 학교에서는 수영을 즐기며 유도를 했습니다. 중학생 박태준의 체격은 균형이 딱 잡혀 옹골차 보였습니다. 하지만 운동선수로 나가겠다는 생각을 해본 적은 없었습니다. 1학년에 유도 유단자가 되겠다는 열정은 일본인 학생과 체력으로 겨뤄도 뒤지지 말아야 한다는 자신의 나침반에 순응하는 뜻이었지요. 그는 가끔씩 혼자서 저음의 미성으로 노래를 부르거나 하모니카를 연주했습니다. 누구나 겪어내는 사춘기의 물살이 음악적으로 흐르는 것이었지요.

일본이 파시즘 강대국 독일·이탈리아와 삼국동맹을 맺고 더 큰 침략을 획책하는 1940년, 중1 박태준은 평생 잊지 못할 '아픈 기억'을 새기게 됩니다. 여름방학을 앞두고 교내 수영대회에 1학년 대표로 출전합니다. 경쟁자는 2학년 대표였어요. 소학교 2학년 때 '하쓰시마 원영대회'를 소화한 그의 몸에는 수영 실력이 배어 있었습니다. 종목은 평영. 평영에선 고개를 좌우로 돌리면 실격이나 벌칙을 당하지요. 뜨거운 응원 속에서 간발 차이로 그의 손이 맨 먼저 결승점을 건드렸습니다. 거친 숨을 몰아쉬는 그의 고막을 때린 것은 축하 박수가 아니었습니다. 2학년 응원석이 그에게 야유와 손가락질을 보내고 있었습니다. 1학년 선수가 교묘하게 고개를 돌리는 반칙을 했다는 것. 억울하게 1등을 상실한 박태준은 속이 끓었지만 생각을 바꾸기로 했습니다. '그들은 단순히 선배로서 체면이 구겨져 그랬던 건데, 내 머리에 조선인이라는 피해의식이 박혀 있어서 선입견처럼 차별로 받아들였는지도 모른다.' 애써 대범을 부리며 억울함과 서러움을 달랬습니다.

그해 여름방학에 박태준은 나가사키에서 올라온 사촌형 박태정과 함께 해발 3,776미터 후지산을 정복합니다. 후지산 정상에서 화구 구덩이를 내려다보며 만세를 불렀습니다. 사촌형제는 뭔가 큰일을 해낸 희열에 젖었습니다. 하산 길에는 우연히 지갑을 주워 파출소에 맡겼습니다. 경찰이 규정에 따라 그 돈의 일부를 선행의 대가로 돌려줬습니다. 졸지에 사촌형제는 용돈이 두둑해졌습니다. 그것이 사촌형과 만드는 인생의 마지막 추억이 될 줄은 까맣게 몰랐지만……

### '제철'과의 첫 만남

중학교에는 박태준을 아껴준 교사가 있었습니다. 수학 선생님이었지요. 총명하고 다부진 조선인 학생의 수학적 재능을 기특히 여겨 따뜻한 관심을 기울였습니다. 어려운 문제들에서 수학의 원리를 배우는 것이 제자에게는 미로 찾기 게임처럼 재미있었습니다. 유도는 2학년 때 2단으로 승단했습니다.

그때 일본은 이른바 '대동아공영'의 깃발을 내세우고 제국주의적 야욕을 맹금의 날개처럼 펼치고 있었습니다. 1941년 4월 일·소 불가침조약을 맺어 소련의 남하를 지연시킬 장치를 마련하고, 6월에 독일이 소련을 침공하자 일본은 프랑스령 인도차이나 남부에 군대를 진주시켰습니다. 미국이 즉각 재미(在美) 일본인의 자산을 동결하고 석유 수출을 금지했습니다. 그러나 10월 들어 일본에는 주전파(主戰派)로 알려진 도조 히데키 내각이 등장합니다. 미국에 덤비겠다는 그들의 자신감은 공군 전력과 해군 전력에 바탕을 두고 있었지요. 1930년대 초반부터 중국대륙에서 쌓은 일본의 공군 전력은 세계 최강 수준이었고, 한창 해군력 강화에 몰두하는 미국과 비교해도 함정 보유율에서 뒤지지 않았습니다. 12월 8일 항공모함에서 발진한 폭격기들이 하와이 진주만으로 날아갔습니다. 30분 동안 193대 출격. 마침내 태평양전쟁은 발발했습니다.

진주만 공습에 성공한 일본의 환호성은 그 폭격만큼 요란했으나 그 폭격만큼 짧은 축제로 끝났습니다. 애초 계획과 딴판으로 전쟁이 예측불가 형국으로 길어지자 인력 부족과 물자 빈곤이 패전의 징후로 대두했지요. 인력 부족은 중학교에서 소년병을 발탁해도 모자라 조선 청년들을 전쟁터로 내몰고, 물자 빈곤은 특히 무기를 만드는 '철'에서 두드러져 조선의 놋그릇과 놋수저까지 거둬갑니다.

박태준은 중2 가을학기에 똑똑한 동급생 네댓 명이 '육군유년학교'로 뽑혀가는 것을 지켜봅니다. 장차 '육군사관학교'에 들어간다고 했지요. 중3 때는 동급생 여남은 명이 '소년 비행학교'나 '소년 전차학교'로 뽑혀가는 것을 지켜봅니다. 조만간 비행기나 전차를 몰고 전쟁터로 나간다고 했지요. 이러한 소식을 들은 그의 부모는 어떡하든 장남을 죽음의 자리로 보내지 말아야 한다는 각오를 세웁니다.

중학교 4학년 때 박태준은 제철(製鐵)의 현장으로 '근로봉사'에 동원됩니다. 아침부터 점심까지 오전을 꼬박 바치는 공장은 '일본소결철강주식회사'였어요. '소결'이란 간단히 말해 인공철광석이죠. 쇳물 제조 공정에서 녹이기 어려운 가루철광석을 석회석과 함께 숯 형태로 만드는데, 이 인공철광석을 소결이라 하고, 소결 만드는 설비를 '소결로'라 부르지요. 직경 3미터짜리 소결로 12개를 갖춘 공장에서 소결로 하나에 숙련기능공 1명과 학생 2명이 붙었습니다. 아직 그는 철에 유별난 관심이 없었습니다. 미국인 앤드루 카네기, 철강업으로 세계적인 갑부가 되었다는 그 이름을 아는 정도였습니다. 박태준과 철의 첫 인연은 우습게도 그렇게 전시 동원으로 맺어졌지요.

## '징집 모면'의 암표를 구하다

박태준은 명백한 목표를 향해 맹진합니다. 반드시 와세다대학 공과대학에 진학하겠다는 것. 근로봉사, 학교수업, 귀가, 독학, 그리고 4시간 수면. 하루도 빠짐없이 자기 일과표대로 움직였습니다. 카페를 기웃거리거나 여학생에게 추파를 던지는 동급생이 많았지만 목표한 진학에 성공해야 '징집 연기'를 받을 수 있기 때문에 어떤 곁눈질 유혹도 단호히 뿌리쳐야 했습니다.

1943년 10월 1일 일본은 '대학생 징집연기 임시특례법'을 제정합니다. 전문학교와 대학교 재학생들에게 일괄 부여해준 징집연기 혜택을 대폭 축소하여, 앞으로는 이공계와 사범계 대학생에게만 혜택을 준다는 것이었지요. 부족한 병력 조달과 전후 복구사업에 필요한 인재보호를 동시에 감안한 정책적 결정이었을 겁니다.

"히틀러 총통의 유대인에 대한 정책과 마찬가지로 불령선인을 전부 어느 섬으로 격리하여 전원 거세시키는 방법이 좋다고 생각한다. 그렇게 한다면 불령선인은 없어질 것이고 앞으로도 나타나지 못할 것이다."

이 발언을 던진 인간은 일본 사법부 수장 야나가와 헤이스케였습니다. 불령선인(不逞鮮人)이란 불온한 조선사람, 즉 일제에 저항하거나 고분고분하지 않은 조선인(한국인)을 가리킨 말이지요. 그런데 일제는 조선 청년들을 '어느 섬'이 아니라 전쟁터로 끌어냈습니다. 조선총독부는 1943년 10월부터 대대적 학병징집 캠페인을 벌입니다. 전문학교와 대학교의 재학생·졸업생은 1943년 11월 20일까지 관할지 군 사령관에게 지원서를 제출하고 1944년 1월 20일에 입영하라고 명령합니다. 재일

조선인 유학생과 재경 조선인 학생을 합쳐 총 6천300여 명, 그들의 70%에 이르는 4천385명이 지원서를 제출하게 됩니다. 물론 대다수는 자기 의사와 상반된 강제 동원이었지요. 실제로 4천385명 중 절반쯤이 입영을 기피합니다. 그들은 대개 은신생활에 들어가거나 노동자로 위장해 생명 보전을 도모하지요.

1944년 1월 20일 조선인 대학생들이 대거 일본군대에 끌려갑니다. 살아남은 청년들이 전후에 다시 모여 '1·20동지회'를 결성하게 만드는 그 마(魔)의 날, 어쩔 수 없이 검은 교복을 벗고 누런 군복을 입어야 했던 그들 중에는 대한민국 재건에 쟁쟁한 역할을 해낸 인재가 수두룩했습니다. 김수환 추기경, 외무장관을 역임한 이원경과 박동진, 대학 총장을 지낸 이재철과 조영식, 재계의 고상겸과 구태회……. 해방조국의 창군시대를 이끄는 인재도 많았습니다. 최영희, 장도영, 김종오, 한신, 백석주……. 연희전문의 박병권도 조국간성의 길을 택했지요, 그는 해방조국으로 돌아온 박태준이 인생의 길을 모색하는 과정에 도움을 줍니다.

재일 조선인 대학생이 학병의 그물을 피하는 길은 크게 두 갈래였습니다. 하나는, 급히 일본에서 도망치는 길. 여기서 시인 윤동주는 체포되어 1945년 2월 후쿠오카 감옥에서 목숨을 잃었습니다. 또 하나는, 합법적으로 일본에서 빠져나가는 길. 여기서 윤동주의 친구인 신학도 문익환은 일본인 신학교 교장을 설득해 '전학서류'를 거머쥐고 만주로 빠져나갔습니다. 특별한 제3의 길도 있었지요. 학병으로 끌려갔다가 탈출하는 길. 여기의 대표로는 장준하가 있었습니다. 그는 1950~1960년대 『사상계』를 이끌게 되지요. 전혀 다른 또 하나의 길도 없진 않았습니다. 이것이 아무도 모르게 박태준을 기다리고 있었습니다.

중학교에는 군복 입고 칼을 차고 교단에 올라서는 장교가 상주했습니다. 만주 정복과 중국 정복에 참전했다는 장교는 무용담을 언제나 똑같은 말로 마무리했습니다.

"이틀이나 사흘씩 휴가를 받으면 그 넓은 땅의 모든 것이 나의 것이었다."

박태준은 그의 말투와 웃음에서 충분히 엿보았습니다. 저 인간이 자랑하는 '모든 것'이란 남의 재산을 강탈해도 좋고 여자를 겁탈해도 좋다는 무한대의 야만적 정복욕이구나.

장교는 훈시도 언제나 똑같았습니다.

"너희도 지금부터 제대로 훈련을 쌓아야 한다. 그래야 출전해서 승리할 수 있다. 승리하면 너희도 나와 똑같이 모든 것을 차지할 수 있다. 그런 보상이 부럽지 않느냐? 하루 빨리 황군에 들어가라. 가서, 싸우고, 이겨라. 그리고 맘껏 차지하라."

1944년 늦봄, 교사들이 학생 개개인의 진로상담에 관심을 기울이는 때였습니다. 하루는 장교가 박태준을 불렀습니다. 청년기에 접어든 그의 얼굴에선 까맣게 짙은 눈썹이 유난히 돋보였습니다.

"너는 육군사관학교에 들어가라."

장교가 다짜고짜 윽박질렀습니다. 박태준은 부동자세 그대로 냉큼 머리를 굴렸습니다.

"육군사관학교는 아버지가 허락하지 않습니다."

아버지는 장남을 천황의 총알받이로 내보낼 생각이 추호도 없었고, 장남 자신도 천황을 위해 황천으로 떨어질 생각은 터럭만큼도 없었습니다.

"육군사관학교는 천황 폐하의 가장 영예로운 황군이 되는 길이다."

그가 또박또박 둘러댔습니다.

"아버지는 해군사관학교로 가겠다고 하면 허락하실 겁니다."

"뭐야? 너 지금 나를 놀리는 거야!"

벌떡 일어선 장교는 얼굴이 벌겋게 달았습니다. 분노할 만했지요. 조선인 학생이 해사에 들어가는 길은 봉쇄돼 있었거든요. 오랜 기간 배를 타고 해외로 돌아다니는 훈련과정이 있어서 도망칠지 모르는 '조센진'을 받아주지 않았지요. 박태준은 호되게 벌을 받았습니다. 그러나 2차 세계대전은 이미 연합국의 승리 쪽으로 기울어져 있었습니다. 벌써부터 일본의 패배는 예고된 것이었지요. 1943년 7월 미·영·중 삼국이 포츠담회담에서 일본의 무조건 항복을 권고한 것은 단순히 심리전의 선전 재료가 아니었습니다.

1944년 늦가을의 박태준은 와세다대학 공대에 들어갈 만반의 준비를 갖추었습니다. 그러나 심각한 장애물이 앞길을 가로막았어요. 일본 대학으로 진학하려는 조선인 학생에 대한 사상 검증이 강화되어, 도쿄의 조선인 친일어용단체로부터 사상 보증을 얻은 자에게만 지원 자격을 준다고 했으며, 이공계와 사범계에는 조선인 학생을 받지 않으려 했습니다. 아버지가 떨치고 나섰습니다. 장남이 와세다대학 공대에 들어가지 못하여 불원간 군대로 끌려간다면 일본에서 10년 넘게 고생하며 차근차근 쌓아올린 공든 탑이 하루아침에 무너지는 일이었습니다. 그의 속사정을 들어줄 일본인이 딱 한 명 있었습니다. 지난 십여 년 세월에 걸쳐 신의를 지키며 흉허물 없이 지내온 소메야 사장이었습니다. 술병을 끼고 집으로 찾아온 손님의 하소연을 묵묵히 들어준 주인이 잔을 비웠습니다.

"잘 알다시피 나도 태준이를 내 아들처럼 생각하고 대해왔는데……. 쉬쉬하고 있지만 본토가 무차별 폭격을 당하는 상황에서 이제 나와 같은 세대는 패전 이후를 준비해야 합니다."

마치 일본의 임종을 지켜보는 사람 같았습니다. 손님이 숨을 졸였습니다.

"만약 내일 일본이 항복한다면, 어떻게 할 건가요?"

"빠른 시일 내에 솔가하여 고향으로 돌아가겠습니다."

"만약 내일 일본이 항복하는데 태준이가 와세다에 다니고 있다면, 태준이는 어떻게 할 건가요?"

"같이 데리고 가겠습니다."

"그렇다면, 지금으로서는 태준이의 신변 안전을 위해 와세다 공대 합격이 최우선 아니오?"

"예, 그렇습니다."

"그러면 내가 하자는 대로 해요. 호적상으로 태준이를 나에게 양자로 보내놓으세요."

"예에?"

손님은 눈이 휘둥그레졌지만, 주인은 그저 침착했습니다.

"지금 태준이를 와세다 공대로 보낼 수 있는 방법은 오직 이것밖에 없어요. 조선에서 하고 있는 창씨개명보다도 덜 번거로울 겁니다. 위장으로 양자를 보내는 거지요. 총명한 인재의 장래와 목숨이 걸린 문젠데, 우리의 오랜 우정을 보아서 내가 그 정도는 해야만 인간의 도리를 지키는 거라고 생각합니다."

손님은 큰절이라도 올리고 싶었습니다.


## 대공습의 기적

1945년 2월 하순, 아슬아슬하게 징집 연기의 암표를 구한 '위장 양자'는 도쿄 와세다대학과 가까운 공동주택에 하숙을 잡았습니다. 봄기운이 아물아물 살아나는 도쿄 거리에는 그러나 불안과 초조가 유령처럼 배회하고 있었습니다. 군국주의의 심장이 경색을 일으키는 중이었지요. 느닷없이 공습경보가 울리곤 했습니다. 일본인이 공포에 질려 '삐상'이라 부르는 미군 B29 폭격기들이 수시로 포탄을 퍼붓는 것이었지요. 미국은 항복하지 않는 일본 도시들을 초토화할 기세였습니다. 박태준은 1945년 도쿄의 봄을 지옥의 계절로 기억하게 됩니다.

당시 전황에 대한 기록들을 보면 '지옥'의 뜻을 이해할 겁니다. 1944년 11월부

와세다대학 입학 무렵의 박태준

터 1945년 8월까지 B29기 1만7천500대 출격, 폭탄 16만 톤 투하, 사망자 35만 명, 부상자 42만 명, 전소 가옥 221만 채, 재난자 920만 명. 1944년 11월 24일 도쿄 대공습의 막을 올렸던 미군은 대공습만 따져도 일곱 차례나 감행했습니다. 1945년 1월 27일, 2월 25일, 3월 10일, 4월 13일, 4월 15일, 5월 24일, 5월 26일. 도쿄가 아비규환의 불바다로 타오른 날들이지요.

박태준은 지옥의 도쿄에서 일본의 희망도 목격하게 됩니다. 그것은 캄캄한 방공호 속에 밝혀진 촛불과 책이었습니다. 공습경보가 울리고 남녀노소 모두가 부리나케 지정된 방공호로 뛰어들면 곧 미군의 포탄이 떨어지면서 그 굉음이 지진처럼 지축을 뒤흔드는데, 그때 할머니들이 엄숙하게 말했습니다.

"젊은이는 모두 안으로 들어가라. 위험한 곳은 우리가 막는다. 왜 책을 들고 오지 않았나? 대피하러 올 때도 꼭 책을 들고 와야지."

어느새 방공호 입구는 천막에 가려지고 젊은이들이 모인 맨 안쪽엔 한두 개 촛불이 켜졌습니다.

"우리가 진다는 것은 우리 모두가 알고 있다. 옥쇄(玉碎)를 해도 패배는 시간문제다. 그렇다고 나라가 없어지고 국토가 없어지느냐? 앞으로 이 나라를 누가 재건해야 하느냐? 바로 너희 젊은이들이고, 특히 대학생들이 각계의 선두로 나서야 한다. 그러니 공부해야지, 왜 책을 멀리 하느냐."

그는 죽음을 앞둔 할머니들의 준엄한 꾸짖음에 크게 감화를 받았습니다. 그것이 식민지 대학생에게 조국에 대한 책임감도 일깨웠습니다.

3월 10일이었을 겁니다. 등화관제에 따라 잠자리에 들었던 박태준은 공습경보에 놀라 방공호로 뛰어들었습니다. 폭탄 터지는 굉음이 들려오자 이번에도 할머니들이 어김없이 학생들을 안쪽으로 몰아넣었습니다. 공습이 길었습니다. 3시간쯤 지나서 해제경보가 울렸으니까요. 하지만 선뜻 밖으로 나서는 이가 없었습니다. 방공호는 처참한 죽음과 파괴를 예감하는 공포의 도가니 같았습니다. 실제로 도쿄는 시체 타는 냄새와 화약 냄새가 저주의 혼령처럼 떠도는 참혹한 새벽이었지요. 기록에 의하면, 그날 밤 2시간 40분 동안 B29기 334대가 소이탄 19만 발을 도쿄 시내에 융단 깔듯 떨어뜨렸답니다. 불길을 쏟아붓는다고 해야 할 소이탄 폭격, 이것은 특히 일본전통의 목조건물에 치명적이었지요. 사나흘에 걸쳐 신사(神社) 마당이나 빈터로 옮겨놓은 시체만 7만2천439구였고, 무너진 건물더미에 깔린 시신은 헤아릴 수도 없었습니다.

그 지옥의 계절에 중학생 신분으로 오사카에서 미군 폭격을 경험했던 오다 마코

토는 뒷날 세계적인 작가가 되어 『전쟁이냐 평화냐』라는 저서에서 다음과 같이 술회합니다.

　메이지 혁명으로부터 1945년에 이르기까지 일본의 '전전(戰前)'의 근대사는 대범하게 말하면 '부국강병'으로 힘을 기른 일본이 조선 침략, 식민지 지배를 시작으로 '죽이고, 태우고, 빼앗는' 역사를 아시아에 전개하여 많은 아시아인들을 괴롭힌 다음, 그것은 또 '대동아전쟁'이 말기로 접어들 무렵이지만, 아시아인들에게 지워진 고난이 전부 되돌아오는 모습으로, 이번에는 스스로가 '죽임을 당하고, 불태워지고, 빼앗기는' 경험을 갖는 역사였다.

'죽임을 당하고 불태워지는' 도쿄에서 용케 다치지 않은 박태준은 폐허의 이른 아침에 놀라운 광경을 목격했습니다. 희한하게도 자신이 거처하는 건물만 말짱했던 겁니다. 무슨 이적(異跡))을 보는 듯했습니다.

4월 2일 박태준은 사각모를 써보았습니다. 교문 앞 커다란 은행나무 아래에서 친구들과 사진을 찍고, 집으로 보낼 '사각모 증명사진'을 찍었습니다. 입학식이 끝나고 이틀 만에 강의가 시작되었지만 분위기는 어수선했습니다. 5월에는 독일의 항복 소식과 히틀러가 자살했다는 소문이 떠돌았습니다. 그는 감지할 수 있었습니다. 일본보다 더 강대한 독일의 항복 소식이 일본인 대학생들 사이에 이심전심 충격의 파문으로 번져나가는 것을.

도쿄 시민들이 짧은 옷으로 갈아입은 한낮, 박태준은 히비야공원에서 '야스오카 강연회'가 열린다는 소식을 들었습니다. 야스오카는 명성이 높았습니다. 양명학(陽明學)의 대가로 일본 사회에서 널리 알려진 인물이었지요. 황궁 가까이에 만든, 일본 최초의 서구식 공원에는 남녀노소 군중이 모였습니다. 그는 연단 위의 키 작은 사내가 외치는 소리를 귀에 담았습니다. '패전'이란 단어를 쓰진 않았으나 전후 일본을 이끌어나갈 지도자의 덕목에 초점을 맞춘 연설 같았습니다.

"나라를 이끌어나가는 지도자가 갖춰야 하는 제일의 덕목은 사욕을 비우는 것입니다. 사욕을 비우는 것이 가장 어렵고 가장 중요합니다. 사욕을 비우지 못한 지도자는 자신의 비전을 자신의 행동과 일치시킬 수 없습니다."

사사로운 욕망을 비우는 것이 지도자가 되려는 사람의 첫째 조건이다. 이 말이 박태준의 가슴에 깊은 공명을 일으켰습니다.


## 하늘을 우러러보다

1945년 7월 박태준은 뒤늦게 도쿄를 떠났습니다. 소개령에 따르는 피란이었지요. 일본이 진주만을 기습할 때 687만 명을 헤아렸던 도쿄 인구는 피란민 급증과 사망자 속출로 250만 명에도 못 미쳤습니다. 그는 도쿄 북동 방향으로 400리쯤 떨어진 군마현 어느 산골에 보따리를 풀었습니다. 비쭉비쭉 치솟은 산이 사방을 에워싼 조그만 마을이니 산 아래로 철길이 지나가지만 미군 B29는 무관심할 유배지 같은 곳이었지요. 하지만 군마현은 그 수려한 산세로 인물을 길러낸 것처럼 전후 일본에서 수상만 해도 셋이나 배출하지요. 후쿠다, 나카소네, 그리고 오부치. 이들은 뒷날에 나랏일을 짊어진 박태준과 각별하고 돈독한 우의를 나누게 됩니다.

산골의 박태준이 세상으로 나가는 길은 라디오였습니다. 옥쇄, 천황폐하 만세. 이런 말이 자주 흘러나왔지만, 일본의 항복이 눈앞에 다가왔음을 알리는 절규처럼 들리곤 했습니다. 그날도 그는 땡볕 속에서 근로동원의 참호를 파고 있었습니다. 11시가 조금 지났을 때, 옆에서 삽질하던 일본인 친구가 다가왔습니다.

"오늘 아침 히로시마에 삐상이 신형폭탄을 떨어뜨렸는데, 히로시마 전체가 사라져버렸다고 해."

박태준은 구덩이에서 회오리바람이 올라오는 듯했습니다. '삐상'이란 일본인이 공포의 B29기를 부르는 이름이었습니다. 히로시마에 떨어졌다는 신형폭탄. 그것이 인간 세상에 처음 터진 핵폭탄이었습니다. 전쟁의 버릇을 고치지 못하는 인간에게 '인간의 과학'이 내린 20세기의 가장 참혹한 저주는 그렇게 박태준의 고막을 건드렸는데, 그로부터 한 달이 지나지 않아 그는 두 눈으로 직접 히로시마를 목격하게 됩니다.

8월 6일 8시 15분. 고도 9천600미터에서 떨어뜨린 폭탄이 45초 만에 히로시마 상공에서 섬광을 일으켰지요. 거대한 버섯을 닮은 구름덩어리가 솟아오르고 침묵의 시간이 흘렀습니다. 34만3천여 시민 중 그 침묵 속에서 사망하거나 종적을 찾지 못한 사람이 7만8천여 명, 방사능 노출과 화상 후유증으로 5년 동안 차례차례 죽어간 사람이 24만여 명. 그중에는 조선인도 부지기수였지요.

히로시마 신형폭탄 풍문이 군마현 산골마을을 공포의 안개로 덮고 있던 8월 9일 오후, 박태준은 경악할 수밖에 없는 비보를 접했습니다. 나가사키에 또 '신형폭탄'이 떨어졌다는 것이었습니다. 큰댁이 있는 나가사키. 그는 눈을 감았습니다. 큰댁 얼굴이 하나하나 떠올랐습니다. 모두가 순식간에 처참한 몰골로 절명했을 것 같았습니다.

나가사키. 1571년 개항한 이래 서양 세계와 교역이 빈번하여 서구풍이란 딱지가 붙은 큐슈의 그 도시는 항구와 언덕으로 이뤄졌습니다. 돌계단 '오란다 사카(네덜란드 언덕길)'부터 유명하지요, 푸치니의 오페라 〈나비부인〉의 무대이고 동양의 나폴리라 불렸는데, 조선소와 병기제작소가 있어서 진주만 공습에 동원된 전함과 무기를 만들고 어뢰의 80%를 생산했으니 미군에게는 아주 건방져 보였을 겁니다.

8월 15일, 박태준은 라디오 앞에 앉아 있었습니다. 정오 시보를 울리더니 과연 천황이 나왔습니다. 떨리는 목소리가 '무조건 항복'을 선언했습니다. 히로히토는 자신의 신민(臣民)을 향해 "견딜 수 없는 바를 견디고 참을 수 없는 바를 참아가자"고 당부했지만, 박태준이 견딜 수 없고 참을 수 없는 것은 가슴 밑바닥으로부터 북받치는 감격이었습니다. 일본인의 땅, 일본인의 집에 머물고 있어서 차마 날뛸 수 없는 감격이 견딜 수 없고 참을 수 없는 눈물로 흘러내렸습니다. 마당으로 나와 햇빛이 쨍쨍 내리쬐는 하늘을 우러러보았습니다. 바로 그 시각, 그의 고향마을에선 그것을 '되찾은 빛'이란 뜻으로 '광복'이라 불렀습니다.

## 히로시마를 지나 나가사키로 가다

박태준은 도쿄로 돌아왔습니다. 떠나던 날보다 더 처참히 불타고 파괴된 도쿄, 그러나 지난 3월 대공습 후 새벽에 보았던 그 이적은 여전히 유효했습니다. 하숙집 공동주택이 그대로였던 거지요. 주인 할머니도 다친 데가 없었습니다.

"일본은 항복했지만, 조선에겐 잘됐어."

눈물을 비치는 노인 앞에서 박태준은 입을 다물었습니다.

"이제 떠나는 거지?"

"우선 부모님 계신 곳으로 가야겠습니다."

박태준은 이야마로 갔습니다. 가족들은 모두 무사했습니다. 하지만 아버지의 표정이 어두웠습니다. 나가사키의 형님네 안부를 몰라 애를 태우는 것이었지요. 사나흘을 집에서 보낸 그가 짐 하나 없이 경비만 챙겨 역으로 나갔습니다. 머나먼 나가사키까지 며칠이 걸릴지 몰라도 장남으로서 큰댁의 생사를 알아내야 했습니다. 한반도, 만주, 중국, 동남아 등지를 침략한 일본군들이 허약한 패배자의 몰골로 줄줄이 귀환하고 있어서 열차는 몹시 북적댔습니다. 나라가 망한 탓인지 열차마저 맥빠진 느림보여서 낮과 밤을 꼬박 달리고 다시 한 나절을 더 달렸을 때, 열차가 히로시마에 들어섰습니다. 승객들이 웅성웅성 고개를 뺐습니다.

"신형폭탄이 어쨌다는 거야?"

누군가의 무심한 말에 박태준은 차창 밖으로 시선을 쏘았습니다. 거기, 거의 그대로 있었습니다. 풍문으로만 들었던 참상들이……. 엿가락처럼 휘어진 레일이 땅바닥에 버려져 있고, 부러진 나무들이 새까맣게 그을려 있고, 부서지고 타버린 건물들은 모조리 흉물 같았습니다. 기괴한 죽음의 땅에 온전해 보이는 것은 멈춰선 트럭 두 대였습니다. 그 꽁무니에 붙어 느릿느릿 삽질하는 인부들은 마스크로 입을 가리고 있었습니다.

"여름에 마스크를 한 저 사람들은 뭘 하고 있나?"

"신형폭탄이 태워버린 사람들의 시체를 트럭에 싣고 있어."

그의 뒤통수에서 오간 대화였습니다. 새까만 시신들을 삽으로 트럭에 싣고 있는 히로시마 역두(驛頭). 나가사키에 가면 큰댁 식구들이 그렇게 처참히 버려져 있을 것만 같았습니다.

"오, 하느님."

큰댁 동네에 도착한 박태준은 외마디 소리부터 질렀습니다. 비명이 아니었습니다. 기쁨의 탄성이었습니다. 큰댁 식구들은 나가사키에서 무사했습니다. 핵폭탄이 떨어진 날에도 나가사키에 있었지만 사람도 집도 마당의 나무도 모두가 말짱했습니다.

히로시마보다 나가사키에 더 위력적인 핵폭탄이 투하되었지만 피해 규모는 나가사키가 더 적었습니다. 지형과 날씨 덕분이었지요. 히로시마는 평탄한 델타지대인데, 나가사키는 산으로 둘러싸이고 구릉이 많습니다. 핵폭탄이 떨어진 날 히로시마는 악천후여서 투하 직후 거대한 폭풍우가 일어나고 방사능이 땅속으로 깊이 침잠했는데, 나가사키는 쾌청하여 방사능이 대기 속으로 빠르게 산화될 수 있었고 폭발의 위력이 대부분 바다 쪽으로 퍼졌습니다. 이런 절묘한 사정 속에서 정말 운 좋게도 박태준의 큰댁은 구릉 뒤편에 자리해 있었던 겁니다. 사망 7만3천여 명, 부상 7만6천여 명, 건물 전소 1만3천여 채, 건물 대파 5천여 채, 불에 타버린 땅 203만 평. 창졸간 덮쳐온 그 연옥의 대재앙 속에서 눈썹 하나 다치지 않고 화를 모면한 그의 큰댁은 일본에 남는 쪽으로 가닥을 잡고 있었습니다.

박태준의 아버지는 형님네가 일본에 남기로 했다는 소식을 듣고 귀향 보따리를 꾸렸습니다. 그는 아버지의 결정에 따랐습니다. 대학은 학적만 그대로 뒀습니다. 1933년 가을 어머니의 손을 잡고 부관연락선에 올랐던 아이가 꼬박 12년 만에 청년으로 변신해 대한해협을 건너는 귀향 뱃길에 올랐습니다.

귀향, 귀국. 이 설레는 단어 앞에서 박태준은 찬찬히 자아를 성찰했습니다. 이내 허전한 구석이 느껴졌습니다. 모국어를 엔간히 익힌 나이에 일본으로 들어왔지만 고향의 또래들에 비할 수 없게 너무 많은 모국어 어휘를 까먹었다는 사실, 바로 그 문제였습니다. 한숨을 내쉬진 않았지요. 두세 달쯤 바치면 얼마든지 조국의 청년과 거의 같은 수준으로 모국어를 구사할 수 있을 테니까요.

귀국 뱃길에 오른 그때, 박태준은 스스로 의식하지 못한 몇 가지 재산을 간직하고 있었습니다. 수학과 과학 지식, 완벽하게 구사하는 일본어와 체득한 일본문화, 청소년기를 벗어나는 시기에 맞이한 조국해방과 순수한 처녀지처럼 간직한 민족의식, 그리고 황색 군복도 피하고 융단폭격에도 손끝 하나 다치지 않고 건강하게 잘 지켜낸 몸. 이제부터 펼쳐질 그의 삶을 주의 깊게 지켜볼 테지만, 열아홉 살 먹은 건장한 청년의 내면에 순수하게 고인 민족의식이 해방조국을 향한 애국심으로 전화(轉化)되어 자신도 모르게 쌓아둔 그 재산들을 대한민국 건국시대의 어느 자리에서 어떤 자세로 얼마나 탁월하게 활용할까요?

# 살아남은 자의 길

휴전의 분단체제가 남북의 극단적 모순을 완성시킨 바로 그 지점에 박태준의 청춘은 멀쩡한 몸으로 우뚝 서 있었습니다. 그는 운이 좋은 군인이었습니다. 만약 그가 운이 나쁜 군인이었다면, 대한민국은 세계 철강사에 전무후무한 불후의 금자탑을 남기는 '위대한 일꾼'을 잃었을 것입니다.

## 길을 찾는 청년

눈부신 백사장, 찬란한 쪽빛 바다, 올망졸망한 초가집들, 밤을 밝히는 호롱불. 박태준의 고향은 12년 전 그대로였습니다. 항공모함, 전함, 어뢰, 폭격기, 소결로, 제철공장, 병기공장. 그가 일본에서 듣고 보았던 근대문명의 그림자도 어른거리지 않았습니다. 그저 고즈넉한 갯마을이었지요. 그러나 한반도는 혼란에 빠져들었습니다. 해방과 더불어 찾아온 가을, 광복의 햇빛이 들판을 황금빛으로 물들이는 즈음, 그 혼란은 기어코 '38선'이란 비극의 언어를 탄생시키고 말았습니다. 유엔에서 나와 있던 어느 관리자가 "신이 합한 것을 사람이 나눌 수 없다"는 말로 민족분단에 반대했지만, 신의 힘보다 더 강력한 냉전체제의 대립이 한반도 허리를 갈라놓았습니다. 남한은 미국이 주도하는 자본주의, 자유민주주의, 시장경제를 국가체제로 만들게 되고, 북한은 소련이 주도하는 공산주의, 국가사회주의, 계획경제를 국가체제로 만들게 됩니다.

'무엇을 할 것인가?'

돌아온 조국에서 첫 겨울을 맞은 박태준은 엔간히 모국어를 쓰는 청년이 되었지만, 혼돈과 분열에 빠진 해방조국은 그에게 마땅한 자리를 내주지 못했습니다. 우선, 와세다대학에서 껍데기만 구경하고 말았던 기계공학을 계속 공부할 길을 찾아보기로 합니다. 12월 하순, 부산에서 느려터진 열차를 타고 서울에 올라와 경성대학(현 서울대)과 경성공업전문학교(현 서울대 공대)를 방문합니다. 강의실은 텅 비어 있고, 상담할 교수도 만나지 못합니다. 이틀을 더 돌아다니지만, 헛걸음을 칩니다. 그런데 세밑의 서울 거리에는 시위인파가 몰려나와 있었습니다. 1945년 12월 27일 발표된 모스크바협정에 '5년 동안 조선을 신탁통치 한다'는 내용이 포함된 탓이었지요. 남한에는 새해 벽두부터 극단적 좌우 대결이 벌어졌습니다. 좌익은 찬탁, 우익은 반탁이었습니다. 국토가 동강난 남한에서 다시 국민이 둘로 갈라지게 되었습니다.

1946년 봄, 박태준은 다시 대한해협을 건너갑니다. 학업을 마쳐 보자는 생각이었지요. 도쿄는 여전히 폐허의 도시였습니다. 파괴된 캠퍼스는 이념적 집회의 공간이었습니다. 살아 있는 느낌을 주는 것은 여성과 노인이었습니다. 그들이 쓰레기더미에서 목재를 골라 임시로 판잣집을 짓고, 전쟁터에서 돌아온 사내들은 패전의 책임에 억눌린 듯이 집구석에 박혀 있었습니다. 학구열을 받아줄 분위기가 아니었습니다. 패전의 수도에 오래 머물 필요가 없다는 결론을 내렸습니다. 대학 2학년에서 학업을 중단한 그가 부산항으로 돌아왔을 즈음, 남한은 수렁에 빠져 허우적대고 있었습니다. 인플레 격화, 생활 파탄, 부정부패 만연, 치안 난맥, 정부 재정의 막대한 적자, 끊임없는 사회불안. 이런 것들이 빈곤한 민중의 일상을 옭아맸습니다. 그럼에도 근대국가의 틀을 갖추는 큰일은 미군정이 주도적으로 마련한 마스터플랜과 로드맵에 따라 추진되고 있었습니다.

1947년 봄날에 박태준은 두 번째로 상경합니다. 취직할 공장을 알아보려는 목적이었지요. 하지만 찾지 못합니다. 그때 공장다운 공장이 없었던 남한의 딱한 현실은 식민지정책과 관련이 깊었습니다. 일제가 식량공출을 목적으로 농토가 넓은 남한에서는 식량증산을 독려하고, 중국 대륙과 가까운 북한에다 침략의 병기 생산과 직결되는 중공업 공장을 배치했던 겁니다. 이것은 해방과 분단의 시기에 북한이 중공업에서 남한보다 월등한 우위를 차지했던 배경이기도 합니다.

### 통밀밥

박태준은 1947년 가을과 겨울을 고향에서 보냅니다. 칩거생활이었지요. 봄이 돌아왔을 때, 그는 공학도의 길을 포기하고 시대적 책임의식으로 덤벼들 다른 자리를 생각하고 있었습니다. 처음으로 자신의 능력을 창군하는 군대 조직에 견줘봤습니다. 때마침 국방경비대 병사들 중에 사관학교 생도를 발탁할 것이란 소식이 들려왔습니다.

"아버지, 군인이 되기로 했습니다. 국방경비대에 입대하겠습니다."

맏이가 불쑥 내놓은 뜻밖의 선언에 아버지는 못마땅한 반응부터 보였습니다. 그러나 맏이는 이미 뜻을 세우고 있었습니다.

"건국에는 건군(建軍)이 있어야 합니다. 조국에서 뜻 깊은 일을 하겠습니다."

스물한 살의 박태준은 출가 심정으로 머리를 깎았습니다. 조국 간성(干城)의 길로 고정한 청년의 나침반이 안내한 길의 첫 관문은 부산 국방경비대 정문이었지요.

남조선경비사관학교는 1946년 5월 1일 태릉에서 1기생 80명으로 개교했습니다. 비록 일본군이 남긴 건물 두 채에서 꾀죄죄하게 출발하지만 대한민국 건국과 더불어 육군사관학교로 거듭나게 됩니다.

"우리는 장차 수립될 조국과 정부에 충성을 다한다."

1948년 5월 6일 경비사관학교 제6기생 277명이 입교 선서를 했습니다. 경쟁률 4대 1. 국어 국사 영어 수학 논문 등 필기고사, 구두시험, 신체검사를 거쳤습니다. 전원 각 연대의 하사관(현 부사관)과 사병 중에 선발됐습니다. 해방된 조국에서 처음

국군의 전신인 남조선국방경비대 창설 때 모습 ⓒ 국가기록원

군대생활을 시작한 그들은 자칭 '메이드 인 코리아'라 부르며 자긍심을 높였습니다. 박태준을 추천한 장교는 박병권이었습니다. 학병으로 끌려갔다 무사히 돌아와 창군시절부터 육군에 투신해 장차 육사 교장과 국방장관을 지내는 인물이지요.

3개월 단기 과정을 거쳐 7월 28일 소위에 임관된 '메이드 인 코리아' 초급장교들은 너도나도 '통밀밥'에 몸서리쳤습니다. 통밀을 쪄서 밥이랍시고 내놓았으니 소화될 리 만무했지요. 통밀밥은 생도들의 영양실조를 불렀습니다. 완전무장 훈련에서는 졸도하는 생도들이 속출했어요. 박태준은 낙오하거나 쓰러지지 않았습니다. 수영과 스키와 유도로 단련한 체력이었으니까요. 하지만 반복된 통밀밥 설사는 신체의 저항력을 급격히 떨어뜨렸습니다.

### 박정희와 만나다

국가적 빈곤을 상징하는 '통밀밥'의 태릉에는 강한 인상을 남긴 한 교관이 있었습니다. 그의 이름, 박정희. 박태준 생도가 박정희 교관을 처음 쳐다본 것은 탄도학 첫 시간이었습니다. 강의실에 들어서는 그를 발견한 순간, 박태준은 싸늘한 공기가 앞문으로 들이닥치는 느낌을 받고 자신도 모르게 자세를 빳빳이 고쳐 앉았습니다. 깐깐하게 생긴 교관의 작은 체구는 온통 강한 의지로 똘똘 뭉쳐진 것 같았습니다.

탄도학은 단기과정 생도들에게 버거운 과목이었지요. 탄도궤적 계산법에는 해석기하학, 미분, 삼각함수 등 수학 원리가 포함되니까요.

"어느 생도가 나와서 풀어보겠나?"

칠판에 문제를 적은 박정희가 카랑카랑하게 말했습니다.

1946년 5월 1일 개교한 육사의 전신인 조선경비사관학교

"자원이 없으면 지명을 해야겠군."

강의실을 훑어나가는 그의 시선이 박태준 생도의 미간에 딱 머물렀습니다. 수학에 남다른 재능을 보였던 박태준이 술술 풀어내자 박정희의 얼굴에 살짝 미소가 피었습니다.

그날 점심시간, 그는 복도에서 박정희와 스치듯 지나치게 되었습니다. 생도가 거수경례를 붙였습니다.

"탄도학 문제를 푼 생도로군."

교관이 살갑게 눈웃음을 지었습니다.

박정희와 박태준, 이들은 이렇게 허술한 교정의 허술한 강의실에서 처음 만났습니다. 이 인연의 끈으로 두 사람은 1950년대 막바지부터 1979년까지 이십여 년 동안 한 사람이 먼저 생을 마치는 날까지 인간적으로 가장 가까운 불가분 관계를 풀수 없는 매듭처럼 맺습니다.

박정희가 한국의 지도자로 등장하는 1961년 5월에 이르러 자세히 들여다보겠지만, 박정희와 박태준의 오랜 불가분 관계를 통틀어 관찰해보면 매우 특이한 점을 발견할 수 있지요. 오늘날에 보편적으로 '박정희의 영예'로 평가되는 공적의 자리에서는 박태준의 영예도 함께 빛나지만, '박정희의 음영'으로 평가되는 과오의 자리에서는 박태준의 모습을 발견할 수 없다는 사실입니다. 이 진귀한 불가분 관계를 살펴보는 가운데 박태준이 역사에 기여한 실증을 밝히는 작업은, 자본주의체제를 갖추는 대한민국 근대화 무대를 지나치게 정치운동사 중심으로 조명하고 해석해온 기존의 편견과 왜곡을 바로잡는 역할도 해줄 것입니다.


**박태준 소위의 운**

소위 박태준은 1948년 8월 10일 제1여단 제1연대에 배치되고, 6기생 전원은 8

월 15일 이승만 초대 대통령 취임식에 초대되었습니다. 해방 후 3년 만에 마침내 '분단된 신생독립국 대한민국'의 탄생이 완성되는 시간이었지요. 남조선경비사관학교도 곧 대한민국 육군사관학교로 개명하듯이, 그때부터 한반도 남쪽에는 '남조선'이란 말이 공식적으로 소멸되었습니다.

누구의 인생이든 '운'이란 것이 있지요. '운이 좋다'는 말을 크게 확대하면 '천시(天時)가 맞다'는 뜻도 되는데, 개인이든 집단이든 운이 어긋나면 성공에 이를 수 없습니다. 특히 군인의 길은 운이라는 부적이 지켜줘야 합니다. 그것이 액을 막아줘야 자기 능력을 맘껏 발휘할 수 있습니다. 청년장교 시절의 박태준은 스스로 의식한 적이 없어도 운이 따른 인물이었습니다. 최소한 운이 나쁘진 않았습니다.

박태준이 1연대 2대대에 배속되어 서울 용산에 근무하면서 전라남도 남해안으로 내려가지 않은 것은 운이 좋은 쪽으로 작용한 경우였습니다. 1948년 여수·순천사건 때 그 지역의 육사 6기생 소위 17명이 전사했습니다. 여수·순천사건에 이어 몰아친 숙군의 회오리에서 6기생 전체 임관자의 10%가 넘는 25명은 좌익 관련 혐의로 파면되었습니다. 그 숙군의 회오리는 박정희도 체포했지요. 박정희 교관을 존경한 박태준이 박정희의 휘하에 남아 있었다고 가정해보면, 과연 그 맑은 청년장교는 스승의 자장(磁場) 안에서 숙군의 회오리를 무탈하게 넘겼을까요?

1949년 1월 수도여단으로 전출된 박태준은 3월에 중위로 진급했습니다. 여기서 그는 통밀밥 설사의 후유증을 앓습니다. 적십자병원에서 늑막염이란 진단을 받고 주사로 옆구리의 물을 빼내며 약을 먹었습니다. 도무지 효험이 없었습니다. 남녘 갯마을에서 아버지가 올라왔습니다.

"걱정마라. 내 목숨하고 바꿔서라도 너를 반드시 살린다."

아버지의 등에 업힌 청년장교는 눈물이 핑 돌았습니다.

장남의 병을 못 먹어서 생긴 것이라고 판단한 박태준의 부모는 보양식을 만들었습니다. 닭과 지네를 함께 넣어 삶고, 옥수수 수염과 인진쑥을 함께 넣어 끓였습니다. 그걸 먹고 그는 달포 만에 툭툭 털고 일어났습니다.

## 애치슨라인

박태준이 근무지로 복귀하자 미군 철수가 거론되었습니다. 냉전체제에 장기적으로 대응해 나갈 미국의 동북아 전략은 한국에 '반공 방파제'를 구축하는 것이라고 했습니다. '반공 방파제'와 '미군 철수'는 모순이었습니다. 그때 미군이 빠져버리면 한국군은 너무나 볼품없는 반공 방파제였던 겁니다. 모래성 같은 방파제라고 비웃어도 될 만한 수준이었지요. 그럼에도 불구하고 미국은 1949년 6월 30일을 미군 철수 기한으로 공표합니다. 4만5천여 미군이 썰물처럼 한국을 빠져나가고, 군사고문단으로 장교 472명과 소수 사병들만 남습니다. 미군은 탱크, 비행기, 중형 군함 등을 한국에 남기지 않습니다. 도쿄의 맥아더 장군이 내린 그 결정에 대해 한국에 남은 미국 군사고문단장은 "한국 지형에는 탱크전이 맞지 않는다"고 맞장구 쳤지요.

38선 인접지역의 미군 철수 자리를 한국군이 메워야 했습니다. 그것이 박태준을 불러들였습니다. 1949년 12월, 대위로 진급한 그는 7사단 1연대 2대대 5중대장으로 서울 북부 경기도 포천에 배치됐습니다. 무기는 미군이 넘겨준 소총과 경포가 전부였지요. 이따금씩 38선에선 북한군과 국지적 무력충돌이 벌어졌습니다.

1950년 1월 몹시 추운 날, 박태준은 꺼림칙한 뉴스를 들었습니

다. 미국 국무장관 애치슨이, 미국의 방어선은 알류샨열도에서 시작되어 일본을 거쳐 류큐열도에 이른다고 밝혔던 겁니다. '애치슨라인'으로 불린 그 지도상의 선긋기는 한마디로 한국과 대만을 미국의 보호막 밖으로 밀어낸다는 선언이었지요. 다만 한국을 반공 방파제로 삼겠다고 했던 전략에 비춰보니 어딘가 켕기는 데가 있었는지 적의 귀에는 한가로운 헛소리로 들릴 만한 의견을 덧붙였습니다. 만약 그 라인에서 제외된 지역에 대한 공격이 있다면, 우선은 공격받은 지역의 주민이 저항해야 하며, 그런 다음에 유엔헌장을 준수하는 전 세계 문명국의 개입에 의존해야 한다고 꼬리처럼 달아뒀으니까요.

## 폭풍전야

애치슨라인이 등장한 그때, 북한 김일성 정권의 국제적 환경은 양호했습니다. 중국은 마오쩌둥이 이끄는 공산당이 '붉은 혁명'의 내전에서 승리하여 장제스의 국민당을 대만으로 축출했습니다. 히틀러 파시즘의 독일과 전쟁하느라 지칠 대로 지치긴 했으나 스탈린이 이끄는 소련은 1949년 9월 핵탄두 실험에 성공하여 언제든 미국을 긴장시킬 수 있었습니다.

1950년 6월 23일 금요일. 오키나와 남쪽에 소규모 태풍 '엘시'가 발생했습니다. 한국 농민들은 태풍의 북상 뉴스에 기뻐했습니다. 드디어 지독한 가뭄이 끝나서 모내기를 할 수 있겠다는 기대에 부풀었지요. 국방부는 4월 21일 이래로 계속 발효해 온 비상경계령을 6월 23일 24시에 해제한다는 지시를 하달했습니다. 날이 밝으면 한국군 각 부대에는 고향의 모심기를 도우러 가는 휴가 장병이 속출하지요.

6월 24일 토요일. 박태준은 두어 달 만에 서울 시내로 외박을 나와 청파동 선배의 집에서 술잔을 나누었습니다. 그날 서울의 밤은 특별한 느낌을 주지 않았습니다. 태풍 엘시의 간접영향권에 들어 빗줄기가 제법 세차다는 점이 특별하다면 특별한 정도였지요. 육군본부 장교구락부에선 한국군 장교와 미 군사고문단 장교들이 깊은 밤에도 파티를 계속했습니다. 폭풍 전야의 고요와는 달리, 폭풍 전야의 육군본부는 소란스러웠습니다. '폭풍', 이것은 인민군의 공격개시 전화 암호였습니다.

6월 25일 꼭두새벽, 육군본부도 명동거리도 모든 서울 시가지가 고요해졌습니다. 마침내 '폭풍'을 맞이할 '전야'의 준비를 갖춘 꼴이었지요. 어둠이 한 겹 벗겨지면서 빗줄기가 가늘어졌습니다. 새벽 4시. 희붐하게 먼동이 트는 시각에 인민군 총사령관이 한마디 명령을 내렸습니다.

"폭풍!"

북쪽에서 몰아치는 '폭풍'은 38선 전역을 뚫는 전면전이었습니다. 박태준의 연대가 맞설 적의 주력부대는 동두천과 포천을 뚫고 의정부를 거쳐 서울로 직행하는 인민군 제3사단과 제109전차연대, 제4사단과 제107전차연대였습니다. 인민군에게는 매력적인 공격 루트였지요. 38선에서 의정부를 거쳐 서울까지 닿는 경원(京元)가도는 50킬로미터에 불과한 최단 거리이고, 도로가 넓고 단단하여 탱크와 차량이 달리기에 딱 좋았던 겁니다. 새벽 4시에 터진 38선의 '폭풍' 소식은 20분쯤 지나서 한국군 육군참모총장 관사의 전화기를 울렸습니다. 그러나 그의 고막을 건드리진 못합니다. 불과 2시간 전에 심야 파티를 마치고 곯아떨어져 있었던 거지요.

6월 25일 일요일 아침. 북한이 '폭풍'을 일으켰으나 서울 상공에는 폭풍의 흔적조차 찾아볼 수 없었습니다. 비가 물러간 하늘만 싱그럽게 푸르렀지요. 일찍 잠을 깬 박태준은 왠지 가슴 한구석이 먹먹했습니다. 몇 군데 전화를 걸었습니다. 38선 상황이 심각하다는 소식을 들었습니다. 시계를 보니 거의 7시, 라디오를 켰습니다. 북괴군이 공격해왔지만 국군은 건재하니 시민들은 염려하지 말라는 뉴스가 나왔습니다.

그는 믿기 어려웠습니다. 부리나케 군화를 졸라맸습니다. 무조건 최단 시간 내

귀대해야 한다는 의무감과 책임감에 쫓겨 거리로 뛰쳐나갔습니다. 장교복의 힘으로 민간인 차를 두 번 갈아타고 서울을 벗어나는 지점에서 군용 트럭을 만났습니다. 그가 간신히 본대에 닿았을 때, 상황판은 벌써 후퇴를 가리키고 있었습니다.

## 육탄, 그리고 포항을 밟다

박태준의 연대는 적의 탱크에 속수무책으로 당했습니다. 박격포를 맞아도 소련제 T34탱크는 단지 성가신 돌멩이에 얻어맞은 코끼리처럼 끄떡하지 않았습니다. 일본군에 징병 나갔던 하사관들이 용감하게 나섰습니다.

"탱크는 옆구리가 약점입니다."

그것은 '육탄'과 같았습니다. 탱크 옆구리로 올라가 뚜껑을 열고 수류탄을 집어넣는 싸움. 박태준의 5중대도 탱크 2대를 잡았습니다. 그러나 고철덩어리로 변한 괴물을 치우는 시간만큼 적의 진격을 지체시킬 따름이었지요. 한국 지형에는 탱크전이 맞지 않는다는 미국 장군의 큰소리를 짓밟아버린 T34 소련제 탱크들은 '공격 받은 비문명국의 주민'인 국군 용사들이 육탄의 순국으로 맞서봤지만 불가항력의 철갑 괴물들이었습니다. 한국군에게 '개전 사흘'은 오직 적이 서울에 도착하는 시간을 지연시키며 후퇴에 후퇴를 거듭한 사망의 사흘이었습니다.

27일 저녁 무렵, 중대장 박태준은 살아남은 중대병력을 미아리에 배치했습니다. 잔존병력으로 창동에서 미아리까지 구축한 방어전선은 낡은 철조망처럼 허술한 것이었지요. 대통령도 정부도 대전으로 내려간 서울이 어둠에 덮이면서 빗줄기가 굵어졌습니다. 병사들은 배고픔과 한기를 이겨내며 전방을 주시했습니다. 거센 빗줄기 속에서 박태준은 담담히 마음을 비웠습니다. 결사항전, 죽음을 각오했습니다. 연대장이 전사하고, 대대장이 전사하고, 중대장 12명 중 10명이 전사한 연대의 마지막 남은 두 중대장의 한 사람으로서 초연히 죽음을 받아들일 자세를 가다듬었습니다. 질척한 미아리고개에 청춘을 묻자고 작심한 그는 격전을 앞둔 고요가 차라리 부담스럽고 처량하게 느껴졌습니다. 전쟁도 인간의 노동이니 휴식시간이 있어야 한다는 하늘의 지시가 빗줄기를 타고 내려오는 것 같았습니다.

28일 새벽 1시, 탱크 소리가 유난히 선명하게 들려오기 시작했습니다. 촘촘한 빗줄기 탓이었지요. 박태준은 최후 시간의 임박을 직감했습니다. 미군이 물려준 낡은 소총들이 불을 뿜었습니다. 그의 소총도 닥치는 대로 갈겨댔습니다. 적과의 거리도 분간할 수 없는 질펀한 어둠의 전방을 향해 '제발 밀려오지 말라'고 비는 심정으로 당기는 방아쇠였습니다. 문득 누군가 황급히 그를 불렀습니다.

"중대장이라도 이 전문을 접수하시오."

육군본부에서 나온 연락장교였습니다. 박태준이 그것을 받았습니다. 뜻밖에도 구원의 동아줄이었습니다. '현 잔여병력은 즉시 한강 도하 후 시흥에 집결할 것.'

무공훈장을 받는 박태준

한강을 건너서 후퇴하라는 명령이었습니다. 통신망이 완전히 망가진 상황에서 최고위 지휘부가 보낸 사자(使者)는 죽음의 사자가 아니라 생존의 사자였습니다.

박태준은 하나 남은 동료 중대장과 함께 잔존병력을 이끌었습니다. 운 좋은 장정 150여 명이 전찻길을 따라 광나루에 닿았습니다. 먼동이 훤하게 트고 있었습니다. 비는 그치고 햇빛이 나왔습니다. 광나루는 북새통이었습니다. 피난민들이 서로 먼저 배를 타려고 아우성이었습니다. 박태준은 권총 두 발을 허공으로 쏘아 소란을 가라앉히고 질서를 잡았습니다. 비로소 병사와 시민들의 도하가 차분히 진행되었습니다. 강 건너 잠실은 너른 밭이었습니다. 고맙게도 오이와 토마토가 기다리고 있었습니다. 덜 자라고 덜 익은 놈들이었지만 굶주린 배를 채울 수 있는 귀한 음식이었지요. 그는 허기에 지친 병사들에게 실컷 먹게 했습니다. 어차피 적의 손에 넘어갈 테니.

박태준의 병사들이 도착한 시흥에는 큰 밥솥이 기다리고 있었습니다. 포천에서 시흥까지 나흘 동안 죽음의 골짜기를 헤쳐 나오며 그저 운이 좋아 살아남은 후퇴 병력을 밥 냄새가 환영했습니다. 6월 25일 새벽 4시로부터 6월 28일 오전 11시 30분에 인민군이 서울 함락을 공식 선언한 그때까지의 79시간 30분 동안 한국군은 탈영병을 포함해 무려 4만4천여 병력을 상실했습니다. 북한 인민군대의 완벽한 기습남침에 남한 군대가 무참히 허물어진 것이었지요.

시흥에 도착해 밥을 맛본 박태준 중대에게 떨어진 과업은 '후퇴'였다고 해야 맞는 말이겠습니다. 가끔씩 북쪽으로 총을 쏘기도 했지만 남쪽으로, 남쪽으로 내려가는 행군……. 7월 5일 박태준은 평택 인근에서 흑인병사와 조우했습니다. 맥아더가 일본에서 급파한 미군들이었지요. 그들마저 T34 탱크 앞에서 "오, 마이 갓!"을 외쳤습니다. 105밀리 곡사포로 때려도 끄덕하지 않았던 겁니다.

후퇴의 한 달. 남한은 포항에서 부산을 잇는 최남단 귀퉁이만 남기고 몽땅 적의 수중에 넘어갔습니다. 박태준의 가슴에는 벌써 무공훈장 두 개가 걸려 있었습니다. 그게 싫지도 않았지만 기쁘지도 않았습니다. 운 좋아 살아남은 자의 채무확인증 같았습니다.

8월 4일 맥아더 장군은 낙동강을 따라 최후 교두보를 설정했습니다. 이때 박태준은 포항에 생애의 첫발을 디딥니다. 앞으로 18년 뒤부터, 그가 한국 산업화의 기반이며 견인차인 종합제철(포항제철, POSCO)을 일으키기 위해 인생을 바치게 되는 땅이지요. 치열한 전투가 기다리는 포항은 그의 부대에게 막다른 골목이었습니다. 영일만과 형산강이 퇴로를 끊어버렸습니다. 배수진을 쳐야 했습니다. 회생할 것인가, 패망할 것인가. 나라의 운명과 그의 인생이 걸린 전투였습니다.

## 북진의 가을

9월 15일, 마침내 맥아더가 인천상륙작전을 감행했습니다. 다음날, 낙동강 교두보의 모든 전선에 북진 명령이 떨어졌습니다. 국군으로서는 전쟁 발발 후 처음 받는 감격의 명령이었습니다. 기습남침을 당한 지 정확히 82일 만에 떨어진 최초의 진격 명령, 모두가 만세라도 부르고 싶은 그 극적인 반전의 시기에 박태준은 1군단 김웅수 대령의 보좌관으로 발탁됩니다. 작은 키에 군살 없는 몸집의 그는 명민한 지휘관으로 알려져 있었습니다. 훌륭한 상관을 만난 것이었지요.

북진의 시동이 걸리자 후퇴속도보다 더 빠른 전진속도가 붙었습니다. 경북 내륙의 산악지대를 타고 올라가는 박태준의 부대도 마찬가지였습니다. 특별한 교전이 없는 조건에서는 자주 넘어야 하는 고개들이 장애물이었습니다. 한국 해병이 서울 중앙청 국기게양대의 인공기를 내리고 태극기를 올렸다는 희소식이 경북의 깊은 산악으로 날아들었습니다.

국군이 신나는 가을, 그러나 박태준은 집안의 비보를 듣게 됩니다. 일찍이 중학

시절에 함께 후지산 정상에 올랐던 사촌형 박태정, 와세다대학 대학원 재학 중 대한해협을 건너와 국군에 자원한 그가 포항에서 전사했다는 것. 박태준은 가슴을 쳤으나 차마 울 수는 없었습니다. 집안에 생긴 또 하나의 나쁜 소식도 듣게 됩니다. 사회주의로 기울어 있던 고향 인근의 외삼촌이 결국 아내와 아들을 버려두고 인민군의 퇴각과 더불어 사라졌다는 것.

9월 하순에 박태준의 부대는 강원도 평창에서 방향을 동쪽으로 꺾었습니다. 북진의 길이 동해안으로 조정되었습니다. 그는 강릉을 거쳐 주문진에 닿았습니다. 통한의 38선을 넘을 것인가, 멈출 것인가. 맥아더의 명령을 기다리는 국군은 소련제 T34탱크보다 우세한 미제 M46탱크를 앞세우고 있었습니다. 부산항에 부려져 곧바로 낙동강 전선으로 투입되었을 때 수많은 국군 병사를 흐느끼게 했던, 숱한 미군 병사들이 애마처럼 쓰다듬고 어루만졌던 M46탱크였지요.

드디어 38선을 통과했습니다. 김일성의 인민군은 모조리 다 어디로 숨어버렸는지, 10월 14일 박태준의 부대는 전투 없이 원산을 점령했습니다. 미군도 원산 바닷가 모래사장에 상륙했습니다. 박태준은 소령으로 진급합니다. 국군과 미군이 원산에서 휴가 같은 며칠을 보내고 있을 때, 중국의 마오쩌둥이 그냥 보고만 있지 않을 것이라고 경고합니다. 미군 지휘부는 콧방귀를 날렸습니다. 중공군은 개입시기를 놓쳤고 인민군은 지리멸렬하다고 보았던 겁니다.

그러나 중국 공산당 지도부는 극비리에 움직이고 있었습니다. 저우언라이가 프로펠러 비행기를 타고 모스크바로 날아갔습니다. 스탈린에게 지원을 요청하려는 것이었지요. 온통 피로 물들인 인생의 막바지에 다가서는 스탈린은 흑해 근처에서 요양 중이었습니다. 저우언라이는 다시 거기까지 찾아가 특히 공군을 지원해 달라고 부탁합니다. 스탈린의 반응이 신통찮았지만 마오쩌둥은 과감히 참전을 결정합니다. 이름도 짓지요. 항미원조전쟁(抗美援朝戰爭), 미국에 대항하면서 조선을 돕는다는 전쟁. 이른바 인해전술이란 말에 걸맞게도 일차로 40만 대군을 파병하게 됩니다.

마오쩌둥의 한반도에 대한 진심은 무엇이었을까요? 1937년 여름에 그는 미국 기자 에드가 스노우를 접견하여 자신의 존재와 사상을 서방세계에 널리 알리는 기회로 활용한 적이 있었습니다. 그때 마오쩌둥은 자아의식의 밑바닥에 깔린 조선에 대한 고정관념을 어떤 본능처럼 드러내기도 합니다. 정치의식에 눈뜨기 시작할 13세 무렵에 한 소책자에서 중국의 실상을 발견하고 조국을 구해야 하는 국민의 의무를 깨달았으며 특히 '조선에 대한 중국의 종주권 상실'에 대해 탄식했다고 말합니다. 1937년 여름의 마오쩌둥은 43세였지요. 이때 그의 조선에 대한 고정관념은 13세 시절에 비해 본질적으로 얼마나 변해 있었을까요? 에드가 스노우가 중국을 식민지로 지배하고 있는 일본을 몰아내는 범위에 대해 묻자, 마오쩌둥은 이렇게 대답합니다. "우리는 중국의 식민지였던 조선을 포함시키지는 않습니다." 13세에는 '종주권'의 문제로 인식했던 조선을 43세에는 한 걸음 더 나아가 아예 '식민지'로 인식하고 있었던 겁니다. 이러한 대화는 에드가 스노우의 저서 『중국의 붉은 별』에 담겨 있습니다.

1950년 11월 중공군에게 압록강, 두만강을 건너가라고 명령한 '57세' 마오쩌둥의 의식엔 한반도에 대한 그 케케묵은 본능적 고정관념이 더 정교하고 세련된 전략적 사고로 변질돼 있었습니다. 중국의 식민지라고 여겨온 한반도를 송두리째 미국의 수중에 내줌으로써 세계에서 가장 강력한 군대가 상시로 자신의 항문에 총구를 겨누게 되는 꼴이 몸서리치도록 싫었겠지요.

### 통한의 후퇴, 강릉 아가씨

원산을 출발한 박태준의 부대는 동해안을 따라 흥남, 함흥을 거쳐 함경북도 주을까지 치달았습니다. 추위가 매서워졌습니다. 하지만 사기는 충천했습니다. 죽지 않고 살아남아 승전과 통일의 주역이 된다는 벅찬 상상, 이거야말로 사기의 원천이었지요. 주을에서 온천을 맛본 박태준은 청진에 입성하여 청진시청의 국기게양대에 태극기 올리는 모습을 감격의 눈빛으로 바라보며 북진 명령을 기다렸습니다. 청진을 평정하고 나진까지 올라가서 대기하라, 이런 명령을 예상했습니다. 아, 그러나, 정반대의 명령이 떨어졌습니다.

중공군은 미군의 정찰을 피하느라 야간에만 이동해 한반도 북단에 발을 들였습니다. 11월 하순에 미 육군은 평양 북쪽의 청천강 일대에서 중공군의 기습에 쑥밭이 되고, 미 해병대는 함경도 장진호에서 매복한 중공군의 공격을 받아 대패합니다. 험준한 산악지형은 중공군을 절묘하게 숨겨주면서 미군의 공습을 폭탄 낭비로 만들었습니다. 혹독한 추위도 미군을 위축시켰습니다.

1950년 12월 하순부터 1951년 1월 4일 사이의 눈보라 휘날리는 흥남 부두는 인산인해였습니다. 미군 군단 병력, 한국군 10만5천여 명, 고향을 등지고 남쪽으로 내려갈 피난민 10만여 명, 차량 1만7천500여 대, 각종 무기와 장비 35만 톤이 집결했습니다. 이른바 '1·4후퇴'. 군함은 초만원이었습니다. 남는 자리에 피난민을 무제한 승선시킨 것이었지요. 무수한 이산가족이 속출했습니다. 머잖아 한국인의 심금을 울리는 〈눈보라가 휘날리는 바람 찬 흥남부두에/목을 놓아 불러봤다 찾아도 봤다/금순아 어디로 갔나〉라는 슬픈 유행가의 배경이었던 겁니다. 김기수라는 소년도 혈혈단신 군함에 올랐습니다. 15년쯤 지난 뒤 그 소년은 박태준의 전폭적인 지원을 받아 한국 최초의 세계프로권투 챔피언에 등극하지요.

흥남부두의 아수라장에서 박태준은 덜컥 야전병원에 누웠습니다. 맹장염이었습니다. 수술대 밑의 바가지에는 동상 때문에 잘라낸 손가락, 발가락이 수북수북 쌓여 있었습니다. 수술 받고 한 주일쯤은 병상에 누워야 했지만 하루 만에 들것에 실린 그는 꿰맨 자국을 부여안고 해병대 양륙함(LST)으로 옮겨졌습니다. 철수하는 배가 떠나자, 흥남 부두에 장착된 폭약의 도화선에 불이 붙었습니다. 적에게 항만 시설을 넘겨주지 않으려는 그것이 '원한의 재(再)분단'을 알리는 신호탄이었지요.

골짜기마다 개울물 소리가 되살아난 봄날, 전선의 형세는 한반도 중부지역을 울퉁불퉁한 곡선으로 연결하여 일진일퇴의 소모전 양상으로 굳어졌습니다. 퇴원한 박태준은 강릉에 주둔했습니다. 제공권과 제해권을 상실한 적군이 건드리지 못하는 해안도시에서 그는 청혼을 받았습니다. 여고를 졸업하고 간호부대에 자원한 예쁘고 날씬한 아가씨. 고등학교 수학교사 출신인 그녀의 아버지가 박태준을 사위로 삼고 싶다는 속내를 털어놓았습니다. 그도 호감을 받은 아가씨였지만 청을 물려야 했습니다.

"지금은 전쟁 중입니다. 전쟁 발발 6개월 만에 처음으로 한가하게 보내고 있습니다만, 언제 어느 전선으로 투입될지 모릅니다."

그녀의 아버지가 술잔을 들었습니다. 그가 말을 이었습니다.

"젊은 욕심에 눈이 멀어서 귀한 따님을 과부로 만들 수는 없는 일입니다."

며칠 지나서 박태준은 속초의 1군단 사령부로 이동했습니다. 결혼할 뻔했던 사연을 인생의 꽃송이 같은 삽화로 고이 간직하게 되지요.


## 휴전

맥아더 사령관은 호된 경험을 거치면서 중공군의 약점을 간파했습니다. 중국은 아직 현대전쟁을 장기적으로 수행할 능력이 없다는 것이었지요. 그는 만주폭격을 주장합니다. 그러나 워싱턴의 트루먼 대통령이 반대합니다. 1951년 4월 11일 트루먼은 맥아더를 해임합니다. '동북아의 국지전'인 한국전쟁이 제3차 세계대전으로 확전될세라 속을 태우고 있던 워싱턴, 베이징, 런던, 모스크바, 파리가 동시에 한숨

휴전 무렵 어느 날의 박태준

을 돌렸습니다. 평양도 가슴을 쓸어내렸지요. 그러나 서울은 비탄을 감추지 못했습니다. 맥아더의 전략만이 승전과 통일의 희망이라고 확신했던 겁니다. 백전노장 맥아더는 미국 의회 연설을 마지막으로 '죽지 않고 다만 사라져' 갔습니다.

1951년 7월 한 달 동안에 무려 14차례의 휴전회담이 열렸습니다. 그러나 전쟁은 계속되었습니다. 휴전을 하겠다면서 치열하게 전투하는, 어처구니없는 비극이 그로부터 2년이나 더 지속됩니다.

1952년 6월 남한에는 또다시 대규모 권력형 부패사건이 터졌습니다. 이른바 중석불 사건. 고위 관료와 정치인이 중석불(重石弗 : 중석을 수출해서 획득한 달러)을 민간 상사에 불하해서 밀가루와 비료를 수입하게 하고, 그것을 농민에게 되팔아 막대한 부당이익을 챙겼던 겁니다. 중석불로는 양곡이나 비료를 수입할 수 없다는 규정을 무시하고 파렴치하게도 전시의 농민을 갈취한 범죄였지요. 대한중석, 양질의 텅스텐(중석)을 수출해 달러를 벌어오는 알짜배기 달러박스 안에 버글거리는 권력형 부정부패를 언제 누가 어떻게 말끔히 청소할 것인가? 뒷날 대한중석이 자신의 손에 맡겨질 줄이야 5사단 참모부 박태준 중령은 꿈에도 모르고 있었지요.

해가 바뀌었습니다. 휴전회담은 밑도 끝도 없었습니다. 1953년 3월 5일 스탈린이 사망했습니다. 모스크바의 크렘린이 혼돈에 빠졌습니다. 여름에 다가서면서 조만간 휴전협정이 조인될 것이란 소문이 무성했습니다. 박태준은 전투 없는 자리의 부채의식을 줄이기 위해 사단장을 찾아가 일선 지휘관을 자청했습니다. 보직이 부연대장으로 바뀌었습니다. 화천수력발전소 사수를 맡았습니다. 전투는 남은 탄약

작전 중 쌍안경으로 정찰하는 박태준

을 모조리 소모할 것처럼 치열했습니다. 중공군과 일진일퇴를 거듭하는 가운데 안타깝게도 대대장과 대대 참모들이 완전무장으로 고무보트를 타고 북한강 상류로 철수하던 중 적의 포탄을 맞았습니다. 화천수력발전소를 남한의 수중에 넣었지만, 그가 겪은 최후의 아찔한 격전이었습니다.

1953년 7월 27일 마침내 휴전협정 조인식이 열렸습니다. 승리도 패배도 없이 전쟁은 직선의 38선을 울퉁불퉁한 곡선의 휴전선으로 대체했습니다. 한반도엔 불안한 평화가 남았습니다. 가장 모질고 끈질긴 전쟁의 상처로 동족 간 적개심이 남았습니다. 그것은 분단체제를 강화할 수 있는 정치적 기제였습니다. 앞으로 얼마나 긴 세월이 걸릴지 몰라도 평양의 통치권력은 '반미(反美)'를 절대가치로, 서울의 통치권력은 '반공(反共)'을 절대가치로 외쳐댈 차례였습니다. 그것은 전쟁과 빈곤에 지칠 대로 지친 북한 인민과 남한 국민의 광범한 지지를 받게 됩니다.

휴전의 분단체제가 남북의 극단적 모순을 완성시킨 바로 그 지점에 박태준의 청춘은 멀쩡한 몸으로 우뚝 서 있었습니다. 그는 운이 좋은 군인이었습니다. 만약 그가 운이 나쁜 군인이었다면, 대한민국은 세계 철강사에 전무후무한 불후의 금자탑을 남기는 '위대한 일꾼'을 잃었을 것입니다.

# 딸깍발이 장교, 부패의 늪 건너기

고통은 인간의 성격을 창조하지요. 전쟁은 전쟁터의 인간에게 최악의 고통입니다.
박태준의 전쟁은 박태준의 신념으로, 인생 항로의 나침반으로 다시 태어났습니다.
그는 세월의 풍화작용을 거치며 전쟁 트라우마를 지워가겠지만, 전쟁의 고통은 이
세상의 존귀한 선물처럼 그의 인생을 이끌어나갈 '짧은 인생을 영원 조국에'라는
좌우명으로 남았습니다.

## 전쟁의 선물

박태준은 휴전협정이 공표되자 자아를 성찰합니다. 머리가 텅 비어버린 듯했습니다. 그건 소스라치는 자각이었습니다. 제대로 공부할 시간이 없었다는 사실을 뼈저리게 인정해야 했던 겁니다. 또한 그는 전쟁 후에 멀쩡히 살아남은 것은 단순한 육체가 아니라는 점을 깨달았습니다. 인생이 온전히 남은 거였습니다. 인생 항로의 확고한 나침반부터 갖춰야 한다고 생각했습니다. 식민지와 분단, 전쟁과 재분단, 그리고 절대빈곤. 이것이 조국의 실체였습니다. 엉망으로 널브러진 국가, 절망의 상태로 파괴된 국가, 그 위에 한 장교로 서 있다는 사실을 직시한 그는 좌우명을 결정했습니다. 곧바로 그것을 조각칼로 파듯이 영혼에 아로새겼습니다.

짧은 인생을 영원 조국에.

절대적 절망은 없다.

'절대적 절망'이란 도저히 벗어날 수 없는 절망을 말합니다. 만약 식민지와 전쟁이 남긴 조국의 빈곤과 폐허 상태를 '절대적 절망'으로 받아들인다면, 어느 누가 제 아무리 자기 일생을 '영원해야 하는 조국'을 위해 헌신한다고 하더라도 그 조국은 영원히 절망의 상태에서 벗어날 수 없을 것입니다. 그러니 '짧은 인생을 영원 조국에' 바치기로 결의한 사람은 자기 앞의 어떤 곤경도 '절대적 절망'으로 받아들이지 않을 용기와 기백을 반드시 갖춰야지 않겠어요?

한국전쟁은 하나였습니다. 그러나 모든 전쟁처럼 한국전쟁도 수백만 개의 전쟁이었습니다. 전선에서 총을 겨누었던 모든 개인이 저마다의 전쟁을 간직하기 때문이지요. 전사한 이는 그의 전쟁마저 상실합니다. 부상당한 이는 평생을 온몸으로 그의 전쟁 후유증을 모질게 감당해야 합니다. 온전히 살아남은 이는 세월과 더불어 시나브로 그의 전쟁 트라우마를 지워나가야 합니다.

고통은 인간의 성격을 창조하지요. 전쟁은 전쟁터의 인간에게 최악의 고통입니다. 박태준의 전쟁은 박태준의 신념으로, 인생 항로의 나침반으로 다시 태어났습니다. 그는 세월의 풍화작용을 거치며 전쟁 트라우마를 지워가겠지만, 전쟁의 고통은 이 세상의 존귀한 선물처럼 그렇게 그의 인생을 이끌어나갈 좌우명으로 남았습니다.

### 금시계, 그리고 결혼

5사단 작전참모 박태준 중령이 하루는 극비 특명을 받습니다.

"작전참모는 보좌관 1명만 데리고 5사단 병력의 지리산 이동계획을 세워라. 기간은 10일이다."

휴전 즈음의 지리산에는 사회주의혁명을 추구하는 사람들이 '빨치산'이라 불리며 무장한 세력으로 잔존해 남한에 투항하기를 거부하고 있었습니다. 앞으로 30년쯤 더 지난 1980년대 중반에 이르러 한국사회에서 사회주의혁명을 동경하는 학생운동권이나 좌파 지식인들이 지리산을 '혁명의 성지'처럼 받들게 되는 이유도 그때 그런 상황과 뗄 수 없는 것입니다만, 당시의 남한 정부나 남침전쟁에 치를 떠는 국민에게는 지리산의 그들이 '하루빨리 소탕해야 하는 적'이었지요.

박태준은 조그만 천막 하나를 세워 그 안에서 보좌관과 열흘을 보냅니다. 1만2천여 병력을 수송할 차량들은 몇 미터 간격을 유지하며 시속 몇 킬로미터로 전진해야 하는가? 돌발변수에 대한 예측과 그 대응은? 몇 개의 부대로 나눌 것인가? 식량과 부식 보급은? 식사시간과 장소는? 야전군 사령부, 사단본부, CP(전방지휘소)는 어디에?…… 모든 신경이 날카롭게 돋고 입술이 마르는 열흘이 열 시간처럼 지나갔습니다. 천막을 빠져나온 그를 기다리는 것은 브리핑이었습니다. 박태준은 군단장,

신혼 시절의 박태준·장옥자 내외

사단장, 참모장 앞에서 찬찬히 보고했습니다. 머잖아 육군참모총장으로 승진하는 군단장이 고개를 끄덕였습니다.

"이런 작전계획은 어디서 배웠나? 우리 군대엔 제대로 가르치는 교육기관도 없고, 나는 이만한 작전계획을 보고받은 적이 없었어."

"중부전선에서 동부전선까지 전투하면서 익히기도 했고 책도 좀 보았습니다."

군단장의 얼굴에 웃음꽃이 피었습니다.

"굉장히 치밀하고 놀라울 정도로 잘됐어."

박태준의 작전계획은 한 대의 차량 사고나 시간적 오차 없이 실행됩니다. 사단본부나 전방지휘소의 위치도 아주 적절하다는 평을 얻게 됩니다.

1953년 가을, 군단장을 만족시킨 작전참모에게 포상처럼 연대장으로 나갈 기회가 왔습니다. 그러나 박태준은 다른 길을 바라봅니다.

한국 정부는 전쟁 중에도 지휘관과 참모의 능력을 향상시키기 위해 1951년 10월 4일 육군대학을 창설했지요. 입학식과 졸업식에는 대통령, 국방장관, 참모총장, 미8군 사령부 장성, 유엔군 장성이 참석했습니다. 1953년 11월 16일 박태준 중령은 제5기로 육군대학에 입교합니다. 동기생은 총 56명. 교육은 크게 사단 과정과 군단 과정이었지요. 사단 과정에선 독도법, 원자탄과 화생방전에 대한 방어, 인사참모 업무, 정보참모 업무, 작전참모 업무, 군수참모 업무, 보병사단 공격, 보병사단 방어 등이 주요 과목이고, 군단 과정에선 사단 과정을 포함하여 사단전투명령, 군단 도하작전, 군단공격, 군단공세 등 상위개념도 배웁니다.

육군대학은 수석 졸업자에게 대통령상과 금시계를 수여했습니다. 25주 교육을 통해 가려낸 영예의 수석 졸업을 박태준 중령이 차지합니다. 덕분에 잠시 '행복한 곤혹'을 겪게 됩니다. 권세와 명망이 높은 장군 세 사람이 서로 그를 데려가겠다고 했던 겁니다. 그의 5사단 지리산 이동작전 계획을 크게 칭찬했던 육군참모총장은 자신의 참모로, 육군대학 교장은 교수부장으로, 육군사관학교 교장은 교무처장으로. 이렇게 몸이 셋이어야 하는 상황에서 육사로 갑니다. 마침 육사 교장은 1946년 훈련병 박태준을 육사로 추천해준 박병권 장군이었지요.

새 교무처장을 생도들은 한동안 '금시계'라 불렀습니다. 육군대학 수석 졸업자에 대한 선망과 기대를 담은 별명이었지요. '금시계' 중령은 보직 신고를 마친 즉시 전쟁 중에 진해로 내려간 육사를 서울 태릉으로 옮겨올 작전계획 수립에 돌입했습니다. 1학년 생도 259명, 2학년 생도 181명, 3학년 생도(11기) 166명, 그리고 소수의 병력과 물품들. 박태준은 이틀 만에 박병권 교장에게 보고합니다.

"완벽해. 후퇴계획까지 세웠군. 후퇴계획에 착안한 것만 해도 놀라운데, 그것마저 완벽해. 과연 자네는 작전통이고 기획통이야."

진해에 내려와서 4년제 정규과정으로 재개교한 육사는 아직 4학년 없이 박태준의 계획에 따라 1954년 6월 21일부터 24일까지 나흘에 걸쳐 진해 시절의 막을 내립니다. 태릉에는 골프장 자리도 잡혔습니다. 앞으로 세계 어느 나라 장교와 어울려도 모든 면에서 당당하게 상대할 수 있도록 교육해야 한다는 그의 주장을 반영한 것이었지요.

21세 입대, 23세부터 3년간 전쟁. 포연과 더불어 청춘을 보내며 이성(異性)에 한눈 팔 여유도 없었던 만 27세 청년장교 박태준을 어머니가 고향으로 불렀습니다. 그때가 1954년 11월 초순이었지요. 그는 인생의 한 매듭을 예감했습니다.

어머니가 장남에게 신부 후보에 대한 몇 가지 정보를 들려줍니다. 이름은 장옥자, 부산에서 태어나 부산에서 성장, 이화여대 정외과 졸업, 나이 24세, 3남2녀 중 맏딸. 어머니가 훈시 같은 말을 더 보탭니다.

"7남매의 장남에다, 우리 집이 시골이라, 저쪽 부모가 많이 망설였다. 내가 절대로 시집살이 안 시키고 장남에게 신세 지지도 않겠다고 약속했다. 아버지야 전쟁 나자 장남은 나라에 바쳤다고 선언한 사람이니까 맏며느리 밥상 받을 생각도 없다. 형제가 많은 집안에는 맏며느리 손에 화목이 달린다."

안채와 사랑채가 있고 마당이 넓은 장옥자네 집. 안채의 안방에서 청년장교와 갓 대학을 나온 처녀가 상대에게 전광석화의 시선을 날리는 사이, 양가 어머니가 자리를 비켰습니다. 청춘 남녀가 어렵사리 대화 한 토막을 나눕니다.

"육사에는 생도가 몇 명이나 됩니까?"

"그건 군사기밀이어서 알려줄 수 없습니다."

태릉으로 올라온 박태준은 부산으로 호감의 편지를 띄웠습니다. 부산에서 태릉으로 가는 답장도 고운 마음을 담았습니다. 양가의 재촉과 양인의 마음이 합쳐진 혼사는 급진전되어 12월 20일 부산에서 결혼식을 올렸습니다. 신혼부부는 신혼여행을 떠나지 못합니다. 신부는 친정에 신방을 꾸몄습니다. 신랑이 신부에게 첫날밤의 기념사처럼 당부합니다.

"나는 나라의 몸입니다. 앞으로 집안 살림은 알아서 맡아주시오."

달콤한 신혼 휴가가 끝났습니다. 박태준은 신부를 친정에 두고 혼자서 기차를 타야 했습니다. 불원간 태릉 관사에서 재회할 신부가 떠나는 신랑에게 선물을 건넸습니다.『경제학원론』. 신부는 '군대와 전쟁'밖에 모르는 신랑의 '경제적 무식'을 염려했는데, 그것이 박태준의 인생에서 '경제'와 첫 만남이었지요.

신혼 재미가 복사꽃처럼 만발한 1955년 봄날에 박태준은 대령으로 진급합니다.


## 학사학위 받아내기

태릉 산야에 가을색이 완연했습니다. 육사에는 11기생 졸업식이 다가왔습니다. 그러나 문교부(현 교육부)도 국회도 사관학교에 '학사학위'를 부여하는 법령 제정에 게으름을 피우고 있었습니다. 생도들의 가슴엔 불만의 풍선이 부풀었습니다.

졸업 예정일이 다가온 9월의 어느 아침, 4년제 육사의 첫 입학과 첫 졸업에서 수석을 차지한 생도와 또 한 생도가 점호시간에 보이지 않았습니다. 뒷날에 각각 장관과 군단장을 역임하는 두 생도의 행방불명. 육사 관리자들로서 비상이었습니다. 사관학교를 졸업하며 소위에 임관되는 생도에게도 학사학위를 줘야 한다는 것을 사회적 이슈로 만들기 위해 극단적 행동을 하면 어떡하나. 이 염려가 컸습니다. 그러나 박태준의 판단은 달랐습니다.

앰뷸런스처럼 정문을 빠져나간 지프 한 대가 용산역에 멈췄습니다. 두 생도가 육군본부로 찾아갈 거라고 예측한 그는 거기와 가까운 용산역 주변의 국밥집부터 기웃거렸습니다. 정복 차림의 두 생도는 옷차림과 어울리지 않는 꾀죄죄한 식탁에서 국밥을 말고 있었습니다. 술병은 없었습니다. 젊은 교무처장과 두 생도의 토론이 벌어졌습니다.

"저희는 선배가 없어서 학사학위조차 불가능해진 것 같습니다."

"저희는 11기로 하지 않겠습니다. 1기로 하겠습니다."

두 생도가 빳빳하게 나오자 교무처장이 세게 나무랐습니다.

"10기까지는 정규과정이 없었던 것만으로도 가슴 아픈 선배들이야. 그때 나라의 형편이 어땠나? 아무것도 없었어. 장교양성은 시급하지, 그래서 단기양성이 될 수밖에 없었는데, 그 선배들이 전쟁에서 살아남아 후배들을 교육해 왔어. 그래도 너희가 1기야?"

두 생도가 고개를 숙였습니다. 그는 야무지게 약속을 걸었습니다.

"학사학위는 어떤 일이 있어도 받아낸다. 믿고 기다려."

두 생도는 교칙에 따라 처벌을 받아야 했지만 박태준은 보호할 생각이었습니다. 비록 규칙에 어긋나긴 했어도 고려할 요소들이 있었던 거지요. 문교부나 국회가 생도들의 원망을 불렀고, 전체를 위해 희생하겠다는 각오가 기특했고, 영웅 심리에 빠질 수 있는 시간에도 반듯하게 생도의 명예를 지켰던 겁니다. 그가 교장에게 책임지고 훈육하겠다는 건의를 올려 승낙을 얻었습니다.

졸업식이 눈앞에 다가왔습니다. 박태준은 과감한 의견을 개진했습니다.

"우리도 배수진을 칩시다. 5학년을 두게 되는 사태가 오면 특별예산을 편성합시다. 그래야 생도들의 사기가 오르고, 학위문제도 빨리 해결될 것입니다."

육사의 보직 장교들이 힘차게 뛰어나갔습니다. 국회로, 국방부로, 문교부로. 박태준은 또다시 문교부의 문을 두드렸습니다. 경성제국대학을 졸업하고 조선총독부 때부터 문교부에 근무했다는 담당국장이 야릇한 미소로 육군 대령을 맞았습니다. 이미 몇 차례 만났으니 '미운 정'이라도 생긴 표정이었습니다.

"일본에선 육사 출신들이 대단했잖아요?"

"그렇습니다."

"미국에 지긴 했지만 높이 평가해야지요?"

"그렇습니다."

"그런 일본 육사에서는 학사학위를 수여했습니까?"

"아닙니다."

"그런데 한국 문교부는 육사에 학위를 수여해야 하는가요?"

박태준이 냉큼 받아쳤습니다.

"미국 아이젠하워 대통령은 하버드대를 나왔습니까, 육사를 나왔습니까?"

국장이 미간을 찌푸렸지만 그 틈을 박태준은 파고들었습니다.

"아이젠하워는 미국 육사 출신으로 구라파 사령관을 지냈지만, 현재 미국 대통령입니다. 우리도 우리의 젊은 장교들을 격려해야 합니다. 올해 졸업생들은 긍지와 자부심이 남다르고 교육 내용으로 보아도 학사학위를 받을 만한 자격이 충분합니다. 더 늦기 전에 국회 쪽으로 긍정적인 의견을 보내주시기 바랍니다."

"참 끈질긴 사람이오. 그 끈기에 그 집념이면 박 대령은 육사 교무처장이 아니라 육사 교장도 하고 육군 참모총장도 하겠소."

1955년 10월 1일 육사 교정에 함성이 터졌습니다. '사관학교 설치법'이 국회를 통과한 것이었지요. 육군만 아니라 해군과 공군에도 사관학교를 설치하게 한 그 법은, 사관학교의 자격을 수업연한 4년의 대학으로 간주하고 졸업자에게 이학사 학위를 수여하기로 규정했습니다. 또한 공포한 날로부터 시행하며, 시행 당시 각 군의 사관학교는 그 법에 의해 설치된 것으로 간주한다는 부칙을 명시하고 있었습니다. 이때 학사학위를 받으며 임관된 소위들 중에는 전두환, 노태우 생도도 포함돼 있었습니다. 아직은 박태준의 귀에 익은 이름이 아니었지만…….

태릉에서 박태준은 눈에 띄는 후배장교도 만났습니다. 육사 교무과장 황경로. 보고서를 하나 올려도 직속상관이 손댈 데가 없었습니다. 두 사람은 뒷날에 포스코(포항제철) 창업과 육성의 고투에서 동고동락을 하게 되지요.

### 가난 속의 이립(而立)

전쟁은 국가의 총력으로 수행됩니다. 영국 런던대학에서 최초로 '국가정책'을 강의한 모리스는, "전쟁은 군인의 전유물이 아니라 모든 국민의 문제이며, 전쟁에 관한 기본적 이해가 없는 민주정치란 독재자의 명예욕과 마찬가지로 평화의 대적(大敵)이다."라고 지적했습니다. 이런 배경으로 1927년 영국이 맨 먼저 국방대학을 세웠지요. 미국은 1946년에, 한국은 1955년에 국방대학을 설립했습니다.

1956년 1월 박태준은 국방대학에 제1기로 입교합니다. 전반적인 시각에서 국가

국방대학 교수 시절의 박태준(앞줄 가운데)

경영을 공부할 수 있는 기회에 육사의 관사를 나와 민가(民家)의 셋방으로 옮기는 가난한 장교는 첫딸을 안고 있었습니다. 한겨울의 문간방은 몹시 추웠어요. 머리맡에 놓은 냉수엔 곧잘 살얼음이 끼었습니다. 특히 아기에게 나쁜 방이었지요. 박태준 부부는 겨울을 나지 못하고 첫딸을 잃습니다. 폐렴이었지요. 아직 걸음마도 떼보지 못한 아기는 의사에게 보일 틈도 없이 싸늘히 식어버렸습니다. 그는 가슴이 찢어질 것 같았습니다. 오열을 깨무는 아내 곁에서 꼬박 하루를 지킨 다음에 다시 군복을 차려 입은 남편이 어렵게 말했습니다.

"무슨 뜻이 있을 거요. 앞으로 더 어려운 일을 겪을지도 모르는데, 세상 풍파에 내성을 길러주려는 하늘의 뜻이라고 생각합시다."

1956년 8월 18일 국방대학 1기로서 단축과정을 이수한 박태준은 그 자리에 붙들렸습니다. 국방대학의 국가정책 수립담당 제2과정 책임교수로 임명된 겁니다. 그해 10월부터 10개월 정규과정으로 입학할 후배들을 위해 국방대학 교육시스템을 만들어야 했습니다. 이립(而立)의 뜻 깊은 나이에 국방대학 교육과정 마스터플랜을 작성하는 일은 국가경영을 공부하는 것과 직결되었습니다. 그는 정열을 바쳐 한국의 최종목표인 통일국가에 맞춘 교육과정을 완성합니다. 그런 다음에 국방장관에게 불려가서, "국방부 인사정책을 바로잡는 과업에 귀관이 적임자라는 추천이 많았다." 하는 말을 듣게 됩니다.

박태준이 국방부 인사과장으로 근무한 기간은 정확히 1956년 11월 1일부터 1957년 10월 18일까지였습니다. 부패한 정치권력이 전횡을 부리는 시대의 국방부 인사과장 자리는 온갖 청탁이 드나드는 출입구와 다름없었지요. 무엇보다 박태준에게는 자신과의 투쟁이 요구됐습니다. 셋방살이 장교를 유혹하는 금품에 넘어가지 않기, 부당한 압력에 굴복하지 않기. 이것이 바로 자기와의 가혹한 투쟁이었습니다. 그 진절머리 공간에서 자기와의 투쟁에 승리하는 박태준은 공군 대령 고준식을 눈여겨보았습니다. 빵빵한 체구의 고준식을 박태준은 1965년 대한중석에서 재회하며 1968년 포스코로 데려가 함께 필생을 완주합니다.

군복을 입은 지 꼬박 10년째에 이립을 맞은 박태준에게는 자신도 모르는 사이에 미래의 역량이 쌓여 있었습니다. 전쟁에서 체득한 신념, 사단 병력 이동작전이나 육사 이전계획에서 확인한 기획력, 육군대학에서 배운 지휘개념, 국방대학에서 공부한 국가경영의 목표와 운영, 국방부에서 익힌 인사관리. 이런 무형의 자산들은 그의 내면에서 하나의 유기체가 되어 성장해 나갑니다.

### 가짜 고춧가루 사건

어느 날 예고도 없이 갑자기 국방부 인사과장 앞에 나타난 장군이 있었습니다.

"자네 소문을 잘 듣고 있었어."

장군이 대령에게 악수를 청했습니다. 육사 시절에 사제관계로 처음 만났던 박정희였습니다. 박정희가 박태준을 찍어 1군 산하 25사단 참모장으로 옮겨준 때는 1957년 10월 25일이었지요. 25사단은 1군 전투서열의 꼴찌였지만, 그가 받은 새 보직은 그의 인생에서 의미가 깊었습니다. 꼴찌 연대를 일등 연대로 탈바꿈시키는 보람을 챙기게 된다는 점, 박정희를 직속상관으로 모시면서 가끔씩 연락하고 만나게 된다는 점이었지요.

박태준의 첫 과업은 사단 월동(越冬) 준비에 가장 중요한 김장 담그기였습니다. 현장을 둘러보는 그가 고개를 갸웃했습니다. 쌓아놓은 고춧가루 자루에서 매운 냄새가 나지 않았던 겁니다. 병참장교에게 지시했습니다.

"저 자루 하나 가져오고, 물 한 양동이 떠와봐."

대뜸 살벌한 분위기가 잡혔습니다.

"고춧가루를 부어봐."

말간 맹물이 뻘겋게 물들었습니다. 그가 소매를 걷었습니다. 양동이에 팔을 넣고 한 줌을 집어냈습니다. 톱밥이었습니다.

"이런 걸 병사들에게 먹여? 너는 적이야!"

양동이를 병참장교의 머리에 뒤집어씌운 박태준은 이글이글 타는 눈으로 사병 식당의 위생 상태와 주방설비를 살펴보았습니다. 식당 뒤편의 잔반통에는 소금에 절인 배추로 넘쳐났습니다. 먹는 문제를 해결하지 못하는 나라에서 장병들의 한결같은 첫 번째 소원이 배불리 먹어보는 것인데, 군대 잔반통에 '가짜 고춧가루로 담근 김치'의 배추들이 쓰레기더미를 이루고 있었습니다. 도저히 일어날 수 없는 사건이었습니다.

박태준은 '가짜 고춧가루 사건'을 사단장에게 보고합니다. 어쩐지 반응이 밋밋했습니다. 적당히 넘어가는 게 누이 좋고 매부 좋다는 뜻이었지요. 더 높은 상부의 전화가 걸려왔습니다. 납품업자는 교체하지 말고, 그가 진짜 고춧가루를 납품하는 선에서 마무리하라는 압력이었습니다.

그날 저녁이었습니다. 박태준의 숙소로 문제의 납품업자가 찾아와 머리를 조아리며 변명을 늘어놓았습니다.

"정말 억울합니다. 저도 중간상인한테 속은 겁니다. 물품을 확인하지 않은 것은 우리 업계의 관행상 서로 믿기 때문에……."

"야, 이 나쁜 놈아! 말로 할 때 썩 꺼져!"

그의 부리부리한 눈이 매섭게 번뜩였습니다. 문득 납품업자가 미소를 지었습니다.

"참모장님, 제 잘못이라고 하겠습니다. 앞으로는 절대 그런 일이 없도록 약속하겠습니다. 한 번만 봐주십시오. 이번에 참모장님이 저의 뒤를 봐주시면 저는 두고두고 참모장님의 뒤를 봐드리겠습니다. 이게 다 세상의 이치 아닙니까? 절대로 후회하지 않도록 해드리겠습니다."

사내의 오른손이 익숙하게 자신의 품으로 들어가서 두툼한 봉투를 물고 나왔습니다. 박태준이 기어코 권총을 더듬거렸습니다.

"그 더러운 돈 가지고 당장 꺼져! 쏘아 죽이기 전에 다시는 우리 부대 근처에 얼 쩡거리지도 마!"

이튿날 오전에 1군 참모장 박정희의 전화가 걸려왔습니다.

"오늘 회의에 보고가 올라왔던데, 큰일 하나 저질렀다며?"

"김장을 제대로 담그려는 것뿐입니다."

"나중에 김치 맛보러 가야겠구먼."

두 사람은 웃으며 전화를 끊었습니다.

가짜 고춧가루 사건이 터지고 사나흘 지났을 때, 트럭 한 대가 연병장으로 들어서자 휴식을 취하고 있던 병사들이 환호성을 질렀습니다. 바람결에 매콤한 냄새가 묻어왔던 것이지요. 박태준이 정직하다고 알려진 납품업자에게서 긴급 조달한 진짜 고춧가루의 입영을 뜨겁게 환영하는 병사들, 이것은 '만연한 비리'와 '창궐한 부패'가 병영에서 연출한, 서글픈 희극의 한 장면이었습니다.

박태준이 전방부대로 나온 기념품처럼 배달된 가짜 고춧가루는 그에게 통렬한 체험을 남겼습니다. 국가나 군대의 비리와 부패가 얼마나 위험한 수준에 도달해 있는가. 그의 고뇌가 그런 쪽으로 뻗어나가게 하는 자극제였습니다.

"지금의 우리 군대는 국가의 최후보루가 아니라 부패집단으로 타락한 것 같습니다."

박태준의 괴로운 토로를 박정희가 어루만졌습니다.

"그 심정을 충분히 이해해. 그러나 다 썩진 않았어. 썩은 놈들은 자유당 정권에 기생하는 놈들이야. 그들을 제외하면 대통령과 자유당을 지지하지 않아. 여기에 희망이 있어."

"전쟁에서 겨우 건진 나라를……."

"자기 내부의 희망부터 키워나가야지."

박태준의 영혼에서 자라난 고뇌의 한 가닥이 바야흐로 담쟁이 넝쿨처럼 변혁의 담벼락에 닿고 있었습니다.

## 서슬 퍼런 연대장

독재적 통치 권력은 타락할 대로 타락하고 사회 곳곳에 부패가 창궐한 나라, 도시빈민과 농민이 굶주림을 면하려고 헤매는 절대빈곤의 나라. 이것이 1958년 대한민국의 실상이었습니다. 1958년 7월 7일 박태준 대령은 25사단 참모장에서 연대장으로 보직이 변경됩니다. 최하급 부대로 평가받는 연대를 맡은 그는 일거에 일등 연대로 변모시킬 해법을 찾아냅니다. 국군의 날 시가행진 부대로 선발되는 것이었지요. 그는 육군의 요직을 거치며 맺어온 주요 위치의 상관들에게 자기 연대의 상

연대장으로 '국군의 날' 시가행진을 지휘하는 박태준

황을 설명했습니다. 최하위 부대를 최상위 부대로 끌어올리겠다는 의욕과 계획이 그들의 마음을 움직였습니다. 국군의 날 시가행진 부대로 선발되자, 병사들의 몸에 닿는 것부터 모조리 새것으로 교체되었습니다. 군화를 갈아 신고 군복을 갈아입은 것만으로도 그의 연대는 빠릿빠릿해졌습니다. 한결 좋아진 식사를 해가며 빈틈없는 연대장의 지휘 밑에서 진행되는 제식훈련은 한껏 단결력을 고취시켰습니다.

국군의 날 행사에서 시가행진은 호평을 받았습니다. 연대장은 우쭐해진 병사들을 트럭에 태우고 귀대했습니다. 그의 연대는 일신한 모습으로 거듭나게 되었습니다. 하지만 나라는 여전히 엉망이었습니다.

그해 가을, 박태준은 나라가 이 꼴로 가면 국민의 절망밖에 남을 것이 없다는 생각을 보듬고 자기 언행의 원칙을 더욱 엄격히 세웁니다. 아침마다 거울 앞에서 군복을 차려입으며 똑같은 자문을 반복했습니다.

'군인으로서 명령에 따라 움직일 수밖에 없지만 최소한 두 가지는 반드시 지킨다. 하나, 어떤 경우에도 비리와 부패의 유혹에 넘어가지 않는다. 둘, 정권 실세와 결탁된 부패한 군 고위 실력자들의 곁으로 다가서지 않는다.'

그의 원칙은 그의 연대를 더 강하고 더 깨끗한 부대로 만들었습니다. 그는 훈련에 철저하고 보급품과 부식 확인에도 철저했습니다. 수시로 사병들을 만나 청취하고, 취사장에 들러 정량급식 여부를 확인했습니다. 사병들이 매우 좋아한 반면, 영외 거주 장교나 하사관들은 고달팠습니다. 취사장에 생선이나 육류가 나오는 날에 그들은 아예 가방을 들지 않고 출근해야 퇴근 때 헌병의 까다로운 몸수색을 면할 수 있었습니다.

25사단 연대장 시절에 박태준은 판문점 유엔군사령부 군사정전위원회의 박철언이라는 문관과 사귀게 됩니다. 1960년부터 1969년까지, 전면에 드러나지 않지만 박철언은 까다로운 한일관계의 실마리를 찾아내는 인물이지요. 1926년 평북 강계 출생, 해방 후 서울로 내려왔으나 1946년 일본으로 밀항, 신분을 재일조선인으로 세탁해 일본대학 영문학과 졸업, 도쿄의 미 극동군 사령부 취직, 판문점 파견. 이것이 박철언의 이력이지만 무엇보다 일본 양명학 대가 야스오카의 측근이 되었습니다.

## 미국 구경과 동백섬

1959년 3월 박태준의 연대가 속한 25사단에 대한 육군본부의 평가는 '꼴찌'에서 수도사단을 제외한 '일등'으로 올라섰습니다. 그는 육군본부 인사처리과장으로 옮기게 됩니다. 뒷구멍을 열어두면 '쏠쏠한 재미'가 두더지 행렬처럼 기어들겠지만, 뒷구멍을 막아버린 그에게 미국 구경을 할 기회가 왔습니다. '도미 시찰단' 단장 박태준. 1959년 8월 16일부터 1개월 일정.

일본에서 미드웨이까지 10시간, 미드웨이에서 하와이까지 10시간, 하와이에서 샌프란시스코까지 10시간. 대강 30시간 동안 미군 프로펠러 비행기를 탔습니다. 하와이에 내려 여성들이 늘씬한 몸매를 뽐내는 와이키키 해변에 잠시 머물렀습니다. 그때 박태준은 까맣게 모르고 있었지요. 앞으로 10년 뒤에는 그 해변에서 자신이 '폐업 위기의 포스코'를 살려낼 구원의 동아줄을 붙잡게 된다는 것을.

샌프란시스코의 첫 일정은 환영 댄스파티, 다음날부터 3박4일 열차 여행. 시카고까지 갔으니 미국대륙을 거의 횡단합니다. 로키산맥, 끝없는 밀밭, 사통팔달의 고속도로, 곳곳의 굴뚝들, 번화한 도시, 바다 같은 미시간호……. 박태준은 기죽지 않으려고 안간힘을 짜냅니다. 다시 프로펠러 비행기에 태워져 7시간 만에 조지아주 애틀랜타의 보병학교에 내렸다가, 워싱턴으로 이동합니다. 펜타곤 지하로 내려가는 승강기에는 층수 표시가 없었습니다. 커다란 세계전도를 펼쳐놓은 방에 안내됐습니다. 세계 각처에 주둔한 미군 규모에 대해 브리핑을 해준 안내장교가 질문을 요구했습니다. 박태준은 단장의 체면을 세워야 했습니다. 세계전도에 왜 소련군의 배치도는 보이지 않느냐고 물었습니다. 그걸 공개하려면 정보참모의 허가를 받아야 한다고 했습니다. 썩 수준 높은 질문이었던 거지요. 어느 사무실엔 장롱보다 큼직한 컴퓨터가 있었습니다. 그 요상한 기계도 그는 눈여겨봅니다.

최초의 미국 구경은 박태준에게 통한과 오기를 남겼습니다. 가끔 기가 죽어야 했던 통한, 우리도 근대화를 해야 한다는 오기.

1960년대의 막이 올랐습니다. '대망의 60년대'란 말을 썼습니다. 상투적인 그 '대망'은 대립의 두 갈래였지요. 빈곤과 부패와 독재의 그늘을 걷어내야 한다는 시대적 당위, 그리고 이승만의 집권이 지속되어야 한다는 기득권 세력의 집요한 욕망.

대문에 '입춘대길(立春大吉)'을 붙이는 절기였습니다. 인사서류를 만지는 박태준의 어깨를 툭 건드리는 손이 있었습니다. 박정희였습니다.

"좋은 자리에 와 있구나."

"이런 데가 좋은 자립니까?"

몸을 일으킨 박태준의 말씨와 표정엔 넌덜머리가 묻어 있었습니다. 박정희가 피식 웃었습니다.

"부산 안 갈래?"

쿡 찌르듯 내민 제안. 육군본부 인사처리과장인 박태준은 알고 있었습니다. 박정희가 부산에 신설된 군수기지사령부 사령관에 내정된 사실을.

"갈 수만 있다면 당장 내려가겠습니다."

"부산은 회도 좋고 술도 좋아."

"우리 인사참모부장께 허락을 받아주십시오."

1960년 2월 7일 국회의원 총선이 다가오면서 여기저기 한층 더 어수선하고 시끄러울 때, 박태준은 박정희 사령관의 군수기지사령부에 인사참모로 부임합니다. 며칠이 지나 그는 참모들의 술자리로 초대되었습니다. 분위기가 좀 수상쩍었습니다. 술잔이 자꾸만 자신에게 집중되기에 그는 계략을 세웁니다. 주는 대로 받아 마시되, 돌려주는 잔은 약해 보이는 사람부터 집중 공격하기. 다섯 개의 술잔이 차례차례 건너오면 그걸 빠짐없이 비우고 한 사람에게만 차례차례 넘겼습니다. 적중이었습니다. 상대방들은 그가 찍은 순서대로 나가떨어졌습니다.

'박태준 뻗게 만들기'의 술자리에서 거꾸로 최후 생존자로 남은 그는 뻗은 동료들을 숙소까지 안전하게 보내놓고 사무실로 나갔습니다. 잠자리로 직행할 형편이 아니었습니다. 장비소요계획서를 작성해 다음날 아침 8시에 사령관에게 보고하려면 찬물로 세면부터 하고 책상에 앉아야 했습니다.

인사참모가 보고서를 끼고 사령관실로 들어섰습니다.

"자네는 무쇠덩어린가? 어젯밤에 뒤치다꺼리까지 했다며?"

"벌써 보고를 받았습니까?"

박정희가 빙긋이 웃었습니다. 비로소 박태준은 간밤에 자신이 '사령관의 음모'에 걸렸다 무사히 벗어났다는 점을 알아차렸습니다. 실제로 그 일은 박정희가 꾸민 박태준에 대한 시험이었지요. 한가로운 후방부대에서 거사를 꿈꾸는 박정희에게는 무엇보다 사람 찾기가 중요한 준비였습니다. 능력과 신의와 신념을 공유할 진짜 동지를 발굴하는 중이었지요.

2월 28일 대구에서 고등학생들이 부정선거운동에 항의하는 시위를 벌인 데 이어 여러 지역의 고등학생들이 들고 일어났습니다만, 3월 15일 공포 분위기 속에서 온갖 부정선거가 방방곡곡 자행되었습니다. 3인조 공개투표, 대리투표, 환표, 환함……. 마산의 민주당은 '4할 사전투표함'을 발견하고 '선거포기'를 선언했습니다. 투표소로 가지 않는 시민들이 거리로 몰려나왔습니다. 바로 이 시위에 열일곱 살 김주열 학도의 죽음이 있었습니다. 최루탄에 맞아 처참히 일그러진 꽃다운 청년의 얼굴이 신문에 보도되고, 그의 시신은 시민의 품속에서 민주주의의 기폭제로 거듭났습니다. 한반도 남단의 마산 시위는 나날이 북상하였습니다. 전국에 시위의 물결이 소용돌이 치고, 4월 18일에는 서울의 대학생들이 '진정한 민주역사 창조의 역군이 되기 위해 총궐기하자'는 선언문을 채택합니다. 4·19혁명으로 명명될 역사의 새 지평이 두근두근 열리고 있었습니다.

이 중대한 역사적 고비에서 군부의 양심세력이 중심을 바로잡았습니다. 시위대가 악덕과 부패의 대명사 이기붕 부통령의 집을 포위했을 때, 출동한 계엄군은 "국군 만세"를 외치는 비무장의 가슴으로 총부리를 겨누지 않았습니다. 부산지역 계엄사령관은 박정희였습니다. 그는 계엄군의 무력 사용을 엄금했습니다. 박태준은

1960년 4월 혁명 당시 부산지역 대학 교수들이 거리를 행진하고 있다

부산시청 통제관으로 나갔습니다. 일제 때부터 내려오는 국한문 혼용 공문서부터가 그의 눈에는 케케묵은 폐습으로 비쳤습니다.

1960년 4월 26일 박태준은 라디오에서 이승만 대통령의 하야 방송을 들었습니다. 여러 생각이 뒤엉켰습니다. 독립운동 지도자와 건국의 아버지로 역사에 기록돼야 하는 인물이 초췌한 몰골로 쫓겨나는 모습이 착잡하고, 전쟁까지 겪었지만 부정부패에 휘말려 나라를 망쳐놓은 것이 원망스럽고, 부패정권의 소멸을 지켜보는 희열이 모락모락 피어오르기도 하고……. 그리고 그는 궁금했습니다. 사령관은 어떤 시각으로 현재 사태를 분석하고 어떤 심정으로 받아들이는지. 박정희가 담배를 물었습니다.

"정치권에 현 시국을 극복할 능력이 있겠나? 없어. 학생들이 단기적으로는 장한 일을 했지만, 장기적으로는 일을 꼬이게 한 거야."

사령관의 담배연기를 쳐다보는 인사참모의 뇌리에 번쩍 꽂히는 것이 있었습니다. '아, 명분을 지적한 거구나.'

박태준은 혁명의 교과서를 섭렵할 기회를 갖지 못했습니다. 청소년기엔 공학도의 길을 가겠다는 꿈을 품었고, 그 꿈의 좌절과 더불어 전쟁터에서 청춘을 바친 탓이었지요. 그러나 그는 헤아렸습니다. 변혁의 세력은 명분을 잡아야 하며, 그것이 성패의 천시(天時)와 직결된다는 대원칙을.

젊은 피를 부른 고통과 독재를 타도한 감격의 4월이 저물었습니다. 자유당 정권은 붕괴했습니다. 거리엔 환희가 넘쳤습니다. 승자들의 성급한 열망과 새로 등장한 국가 지도력이 희망을 향해 매진할 수 있는 사회적 질서를 바로잡게 될지, 과연 승리의 세력이 스스로 오만을 경계하여 자율의 질서를 바로잡게 될지…….

# 시대의 봄을 찾아서

박정희의 명령과 다름없는 정치 참여 권유를 박태준이 매력적으로 받아들이거나 마지못해 순종했다면, 두 사람의 미래는 '권력세계의 통속적 역학관계'로 열려서 '경제부흥의 창조적 역학관계'로 진입하지 못했을 겁니다. 그때 박태준은 명백히 반대 의사를 표명했습니다. "옆에서 지켜본 정치는 한마디로 불합리의 종합판 같았습니다. 특히 국회의원은 살아남자면 무조건 당의 결정에 따라야 하는데, 저는 당이 결정해도 옳지 않다고 생각하면 번번이 반대할 놈입니다. 저를 골치 아픈 말썽꾸러기로 만들지 마십시오."

## 동백섬에 봄은 오는가

개헌과 의원내각제 도입, 그리고 총선. 장면 총리의 새 정부가 출범했습니다. 자유가 폭발적으로 만개한 한국은 그러나 정치적으로 혼란하고 경제적으로 궁핍했습니다. 박정희와 박태준은 부산 바닷가를 거닐고 술잔을 기울였습니다. 아직 불세출의 가수 조용필의 〈꽃 피는 동백섬에 봄이 왔건만〉이라는 노래는 나오지 않았으나, 동백섬에서 그들은 혼란과 무능, 빈곤과 부패를 극복할 '봄'을 꿈꾸고 있었습니다. 그러나 그해 여름에 헤어집니다. 박정희는 광주로 전임되고, 박태준은 '미 육군 부관학교'로 연수를 떠납니다.

1960년 9월, 두 번째 미국 방문의 첫날, 박태준은 하루를 바쳐 샌프란시스코를 돌아다녔습니다. 조국의 초가집을 짓누르는 거대한 바위 같은 미국의 문명이 그의 가슴에 쓰라린 희원(希願)을 남겼습니다.

'우리는 언제쯤 이런 문명사회를 건설할 수 있을까……'

그는 인디애나폴리스의 미 육군 부관학교에서 최신 행정이론과 관리제도를 배웁니다. 오퍼레이션 리서치(Operation Research), 공정관리기법(PERT), 선형계획법(LP)……. 뒷날의 경영자 시절에 도움을 주는, 한국군 장교로서는 처음 공부하는 과정이었지요.

1961년 1월 귀국한 박태준은 육군본부 경력관리기구 위원에 뽑혔습니다. 미국에서 공부한 보따리를 풀어 최신 인사관리시스템을 정립하기로 결심한 그는 토요일 오후에 대구로 내려가 '귀국 환영연'을 받았습니다. 그때 박정희가 대구에 근무하고 있었던 겁니다.

한반도 산하에 꽃이 활짝 핀 4월 3일, 미국 뉴스위크는 '현재 한국 국민 2천200만 명의 경제상태가 전후 최악의 상태'라고 보도했습니다. 실상이 그랬습니다. 끊임없는 정치적 충돌과 학생시위 속에서 장면 정권이 '경제개발'을 내걸었으나 미국의 원조로는 굶주림을 면하기에 급급하고, 기술력은 보잘것없고, 도로·공항·항만·철도 등 인프라는 엉망이고, 산업을 일으킬 자금은 빈털터리였습니다.

한국의 치명적 약점을 거머쥔 미국은 한국 정부에 '한일(韓日)국교정상화'를 요구합니다. 실제로 대한해협 건너엔 한국이 산업을 일으킬 밑천(식민지 배상금 ; 대일청구권자금)과 기술력이 기다리고 있었습니다. 일본경제는 한국전쟁 기간의 군수산업 덕분에 단단한 기반 위에 올라 있었습니다. 가장 큰 걸림돌은 국민의 반일감정이었지요. 섣불리 건드리면 정권 존립이 무너질 터인데, 그러나 장면 내각은 일본으로 손짓을 보내야 했습니다. 미국의 압력, 피폐한 경제 상황, 경제개발 구상. 이들 앞에서 다른 선택은 있을 수 없었던 겁니다.

박태준(앞줄 맨 가운데)이 인솔한 도미사찰단이 미국 공항에 내린 모습

한일 접촉은 1961년 4월부터 5월 초순 사이에 급박히 돌아갔습니다. 물밑의 핵심적 연결 고리는 박철언이었습니다. 박태준이 1958년 연대장 시절부터 우정을 나눠온 친구. 장면이 그에게 '특별한 역할'을 맡긴 까닭은 일본 정계나 재계의 막후 실력자로 알려진 양명학 대가 야스오카와의 친분을 주목한 것이었지요.

5월 6일 일본 의원단이 김포공항에 내렸습니다. 박철언의 주선으로 장면 총리와 일본 측 단장의 심야 단독회담이 성사되었습니다. 이 회담에 만족을 표한 일본 측 단장은 5월 12일 도쿄로 돌아갑니다. 장면은 박철언의 노고에 대한 사례의 뜻으로 '서울의 전차 200대 증설사업'을 일임하겠다고 약속하고, 미국 중앙정보부는 박정희가 이끄는 군부 집단에 의한 쿠데타 소문을 장면이 귀담아 듣지 않는다는 보고서를 작성합니다.

### 거사의 아침

5월 16일 새벽, '거사의 군대'는 3시간 만에 시나리오의 첫 단계를 완수합니다. 방송국, 정부기관, 경찰서 등을 무혈로 장악했습니다. 피를 흘리지 않은 쿠데타를 성공한 것이었지요. 먼동이 훤한 5시 정각, "군부가 일제히 행동을 개시하여 정부를 장악했다"는 육군 참모총장 장도영의 발표가 라디오 전파를 탔습니다. 며칠 전까지 장면 총리에게 '100% 치안'을 보증한 인물이니, 장면은 믿은 도끼에 발등을 찍힌 격이었지요. '군부가 일제히 행동을 개시'한 것은 전혀 아니었습니다. 육군 참모총장이 '얼굴'로 나섰으나, 박정희가 이끄는 거사의 군대는 3천600여 명에 불과했습니다. 서울 근교의 육군 부대들이 진압에 나서면 그들은 분쇄될 운명이었습니다. '군사혁명위원회'가 발표한 6개 공약 가운데 가장 불거져 보인 조항은 이것이었습니다.

절망과 기아선상에 허덕이는 민생고를 시급히 해결하고 국가자주경제 재건에
총력을 경주한다.


5월 16일 이른 아침, 아직 거사의 성패가 불투명한 시각, 박태준 대령은 대문 앞
에 따라 나온 아내에게 "돌아오지 못하면 아이들을 잘 부탁하오"라는 작별인사를
남기고 지프에 올라 군사혁명위원회로 달려갔습니다. 자신을 '거사 명단'에서 빼
버린 박정희와 만나야 했습니다.

"기어이 왔군. 따로 할 말이 있어. 우선 상황을 완전히 장악해야지. 여기가 자네
위치야."

오전 9시 전국 비상계엄령 선포, 오전 11시 5·16을 비난하는 유엔군 사령관과
주한 미국대사의 성명 발표. 그러나 늦은 오후부터 대세는 군사혁명위원회 쪽으로
기울게 되었습니다. 윤보선 대통령의 힘이 크게 작용했지요. 윤보선은 미군 기갑대
대와 한국군 일부 병력을 동원해 혁명군을 진압하겠다는 주한 유엔군 사령관의 작
전계획에 반대했습니다. 또다시 전쟁을 방불할 내전을 막아야 했던 거지요. 오후 4
시 30분, 장도영이 군사혁명위원회 의장직을 수락했습니다.

수녀원에 숨었던 장면이 18일 국무회의에 나타나 '조용하게' 정부를 군사혁명
위원회에 이양했습니다. '무혈(無血) 쿠데타'의 공식적 완결이었지요. 그 저녁에 박
정희가 박태준을 따로 불렀습니다.

"내가 왜 혁명동지 명단에서 자네 이름을 뺀 줄 아나?"

그가 눈동자를 고정시켰습니다.

"국가적인 이유와 개인적인 이유야. 국가적인 이유는, 우리 계획이 중도에 실패
로 돌아가면 자네라도 무사히 살아남아서 우리 군을 제대로 이끌 지도자가 되어야
한다는 거였어. 개인적인 이유는, 내가 혁명에 실패해 군사법정에서 사형선고를 받

고 형장의 이슬로 사라지게 되면 내 처자를 돌봐달라고 자네한테 부탁하려 했던 거야."

박태준은 콧잔등이 시큰했습니다. 박정희가 담배연기 한 모금을 길게 불었습니다.

### 경영수업 제1장

5월 24일 박정희가 다시 박태준을 찾았습니다.

"오래 계획해온 역사적 임무가 막 시작됐어. 기아선상에 처한 국민의 의식주부터 해결하자면, 가장 시급한 게 가능한 경제개발 계획과 실행이야. 자네가 내 비서실장으로 와야겠어."

그는 호락호락하게 넘볼 자리가 아니라고 판단했습니다.

"저는 군인입니다. 정치도 모르고 경제도 모르지 않습니까?"

"비상한 상황에서 겸손은 미덕이 될 수 없어. 국가 장래를 위해 목숨 걸고 한번 하는 거지."

박태준은 피할 수 없이 박정희의 비서실장이 됩니다. 한국 산업화의 대들보가 되어야 하는 운명이 전광석화처럼 그의 삶 속으로 들어온 순간이었지요.

깡패 두목 150여 명이 '나는 깡패입니다. 국민의 심판을 받겠습니다'라는 슬로건을 가슴에 걸고 시가행진을 벌이는 특별한 시기에 양심적 지성인으로 존경받는 장준하는《사상계》권두언(1961년 6월호)을 통해 이렇게 토로했습니다.

4·19혁명이 입헌정치와 자유를 쟁취하기 위한 민주주의 혁명이었다면, 5·16 혁명은 부패와 무능과 무질서와 공산주의의 책동을 타파하고 국가의 진로를 바로잡으려는 민족주의적 군사혁명이다. 따라서 5·16혁명은 우리들이 육성하고

개화시켜야 할 민주주의 이념에 비추어 볼 때는 불행한 일이요 안타까운 일이 아 닐 수 없으나 위급한 민족적 현실에서 볼 때는 불가피한 일이다.

이 글의 말미에서 장준하는 혁명공약에 나온 대로 '군부는 빠른 시일 안에 임무를 완수하고 군대로 복귀해야 한다'는 단서를 달았습니다. 마치 박정희 정권과 맞서는 자신의 미래를 예언하듯이.

박태준이 박정희의 비서실장을 맡아 보름쯤 지났을 때, 빈곤한 한국을 대표할 만한 기업인이 그의 앞에 나타났습니다. 삼성그룹을 창업한 이병철. 부정축재 혐의를 받고 일본에서 귀국 시기를 늦춰온 인물이 그런 정황과는 반대로 훈장을 받으러 온 듯 의연해 보였습니다. 그가 돌아간 뒤 박정희가 들려준 그의 주장도 당당한 것이었습니다. 경제를 발전시켜 국가와 국민을 구하겠다는 혁명이 돈 버는 기업인을 죄인시하면 국민에게 일시적 환심은 살 수 있으나 경제는 발전시킬 수 없다고 했다는 것이었습니다. 박태준이 이병철에게 좋은 첫인상을 받은 날, 이병철도 예의바른 비서실장을 그렇게 보았습니다.

7월 2일 박정희가 국가재건최고회의 부의장에서 의장으로 옮겨 5·16의 최고지휘자가 명실상부한 최고권력자가 되었습니다. 8월 10일 박태준은 준장으로 진급합니다. 부정혐의로 체포된 장도영, 5·16에 반대한 장성들. 이들의 문제로 고심을 거듭하는 박정희에게 그는 미 대사관의 협조를 얻어 미국으로 유학 보내자는 건의를 합니다. 몇 달 뒤, 그들은 미국으로 떠납니다. 뒷날 조국으로 돌아와 정부에서 일한 이도 있고, 미국에 남아 교수로 살아간 이도 있지요.

9월 4일은 박태준의 인생에서 특별히 기억될 만합니다. 국가재건최고회의 의장비서실장에서 재정경제위원회 상공담당 최고위원으로 바뀐 날이니까요. 그가 국가경제의 일선에 나선 것은 '박정희와 박태준의 관계'가 역사의 밝은 광장으로 나가는 길목이 됩니다.

　그 무렵, 군정은 한일회담의 물꼬를 트려 합니다. 박태준은 박정희에게 박철언을 천거합니다. 그는 하루아침에 '전차 200대 사업'을 날린 사람에게 '군정 1호' 출국허가를 건네주며 당부합니다.

　"일본에 들어가서 항상 연락은 닿을 수 있게 해놓으시오."

　1961년 11월 12일 전격 성사되는 '박정희-이케다(일본 총리) 회담'에는 야스오카의 지원을 받은 박철언의 막후활동이 큰 역할을 해냈습니다.

준장 시절의 박태준

1961년 크리스마스에 박태준은 구라파통상사절단을 이끌고 유럽으로 날아갔습니다. 선진국의 산업현장이 미국 연수를 갔을 때처럼 그를 자극했습니다. 조선시대 500년의 '사농공상'이 우리나라를 얼마나 낙후시켰는가. 그는 새삼 뼈에 사무쳤습니다. 울창한 숲은 조국의 민둥산과 대비되어 너무 부러웠습니다. 베를린장벽의 철조망도 보았습니다. 냉전체제의 그 상징물은 한반도 휴전선에 비하면 장난감 같았습니다.

상공담당 최고위원 시절의 박태준(가운데)

구라파통상사절단을 인솔하고 베를린장벽 앞에 선 박태준

1962년 새해, 제1차 경제개발5개년계획이 진군나팔을 불었습니다. 한국경제는 단순하고 왜소했습니다. 텅스텐(중석) 같은 지하자원과 해산물을 몽땅 팔아보았자 수출 4천만 달러, 전력 생산 20만 킬로와트, 시멘트 생산 16만 톤, 철강 생산 6만5천 톤, 철도는 일제 강점기 때 그럭저럭 깔렸으나 고속도로는 한 뼘도 없고 공항과 항만은 엉망이었습니다. 1인당 국민소득 70달러의 세계 최빈국 대한민국은 경제적 '무(無)'의 상태에 널브러져 있었습니다.

그러나 군정은 농경사회를 산업사회로 환골탈태시키려 했습니다. 인구의 80%를 차지하는 농촌부터 근대화해야 한다고 주장하는 경제학자들이 거세게 비판했지만, 박정희는 중공업 우선 정책과 수출 제일의 무역주도 경제를 고수했습니다. 초근목피의 춘궁기를 추방할 비료공장, 동력을 공급할 발전소와 정유공장, 산업의 기반이 되고 기둥이 될 제철공장, 건설에 필수적인 시멘트공장, 물류를 보장할 고속도로·철도·항만 등이 핵심 사업이었습니다. 부패에 휘둘리거나, 계획이 잘못되거나, 머뭇거리거나, 꽁무니를 빼거나…. 이들 중 어느 하나만 끼어도 박정희 군정의 거대 프로젝트는 실패로 귀결될 것이었습니다. 군정은 제1차 경제개발5개년계획에 당연히 '종합제철소 건설'을 포함합니다. 1962년부터 6년간 울산에 연산 30만 톤 제철소를 건설한다는 소규모 계획에도 기대는 컸습니다. 연간 2천120만 달러 절약, 2천여 명 고용. 그러나 '돈'이 없어서 물거품으로 돌아가지요.

한국이 농경사회에서 산업사회로 진입하려는 국민 총동원의 체제를 갖추는 1962년, 박태준은 군인에서 경제인으로 변모하는 인생의 새 지평으로 돌진하면서 자신의 특장(特長)을 형성하고 단련해 나갑니다. 그는 업무추진의 원칙을 확립했습니다. 완벽한 과학주의, 확고한 신념, 강력한 추진력, 그리고 그 삼위일체. 이것은 날이 갈수록 그의 특장으로 자라납니다. 그는 경제이론과 열악한 현실 사이의 모순을 통찰하며, 상충(相衝)에서 상보(相補)로 나아갈 방안을 고민했습니다. 이론과 현실의 변증법적 통합을 '완벽한 과학주의'라고 생각했습니다. 그는 서류에 도장이나 찍고 회의나 주재하는 '최고위원'과는 다른 권력자였습니다. 경제개발5개년계획에 직접 참여하고, 경제개발 현장을 찾아가 확인·독려·애로사항 경청과 지원을 되풀이했습니다. 부정부패의 권력을 경멸했습니다. 그 현장은 자신도 모르게 혹독한 학습에 몰두하는 경영수업의 제1장이 되었습니다.

### 국토녹화와 말표 구두약

박정희가 그랬지만, 박태준도 국토녹화에 깊은 관심을 기울였습니다. 우리나라

낮은 야산들이 겨울나기 땔감을 대는 창고였던 1962년 당시, 연료문제의 대전환을 전제하지 않은 국토녹화란 말짱 빈말로 떨어질 형편이었습니다. 민둥산을 푸르게 가꾸려면 나무를 많이 심어야 하겠지요. 아무리 심어봤자 땔감으로 써버리면 헛수고 아닌가요? 나무를 대체할 연료정책이 급선무였습니다. 이 함수관계를 박태준은 명백히 인식했습니다.

1962년 1월 국립지질광물연구소가 '무연탄을 쓰면 자원도 되고 산림녹화도 된다' 하는 캐치프레이즈를 내걸고 계획을 세웠습니다. 현재 연간 3천만 톤에 불과한 무연탄 채굴량을 15억 톤으로 늘리기 위해 연구소 인원을 25명에서 220명으로 증원하고 연간 3억 원씩 5년간 15억 원의 예산을 투입하자는 내용이었지요. 이 보고를 받은 박태준은 박정희를 안내하여 연구소로 갔습니다. 국토녹화의 길이 열린

포항시 흥해읍 오도리 사방기념공원의 디오라마 작품

걸음이었지요.

　무연탄이 대량 채굴되면서 전국 각처에 연탄공장이 생겨납니다. 십구공탄, 서민의 온갖 애환을 태우는 19개의 조그만 불구멍을 가진 연탄. 1970년대에도 연탄을 싣고 가는 달동네의 리어카는 빈곤과 소외의 상징으로 등장하고, 가끔씩 연탄가스 중독사고의 애환도 만듭니다. 그런 쓰라린 사연을 뒤로하고 한국 민둥산들은 해가 갈수록 푸르게 우거져 1980년대부터는 '녹색혁명'으로 불리게 됩니다.

　어느 날 한국전쟁에 아들 6명을 바쳤다는 노인이 박태준을 찾아옵니다. 지난 정권들은 아예 무시했지만 당신들은 군인이니까 아들 여섯을 전사시킨 아비의 심정을 이해하지 않겠느냐. 세계 어느 전사(戰史)에도 없을 노인의 하소연이 그의 가슴을 흔들었습니다. 노인의 소원은 너무 소박하게도 '무조건 먹고 살게만 해달라'는 것이었습니다. 이 사실을 박정희에게 알리고 잘 도와주라는 승낙을 받은 그는 일본인이 남겨놓은 적산가옥을 노인에게 불하하고 정직한 군수업자를 노인과 맺어주었습니다.

　군수업자와 노인의 공동사업은 그 가옥을 호텔로 개조하는 것이었습니다. 이 사업이 세간의 관심을 모으면서 노인의 기막힌 사연이 신문에 대서특필되었지요. 그런데 박정희 앞으로 보낸 진정서 하나가 박태준의 손에 넘어왔습니다. 노인의 사연이 말짱 날조라고 했습니다. 조사한 결과, 사실이었습니다. 박태준은 노인에게 완전히 속았고, 사업을 날린 군수업자는 상당한 경제적 손실을 입었습니다.

　군수업자는 1957년 늦가을에 박태준이 분개한 '가짜 고춧가루 사건' 때 긴급히 진짜 고춧가루를 구해줬던 사람입니다. 그가 국산 구두약도 만들고 있었습니다. 가마솥에 삶아서 깡통에 퍼 담는 원시적 생산방식이었습니다. 이때 한국 군대는 미국에서 군화를 원조 받고 있었는데, 군화 소비량이 너무 많아서 뒤로 빼돌린다는 의심을 받았지만, 실상은 구두약이 형편없어서 군화의 수명이 단축된 것이었습니다.

이러한 사정을 그가 박태준에게 털어놓았습니다.

박태준은 일본 출장길에 일본 최고의 구두약공장 대표와 만나서 한국 최고의 구두약공장과 기술제휴를 해보라고 권유합니다. 물론 허세였지요. 구두약을 치약처럼 튜브 속에 담기도 하는 일본 대표단이 한국을 방문했습니다. 그들을 가마솥 공장으로는 차마 데려갈 수 없는 군수업자가 기지를 발휘해 서울 최고급 호텔에서 기술제휴 계약만 체결했습니다. 이것이 나중에는 미제 구두약과 일제 구두약이 한국에 발을 못 들이게 하는 '말표 구두약'의 시발점이었습니다.

## 호남이 박정희 후보를 밀어준 대선, 그 뒤

1962년 12월 '내각제 폐기와 대통령중심제 채택'의 개헌안이 국민투표를 통과했습니다. 1963년 벽두부터 이른바 '군정(軍政)'에서 '민정(民政)'으로 이양할 정치의 계절이 열렸습니다. 공화당을 창당한 박정희가 군복을 벗고 대통령 후보로 출마한 9월 초순, 박태준은 그의 부름을 받습니다. 대선을 달포 앞두었으나, 두 사람은 오랜만에 푸근한 자리였습니다.

"나는 자네를 놓기 싫은데, 요즘 자네는 멀어지려는 것 같아. 군으로 복귀할 건가?"

"이제 저의 군 복귀는 도리에 어긋납니다."

"그게 무슨 소리야?"

국군최고통수권자가 의아해서 되물었습니다.

"저는 이미 순수한 군인정신을 상실한 사람입니다. 최고위원이랍시고 권력의 단물을 마셨습니다. 지금에 와서 군으로 복귀해 동료들의 자리를 차지하면, 저는 나쁜 놈이 되고, 군에는 새로운 불만이 생기지 않겠습니까?"

"그러면?"

"미국 유학을 가겠습니다."

며칠 뒤 그는 다시 박정희에게 불려갑니다.

"유학 가겠다는 생각에 변함이 없나?"

"그렇습니다."

"자네 왜 그러나? 나를 도와줘. 나와 같이 정치에 뛰어들기로 해. 우선 다가오는 총선에 공화당 후보로 출마하는 거야. 이미 조사시켜 봤어. 자네 고향에 출마하면 당선에 아무 문제없어."

두 사람의 관계가 갑자기 고비를 맞았습니다. 박정희의 명령과 다름없는 권유를 박태준이 매력적으로 받아들이거나 마지못해 순종한다면, 두 사람의 미래가 '권력세계의 통속적 역학관계'로 열려서 '경제부흥의 창조적 역학관계'로 진입하지 못할 테니까요. 이 장면에서는 무엇보다 국군최고통수권자(국가재건최고회의 의장) 앞

수작업으로 득표수를 보여주고 있다

에 앉은 육군 준장(상공담당 최고위원)의 의지가 중요했습니다. 최고 권력에서 멀어지느냐 계속 가까이 있느냐. 그의 미래도 걸린 선택이었습니다.

"배려에 대해선 진심으로 감사드립니다. 하지만 제 성미를 누구보다 잘 아시지 않습니까? 옆에서 지켜본 정치는 한마디로 불합리의 종합판 같았습니다. 특히 국회의원은 살아남자면 무조건 당의 결정에 따라야 하는데, 저는 당이 결정해도 옳지 않다고 생각하면 번번이 반대할 놈입니다. 그런 일이 자꾸 생기면 얼마나 불편해지시겠습니까? 저를 골치 아픈 말썽꾸러기로 만들지 마십시오."

"그 성미야 내가 잘 알지."

"제 앞날에 대해선, 저놈이 공부할 욕심이 있구나, 하고 배려해 주십시오. 대선 승리가 급선무 아닙니까? 열심히 선거를 도와드리고 유학 떠나겠습니다."

1963년 10월 15일 대통령선거는 '5·16 군정 2년6개월'에 대한 국민의 심판이었습니다. 공화당 박정희 후보와 민주당 윤보선 후보의 대결로 압축되었습니다. 선거운동 기간 중 공화당 활동에 대한 부정시비 논란도 일었지만 선거 자체는 부정행위 없이 순탄하게 진행되었습니다. 서울의 집계가 먼저 날아들면서 윤 후보가 치고 올랐지요. 초반에서 앞선 윤 후보가 꾸준히 앞서나가고, 박 후보는 꾸준히 따라붙는 형국으로 개표가 진행되었습니다. 부지런한 두 거북이의 경주 같았습니다. 16일 새벽 2시에도 박 후보는 뒤지고 있었습니다. 박태준은 마음을 담담히 정리했습니다.

'그래, 최선을 다했고, 나쁜 짓 하지 않았다. 새로운 공부와 체험도 많이 했다. 후회는 없다.'

여명이 밝아왔습니다. 박정희가 윤보선과 간격을 좁히고 있었습니다. 남쪽 지역의 힘이었습니다. 남해와 서해의 섬들을 출발해 늦게 육지에 닿은 투표함들은 박정희의 편이었지요. 16일 정오가 지나 박빙의 승부는 역전되었습니다. 윤보선이 패배를 인정한 시각은 16일 오후 4시 40분. 낙선자는 승복의 표시로 당선자에게 축전을 보냈습니다.

득표 현황은 특이했습니다. 박 후보는 영남과 호남에서 압승, 윤 후보는 서울을 비롯한 충청도와 강원도에서 승리. 표차는 15만6천28표. 이 대선의 특징은 '정치적 지역감정'이 전혀 없었다는 점이었습니다. 1963년 가을에 만약 경상도와 전라도가 정치적 지역감정으로 갈라졌더라면 박정희는 윤보선에게 완패를 당했을 것입니다. 전남은 박정희에게 57.2%를 몰아줬습니다.

12월 12일 박태준은 상공담당 최고위원을 물러나 소장 진급과 함께 군복을 벗습니다. 무려 15년 만에 '홀가분한 민간인'으로 돌아온 그는 이틀을 쉬었다가 주한 미국대사관의 해리슨과 만납니다. 한국말에도 능숙한 그가 고개를 갸웃거렸습니다.

"오늘 아침에 신문은 보셨나요?"

"봤지요."

박정희 정부의 초대 장관들로 도배한 신문이었습니다.

"군정에 참가했던 사람들은 국회의원이 되겠다, 장관이 되겠다, 뭐가 되겠다, 모두 감투를 향해 뛰어다니는데, 당신만 이상한 고집을 부리는군요."

"미국이 세계를 이끄는 시대에 미국을 제대로 공부하고 싶군요. 길게 봐야지요."

"그 뜻을 이해하겠습니다만……. 유학 준비의 모든 수속은 끝났습니다."

박태준은 한 달 뒤 미국으로 떠날 계획이었습니다. 아내와 어린 딸들을 서울에 남겨둘 죄책감이 괴롭혔지만, 새로운 공부를 포기할 수 없었습니다. 그가 시애틀의 워싱턴대학을 택한 까닭은 5·16에 반대했다 거기서 공부하는 김웅수 장군을 고려한 것이었습니다. 6·25전쟁 때 포항까지 후퇴해온 그를 보좌관으로 발탁해줬던 선배지요.

12월 17일 대한민국 제5대 박정희 대통령 취임식이 열렸습니다. 그의 권좌에 크게 결핍되었던 '정당성'을 주입하는 행사가 박태준에겐 스스로 권좌와 멀어지는 행사였습니다.

1964년 설날, 박태준은 집에서 대통령 비서실장의 전화를 받습니다. 어둠이 깔리는 즈음, 청와대의 사저로 안내되어 대통령 내외에게 세배를 올리는 그는 작별인사라고 생각합니다. 이내 술상이 나왔습니다.

"요즘도 많이 드세요?"

청와대의 안주인이 눈을 곱게 흘기며 손수 첫 잔을 따랐습니다.

"마셔야 할 때는 사양하지 않습니다."

박태준의 웃음 섞인 답변에 박정희가 맞장구쳤습니다.

"그거 잘됐네. 오늘 한번 마셔보자고."

따끈한 정종 한 주전자를 거의 비운 뒤, 박정희가 불쑥 편지를 내밀었습니다.

"이거 읽어봐."

붓글씨의 일본어 편지. 일본 자민당 부총재의 친필이었습니다. 요점은 명확했습니다. '한국의 현 정세에서는 시급히 한일국교정상화를 하고 대일청구권자금을 받아 경제개발의 밑천으로 활용해야 한다, 현재 한국의 신용으로는 외국은행과 국제금융기구에서 차관을 얻기 어렵다.' 박태준의 눈에도 틀린 소리가 아니었습니다. 경제개발을 향한 대통령과 국민의 열망은 강력해도 그것을 밀고 나갈 자금, 국제 신인도, 기술력 등이 거의 제로 상태인 한국은 미국의 압력이 아니어도 일본의 배상과 지원을 받아내야 했습니다.

"편지에 내가 특파할 인물의 조건이 나와 있었지?"

"예."

편지가 제시한 '대통령이 일본에 특파할 인물'의 조건은 세 가지였습니다. 대통령이 가장 신임하고, 통역 없이 대화할 수 있고, 가능하다면 일본에서 학교를 다닌 인물.

"딱 맞는 사람이 바로 자네야."

박태준은 얼떨떨해졌습니다.

"현 내각이나 주변엔 동경대, 와세다대, 경도대 나온 사람들이 많지 않습니까?"

"그렇긴 한데, 첫째 조건이 안 맞아."

박정희가 타이르듯 말을 이었습니다.

"우리 국민은 일본과 회담하는 것조차 싫어하지만, 한일국교정상화는 경제개발의 첫 고비야. 자네의 역할은 공식적 회담과는 다른 임무야. 일본 지도층을 두루 만나서 분위기를 만들어."

"저는 미국 갈 준비를 다 마쳤습니다."

"일본 가서 10개월쯤 돌아다니면 미국 가는 것보다 열 배 더 공부가 될 거야."

박정희의 강한 권유가 박태준의 마음에 균열을 일으켰습니다.

"한참 동안 매국노로 찍히겠습니다."

"그래, 대격전을 치르겠지. 그러나 우리는 앞으로 나가야 해."

박태준에게는 미국 유학의 꿈이 사라지는 순간이었지요.

"이거 받게."

박정희가 봉투를 내밀었습니다.

"자네는 여태 집도 없더구먼. 고생만 시키고, 내가 무심해서 애들 엄마한테 미안하게 됐어. 오래 나가 있게 되는데, 애들 엄마는 집이라도 있어야 애들을 잘 키울 거 아닌가. 집이나 장만하게."

박태준이 정중히 받았습니다. 신접살림을 육사 관사에서 편안하게 출발했지만, 문간방 사글세에서 첫딸을 잃었고, 그 뒤에도 15번의 셋방살이를 전전한 끝에, 이

1964년에 일본을 순방하는 모습

제 그의 아내는 대통령 하사금과 전세 뺀 돈을 합쳐 서대문구 북아현동에 단독주택을 마련하여 여자 네 식구만 이삿짐을 부리게 됩니다.

## 융성 일본, 빈곤 한국

1964년 1월 초순 박태준은 동행자 셋과 도쿄에 내렸습니다. 일본은 도쿄올림픽 준비에 한창이었지요. 도쿄 중심가에서 하네다공항까지 동양 최초의 모노레일을 깔고, 도쿄에서 오사카까지 시속 250킬로미터 초고속 철도공사를 진행하고, 곳곳에 빌딩을 올리고, 화장실을 수세식으로 개조하고, 흑백텔레비전을 컬러로 바꾸는 시험방송을 시작했습니다. 한국전쟁을 경제적 재기의 도약대로 삼았던 일본은 어느덧 패전의 악몽에서 벗어나 융성대로에 진입해 있었습니다.

도쿄의 사업가로 변신한 박철언이 그를 야스오카 사무실로 안내합니다. 학창시절에 도쿄 히바야공원에서 야스오카의 강연을 귀담아들었던 박태준은 그 추억에서 시작해 인생과 한일관계와 세계정세에 대해 광범위한 화제를 꽃피웁니다. 예정된 시간보다 훨씬 길어진 회견을 마치고 그가 돌아간 다음 야스오카는 측근들에게 말합니다.

"침착 중후한 인물이오. 큰 바위를 대하는 것 같은 무게를 느꼈소."

일본 재야의 막강한 거물이 박태준에게서 받은 그 강렬한 첫인상은 4년 뒤 '포항종합제철의 운명'과 직결됩니다.

1964년 한국의 봄은 한일회담 반대시위로 막을 올렸습니다. 그러나 굶주림은 방방곡곡에 널려 있었습니다. 5월 15일《경향신문》은 이렇게 알려줍니다.

> 한국의 어디에서도 볼 수 있는 현상, 그것은 기아에 허덕이는 군중이다. 기아의 군중은 분노에 떨고 있다. 모든 학교의 결식 아동수가 50%를 넘고 있다. 길고 긴 하루를 낮에는 학교에서 주는 한 조각 빵으로, 저녁은 물오른 겨릅대 껍질로 때우는 소녀의 얼굴빛은 누렇게 떠 있다.

아이들이 황달에 시달리며 가파른 보릿고개를 넘긴 6월 3일, 서울시 전역에 학생 시위를 진압하려는 비상계엄령이 선포됩니다. 이때 평양에서 열린 아세아경제토론회에서는 '남조선에 대한 미국의 원조와 그 후과(後果)는 군사침략적 약탈이고, 남조선 경제를 파멸시키는 독약이며, 미국 독점자본의 횡포한 수탈'이라고 규정합니다. 미국의 원조로 연명하면서 민족의 자존심을 팔아 일본에 구걸하려는 서울의 괴뢰정권아, 주체적인 평양을 쳐다보며 부끄러워하라는 비난이었던 거지요. 그러나 뒷날의 결과(후과)는 그와 정반대의 모습으로 나타나지만……

## 대한중석 구하기

거의 열 달에 걸쳐 홋카이도부터 가고시마까지 열본열도를 둘러보며 일본의 각계각층 지도급 인사들과 만나고 산업현장을 시찰한 박태준은 1964년 10월 서울로 돌아왔습니다. 북아현동 언덕배기의 '낯선 내 집'에는 여자 네 식구가 가장을 기다리고 있었습니다. 아내와 딸 셋이었지요. 돌아온 아버지의 첫눈에는 초등학교 2학년 맏딸이 의젓해 보였습니다.

12월 초에 박태준은 다시 청와대로 들어오라는 전갈을 받습니다. 박정희가 뜻밖의 카드를 내놓습니다.

"대한중석을 맡아줘야겠어."

대통령의 논리는 간단명료했습니다. 민간기업들은 구멍가게 수준이고 국영기업들도 적자에 허덕이니 '달러박스' 대한중석을 정상화하라. '정치'의 자리가 아닌

상동광산 막장을 시찰하는 박태준

'경제'의 자리. 그는 경영수업의 실무현장으로 가게 됩니다.

일상생활에서 흔히 마주치는 중석(텅스텐)의 용처는 전구 필라멘트지만, 우주선 로켓의 특정 부위에도 들어가는 광물이지요. 이것을 캐내 외국에 수출해온 대한중석은 1960년대 초반의 한국경제에서 연간 총 수출액 3,000만 달러 중 600만 달러를 차지하는 중대 국영기업이었지요. 권력자들이 뜯어먹거나 빼먹을 것도 많았으니 그만큼 정치적 스캔들에 휘말리곤 했습니다.

사장 취임에 앞서 대한중석의 현황을 살핀 박태준이 청와대에서 박정희와 만납니다. 특별한 한 가지를 약속받고 싶었습니다.

"저에게 맡기신 이상 정부나 여당에서 일절 회사경영에 간섭하지 않도록 보장해주십시오."

"약속하지."

박태준은 회사경영의 원칙을 천명합니다. 적재적소 인재 배치, 청탁 배격, 투명 인사, 선진적 회계관리, 영업원리 개선, 후생복지 개선. 그는 인재를 보강했습니다. 특히 회계관리가 허술해 보여서 육사 교무처장 시절에 눈여겨봤던 황경로를 불러들입니다. 미국 육군경리학교에 유학한 황경로는 한국 최대 수출기업에 처음으로 현대식 관리기법을 도입합니다.

신임 사장이 개혁에 매진하고 있는 어느 날, 청와대 고위인사의 메모가 사장실로 들어왔습니다. 특정인을 승진시키라는 주문이었지요. 박태준은 즉시 인사위원회를 열고 절차를 거쳐 특정인에게 권고사직을 통보합니다. 만약 권력을 동원한 청탁이 들어온다면 청탁한 장본인에게 우선적으로 책임을 묻겠다고 했던 선언을 실천한 것이었지요. 조롱당한 권력자가 얌전히 넘어갈 리 만무했지요. 덤벼드는 그에게 박태준이 빈정거려 줍니다.

"청탁을 말려야 할 사람이 심하지 않소? 국가를 위해 각자 맡은 일이나 제대로 합시다."

다음날이었습니다. 쫓겨난 사원의 어머니가 사장실로 찾아옵니다. 부산 자갈치 시장에서 서울까지 야간 열차로 올라왔다는 초로의 여인은 다짜고짜 눈물로 매달렸습니다. 전쟁 때 남편을 잃고 혼자서 키운 외아들이 좋은 직장에 취직한 보람 하나로 살아가고 있으니 어미를 봐서라도 한 번만 봐 달라는 것이었지요. 이 뜨거운 모정을 모질게 돌려세운 박태준은 그러나 그것을 가슴에 묻어뒀다가 몇 년 뒤 문제의 젊은이를 찾아내 포항제철에 취직시킵니다.

그는 중석 광산의 막장으로 직접 내려갔습니다. 안전관리 시스템과 굴착기를 유심히 살폈습니다. 비교적 양호해 보였습니다. 그러나 산기슭의 사원주택단지를 둘러보면서 분노했습니다. 일제 때 지은 다락집 그대로였던 겁니다. 개울에서 빨래하는 광부 부인들과 대화를 나눕니다.

"사택에 빈대약 좀 쳐주세요."

"빈대가 하도 많아서 식구들이 밤잠을 설치고 있어요."

그는 빈대들이 자기 얼굴을 물어뜯는 것 같았습니다. 곧장 사무소로 가서 책임자를 불렀습니다.

"자네는 업무가 뭐야? 빈대 때문에 직원들이 밤잠을 설친다, 이게 말이나 돼? 오늘 해지기 전에 DDT 구해서 사택에 뿌려."

"사장님, DDT는 암시장에서 구해야 하는데 값이 비싸고, 회사 규정상 암시장 구입은 절차가 복잡합니다."

"잔말 말고 당장 사택에 DDT 뿌려. 또, 사택을 아파트로 새로 짓는 데 필요한 예산과 절차를 긴급히 보고해."

"사장님, 그건 불가능합니다. 우리 회사는 수년 동안 적자를 면치 못해서 매달 직원들에게 봉급을 제때 주는 것만 해도 다행입니다."

"회사경영은 내가 책임져. 당장 DDT 뿌리고 사택 새로 지을 계획을 수립하겠나, 아니면 사표를 쓰겠나? 이 자리에서 결정해."

대한중석이 운영하는 병원과 학교도 사원주택처럼 엉망이었습니다. 박태준은 병원과 학교에 필요한 기자재를 모두 보충하고 의사와 교사도 더 좋은 조건으로 더 모셔오라고 지시합니다. 지금부터는 '사원 후생복지'가 매우 중요한 회사 방침으로 실행된다는 것이었습니다.

그는 정신적 쇄신도 강조합니다. 관료주의와 부서이기주의 추방, 현장제일주의 실천을 역설합니다. 이에 따라 생산 관련 부서들을 서울 본사에서 광산 현장으로 내려 보냅니다. 개혁의 바람이 싫은 간부들은 회사를 떠나야 했습니다.

박태준이 대한중석 개혁을 완수해가는 6월 22일, 대일청구권자금 협상 합의를 주요 바탕으로 삼은 '한일기본조약'이 조인됩니다. 한국과 일본이 국교정상화의 문을 열었습니다. 시위군중이 서울 거리를 검거하고 각계의 비난 성명이 줄을 이었습니다. '무상원조 3억 달러와 유상원조 2억 달러로써 우리의 생명과 재산과 문화의 강탈에 대한 청구권에 대차한다는 것은 민족의 역사가 용인할 수 없다'고 격분했지요. 거침없이 흑백논리가 세워졌습니다. 한일조약 비준에 반대하는 사람은 '정의와 자주'의 민족주의 세력, 찬성하는 사람은 '불의와 매판'의 외세종속 세력으로 몰렸습니다. 몇 년 뒤에는 그 돈의 일부를 포항종합제철공장 건설의 밑천으로 쓰게 되지만, 아직은 박정희도 박태준도 그런 일이야 상상조차 하지 않은 때였습니다.

### 축구 국가대표들, 한국 최초 세계 챔프 김기수

하루는 박태준이 광산 현장에서 낯익은 광부들을 발견합니다. 축구 국가대표 선수들이었지요. 사정을 알아봤더니, 축구단 운영에 연간 1억 원쯤 소요되어 광산에서 부려먹다 시합이 다가오면 합숙훈련을 시키는데, 대우도 형편없었습니다. 그는 판단했습니다. 국가대표 선수들을 광부처럼 부려먹다니, 이건 절약이 아니라 낭비 중의 낭비라고.

선수들을 즉시 서울로 보낸 그가 축구단 육성 방안을 마련하라고 호령했습니다. 머잖아 일급선수들이 대한중석에 더 모여듭니다. 곡괭이 짊어진 축구선수들을 우연히 발견한 것이 최강 실업축구단으로 변모시키는 일대 사건이 되었지요.

박태준은 축구를 좋아했습니다. 국민이 즐기는 국기(國技)인데다, 한국이 곤궁에 빠져있어도 축구로는 번번이 일본을 이겼기 때문이지요. 대한중석 축구단은 뒷날 포항제철(포스코) 축구단의 주축을 이루고, 포스코 축구단은 1970년대·80년대·90

권일체육관에서 훈련에 몰두한 김기수를 지켜보는 박태준

년대에 걸출한 선수들의 둥지가 됩니다. 2002년 월드컵에서 한국 축구가 4강 위업을 이룩할 때 주축으로 뛴 홍명보, 황선홍도 그의 체취를 기억하는 선수들이지요. K-리그에 최고 골잡이의 기록을 남긴 이동국도 마찬가지고요.

박태준에게 김기수라는 권투선수를 처음 거명한 이는 박정희였습니다. 프로권투 주니어미들급 동양챔피언. 그를 대한중석 사장실에서 만난 박태준은 '전쟁고아' 사연을 듣게 됩니다. 함흥 출신으로 1·4후퇴 때 부모형제를 잃고 흥남에서 배를 타고 여수까지 실려 왔다고 했습니다. 1·4후퇴, 흥남철수, 고아. 이런 단어들에 그의 가슴은 짠해졌습니다.

"지금 너의 상대가 어떤 놈이야?"

"이탈리아의 니노 벤베누티입니다."

"그런 놈이 있어? 자신 있나?"

"6개월쯤 연습에 전념한다면, 붙어볼 자신이 있습니다."

박태준은 김기수에게 필요한 것을 다 말하라고 했습니다. 무엇보다 도장이 급하다는 말에 총무이사를 불러 그의 집과 가까운 곳에다 빠른 시일 안에 도장을 지어주라고 했습니다. 며칠 뒤부터 공사가 시작되어 근사한 권투체육관이 탄생하지요. 개관식을 앞두고 김기수가 그에게 '작명'을 의뢰합니다. 박태준은 '주먹으로 세계 일등이 되라'는 기원을 담아 '권일(拳一)'이란 이름을 선사합니다. '무엇이든 세계 최고가 되자'는 그의 신념이 담긴 작명. 과연 김기수는 세계 챔피언에 등극할까요?

김기수의 WBA세계타이틀매치는 1966년 6월 25일 전쟁 16주년 저녁에 장충체육관에서 열립니다. 국민의 관심이 집중되고, 박정희도 박태준도 관전합니다. 서로 비슷비슷하게 때리고 맞은 아슬아슬한 승부. 대통령의 재떨이에 꽁초가 수북한 밤 10시, 15회전 종료. 한국 심판은 '김기수 승', 이탈리아 심판은 '벤베누티 승'. 라디오에 귀를 댄 국민의 초조 속에서 백인 주심이 '김기수 승'을 알립니다. 까짓, 텃

세가 좀 붙으면 어때. 박태준은 뜨겁게 박수를 칩니다. 한국 최초의 세계 챔프 탄생. 국민은 오랜 가뭄에 소나기를 만난 것처럼 한바탕 신명을 올립니다. 우리도 하면 된다, 우리도 할 수 있다. 이런 기분도 맛본 거지요.

# 황무지의 개척자

문득 박정희가 쓸쓸히 혼잣말을 했습니다. "남의 집 다 헐어놓고 제철소가 되기는 되는 건가." 박태준은 모골이 송연해졌습니다. 이때 그는 '제철보국(製鐵報國)'의 신념을 '짧은 인생을 영원 조국에'라는 장교시절의 좌우명 속에다 핵으로 주입한 리더였습니다. '기필코 제철소를 성공시켜 5천년 대물림된 절대빈곤의 사슬을 끊고 사람다운 삶을 영위할 수 있는 국가 재건에 헌신하겠다.' 이것이 썩지 않을 강철의 무지개로 그의 영혼에 걸려 있었습니다.

## "나는 고속도로, 자네는 제철소"

　제선·제강·압연 공정을 다 갖춘 제철소를 종합제철소 또는 일관제철소라 부릅니다. 종합제철이 없는 상태에서 '농업국가'를 '산업국가'로 탈바꿈하겠다는 공약은 허황한 것이지요. 철(鐵)이 있어야 철길도 깔고, 교량을 만들어 도로도 연결하고, 항만설비도 갖출 수 있습니다. 철이 있어야 건물도 짓고, 공장도 짓고, 학교도 짓습니다. 철이 있어야 선박도 만들고, 자동차도 만들고, 가전제품도 만들고, 밥 지을 솥도 만듭니다. 하물며 못도 바늘도 철로 만들지요. 철이 '산업의 쌀'이며 '국가 기간산업'인 것입니다. 1965년에 박정희는 종합제철소 건설에 집착합니다. 그때 강대국들의 연간 조강 능력은 미국, 소련, 일본, 독일, 영국의 순으로, 미국 약 1억2,000만 톤, 소련 약 8,500만 톤, 일본 약 4,000만 톤이었습니다. 종합제철 없는 한국은 고철 녹이는 철강업체나 풀무질하는 대장간까지 몽땅 합쳐도 고작 20만 톤 수준이었고요.

　1965년 5월 미국을 방문한 박정희는 피츠버그에서 세계적 철강엔지니어링기업 코퍼스사(社) 대표 포이와 만납니다. 포이는 적극적이었습니다. 연산 50만 톤 종합제철소 건설에 들어갈 막대한 자금을 단독으로 조달할 개발도상국은 없으니 서방 철강업계와 금융기관들로 국제컨소시엄을 구성하는 것이 바람직하다며, 이를 위해 협력할 용의가 있다고 밝혔습니다. 그때 박태준은 대통령의 지시를 받고 일본으로 건너가 '전후 일본의 최신 제철소인 가와사키제철소'의 니시야마 사장을 청와대로 초청하고, 장기영 부총리는 국회에서 "우리나라가 예속경제를 벗어나 경제성장을 가속화하기 위해서는 무엇보다도 하루빨리 종합제철소를 건설하는 길밖에 없다"며 예산 협조를 호소합니다.

　6월 23일 니시야마 사장이 청와대를 방문합니다. 대통령 곁에는 국무총리, 부총리, 대한중석 사장이 배석했습니다. 박정희는 박태준의 '대한중석 경영쇄신'을 눈여겨보고 있었습니다.

 박태준은 니시야마를 안내해 제철소 입지로 거론되는 인천, 포항, 울산 등 5개 지역을 둘러봅니다. 니시야마는 크게 두 가지를 충고합니다. 제철 원자재가 절대 부족한 나라는 모든 것을 외국에서 들여와야 하니 입지 조건에는 대형선박이 자유롭게 드나들 항만시설이 가장 중요하다는 것, 세계적 추세로 보아 연산 조강 50만 톤은 작으니 100만 톤부터 시작해야 경제성이 있다는 것. 박태준은 기뻤습니다. 자신의 생각과 일치했기 때문입니다. 1970년에 100만 톤 이상의 철강수입이 예상되는 조건에서 최소 100만 톤 규모 제철소로 시작해야 철강수출도 실현할 것이라고, 그는 전망했습니다. 100만 톤 규모가 아니라 용광로 2개를 세워서 200만 톤으로 출발하면 조업 중 하나가 말썽을 일으켜도 다른 하나로 대체할 수 있으니 경제성이나 안정성도 훨씬 더 높아질 테지만, 차관 조달 능력이 보잘것없고 나라의 살림살이가 빈곤한 1965년의 대한민국에게는 50만 톤 종합제철소 건설도 아주 버거운 일이었습니다.

 니시야마를 송별하고 청와대로 들어가 대통령과 독대한 대한중석 사장은 '1차 100만 톤'과 '항만시설의 중요성'을 강조했습니다. 보고를 경청한 박정희가 그를 똑바로 쳐다보며 단호히 말했습니다.

 "미국으로 도망가려는 자네를 붙잡아 대한중석을 살렸는데, 이제부터 종합제철소 건설을 맡아. 이 일은 아무나 못해. 국가와 민족을 위해 사심 없이 헌신할 수 있어야 돼. 아무리 둘러봐도 이 일을 맡길 사람은 자네밖에 없어. 나는 고속도로를 감독할 테니, 자네는 제철소를 맡아. 고속도로가 되고 제철소가 되면 공업국가의 꿈은 실현되는 거야."

 별안간 박태준은 육중한 철근이 어깨 위에 얹히는 것 같았습니다.

 "황무지를 개간하라고 하시는군요."

"그래. 황무지를 개간해야 절대빈곤을 극복할 수 있어. 자네는 해낼 수 있어."

박태준은 눈두덩이 뜨끔했습니다. 자네를 거사 명단에 빼놓았던 이유가 거사에 실패해 형장의 이슬로 사라질 경우에는 내 처자를 자네에게 맡기려 했다고 털어놓은, 1961년 5월 18일 어느 순간의 그 신뢰를 새삼 확인하는 가운데 국가 장래가 걸린 대업을 책임지게 된다는 벅찬 책임감이 뜨겁게 솟구친 것이었지요.

## 종합제철소는 포항 영일만으로

1966년 11월 피츠버그에서 미국, 독일, 영국, 이탈리아 등 4개국의 7개 철강회사가 대한국제제철차관단(KISA : Korea International Steel Associates)을 발족합니다. 미국 코퍼스의 포이가 중심적 역할을 해낸 결실입니다. 한국 언론이 '종합제철소 건설의 찬란한 무지개'로 보도한 KISA와 한국 정부의 합의는 '차관단이 1억 달러를 조달하고 한국 정부가 2천500만 달러를 출자하여 차관단과 한국 정부가 합의한 장소에 1967년 봄까지 공장을 착공하도록 최선을 다한다'는 것으로, 규모는 연산 조강 50만 톤이었습니다. 곧이어 프랑스의 1개사도 KISA에 가입합니다.

'착공'해야 할 봄날, 1967년 4월 6일, 서울에서 KISA 대표와 장기영 부총리가 '종합제철소 건설 가협정'을 체결합니다. '7월 착공'에 합의한 두 사람이 환히 웃는 사진은 한국경제의 희망 같았습니다. 아직은 종합제철 건설에 대한 공식 직함을 받지 않고 대한중석 사장으로서 대통령의 특명에 따라 종합제철소 건설에 깊은 관심을 기울이고 있는 박태준은 그때부터 KISA의 태도를 미심쩍게 생각했습니다. 무엇보다 KISA의 소요예산 추정치는, 그가 별도로 일본 전문가들에게 의뢰했던 그것보다 무려 35%나 높았기 때문입니다. 빈곤한 나라에 종합제철소를 건설해준다는 굉장한 인심을 쓰는 체하면서 실제보다 훨씬 높게 예산을 산정해놓고 엄청난 돈을 빼먹으려는 꿍꿍이를 감춘 백인들로 보였습니다.

포항제철이 들어서기 전의 영일만 어링불

5월 11일 제6대 대통령선거에서는 박정희 후보가 51.4%를 득표해 41%를 얻은 윤보선 후보를 압도했습니다. 도시지역 전체 득표율도 박 후보가 윤 후보를 앞섰으며, 서울에서는 윤 후보에게 3% 뒤진 46%를 기록했습니다. 이는 무엇보다도 '경제개발' 성공에 대한 국민의 지지와 기대를 반영한 결과였습니다.

6월 21일 제철소 후보지 조사 결과가 나왔습니다. 항만조건, 부지조성, 공업용수, 전력 등 4개 부문을 집중 검토한 결과 포항이 1위를 차지했습니다. 정확한 위치는 포항 형산강 하구 옆 영일만 백사장, 이 모래땅에는 예언의 시가 있었습니다.

竹生魚龍沙　어룡사에 대나무가 나면
可活萬人地　수만 사람이 살 만한 땅이 된다
西器東天來　서양문물이 동쪽나라로 올 때
回望無沙場　돌아보니 모래밭이 없어졌도다


조선 후기의 어느 풍수지리가가 남긴 것입니다. '어룡사'란 영일만 모래사장의 이름입니다. '죽'은 제철공장의 '굴뚝'을 비유하고, '서기'라고 표현된 서양문명은 '종합제철소'를 뜻하는 것으로 풀이할 수 있지요.

제철소 입지 결정에는 정치권력의 치열한 유치경쟁과 이권계산이 개입했습니다. 박태준은 그것을 막아야 했습니다. 입지 선정이 제철소의 성패와 직결된다는 사실을 공부해둔 사람으로서 확실한 목소리를 내야 했던 거지요. 그는 일본의 제철 전문가들, 한국 해군의 원로 장성들과 만나 의견을 청취하고 자신의 견해를 덧붙여 대통령에게 '포항'을 강하게 천거했습니다.


## 종합제철소 기공식에 안 가다

KISA와 한국 정부가 체결한 가협정에 명시된 '착공의 7월'이 지났으나 가협정 다음의 '기본협정'도 체결하지 못했습니다. 초조한 한국 정부는 미국 피츠버그에 있는 코퍼스로 급파할 교섭단을 구성합니다. 1967년 8월 교섭단이 청와대로 불려 갑니다.

"대한중석은 2년 반 동안 박태준 사장이 경영을 잘한 결과 재무상태가 매우 건실해졌습니다. 박 사장은 제철소 프로젝트에 필요한 리더십과 경영능력을 갖추고 있습니다."

한국 정부의 국가적 숙원사업인 종합제철소 건설과 경영의 실질적 책임자를 드디어 대통령이 밝힌 것이었습니다. 그때 중석 수출을 위해 유럽을 순방 중이던 박태준은 9월 8일 영국 런던에서 전문을 받았습니다. 장기영 부총리의 지시를 받은 대한중석 고준식 전무가 띄운 것이었지요.

> 박태준 사장이 종합제철소건설추진위원회 위원장으로 내정되었음. 즉시 귀국 바람.

기어코 올 것이 왔구나, 하고 박태준은 문득 자기 나이를 생각했습니다. 마흔 살, 공자 말씀의 불혹(不惑)이었습니다. 어떤 일에도 흔들림 없이 도전할 나이였지요. 그의 회신은 간단했습니다.

> 그 일을 맡겠음. 그러나 즉시 귀국은 불가능함.

박태준은 몇 달 전 약속해둔 한국산 텅스텐 수요자들과 만나야 했고, 고로의 원조인 영국의 종합제철소도 살펴보고 싶었습니다. 그가 귀국 준비를 마친 9월 28일 KISA와 한국 정부가 '기본계약' 합의각서에 서명합니다. 역사적인 '포항종합제철' 기공식이 10월 3일로 잡혀 있으니 더 미룰 수 없었던 거지요. 기공식을 사흘 앞두고 귀국한 박태준은 장기영 부총리실로 직행합니다.

10월 3일, 이 택일의 명분은 '개천절'이었습니다. 단군 이래 단일 규모의 최대 역사(役事), '산업의 쌀'을 생산할 국가기간공장 건설. 개천절에 포항종합제철 기공식을 거행해야할 이유는 너무 충분했습니다.

부총리는 기나긴 산고 끝에 옥동자를 얻은 어머니의 표정으로 박태준을 맞아 합의각서에 서명하라고 했습니다. 일단 그가 거절합니다. 지난번 가협정의 소요예산

추정치에 분개했던 사람으로서 그냥 신뢰할 수 없었던 겁니다.

"박 사장, 기공식이 사흘 앞입니다. 우선 추진위원장 내정자로서 여기에 서명하고, 합의각서는 천천히 검토하는 것이 어떻소?"

"아닙니다. 공식 임명되어 제철소 건설의 전부를 책임지기 전에 합의각서부터 검토해 보겠습니다."

그는 여독을 뿌리치고 미국변호사 자격증을 가진 변호사에게 사본을 맡겼습니다. 변호사의 의견이 그의 우려를 알려줬습니다. 5개국 8개사의 자금조달 시기나 책임 등에 대한 명확한 규약이 없어서 KISA가 무책임하게 등을 돌려도 법률적 제약을 걸 수 없는 약정이라고 지적했습니다. 결정적 결함을 지닌 문서였던 겁니다.

다음날 박태준은 예약 없이 부총리 집무실로 갔습니다. 비서가 막아서자 짙은 눈썹을 치켜세웠습니다.

"이봐, 제철소는 국가적 중대사야! 그런데 합의각서가 엉터리란 말이야! 그래서 내가 직접 따지려고 왔어!"

쩌렁쩌렁 울리는 고함이었습니다.

"그러시면, 기다리셔야 합니다."

"뭐? 안에 손님이 있다는 거야!"

"그렇습니다."

"웃기지 마! 어제 기분 나쁘게 했다, 이거잖아. 저리 비켜!"

부총리실 문이 왈칵 열렸습니다.

"손님이 어딨어! 너희 같은 인간들을 그냥 두면 내가 매국노가 되는 거야!"

박태준은 부총리에게 기공식 불참을 통보했습니다. 종합제철 건설 기공식에 그 책임을 맡을 내정자가 불참한다? 이 소식을 접한 박정희가 10월 2일 오후 그를 청와대로 불렀습니다.

종합제철 유치를 경축하는 포항시민들

"왜 반기를 드나? 너무 까다롭게 굴지 마. 그래서 적을 많이 만들면 일도 제대로 끌고 갈 수 없잖아. 내일 포항에 내려가서 기공식부터 원만하게 마치고 와."

박태준은 어렵게 입을 열었습니다.

"남을 헐뜯을 생각은 추호도 없습니다. 공연한 트집을 잡고 싶은 생각도 없습니다. 그러나 합의각서에는 중대한 결함이 있습니다. 첫걸음부터 허술하면 국가대사가 어떻게 되겠습니까?"

"무슨 소리야?"

그가 합의각서의 허점을 지적하자 대통령의 얼굴이 어두워졌습니다.

"내가 한번 볼 테니 놓고 가게."

1967년 10월 3일, 개천절 오후 2시, 종합제철소 기공식이 포항에서 성대히 열렸습니다. 주민들 수천 명이 모여들고, 장기영 부총리, 건설장관, 상공장관, 재무장관 등 정부 각료들, KISA 대표단, 기업인 등 많은 내외 귀빈이 참석했습니다. 부총리는 기공식장으로 내려가는 길에 라디오 뉴스를 통해 자신의 해임소식을 들었으나 태연히 감격적인 치사를 했습니다.

한반도에 하늘과 땅이 열린 지 4,300년 만에 우리는 마침내 선진국들의 도움을 받아 종합제철소를 건설하게 되었습니다. 제2차 경제개발5개년계획의 성패가 이 제철소 건설에 달려 있는 만큼 강철같이 굳센 책임감과 철석같은 단결로 우리의 과업을 성취해 나갑시다.

그때 박태준은 서울 대한중석 사장실을 지키고 있었습니다. 그에게는 인간적 과제와 국가적 과제가 맡겨진 시간이었지요. 전자는 전격 해임된 부총리와 악연 아닌 악연을 푸는 일이고, 후자는 개천절을 들먹일 만큼 거창한 기공식을 열었으나 외자(外資) 도입과 기술 도입이 불투명한 종합제철의 어두운 내일을 타개하는 일이었습니다.

### 박정희와 세 번 토의, 포철(POSCO) 탄생

11월 8일 박정희는 청와대에서 박태준을 종합제철건설추진위원장으로 공식 임명했습니다. 1968년 새해 들어 종합제철회사의 설립형태가 주요현안으로 떠올랐습니다. 박정희는 '특별법에 의한 국영기업체'를, 박태준은 '상법상 주식회사'를 주장합니다. 이는 매우 중요한 문제입니다. 회사설립 형태가 경영통제, 의사결정, 정부간섭, 자금조달, 세금혜택, 배당정책 등 관리운영의 모든 부문에 큰 영향을 미치기 때문이지요.

국영기업체 형태는 감시와 통제가 심해 관료적 관리운영으로 나갈 단점이 있지만, 재정지원과 조세감면 혜택에 용이한 장점이 있습니다. 민영기업체 형태는 경영 효율성을 살리고 시장 상황에 민첩하게 능동적으로 대처하는 장점이 있지만, 초기부터 소요되는 막대한 투자자금을 조달하기 어려운 단점이 있습니다.

청와대에서 세 번째 토의가 벌어졌습니다. 담배 몇 개비를 태운 박정희가 결론적으로 말했습니다.

"명치유신 이후 세워진 일본 제철소들을 봐도 조업 50년 이내에 적자를 모면한 제철소가 없었어. 자네는 민영기업으로 가서 어떻게 하겠다는 거야? '종합제철 설립에 관한 특별법'을 제정해서 그 근거로 회사를 만들고, 단서 조항에 매년 경영결과를 정부 감사기관이 감사하기로 하고, 적자는 정부 예산으로 보증할 수 있다고 달아놓아야 돼. 이래야 적자가 나더라도 자네가 회사를 경영하기 쉽지 않나?"

박태준은 물러서지 않았습니다.

"염려해주시는 마음은 잘 압니다만, 바로 그 단서 조항 때문에 국영기업체들이 적자를 내고 있는 겁니다. 그것은 최고관리자의 책임의식을 희박하게 합니다. 모든 책임을 저에게 맡겨주십시오."

책임의식, 이것은 그의 진심이었습니다. 민영기업 형태로 가야 자신과 동료들의 책임의식도 그만큼 강렬해질 것이니까요. 내친걸음에 그는 불혹(不惑)의 가슴에 웅대한 알처럼 품은 제철소의 비전을 피력합니다.

"우리가 국내 수요만 생각하는 제철소를 만들 수야 없지 않습니까? '저비용 고품질'로 국제경쟁력을 확보해서 수출을 해야 합니다. 수출 대상 국가는 일차적으로 일본과 미국입니다. 미국에 수출할 경우, 특별법에 의해 설립된 제철소는 심각한 문제와 부닥칩니다. 미국은 무역 규제가 까다롭지 않습니까? 국영 제철소라고 하면 규제조치를 받을 수밖에 없고, 덤핑 제소에 시달리게 될 것입니다. 제철소 장래에 대한 이런 고려도 중요하지 않습니까? 국내 수요도 충당하고 수출도 당당하게 해내는 제철소를 만들고 싶습니다."

박정희가 미소를 머금었습니다.

"임자한테 졌어. 좋은 방법을 강구해봐."

대통령을 설득한 박태준은 설립형태의 장단점을 비교해 장점만 결합한 제3의 회사형태를 고안했습니다. '상법상 민간기업 형태로 설립하되, 재원 조달을 위해 정부가 지배주주가 된다'는 방식이었어요. 정부 관료들이 반대합니다. 박태준은 역설합니다. 종합제철을 성공시키려면 경영의 자율성, 경영자의 책임감, 조직의 기동성을 보장해야 한다고. 박정희가 그를 지지합니다.

사명(社名)은 세 가지 안이었습니다. 고려종합제철, 한국종합제철, 포항종합제철.

사무실에서 포항종합제철 창립식을 치르는 모습

선택을 맡은 박정희가 박태준에게 명쾌히 말합니다.

"포항종합제철이 좋아. 이름을 거창하게 짓는다고 해서 성공하는 게 아니야."

드디어 '포항종합제철주식회사(POSCO)'란 이름이 탄생한 뒤, 4월 1일 오전 9시 30분, 서울 유네스코회관 3층 포스코 사무실에서 역사적인 창립식이 열렸습니다. 박태준 사장을 포함한 임직원 39명과 내빈들이 참석했지요. 화려하지도 성대하지도 않은 식장. 딱히 마구간에 비할 바는 아니지만, 빌딩에 비할 바도 못 되었습니다. 창립요원들의 얼굴에는 결의가 서리고, 박태준의 목소리는 특히 하나의 문장에서 카랑카랑했습니다.

우리 자신의 잘못은 영원히 기록되고, 추호도 용납될 수 없으며, 가차 없는 문책을 받아야 합니다.

창립요원의 주축은 대한중석 인재들이었습니다. 고준식 전무이사, 황경로 기획관리부장 등 16명이나 되었지요. 이러한 인적 구성은 신생 조직의 인화와 결속에 기여할 자산이었습니다.

6·25전쟁 뒤부터 한국 정부가 여러 차례 잉태와 유산을 반복한 종합제철소 건설, 이를 떠맡은 법인이 간신히 탄생했을 때, 포항 현지에선 경상북도가 총 232만6천951평 공장부지 매수를 대행하는 중이었습니다. 그러나 포스코의 장래는 안개 속에 갇혀 있었습니다. 외자 조달에 대한 KISA의 애매한 태도 탓이었지요. 포항 1기 100만 톤 건설에 소요될 외자 1억 달러. 여기에 '신생아' 포철의 운명이 걸렸습니다. 4월 8일 경제기획원이 KISA에게 한국 정부와 체결한 '기본협정'의 권리와 의무를 포스코가 승계했음을 통보합니다. 이제부터는 박태준이 '신생아'의 아버지로서 모든 책임을 떠맡아야 한다는 뜻이었지요.

## 롬멜하우스와 세계 최대 고아원

포스코가 탄생한 1968년 봄, 집권여당 내부는 분열과 파벌의 양상을 드러냈습니다. '대통령 3선 불가'를 규정한 헌법에 따르기로 한다면 '박정희의 후계자 선정'이 가장 민감한 현안이었습니다. 어떻게 전개될 것인가? 정치권력이 출렁거리고 있었습니다. 오직 포항종합제철 프로젝트에 매달린 박태준은 영일만 현장에다 장차 포스코가 '회사 재산 1호'로 꼽는 초라한 건물 한 채를 신축합니다. 황량한 모래벌판에 외딴집처럼 세워진 슬레이트 지붕의 60평짜리 2층 목조건물. 낮에는 지휘본부 역할을 하고, 밤에는 직원들이 책상 위에서 모포 한 장 뒤집어쓰고 새우잠을 자는 숙소가 되었지요. 건설 준비 작업에 투입돼 마치 사막전의 병사와 같은 고역을 계속하는 선발대는 어느새 이심전심으로 그것이 제2차 세계대전 사막전의 영웅인 롬멜 장군의 야전군 지휘소와 흡사하다고 '롬멜하우스'라 불렀습니다. 주변의 중장비들은 그 애칭에 실감을 불어넣었지요.

7월 초에 박태준은 서울 본사 요원들에게 KISA의 일반기술계약(GEP) 4권(1만 쪽 분량의 영문서류)에 대한 전면 검토를 지시했습니다. 이 작업을 통해 기본협정과 상이(相異)한 문제점 20개를 '메모A'로 정리하고, 설비사양 추가와 레이아웃 변경 등 문제점 75개를 '메모B'로 정리합니다. 이 빈틈없는 준비과정에서 찾아낸 문제점들을 7월 31일 KISA에 전달한 뒤 해결 방안에 대해 외자 도입과는 별개 협상으로 진행하게 됩니다.

7월에는 영일만 롬멜하우스에도 활력이 생겼습니다. 부지조성공사가 개시된 것입니다. 대다수 주민은 보상에 순응하고, 저항하는 소수 주민도 있었지요. 철거 대상에는 6·25전쟁 직전부터 기반을 잡았던 수녀원과 고아원이 포함됐습니다. 소나무(해송) 숲속 넓은 시설에서 신부 2명과 수녀 160명이 전쟁과 빈곤의 고아 500여 명을 보살피고 있었습니다. 고아원 시설로는 세계 최대 규모였을 겁니다.

롬멜하우스(현재 포스코역사관에 보존돼 있다)

이주를 준비하는 어링불 주민들

예수성심시녀회 수녀원의 산책길

일제 강점기에 선교사로 이 땅에 첫발을 디뎠다 한국에 귀화한 프랑스인 길(吉) 신부는 '빈곤의 한국을 위해' 19년 동안 가꿔온 성역과 복지시설을 쉽게 내주려 하지 않았습니다. 포스코 실무자가 여러 차례 만난 다음 박태준이 직접 나섰습니다. 길 신부와 원장 수녀에게 진심으로 말합니다.

"신부님, 수녀님, 우리는 포항종합제철을 건설하고 성공해서 이런 고아원이 없는 나라를 만들고 싶습니다. 도와주십시오."

수녀원과 고아원을 철거할 때, 길 신부가 손수 다이너마이트 도화선에 불을 붙입니다.


### 공동묘지의 낙원

박태준은 전국의 유능한 인재들을 포항 영일만으로 모으기에 앞서 심사숙고를 거듭해 세 가지 원칙을 세웁니다. 첫째, 포철에서 근무하는 사람들이 사람답게 살아갈 환경을 조성해야 한다. 둘째, 우리나라 성인들의 소망인 안정된 직장·내 집 마련·자녀교육 열망에 부응하는 경영정책을 펼쳐야 한다. 셋째, 교육시설과 주거환경을 세계 최고로 가꿔야 한다. 여기에는 유럽을 방문한 그가 숲속의 주택단지와 학교를 유심히 살피면서 '언젠가 우리나라 사람들도 저런 환경에서 살아야 한다'고 했던 오래된 포부가 반영되었습니다.

그러나 문제는 자금이었습니다. 내자(內資, 국내 자금) 조달의 속도가 느리고 외자(外資, 차관) 도입은 막막한 상황에서 어디서 돈을 구할 것인가. 그는 무턱대고 은행 문을 두드렸습니다. 몇 군데서 퇴짜를 맞았지만 한일은행 행장실에 그의 뜻을 알아주는 사람이 있었지요.

"담보가 없어서 규정상 대출이 불가능하지만 박 사장님의 열의는 신뢰할 수 있습니다. 특별히 20억 원을 대출해드리겠습니다. 반드시 성공하셔서 우리 손으로 철강을 생산해주세요."

행장에 대한 보은으로 한일은행(현 우리은행)을 포스코의 주거래은행으로 지정한 박태준은 가뭄의 단비 같은 돈을 쥐고 즉각 사원주택단지 부지 물색에 나섭니다. 고려할 요소는 많았습니다. 출퇴근 거리, 단지 규모, 자연환경, 학교 위치, 교통편, 각종 설비, 건설비용 등등이지요. 그가 찍은 곳은 포항시 효자동 야산으로, 공동묘지도 포함됐습니다. 공동묘지를 꺼리는 의견이 나오자 그가 반박합니다.

"우리나라 양지 바른 야산에는 반드시 묘지들이 있는데, 우리 조상은 묘소를 명당에 쓰는 풍습이 있지 않나? 그러니 틀림없이 거기는 명당이야."

1968년 9월 10일 포스코는 1차로 포항시 효자지구에 20만 평을 매입하여 사원주택단지 조성공사와 외국인 기술자용 영빈관 공사를 시작합니다. 당장에 국회가 들고 나왔습니다. 내자는 세금입니다. 세금으로 조성한 정부 예산을 국회가 승인합니다. 그러니 국회는 포스코의 예산에 간섭할 권리가 있었지요. 공장 지을 돈도 없다고 난리치는 형편에 집 짓고 외국인 숙소 지을 돈이 어디서 났느냐는 힐난부터 제철공장 지으라고 보내놨더니 엉뚱하게 부동산투기나 하고 있다는 모함까지, 박태준의 인격은 국회에서 하루아침에 박살납니다. 그는 묵묵히 모욕을 견디고, 박정희는 어떤 질문도 잔소리도 보내지 않습니다.

박태준은 '내 집 마련' 제도를 창안합니다. 사원주택단지에서 '내 집'을 갖겠다는 직원들에게 회사가 장기 저리로 대출해주는 조건도 포함시킵니다. 그는 '임대주택'이나 '회사주택'을 거부했습니다. 소유권을 가져야 '내 집'이란 애착으로 열심히 관리할 테고 심리적으로 안정될 거라고 판단했지요. 박태준은 사원의 '내 집'을 '자가주택'이라 명명했습니다. '자가용'의 그 '자가'지요.

포항종합제철의 성장과 더불어 '낙원 같다'는 세평을 얻게 되는 사원주택단지는 그렇게 공장의 말뚝도 박기 전에 조성되었습니다. 기존 자연환경을 최대한 살리면

서 온갖 나무를 심어 철저히 가꾸고, 인공연못을 꾸미고, 숲속 산책로를 내고, 국내
외 내빈들과 외국 기술자들의 숙식문제를 해결할 영빈관들을 짓고, 단독주택·아
파트·쇼핑센터·아트홀을 배치하고, 사원 자녀들이 다니는 유치원부터 고등학교
를 국내 최고 수준으로 차례차례 설립합니다. 박태준이 사원들과 그 가족에게 유럽
일류 수준의 전원단지와 교육단지를 제공하겠다는 포부를 실현한 것입니다.

　1991년 8월에는 빅토르 사도니비치 모스크바대학 총장이 포스코를 방문합니다.
이때 러시아는 사회주의체제 좌절과 소비에트연방 해체의 후유증을 극심히 앓고
있는 나라였습니다. 빵을 구하려는 사람들이 가게 앞에서 긴 줄을 서야 했습니다.
실패한 사회주의 종주국에서 '아시아의 용'으로 칭송받기 시작한 한국을 찾아온
지식인이 작별의 식사자리에서 박태준에게 묻습니다.

　"제철소와 가깝게 있으면서도 숲속의 사원주택단지가 아름답고 쾌적해서 정말

1992년 7월 포항제철소를 방문한 빅토르 사도브니치 모스크바대학 총장

놀랐습니다. 주택은 회사 소유입니까, 개인 소유입니까?"

"개인 소유입니다."

박태준은 '자가주택' 제도와 '내 집'의 장점을 들려줍니다. 문득 총장이 눈시울을 적시며 말합니다.

"레닌 동지가 꿈꾸던 이상향을 저는 포스코에 와서 보았습니다. 레닌 동지의 꿈이 그런 것이었습니다."

레닌의 사회주의를 동경하는 모스크바대학 총장은 모르는 일이었지만, 한국의 김수환 추기경이 '낙원 같다'는 소감을 남겨둔 곳이 포스코 주택단지입니다.

1968년 가을에 사원주택단지를 설계한 박태준. 그의 영혼에는 바른 지도력과 구성원의 바른 의식이 결합하면 얼마든지 빈곤과 억압을 극복하고 사람다운 삶의 길을 개척할 수 있다는 의지가 박혀 있었습니다.


## 제철보국

1968년 11월 초, 포스코에는 '외자 조달'이 지상과제였습니다. 그런데 박태준은 불길한 소식을 듣게 됩니다. IBRD(국제부흥개발은행)에서 흘러나온 것이었지요. 국제연합(UN)이 빈곤퇴치와 개발도상국 지원을 위해 설립한 WB(세계은행)그룹의 한 축이 IBRD인데, 실무담당자 자페가 〈1968년 한국경제 평가보고서〉에 '한국의 종합제철소는 경제성이 의심스러우므로 이를 연기하고 노동·기술 집약적인 기계공업 개발을 우선해야 한다'고 정리했다는 전언이었습니다. 심각했습니다. 만약 KISA가 자페의 보고서에 그대로 동조한다면, 포항종합제철은 주민들의 삶터만 파괴한 상태에서 말뚝도 박아보지 못한 그대로 문을 닫아야 합니다.

11월 12일 박정희가 헬리콥터로 영일만 현장에 내려왔습니다. 대통령의 첫 방문이었지요. 부지조성공사와 항만준설공사가 진행되는 모래벌판에 건물이라곤 허름

한 롬멜하우스 하나뿐이었습니다. 박태준은 대통령을 2층으로 안내합니다. 그가 '외자조달 문제'로 보고를 맺었습니다. 깊은 수심에 잠겼던 박정희가 몸을 일으켜 두 손으로 난간을 짚었습니다. 그 옆에 박태준이 섰습니다. 초가집을 헐어낸 자리,

1968년 11월 12일 롬멜하우스를 나서는 박정희(첫줄 맨 오른쪽)와 박태준

공장부지를 가로지르는 '포항-구룡포' 옛 국도

준설선이 바닷물과 모래를 함께 퍼 올려 늪과 비슷한 자리, 여기저기 찌꺼기를 태우는 곳에서 꾸역꾸역 피어오르는 연기, 모래먼지를 일으키는 세찬 바닷바람……. 을씨년스런 풍경은 치열한 전투 직후의 사막 같았습니다. 문득 박정희가 쓸쓸히 혼잣말을 했습니다.

"남의 집 다 헐어놓고 제철소가 되기는 되는 건가."

박태준은 모골이 송연해졌습니다.

그 장면의 박정희는 동시대인을 억압하는 빈곤을 '악'으로 규정하고 우리는 극복할 수 있다고 확신하는 지도자였습니다. 동시대인을 억압하게 될 또 다른 '악'인 독재체제를 차후 과제로 간주하여 '민주주의의 일정한 유보 위에서 빈곤을 극복할 수 있다'고 판단하는 지도자였습니다. 그래서 그의 쓸쓸한 독백에는 산업화에 맹진하는 시대의 한국적 모순이 담겨 있었습니다. '경제 발전'과 '민주주의 발전'이 동일한 역사의 무대에서 상충(相衝)을 일으키는 모순이지요. 어떻게 경제 발전과 민주주의 발전이 서로 충돌해야 합니까? 그 반대지요. 당연히 서로 도와주는 '상보(相補)관계'를 맺지요. 그러나 세계 최하위권의 절대빈곤 시대를 통과해 나가는 우리나라에서는 "경제가 먼저냐, 민주주의가 먼저냐" 하는 정치적 대립과 갈등이 치열하고 살벌하게 전개되었습니다.

박정희가 쓸쓸한 독백을 남긴 그때, 박태준은 이미 '제철보국(製鐵報國)'의 신념을 '짧은 인생을 영원 조국에'라는 장교시절의 좌우명 속에다 핵으로 주입한 리더였습니다. '기필코 제철소를 성공시켜 5천년 대물림된 절대빈곤의 사슬을 끊고 사람다운 삶을 영위할 수 있는 국가 재건에 헌신하겠다.' 이것이 썩지 않을 강철의 무지개로 그의 영혼에 걸려 있었습니다. 다만, 당면 문제는 돈이었지요. '제철보국'을 부르짖자면 백인 사업가들(KISA)이 약조한 '1억 달러' 차관이 들어와야 했습니다.(참고로, 1968년 기준에서 1억 달러는 한국 정부에 얼마나 큰 재정적 부담이었을까요? 1968년의 1억 달러를 원화로 환산해 2021년의 원화가치로 계산하면 약 4조 원인데, 1968년 한국 정부의 예산은 약 2천214억 원으로 이를 통계청의 척도에 따라 2019년 기준으로 환산하면 약 6조900억 원입니다. 그러니까 1968년의 한국 정부에 1억 달러는 1년 예산의 70%를 넘보는 금액으로 KISA에 의존한 차관 도입이 아니고서는 자체 조달이 불가능한 규모였지요.)

외자 조달에는 느긋한 KISA가 한국 정부에 '초기 몇 년간 외국 기술단에 종합제철 공장관리와 직원교육을 맡기라'는 제안을 내놨습니다. 외국 기술단이 주(主), 한국인 사원들은 종(從), 이 주종관계를 만들자는 제안에 박태준은 분개하고 반대합니다. 쉬운 길로 가려다 그것이 초래할 장기적 기술식민에 주목한 겁니다. 일제 식민지의 기억에는 몸서리치는 한국인 거의 모두가 '기술 식민지 상태'를 간과했지만, 그는 그러한 종합제철은 '제철보국'의 종합제철이 아니라는 판단을 확고히 세웠습니다.

박태준은 '기술력 축적'의 장·단기 목표를 설정하고 있었습니다. 장기 목표는 세계 최고 기술력 확보였습니다. 단기 목표는 첫 가동부터 우리 손으로 직접 돌리는 것이었습니다. 이래서 처음부터 기술연수는 필수였습니다. 1968년 10월 자금이 빠듯해도 '제철연수원'을 착공한 그는 그해 11월부터 사원들을 선진국 제철소로 연수교육을 보냅니다. 일본, 호주, 서독(독일) 등에 다녀온 연수생은 1972년까지만 해도 600명이 넘고 그 경비로 500만 달러를 지불합니다. 그는 연수생들에게 늘 강조했습니다.

"여러분은 연수기간 동안 무슨 수를 쓰든 철강기술을 하나도 빼놓지 말고 모두 배워야 합니다. 제철 기술들을 머릿속에 듬뿍 담아오는 그것이 제철보국의 길입니다."

기술력 무(無)에서 출발하는 포스코의 절박한 현실을 반영한 당부였지요. 그들의 해외연수엔 산업스파이 영화 같은 일화들이 생겨납니다. 비밀 도면을 훔쳐보기 위해 상대를 술자리로 유인하고, 보여주지 않는 공장을 들여다보려고 기지를 발휘하고……. 가상하고 기특하게 여겨 모른 체 속아주고 눈감아주는 상대들도 있고……. '기술 보안'을 철통같이 내세우는 21세기 기업 세계에서는 상상하기 어려운 '인간적인 장면'이었다고나 할까요.

## KISA 대표와 담판

1969년 1월 말, 박태준은 KISA와 최후 담판을 하러 미국으로 떠나면서 극비리 황경로 부장에게 '회사 청산 계획을 세우라'고 합니다. 1억 달러를 못 구하면 포스코가 사라져야 하니, 비장한 지시였습니다. 그는 피츠버그에 도착해 맨 먼저 KISA 대표 포이와 만납니다. 3년 전 한국 대통령에게 추파를 던졌던 백인 노신사에게 다부진 체격의 젊은 동양인이 말했습니다.

"KISA가 포스코에 지원하겠다는 결정만 내리면 IBRD도 차관 제공을 결정할 것이고, 저는 반드시 성공합니다. 한국은 종합제철을 일개 대형사업으로만 판단하는 게 아닙니다. 산업화 역사를 창조하겠다는 것입니다. 이런 점도 깊이 고려해주십시오."

그러나 포이는 '자폐의 IBRD 보고서' 내용을 인용합니다. 그것은 차마 노골적으로 표현하지 않아도 명백한 'No' 사인이었지요.

밤이 깊었습니다. 박태준은 허탈하고 서글펐습니다. 분노도 끓었습니다. 잠이 오지 않았습니다. 더 미룰 것 없이 포이와 결말을 짓고 싶었습니다. 늦은 밤이었지만 지금 당장 만나자는 전화를 넣었습니다. 그 심정을 이해한 포이가 정장 차림으로 나타났습니다.

"박 사장, 하고 싶은 말씀이 무엇입니까?"

박태준은 사업과 다른 차원의 설득을 시도합니다.

KISA 회원국들의 차관 기피를 보도한 신문 기사들

"다른 나라들은 몰라도 미국까지 이렇게 나오는 것은 이해하기 어렵습니다. 한국은 공산주의의 확산을 막는 방어벽 역할을 하면서 산업화를 추진하고 있습니다. 오랜 빈곤에서 벗어나려고 온 국민이 발버둥치는 상황입니다. 여기서 종합제철을 갖지 못한다면 한국 산업화의 미래는 어두워질 수밖에 없습니다. 이런 특수한 사정을 혈맹국의 입장에서 고려해주시고, 회장님께서 KISA의 다른 대표들도 설득해주시길 희망합니다."

포이는 백전노장의 자본가였습니다.

"이것은 사업의 관점으로 접근해야 합니다. 경제적 타당성이 없는 프로젝트에 지원할 수는 없습니다. 당신의 애국심을 존중하고 실망감을 이해합니다. 그러나 조만간 공개될 IBRD의 한국경제 평가보고서는 달라지지 않습니다. 개인적으로는 한국을 도와드리고 싶지만 IBRD의 의견을 무시할 수 없습니다."

포이의 마음은 굳게 잠겨 있었습니다. 그것은 KISA가 한국 정부를 배반하고 '신생아 포스코'를 걷어차겠다는 뜻이었지요.


## 하와이 구상

피츠버그에서 시카고로, 시카고에서 하와이로. 두 동료와 함께 항공기에 탑승한 박태준은 지독한 실연을 당한 청년처럼 지쳐 있었습니다. 그러나 '1억 달러'를 향한 열망도 강렬하여 '절대적 절망은 없다'라는 자신의 좌우명에 의지했습니다. 그들은 와이키키해변의 괜찮은 숙소에 여장을 풀었습니다. 포이가 미안함을 담아 며칠 쉬어 가라며 알선해준 곳이었습니다.

박태준은 뜨거운 해변으로 나갔습니다. 비키니 여성들이 차지한 백사장에서 십여 년 전쯤 이곳에 잠시 들렀던 때의 추억을 떠올렸습니다. 조금도 즐겁지 않았습니다. 그때와 지금 사이에는 강산이 변한 세월이 가로놓였건만, 변함없는 것은 빈곤한 국가의 국민이란 신세였습니다. 변한 것이 있다면, 그때는 돈 없는 장교였는데, 지금은 자금 없는 사장이라는 점이었습니다. 또한 그때는 빈곤 극복에 대한 지도력의 의지가 빈약했는데, 지금은 그것이 국가목표로 강력하다는 점이었습니다. 그러나 차관 1억 달러를 빌리지 못해 지도력에 큼직한 구멍이 뚫려 있었습니다.

'종합제철에 인생을 걸었는데, 1억 달러를 못 구해서 이렇게 나가떨어져야 한단 말인가?'

그는 하늘을 쏘아보았습니다. 하늘을 향해 농성을 벌이다 보면 하늘에서 1억 달러가 떨어질 것 같은 착각마저 스쳐갔습니다. 얼마 동안이나 하늘을 원망하고 있었을까요. 일본에 가서 구해볼까 하고, 답답한 나머지 그냥 생각을 해봤습니다. 그동안 일본 차관을 얻을 생각은 늘 괄호 밖으로 밀어내야 했습니다. 1965년 한일협정에서 대일청구권자금에다 상업차관까지 받아냈으니, 일본의 외환보유고 사정이든 한국의 자존심이든 그것은 어림없는 수작 같다고 생각해온 것이었지요.

또다시 그가 일본을 괄호 밖으로 밀어냈습니다. 바로 그때였습니다. '일본'이란 단어를 밀어낸 빈자리에 불현듯 '대일청구권자금'이 전광석화처럼 박혔습니다. 순간, 그는 전율했습니다.

"바로 그거다! 바로 그거야!"

대일청구권자금 전용. 하와이 와이키키 해변에서 거머쥔 박태준의 절묘한 아이디어를 뒷날에 포스코 역사는 '하와이 구상'이라 부릅니다. 포스코가 한국 산업화의 견인차 역할을 감당한 사실에 비춰볼 때 '하와이 구상'은 한국 산업사의 이정표로 남게 됩니다. 그것을 착안하지 못하고 실행하지 못했다면 종합제철은 착공조차 해보지 못했을 테니까요.

하와이 구상을 실행에 옮기자면 당장 눈앞의 높은 고개부터 넘어야 했습니다. 한국 정부와 일본 정부가 대일청구권자금을 한국의 농림수산업 발전에 사용하기로 약정해놓은 합의 각서, 이것부터 고쳐야 했던 겁니다. 한국에서는 무엇보다 대통령의 동의를 받아야 하고, 일본에서는 반드시 일본 내각을 설득해야 하는 일이었습니다. 박태준은 한국도 일본도 넘어설 수 있다고 판단했습니다. 한국은 종합제철을 향한 의지가 자기만큼이나 강렬한 대통령이 있고, 일본에는 협력을 얻어낼 인맥이 있었습니다.

박태준은 하와이에서 청와대로 전화를 걸었습니다.

"어떻게 돼 가나?"

"KISA가 완전히 등을 돌렸으니 IBRD에 매달려도 소용없습니다."

"그러면?"

"마지막 방법은 있습니다."

"그게 뭔가?"

"대일청구권자금이 남았을 테니, 그걸 전용했으면 합니다."

1966년부터 향후 10년에 걸쳐 일본 정부가 한국 정부에 지급할 무상자금 3억 달러와 유상자금 2억 달러, 그 피맺힌 식민지 배상금에서 아직 1억 달러쯤은 남았을 거라는 뜻이었습니다.

"기막힌 아이디어야. 남은 게 1억 달러는 되겠지. 문제는 일본 측이야."

일본 내각을 설득하려면 먼저 일본 철강업계의 지지를 얻어야 한다. 이렇게 정리한 박태준은 하와이에서 도쿄로 날아가기 전에 도쿄의 박철언에게 전보를 띄웁니다. 4·19의 장면 정부 때 한일국교정상화를 위해 막후에서 맹활약했던 평북 강계 출신의 일본 밀항자, 5·16 직후 박태준이 군정 1호 출국 비자를 내줬고, 1964년 박태준의 일본 잠행기간에 그를 야스오카 사무실로 안내해갔던 바로 그 인물이지요.

## 일본의 거물들을 움직이다

1969년 2월 야스오카 사무실. 한국의 종합제철소 건설 당위성, KISA의 배반, 일본 설득의 순서 등에 대한 박태준의 설명을 경청한 야스오카는 즉석에서 일본철강연맹 회장이며 야하타제철소 사장인 이나야마에게 전화를 걸었습니다.

"지금 제 사무실에 한국 포스코의 박태준 사장님이 와 계십니다. 한일 양국에 이익이 되는 좋은 구상을 갖고 있으니, 박 사장님의 구상이 실현되는 방안을 찾아주셨으면 합니다."

박태준은 박철언의 안내로 이나야마 사무실을 찾아갔습니다. 처음 만나는 이나야마가 손님의 곤경에 동감을 나타냈습니다.

"폐기의 위기에 빠진 프로젝트를 구할 좋은 구상을 가지고 오셨군요. 복잡한 국제컨소시엄을 결성하지 않게 된 것이 오히려 다행인지 모릅니다. 설령 KISA가 건설차관을 확보했더라도 사고방식, 기술, 관리방식 등이 서로 다른 사람들끼리 힘을 합쳐서 제철소를 짓는다는 것은 매우 어렵고 복잡한 일입니다."

박태준은 조심스레 기술협력이 가능한가를 타진합니다. 이나야마가 차분히 대답합니다.

"기술협력은 고도의 정치성을 띠기 마련이지요. 두 나라의 정치적 합의가 병행돼야 합니다. 내 생각에는 한국의 제철소가 일본의 설비, 기자재, 기술 등을 가지고 세워진다면 양국 모두의 이익이 될 것입니다. 지리적으로 가깝고 문화적으로도 공통점이 많아서 의사소통에 따르는 문제점도 그만큼 줄어들 겁니다."

야하타제철소 사장 이나야마를 찾아가 환담하는 박태준

'가난한 사장'은 '부유한 사장'이 한일관계에 대한 나쁜 편견이 없다는 것을 알아차렸습니다. 그래서 더 호감을 느꼈습니다.

일본철강업계의 기술적 협력 가능성을 확인하고 서울로 돌아온 박태준은 곧 청와대로 갔습니다. 박정희가 8천만 달러쯤 남은 대일청구권자금을 동결시켰다면서 그에게 다시 특명을 내립니다.

"이 일은 아직 비공개로 진행해야 돼. 농촌 출신이 많은 우리 국회부터 시끄러워질 거야. 그리고 한일협정 변경은 정부 대 정부가 하는 일이지만, 막후 역할이 아주 중요해. 자네가 막후를 맡아."

남모르는 구원의 동아줄을 잡은 박태준은 새봄을 맞아 포스코 공채 1기로 대졸 신입사원을 뽑습니다. 이때 포항종합제철을 '종철'이라 부르고 있던 포항시민들 사이에는 "종철이 차관을 못 구해서 조만간 문 닫을 것"이라는 소문이 파다했습니다. 하지만 그는 미래의 주역을 선발하는 면접에 정성을 기울입니다.

5월 27일 박태준은 서울에서 KISA 대표단과 만났습니다. 그의 목표는 명료했습니다. 공식적으로 합의각서를 폐기하기 전에 강력한 책임추궁을 해두겠다는 것이었지요. KISA는 자폐의 IBRD 보고서를 행동지침으로 삼고 있었습니다. 그는 차관을 끌어오지 못하겠다는 그들의 면전에서 불쾌한 표정을 지었으나 속으로는 그거 잘 됐다 하며 쾌재를 불렀습니다.

KISA와 한국 대표단이 또다시 성과 없이 회담을 마치자 한국 언론들이 발끈했습니다. 5월 30일 《동아일보》 사설은 강하게 비관론을 제기합니다.

고로를 한 개 만든다 하더라도 외화만 약 1억3천만 달러를 써야 하는데, 이를 마련한다는 것은 지금과 같은 형세 하에서는 전혀 엄두조차 서지 않는 것이다. 그러한 외화가 마련될 수 있다 하더라도 국제경쟁이라는 견지에서 볼 때 수입하는

것보다 두 곱 세 곱의 생산비를 넣어야 할 것인데, 이는 우리가 부실기업을 하나
더 만드는 것밖에 안 된다.

7월 25일 박정희는 정치적 승부수를 띄웁니다. 국민이 '대통령 3선 허용'의 개헌
안에 찬성하면 대통령을 계속하고 반대하면 대통령도 그만두겠다는 특별담화를
발표합니다. 집권세력이 '3선 개헌' 찬성 분위기를 선점해야 하는 여름, 그들의 입
체적 총력전에는 예비역 장성들도 동원됩니다. 국내 정치에 깊이 개입하는 정보기
관이 '3선 개헌 지지 성명서'에 예비역 육군 소장 박태준의 이름을 얹으려 하자 그
는 일언지하에 잘라버립니다.

"제철소 하나만 해도 바빠. 정치에는 끼지 않겠어."

이것은 '박정희와 박태준의 신뢰관계'에서 현재와 미래를 가늠할 하나의 척도이
기도 했습니다. 보고를 받은 박정희가 어떻게 나올 것인가? 이 문제였지요.

"그 친구 원래 그래. 건드리지 마."

박정희는 일언지하에 덮어버립니다.

8월 6일 박태준은 103만 톤 종합제철소 건설안을 들고 도쿄에 도착했습니다. 8
월 하순으로 예정된 한일각료회담에서 대일청구권자금 전용에 합의하자면, 일본
3대 제철소인 야하타제철·후지제철·니혼강관의 지원 속에서 일본철강연맹의 협
조확약을 받아둬야 하고, 일본 각료들과 만나 사전 동의를 얻어둬야 했습니다. 이
막중한 책무가 그의 막후 역할이었지요. 어느 방면이든 각별히 도와줄 후원자는 야
스오카였습니다. 종합제철 프로젝트의 중대 고비에서 전직 수상을 비롯한 정계 거
물들과 현직 장관들, 해외경제협력기금 총재를 비롯한 재계 대표들, 철강업계 사
장들을 두루 만나고 다닌 박태준의 도쿄 활약상에 대해 박철언은 자서전『나의 삶,
역사의 궤적』에서 이렇게 술회합니다.

일본에서 차지하는 권위가 하늘을 찌르고도 남는 거물들을 불혹의 한국인 박태준이 연일 차례차례 거침없이 만나고 다녔다면 누구나 쉬이 믿을 수 있는 일이 아니었다. 그 믿을 수 없는 일이 눈앞에서 현실로 일어났고 이어졌다. 야스오카가 있음으로, 그를 그리하게 만든 박태준이 있음으로 가능했던 일이다.

야스오카를 움직인 박태준의 힘은 무엇보다 유년시절부터 대학시절까지 일본에서 성장하며 체득한 일본어와 일본문화였습니다. 그것이 아니었다면 그는 자신의 전인격적(全人格的) 진면모를 상대에게 고스란히 알리지 못했을 것입니다. 인물은 인물을 알아본다는 원리도 작동했습니다. 일본 양명학의 늙은 대가는 한국 국가대사를 짊어진 젊은 인재를 첫눈에 알아봤습니다. 그리고 야스오카의 한국관과 박태준의 일본관도 서로 포옹을 했습니다. 한일관계를 중시하고 일본이 한국을 돕는 것이 국익에도 좋다는 야스오카의 생각, 일본을 알아야 이용할 수 있고 이길 수 있다는 박태준의 용일주의(用日主義), 이거였지요. 한결같이 '일본을 아는 것이 먼저'라고 역설해온 박태준의 대일(對日) 전략은 지일(知日)-용일(用日)-극일(克日)의 3단계를 밟아야 한다는 것이었습니다. 감정에 압도되면 일본을 알 수 없게 되고, 일본을 모르면 일본의 장점을 활용할 수 없게 되며, 그러면 일본에 앞설 수 없게 된다. 이렇게 정돈된 그의 전략이 확실히 실현된 대성취의 결실이 바로 포스코입니다.

### 씨름과 마라톤

한일각료회의 10일 전. 통상장관 오히라가 대일청구권자금 전용에 대해 회의적인 성명을 냈습니다. 전원합의체인 일본내각에서 한 각료라도 삐딱하게 나오면 일은 어긋납니다. 박태준은 굽든 볶든 지지든 그를 설득해야 했습니다.

도쿄대학에서 경제학을 전공했다는 오히라는 큼직한 얼굴에 눈이 매우 가늘었습니다. 박태준의 면담 신청에 응한 그가 경제학원론을 강의하듯 말합니다. 산업화의 첫 단계는 농업자립화이고 제철소 건설은 그 다음인데, 수익성이 없다는 이유로 외국 은행들이 차관을 거부한 환경에서 제철소 건설을 밀어붙이면 무모한 일이니…….

오히라의 반대가 감정적 차원이 아니고 경제적 판단이구나. 이것을 첫 만남의 성과로 챙긴 박태준은 두 번째 만남도 헛수고로 보냅니다. 빡빡한 씨름이었습니다. 어떡하든 넘어뜨려야 했습니다. 고민을 거듭하는 그의 뇌리에 무언가 섬광처럼 스치는 찰나가 있었습니다.

"한 주일 사이에 세 번 만나는데, 이런 일은 당신이 처음이지만, 내 원칙에는 아직 변함이 없어요."

"덕분에 공부를 좀 했습니다. 청일전쟁을 준비하는 과정의 일본은 영국에서 군함을 차관으로 도입했습니다. 제철소가 없었던 것이지요. 일본은 청일전쟁을 통해 제철소의 필요성을 절감했고, 메이지 30년에 7만 톤짜리 야하타제철소를 세웠습니다. 그 뒤에 러일전쟁을 준비하면서 제철소 건설에 박차를 가했습니다. 일본은 단순히 산업적 목적으로만 제철소를 세웠던 것이 아니라 안보적 차원을 더 중시했던 겁니다. 그러니 분단된 한국의 안보적 차원을 고려해주셔야 합니다. 또한, 제철소 건설에 심혈을 기울이고 있던 그때 일본의 1인당 GNP는 오늘의 화폐가치로 100달러 미만이고, 현재 한국의 1인당 GNP는 200달러를 넘보고 있습니다."

"그걸 어디 가서 조사했어요?"

"정부간행물보관소를 뒤졌습니다."

"정말 공부를 했군요."

갑자기 좁쌀 같은 눈동자가 반짝거렸습니다. 박태준이 일본내각의 마지막 장애물을 이겨내는 순간이었지요. 이때 야스오카의 지원을 받으며 '1억 달러와 기술을 구하려는 박태준'을 적극 도와준 박철언은 자서전에서 이렇게 회고했습니다.

풍문으로 나돌던 통상상 오히라 마사요시의 비협조적인 태도도 정작 만나고 보니 박태준의 열의가 먹혀들었던지 예상외로 따뜻한 이해를 보였다.

8월 22일 일본철강연맹이 이나야마 회장의 주선으로 '한국제철소건설협력위원회'를 구성합니다. 이날 일본 각료회의는 전원이 한국의 종합제철소 프로젝트를 지지합니다. 뿌듯한 마음으로 서울행 항공기에 오른 박태준은 야스오카와 이나야마의 은혜를 뼛속 깊이 아로새겼는데, 뜻밖에 김학렬 부총리가 딱딱하게 나옵니다.

"일본 3대 제철소 대표들의 서명이 담긴 기술협약문서를 받아주세요."

"일본문화에서 그것은 무례한 일입니다. 협력위원회가 언약한 것만으로 충분합니다."

"그래도 준비가 완벽해야 합니다."

박태준은 다시 도쿄로 날아갑니다. 멋쩍고 민망한 심부름에 내몰린 아이 같았지만 국가대사를 위해 낭패감과 수치심을 떨치기로 했습니다. 한일각료회담 4일 전. 이나야마는 도쿄 본사에 있었습니다. 그가 괴로운 숙제를 털어놓자, 이나야마는 섭섭함을 눅이고 멀리 휴가를 떠난 다른 두 사장에게 전화를 걸어 협조를 부탁했습니다. 박태준은 이튿날 김학렬과 만납니다.

"서류에는 '100만 톤 규모의 포항제철소 건설계획을 검토한 결과 일응(一應) 타당성이 있다고 판단되며'라는 구절이 있군요. '일응', 분명하지 않아요. '일응'을 빼고 '타당성이 있다'고 쓴 문서를 받아주세요."

박태준은 배알이 비틀렸습니다. '일응, 일정 정도'라는 이 단어 때문에 사람을 거듭 망신시켜야 한단 말인가! 그러나 그는 또 공항으로 나갔습니다. "이번 도쿄 한일각료회담에서 대일청구권자금 일부의 포항제철 건설비 전용을 합의하지 못하면 귀국하지 마시오." 하는 대통령의 특명을 받아둔 부총리를 이해하기로 했습니다. 그러자 마음이 달라졌습니다. 물샐 틈 없이 준비하고 점검하는 그를 오히려 고맙게 생각한 것이었습니다.

이나야마 사장은 하코네, 후지제철 사장은 히로시마에서 휴가 중이고, 니혼강관 사장만 도쿄에 있었습니다. 박태준은 얼굴에 철판을 까는 심정으로 이나야마의 비서실에 들러 사장에게 연락해 달라고 부탁하지만 '휴가 중에는 안 된다'는 말만 듣게 됩니다. 야스오카를 찾아가는 수밖에 없었습니다. 조금 난감해한 야스오카가 이나야마의 비서에게 전화를 겁니다. 비서의 보고를 받은 이나야마는 거절하지 않습니다.

"박 사장님이 원하는 대로 해드리게."

남은 문제는 시간과의 싸움이었지요. 박태준은 '일응'을 뺀 새 협조각서를 들고 자동차로, 비행기로 세 곳을 찾아다닙니다. 하루하고도 한 나절을 더 바친 '일응의 마라톤'이 되었지요. 그가 서울로 돌아왔을 때 한일각료회담은 하루 앞에 다가와 있었습니다.

1969년 8월 26일 오후, 도쿄에서 한일각료회담이 열렸습니다. 사흘째 되는 날, 한국 정부와 KISA의 기본계약을 무효화한다는 KISA의 통보가 서울에 당도한 바로 그날, 드디어 종합제철소가 테이블에 올려졌습니다. 일본 정부 대표단은 원칙적으로 찬성하지만 일본 철강업계와 상의한 후 자세히 검토하겠다고 나왔습니다. 김학렬 부총리가 바로 그 순간을 위해 준비한 비장의 카드를 꺼냈습니다. 박태준이 뻔뻔스런 마라토너처럼 뛰어다녀 '일응'까지 뺀 그 문서였지요.

8월 28일 일본 정부가 한국의 종합제철소를 위해 서울로 대표단을 파견한다는 성명을 발표했습니다. 하지만 포스코의 씨앗이 한국경제의 자궁에 착상된 것은 아니었습니다. 영일만 현장을 방문할 일본조사단이 어떤 보고서를 쓰느냐, 이것이 관건이었습니다. 만약 그들이 부정적인 견해를 담게 된다면 조정 협상을 계속해야 하니 대일청구권자금 전용 합의서 작성이 자꾸만 늦춰질 것이고 그만큼 포항종합제철 착공은 위태해 보일 것이고…….

### 큰비의 섭리

일본조사단이 서울에 도착한 것은 9월 17일. 자금도 기술도 경험도 없는 포스코의 운명이 그들에게 맡겨졌습니다. 이때의 일을 아카자와 단장은 다음과 같은 글로 남겼습니다.

우리 조사단의 방한 일정에는 포항 현지시찰도 포함되었으며, 교통편은 전세

일본조사단을 인솔하여 영일만 모래벌판에 나란히 선 박태준(왼쪽)과 아카자와

기를 이용하기로 예정되었다. 그런데 호우가 쏟아져 비행기가 뜰 수 없었다. 경제기획원이 3량으로 편성된 특별논스톱 열차를 마련했다. 내가 박태준 사장과 이야기를 나누는 기회를 갖게 된 것은 바로 이 열차 내에서였다. 신의 섭리라 할까, 사바세계의 인연에 의한 것이라 할까?

우리는 아주 오래 전에 만났던 사람들처럼 대화를 나눌 수 있었다. 때때로 차창 밖에 펼쳐지는 시골 풍경을 감상하면서 우리는 한국의 경제, 포항제철의 구체적인 건설계획과 원료문제, 장차 대제철소로 발돋움할 포항제철과 일본 제철회사 간의 관계 등 생각나는 대로 흉금을 털어놓았다.

박 사장과의 장시간에 걸친 대화를 통해 나는 그의 인품에 강한 신뢰를 갖게 되었다. 나는 박 사장이 참으로 솔직하며 오로지 제철산업의 발전을 위해 목숨까지 아끼지 않는 순수하고 박력 있는 사람이라는 것을 느꼈고, 과정에서의 어려움은 많겠지만 박 사장이 지휘를 한다면 한국의 제철소 건립과 경영이 틀림없이 성공할 것이라는 확신을 얻었다.

포항 현지는 황무지 바로 그것이었다. 황무지 위에 사람이 세운 것이라곤 '롬멜하우스'라 불리는 목조건물 하나와 브리핑용 공장 조감도 하나뿐이었다. 우리 조사단 일행은 기가 막혔고 탄식이 절로 나왔다. 그러나 이상하리만큼 나는 담담했고, 이 일은 일본 정부가 꼭 협력해야 한다고 생각할 뿐이었다. 그 이유는 박 사장이 나로 하여금 반하지 않고는 견딜 수 없을 만큼 훌륭한 인품을 가졌기 때문이었다.

조사를 마치고 일본에 돌아온 나는 매우 긍정적인 보고서를 쓰기에 이르렀고, 양국 정부의 승인을 받아 포항제철 건설이 착수되었다.


식민지·혼란·전쟁·폐허·무능·빈곤·부패의 시대를 관통해온 박태준. '짧은 인생을 영원 조국에'라는 투철한 애국심, 부패와 타협하거나 야합하지 않는 도덕성, 이 레일을 타고 달려온 그의 진면모는 일본조사단 단장의 영혼에 공명을 일으킨 인간적 향기였습니다.

그 비 내리는 가을날부터 16년쯤 지난 1985년 4월, 한일민간합동경제위원회가 포항과 가까운 경주에서 열립니다. 박태준은 한국 측 대표로서 양국 대표단을 포항제철소로 초대해 리셉션을 베푸는 자리에서 오래된 은혜를 우정의 한마디로 갚습니다.

"우리 포스코는 제1고로를 '아카자와 고로'라고 부릅니다."

만장의 박수가 터지고, 아카자와는 가슴이 뭉클해지지요. 그리고 두 사람은 오랜만에 재회한 죽마고우처럼 뜨겁게 포옹합니다.

# 기적으로 가는 "우향우"

"조상의 혈세로 짓는 제철소입니다. 실패하면 조상에게 죄를 짓는 것이고, 우리 농민들에게 죄를 짓는 것입니다. 실패하면 우리 모두 '우향우' 해서 영일만 바다에 빠져죽어야 합니다. 박태준의 비장한 외침이 가슴에서 가슴으로 번져나갔습니다. '조상의 혈세'란 대일청구권자금, 즉 일제식민지 배상금으로, 이것은 한 맺힌 민족주의를 자극했습니다. '우향우', 이것은 비장한 애국주의를 고양했습니다. 이 정신적 요소들이 빠르게 확산되어 '독특한 포스코 정신'으로 뿌리를 내리게 됩니다. '포항제철의 혼(魂)'이라 불리기도 합니다.

**"우향우!"**

1969년 10월 '대통령 3선 허용 개헌' 찬반 국민투표가 찬성으로 통과됐습니다. 한국경제에는 청신호가 켜져 있었습니다. GNP 성장률 15% 이상에 벼 수확량도 최대 풍작이었습니다. 금상첨화도 이뤄집니다. 12월 3일 포항종합제철소 건설자금 조달 한일기본협약이 조인됩니다.

'포항 1기'(연산 조강 103만 톤) 완공을 위해 3년에 걸쳐 일본에서 조달할 자금은 총 1억2천370만 달러로, 대일청구권자금 7천370만 달러와 민간(상업)차관 5,000만 달러였는데, 대일청구권자금은 일본에 갚아야 하는 유상 4천290만 달러, 일본에 갚을 필요 없는(그래서 포스코가 한국 정부에 갚아야 하는) 무상 3천80만 달러였습니다. 포스코는 유상 차관을 1997년까지 일본에 다 갚습니다. 무상 차관에 대해서는 우리 정부가 그만큼의 포스코 주식으로 보유하고 있다 2000년 포스코 민영화 때 다 팔아서 훨씬 큰 규모의 현금으로 국고에 귀속시킵니다.

자동차공장, 정유공장, 섬유공장, 비료공장, 조선소보다 훨씬 장대하고 복잡한 종합제철소 건설을 험준한 등반에 비유하면, 수천 개의 등산로를 만들어 수천 개의 팀이 저마다 다른 장비를 짊어지고 한꺼번에 차근차근 정상으로 올라가는 모습입니다. 이러한 대역사의 탁월한 최고지휘자는, 머리는 늘 산정에 머물면서 긴장된 시선으로 아래를 골고루 관찰하고 발은 수천 개의 등산로를 빠짐없이 뛰어다니며 점검과 독려를 쉬지 않아야 합니다.

박태준은 복잡하고 난삽한 건설과정 전체에 대해 상세 지도를 그리듯 빈틈없는 계획을 짰습니다. 도로, 항만, 철도, 산업용수, 22개 단위공장, 원료야적장, 하역시설, 사원주택단지, 복지제도 등 전체와 세부를 한눈에 통찰하고, 수많은 설비 하나하나를 카메라 찍듯 뇌리에 담았습니다. 마침내 최고지휘자가 겨울바람 몰아치는 황량한 모래벌판에 사원들을 집합시켰습니다. 그는 알고 있었습니다. 깊은 내면에

한일기본협약을 체결하는 모습(앞줄 맨 오른쪽이 박태준)

서 뿜어져 나오는 외침만이 다른 존재의 내면에 들어가 공명을 일으킨다는 것을.

"조상의 혈세로 짓는 제철소입니다. 실패하면 조상에게 죄를 짓는 것이고, 우리 농민들에게 죄를 짓는 것입니다. 그래서 우리는 목숨을 걸고 일해야 합니다. 실패란 있을 수 없습니다. 실패하면 우리 모두 '우향우' 해서 영일만 바다에 빠져죽어야 합니다. 반드시 제철보국으로 정신무장을 합시다. 기필코 제철소를 성공시켜 나라와 조상의 은혜에 보답합시다. 제철보국! 우향우! 이제부터 이 말은 우리의 확고한 생활신조요, 인생철학이 되어야 합니다."

사원들은 뭉클했습니다. 비장한 외침이 가슴에서 가슴으로 번져나갔습니다.

'조상의 혈세'란 포항 1기 건설에 투입되는 대일청구권자금, 즉 일제식민지 배상금으로, 이것은 한 맺힌 민족주의를 자극했습니다. 실패하면 오른쪽으로 돌아서 곧장 나아가 영일만 바다에 투신하자는 '우향우', 이것은 비장한 애국주의를 고양했습니다. 그 민족주의와 그 애국주의는 '제철보국'의 자양분이 되었습니다. 목숨 걸고 기필코 제철소를 성공시켜 조국 바로세우기에 이바지하자는 '제철보국', 이 것은 민족과 국가를 위한 대역사에 참여한다는 자긍심을 불어넣었습니다. 이 모든 정신적 요소들이 빠르게 확산되어 '독특한 포스코 정신'으로 뿌리를 내리게 됩니다. '포항제철의 혼(魂)'이라 불리기도 합니다.

박태준이 절박하게 외치는 '제철보국'의 국가주의는 다른 국가를 침략할 부국강 병으로 나가자는 뜻이 아니었습니다. 빼앗긴 국가, 부서진 국가, 갈라진 절대빈곤 의 국가에서 마흔두 살까지 살아온 그의 영혼은 '제대로 된 일류국가'를 만들어야 비로소 국민의 사람다운 삶을 보장할 수 있다는 사상을 확고히 보듬고 있었습니다. 그 일류국가를 만드는 역사적 도전의 길에 사심 없는 제철보국으로 헌신할 각오가 강철처럼 굳세었습니다. 1970년 새해부터 박태준은 그것을 영일만 현장의 모든 일 꾼에게 역설하고 요구할 것입니다. 국가와 민족과 국민의 이름으로 도전하는 '포 항종합제철'에서 박태준은 회사의 성취가 곧 국가의 부강에 기여하고 사원 개개인 의 보람과 행복에 직결되는 시스템을 창조할 것입니다.

**종이마패**

바야흐로 1970년대의 첫 태양이 영일만 수평선 위로 솟아올랐습니다. 그 태양의 빛깔이 용광로(고로)가 만들어내는 쇳물의 빛깔과 흡사하다는 것을 박태준은 잘 알 고 있었습니다. 1월 중순에 그는 '조상의 혈세'를 한 푼도 더럽히지 않는 일을 자기 의지만으로 보장하지 못할 구조적 장애와 마주쳤습니다. 청구권 자금이든 상업차 관이든 포철이 직접 사용할 수 없고 정부의 승인이나 간섭을 받아야 했는데, 이것 은 포철이 설비구매의 주체로 나서지 못하게 하는 족쇄요 부정부패의 구멍이었습 니다.

'종이마패'라 불리는 박태준의 육필 메모와 박정희의 사인(왼쪽 맨위)

2월 초, 박태준은 진척 상황을 박정희에게 보고하게 됩니다. 독대였습니다.

"보고는 무슨 보고. 일은 순조롭게 가고 있나?"

"구매절차에 장애가 많습니다."

그의 설명을 경청한 대통령이 말했습니다.

"지금 건의한 내용을 여기에 간략히 적어봐."

그는 경제장관회의 때의 참고자료쯤으로 생각하며 찬찬히 메모지를 메웠습니다. '포철이 일본기술협력회사와 협의하여 공급업체를 선정하도록 한다'는 것은 정부 관료의 간섭을 배제한다는 뜻이고, '경우에 따라 간편계약을 했을 때 정부에서 이를 보증해준다'는 것은 포철의 구매절차 간소화에 정부가 동의한다는 뜻이었지요. 한눈에 훑어본 박정희가 메모지 좌측 상단 모서리에 사인을 했습니다.

"이게 필요해 보이는군. 어려울 때마다 나를 만나러 오기가 거북할 테니 아예 이걸 가지고 소신대로 밀고 나가."

박태준은 가슴이 찡했습니다. 박정희의 전폭적 신임과 지지, 이것은 그의 책임감과 사명감을 더 키우는 자양분이 됩니다. 그 메모지를 뒷날에 포스코는 '종이마패'라 부릅니다. 조선시대의 임금이 마패로써 암행어사에게 전권을 위임했듯, 대통령이 메모지로써 포스코 최고경영자에게 전권을 위임했던 것이니까요. 하지만 그는 누구에게든 한 번도 그것을 내밀지 않습니다.

메모지에 적힌 것은 박태준의 만년필 글씨와 박정희의 사인이었지만, 메모지는 언제든 찢거나 태울 수 있는 아주 가벼운 종이 한 장에 불과하지만, 그러나 거기에 담긴 뜻은 참으로 육중하고 귀중하고 아름다운 인간관계의 보배였습니다. '종합제철이라는 단군 이래 최대 국가적 대역사를 기필코 성공시켜 조국 산업화를 성취해야 한다는 대의(大義)를 실현하기 위한 상호간 절대적 신뢰'였으니까요. 여기에 비춰봐서 한 점 부끄럼이 없다면 어떤 권력의 부당한 압력에도 자기 신념에 의지해 당당히 맞설 수 있었던 박태준은 1979년 10월 박정희의 급서(急逝) 후 회사 간부들 앞에서 고인의 포항종합제철에 대한 집념을 회고하며 최초로 '종이마패'를 공개합니다.

## 건설은 '후방(後方)방식'으로

착공식을 앞둔 포항제철소 정문에 큼직한 슬로건이 걸립니다.

'자원은 유한, 창의는 무한.'

이것은 제철보국, 우향우와 함께 포스코가 나아갈 길을 가리키는 횃불입니다. 한국의 자원은 빈약하고 세계의 자원은 유한하니, 경영진은 창의의 환경을 조성하며 창의에 투자하고, 사원들은 창의에 도전하고 창의의 사명으로 승부하자. 앞으로 박태준의 포스코는 그 길로 전진하게 됩니다.

1970년 4월 1일 오후 3시. 영일만 모래벌판에서 천둥 같은 폭발음이 터지고 오색찬란한 연기가 피어올랐습니다. 역사적인 포항종합제철 착공식에서 세 사람이 함께 버튼을 눌렀습니다. 박정희 대통령, 김학렬 부총리, 박태준 사장. 대통령의 기

착공식에서 파일항타의 버튼을 누르는 박태준, 박정희, 김학렬(왼쪽부터)

념사에 이어 사장이 연단에 올랐습니다.

"종합제철 건설은 우리가 비축한 민족역량의 결정이자, 강력한 국민 의지의 발현이며, 우리의 오랜 꿈을 현실화하는 가교가 될 것입니다."

박태준의 '오랜 꿈'은 대한민국이 '일류국가'로 성장하는 것입니다. 그 가교의 역할을 포스코가 감당하겠다는 천명이었지요. 국민 앞에서 당당하고 엄숙하게 약속한 그것이 바로 그가 생각하는 포스코의 '존재 이유'였습니다. 이날, 일본에서는 야하타제철과 후지제철이 합병해 '신일본제철'로 출범합니다. 최고경영자는 이나야마가 맡습니다. KISA의 배반으로 착공도 못해보고 문 닫을 위기에 처한 포스코를 구원하려는 박태준에게 큰 도움을 줬던 그 사람이지요.

종합제철공장 건설 방식에는 크게 전방방식과 후방방식이 있습니다. 전방방식은 철의 제조 과정과 동일하게 제선공장(고로)-제강공장-압연공장의 순으로 건설하고, 후방방식은 그 역순으로 건설합니다. 제선공장과 제강공장이 없는 조건에서 반제품인 슬래브를 수입해와 완제품의 압연강판을 생산하는 후방방식은 국내 철강공급과 회사수익을 훨씬 앞당길 수 있는 방안이었습니다. 이 강점을 박태준은 택합니다.

포스코는 영일만에서 열연공정의 하나인 후판공장을 맨 먼저 세우기로 결정합니다. 그러나 여기에는 '조상의 혈세'가 아닌 별도의 큰돈이 필요했습니다. 대일청구권자금을 쓰는 기존 계획에는 없는 공장이었지요. 그래서 2천500만 달러의 차관을 박태준 스스로가 도입해야 했습니다. 그는 오스트리아의 푀스트 알피네를 파트너로 잡습니다. 6월 23일 포철 사장과 푀스트 사장이 '후판공장 기본계약'에 서명합니다. 이제 겨우 말뚝이나 박아둔 포철에 큰돈을 빌려주기로 결정한 오스트리아 국립은행 총재 헬무트 하세는 뒷날에 이런 회고를 남깁니다.

세계의 모든 철강인들이 과연 포철이 성공리에 건설될 수 있을까에 대해 반신반의하고 있던 때, 일부 사람들은 우리의 결정을 마치 자살행위로 보는 듯했어요. 박태준은 매우 끈기 있는 사람입니다. 모든 상황이 불리한 여건에서의 협상이란 피곤하기 마련입니다만, 그는 나를 꾸준히 설득하여 우리가 포철 1기 공사에서 큰 역할을 하도록 했습니다.

후판은 선박 건조에 많이 드는 철강이지요. 포철의 후판공장에 제일 먼저 눈독들인 기업가는 정주영 현대그룹 회장이었습니다. 그가 조선소 건설에 서둘러 덤벼든 배경에는 '포항제철이 좋은 철강재를 생산할 테니 그걸 믿고 조선소를 건설해 보

'포철 명예사원 선서'를 하는 아팔터 회장(오른쪽)

라'는 우리 정부와 대통령의 강력한 권유가 있었지요. 하루는 정주영이 박태준을 찾아왔습니다.

"포철이 후판공장부터 짓는다고 하니, 나는 조선소를 만들 생각입니다. 위치는 어디가 좋겠습니까?"

박태준은 반색을 했습니다.

"좋은 아이디어입니다. 물류원가도 절감해야 하니, 울산이면 포항에서 바지선으로 실어 나를 수도 있습니다."

"고맙습니다. 일류제품을 만들 거라고 믿습니다."

"물론입니다. 서로 도움이 돼야지요."

포철은 단골고객을 확보하고, 현대는 양질의 값싼 철강을 안정적으로 확보하는, 그야말로 '윈-윈'하는 만남이 되었습니다. 현대는 울산에 대형 조선소(현대중공업) 건설을 시작합니다.


## 안의 저항, 밖의 압력

일본기술단이 설계한 '공장위치계획도'를 살펴보는 박태준의 짙은 눈썹이 거칠게 꿈틀댔습니다.

"이놈들이 이거, 엉뚱한 생각을 하고 있어!"

그는 분을 삭이며 연필로 도면의 도로부터 두 배로 넓혀 돌려보냈습니다. 그것은 기껏해야 연산 조강 300만 톤까지만 증설할 수 있도록 그려진 공장위치계획도였습니다. '돈도 없고 기술도 없는 너희가 잘해봤자 300만 톤이면 끝나겠지. 너희가 어떻게 대규모 차관을 조달하겠으며, 적자가 지속될 텐데 어떻게 재투자 자금을 축적할 수 있겠나' 하는 멸시와 비하의 내심을 반영한 것이었습니다. 다음날 아침에 일본기술단 차장이 벌건 얼굴로 그를 찾아왔습니다. 대화는 일본말로 이뤄졌습니다.

"박 사장님, 이렇게 하시면 일을 진행할 수가 없습니다."

"왜 그러시오?"

"설계는 저희 기술단의 의견을 존중해주셔야 하지 않겠습니까?"

"그래요? 어제 일로 항의하러 온 모양이군. 안 그래도 지금 일본에 있는 단장을 포항으로 소환할까 하는데, 마침 잘 왔어요. 하나 물어봅시다. 포스코의 책임자는 누굽니까?"

일본인이 답을 못하자, 박태준은 아이를 꾸중하듯 나무랐습니다.

"내가 책임자요. 일본기술단의 자문에 대해서는 책임자인 내가 100퍼센트 수용할 수도 있지만, 수용하지 않을 수도 있는 거요. 그 판단은 내가 하는 거요. 더구나 당신들이 여기에 봉사활동을 나와 있나요? 계약에 따라 엄연히 돈을 받고 일하는 사람들입니다. 그런데 일을 못 하겠다니, 그게 말이나 되는 소린가요? 그 설계는 내가 하라는 대로 변경하시오."

포항제철소 내부에 착종될 뻔했던 위기의 싹을 제거한 그의 입안에는 '이놈아, 우리는 영일만에서 300만 톤이 아니라 1000만 톤도 할 거야' 하는 말이 고여 있었습니다. 하지만 극비사항처럼 내뱉지는 않았습니다.

1970년의 일본은 '죽의 장막'이라 불리는 중국의 문을 열기 위해 다각적 노력을 기울이고 있었습니다. 한 세대 전에 '군사력'을 앞세워 중국을 침략했다면, 이제는 '경제력'을 앞세워 중국시장을 선점하려 했습니다. 공산당의 대국(大國)에 군침 흘리는 일본 경제계는 '자본주의는 이윤을 따라 흐르며 모든 만리장성을 무너트린다'는 마르크스의 경구를 금과옥조로 삼았을 겁니다.

그런데 5월 2일이었습니다. 중국 수상 저우언라이가 불쑥 '대외무역 4원칙'을 발표했습니다. 한국, 대만, 미국과 경제관계를 맺고 있는 외국 기업들과는 무역을 하지 않겠다는 선언이었습니다. 그때는 자본주의 국가들과 사회주의 국가들로 딱 갈라져 있던 냉전시대였다는 것을 생각해야만 중국의 느닷없는 4원칙 선언을 이해할 수 있겠는데, 그것은 북한과 북베트남에 이롭도록 하고 한국과 대만을 괴롭히겠다는 계략이었습니다. 경제적으로는 베트남전쟁에 미국의 군수기지를 맡아 큰 돈을 벌면서 한국, 대만과 무역량을 늘려나가는 일본이 가장 큰 타격을 받을 처지였습니다.

박태준은 급히 도쿄로 날아갔습니다. 일본 재계는 당황하고 있었습니다. 일본 철강업계가 거기에 굴복하면 포스코는 기술지원과 설비구매의 길이 막혀 '개점휴업'으로 내몰리고, 이것이 '공기(工期) 지연'을 초래해 재무구조의 영원한 악재로 굳어질 것이었습니다. 난데없이 들이닥친 외부의 위기 앞에서 박태준은 야스오카, 이나야마 를 비롯한 친한파 인사들과 꾸준히 접촉합니다. 5월 22일 중국이 신일본제철에게 '저우언라이 4원칙'의 수락여부를 명백히 밝히라고 요구합니다. 숙고를 거듭해온 이나야마가 그날 오후에 기자회견을 열었습니다.

"신일본제철은 한일협력위원회 및 일화(일본·대만)협력위원회에서 손을 떼는 일을 할 수 없으며, 중국이 요구하는 양자택일에 응할 수 없다."

도쿄의 박태준이 이마의 땀을 훔치고 돌아섰을 때, 서울에는 '오적(五賊) 필화사건'이 터졌습니다. 재벌·국회의원·장관·장성·고급공무원을 '다섯 도둑'으로 통렬히 풍자한 김지하 시인의 「오적」을 야당이 기관지《민주전선》에 그대로 옮겨 싣자, 6월 2일 새벽 정보기관이 야당 당사에 난입해 기관지를 압수하고 김지하를 체포했지요. 이것은 경제발전을 최우선으로 내세우고 개발독재를 강화하는 박정희 정권이 표현의 자유와 정치적 반대세력을 탄압한 대표적 '반민주 사건'으로 기록됩니다.

이때는 한미관계도 악화일로였습니다. '군사개입 회피, 해외주둔 미군의 단계적 철수'라는 닉슨독트린(1969.7.25)에 의거하여 6월에 '주한미군 철수'를 발표한(실제로 1년 안에 주한미군 삼분의 일을 철수하지요) 미국이 한국의 인권상황을 호되게 비판하고 있었던 겁니다. 베트남전쟁은 북베트남의 승리와 베트남 통일이라는 종착으로 다가가는 가운데 한국경제의 '베트남 특수'도 막을 내릴 날이 다가오고 있었습니다.

안의 저항세력이 강해지고 밖의 어려움이 중첩되는 '내우외환'의 1970년 여름, 박정희는 어떻게 딜레마를 돌파할까요? 닉슨독트린을 역이용한 '자주와 자립'의 깃발이 서울과 평양에 나부낄 가능성이 높았습니다.

### 장학재단과 '소통령(小統領)'

1970년 가을 어느 날, 박태준에게 '공돈 6천만 원'이 저절로 굴러왔습니다. 영일만으로 실려 오는 고가 설비에 담보된 보험료에 대한 리베이트였지요. 그는 임원들과 협의하여 '부담 없는 공돈'을 들고 청와대로 들어갔습니다.

"나라를 위해 쓰시라고 기부금 좀 가져왔습니다."

박태준이 6천만 원짜리 수표를 내놓았습니다.

"포철은 절대로 정치자금 안 낸다고 다짐한 사람이 왜 이래?"

의아하게 쳐다보는 박정희에게 그가 돈의 성격을 설명했습니다. 대통령이 탁자 위의 봉투를 포철 사장 쪽으로 밀었습니다.

"떡을 사먹든 술을 사먹든 맘대로 해. 내 선물이라고 생각해."

박태준이 '장학재단 설립'을 떠올린 찰나, 박정희의 눈빛이 날카롭게 빛났습니다.

"다른 국영기업체도 이런 리베이트를 받아왔다는 거 아닌가?"

부정도 긍정도 못할 그 질문이 박태준을 곤혹스럽게 만듭니다. 집권여당의 정치

문을 열기 직전의 제철유치원 전경(1971년 8월 29일)

자금 요청을 거절해온 미안함 때문에 순수한 생각을 냈다가 다른 국영기업 사장들의 들키지 않으려는 치부에 대해 고자질한 꼴이 되었던 겁니다.

그즈음 박정희는 대통령선거를 준비하고 있었습니다. 하지만 박태준과의 관계에는 얼룩을 만들지 않겠다고 거듭 확인하듯 그의 '공돈'마저 거절했습니다. 두 사람의 '독특한 인간관계'를 새삼 확인하는 이 장면에서, 한쪽은 '거절'한 선택이 돋보이고 또 한쪽은 그것을 '교육보국(敎育報國)'이라는 자기 포부의 종잣돈으로 삼은 선택이 돋보입니다. 11월 5일 '재단법인 제철장학회' 설립을 위한 이사회가 열립니다. 후세 교육을 위한 '공돈 6000만원'의 묘목은 장차 '연간 100억 원 이상의 공익 사업비'를 출연하는 거목으로 성장하게 됩니다.

장학재단 설립 직후에 박태준은 한국전력, 석탄공사 등 국영기업 사장들이 대통

포항제철고등학교 개교 직후 학교를 방문한 박태준(1981년 4월 1일)

령에게 혼쭐났다는 소문을 들어야 했습니다. 경악할 노릇은, 박 아무개의 고자질 때문이라는 말이 나돈다는 것이었지요. 그는 미안하기도 하고 억울하기도 했습니다.

11월 13일 서울 청계천 대로에서 한 청년노동자가 자신의 몸을 태웁니다. "우리는 기계가 아니다. 근로기준법을 준수하라." 이 절규를 남겼습니다. 한국의 잠든 노동운동과 지식인의 양심에 뇌성벽력처럼 떨어진 '전태일 분신'이었습니다. 청년노동자의 고결한 죽음과 김지하 시인의 「오적」 필화사건이 '민주화 투쟁'에 의분과 용기를 불어넣어 날이 갈수록 민주화세력은 강건해집니다.

1971년 꽃샘바람이 불어왔습니다. 한국사회는 대선에 관심이 쏠렸습니다. '3선 개헌'의 주역 공화당 박정희 후보와 신민당 김대중 후보의 대결. 서울의 압도적 지지를 업은 야당 후보가 승리를 호언하는 가운데 '실탄'(선거자금)을 끌어 모으는 공화당 재정위원장이 설비구매에 열중하는 포항종합제철을 주목합니다. 그가 박태준을 자기 집에서 만나자고 했습니다.

"도쿄에서 포철의 설비입찰이 있지요? 마루베니로 정해주세요. 그것이 각하를 돕는 일인데, 각하가 이기셔야 나라도 발전하고 우리도 제자리를 지킬 거 아닙니까?"

주인이 용건을 내놓자 손님이 점잖게 받았습니다.

"설비구매 원칙은 '최저비용 최고품질'입니다. 정치헌금 때문에 종합제철이 잘못되면, 그때 책임은 누가 지는 겁니까?"

주인의 눈가에 주름살이 생겼습니다.

"박 사장 자신과 회사를 생각해서라도 마루베니로 하세요."

마루베니는 최저입찰가보다 20% 높은 견적이었습니다. '20%'의 의미를 박태준은 빤히 알았지만, 단호히 배격했습니다. 그는 똑같은 문제로 네 차례나 더 똑같은 압력을 받았습니다. 그래도 꿈쩍하지 않았습니다. 수고스럽게 '종이마패'를 꺼내지도 않았습니다. '포항 1기' 설비 입찰을 다 마쳤을 때, 박태준은 또다시 집권여당의 재정위원장과 마주앉을 기회가 있었습니다.

"끝까지 마루베니를 내쳤더군요. 각하를 위해 정치자금을 모으는 것인데, '소통령'이라도 된다는 거요?"

"그런 별명이라면 '소통령'보다는 '중통령'이라고 불러주시오."

정치자금 거부의 벅찬 씨름들에서 전승을 거둔 박태준은 포항종합제철 예산 문제로 국회에 불려나가, "저기 소통령 가시네" 하는 소리를 표창처럼 맞곤 했습니다. 그러나 그들의 비꼼은 그의 빛나는 훈장으로 바뀝니다. '정치자금'을 철저히 배격하고 '최저비용 최고품질'이라는 설비구매의 원칙을 철저히 실행한 것이 포스코 대성공의 주요 요인이 되기 때문이지요. 만약 그가 그들에게 '소통령'이 되지 못했다면, 포스코는 걸음마 단계부터 휘청거리게 되었을 겁니다.

### "일본과 동일한 조건으로"

1971년 4월 1일 포스코는 창립 3주년에 사보《쇳물》을 창간했습니다. 임직원들이 회사의 각종 정보와 정신을 공유할 매체의 창간호에 박태준은 만년필로 휘호를 썼습니다.

무엇이든지 첫째가 됩시다!

영일만 모래벌판에 22개 공장을 건설하는 중이고 첫 쇳물을 구경하려면 이태나 더 기다려야 하는 그때 벌써 '세계 일류'를 추구하고 있었던 박태준의 집념과 이상(理想)을 임직원들은 미처 몰라보았습니다.

4월 27일 대통령선거에서는 박정희 후보가 김대중 후보를 이겼습니다. 그러나 김 후보는 예상대로 서울에서 압승했습니다. 패자가 전국 판세를 뒤집지는 못했으나 승자의 기반이 허약해진 바로 그만큼 민주화 열망이 강화되었다는 증거였지요. 한 달 뒤에는 국회의원선거가 있었습니다. 비록 결과는 여대야소였으나 야당의 약진이 두드러져 보였습니다.

선거의 봄날에 박태준은 '판이한 두 사람'으로 살았습니다. 황량한 모래벌판에서는 작업복·작업화·안전모 차림으로 '무장한 지휘관'처럼 눈을 부릅뜨고 밤낮없이 돌아다녔고, 번화한 도쿄 빌딩에서는 '말쑥한 신사'로서 최저가격의 최고품질을 고집했습니다.

여름에 접어들면서 그는 총괄 시간표에 짜놓은 '원료구매 협상완결'을 주목하니다. 쇳물 100만 톤 생산에는 철광석 170만 톤과 석탄(유연탄) 70만 톤이 들어갑니다. 그래서 원료구매의 조건이 안정조업과 제품원가에 결정적 영향을 끼칩니다. 어떤 양질의 원료인가. 이것은 안정조업의 기본조건이지요. 원료를 얼마에 사오느냐. 이 것은 설비 구매비용이나 건설비용과 함께 제품원가의 기본조건이지요. 우리나라에는 철광석과 유연탄 매장량이 거의 없습니다. 거의 전량을 수입해야 합니다. 그런데 1971년 여름의 영일만에는 완공된 공장이 전혀 없었습니다. 고로는 1973년 6월에 완공할 설계도로만 존재했습니다. 외국 광산업자들을 유혹할 수단이 없었던 겁니다. 이러한 사정을 꿰찬 미쓰비시상사 한국지점장이 박태준에게 제안합니다.

"원료공급업체들은 한국 같은 준전시 국가의 신용장을 꺼립니다. 더구나 현재 포항제철은 건설의 중간단계에도 진입하지 못하고 있습니다. 그들은 소비량과 지불 능력을 100퍼센트 확신해야 계약에 응할 것입니다. 포항제철에서 저희에게 위탁 수수료만 지불하시겠다면 저희가 일본 제철회사들의 구매조건과 똑같은 조건으로 원료구매를 대행해드리고 싶습니다."

합당한 말이었습니다. 무역에서 중개업자가 커미션 몇 퍼센트를 얻어먹는 것은 당연한 권리니까요. 그래서 박태준은 더 속이 아렸습니다. 그러나 원료공급마저 일본 업체에 종속시킬 수는 없다고 판단했습니다. 7월 하순에 시드니로 날아가는 그의 가방에는 보잘것없는 '유혹의 수단'도 있긴 있었습니다. 'Blast Furnace(제선공장)', 'Steel-Making Plant(제강공장)' 등 황량한 부지 위에 세워둔 위치 표지판 사진들이었지요.

박태준의 목표는 하나였습니다. '일본 제철회사와 동일한 조건'으로 안정적인 공급을 받겠다는 것. 그러나 시드니의 광산업자들은 미쓰비시상사 한국지점장의 예언을 반복합니다.

"박 사장님, 광산을 개발하려면 철도, 컨베이어벨트 등을 새로 설치해야 하고 각종 채굴장비와 운반차량도 새로 구비해야 합니다. 거기에는 막대한 자금과 충분한 시간이 필요합니다. 그런데 한국의 능력에 비춰봤을 때 터키나 브라질의 종합제철소처럼 몇 년씩 지연되지 않는다고 누가 보장합니까? 당신의 말만 믿고 개발을 했는데 막상 문제가 생기면 그 막대한 손실을 누가 책임지는 겁니까?"

박태준의 부탁을 받고 서울에서 주한 호주대사관 간부가 시드니로 날아왔습니다. 특별 초대인을 보증인처럼 앉힌 자리에서 그는 광산업자들을 다시 설득했습니다. 만약 우리 회사가 계약대로 이행하지 못하면 한국 정부가 배상하겠다는 각서라도 쓰겠다고 당당히 선언했습니다. 덩치 큰 백인이 미소를 지었습니다.

"그럴 것까지 없겠군요. 우리는 당신을 믿고 시작해보겠습니다."

이제 겨우 고로의 터나 닦는 포항종합제철이 연간 1억 톤을 생산하는 일본 제철업계와 동일한 조건으로 원료 장기구매계약을 맺게 됩니다.


## 열연비상

1만4천여 평의 열연공장은 엄청난 무게의 단위기계 1만4천여 개를 정밀하게 설치합니다. 침대 시트처럼 생긴 철강 중간소재 슬래브를 쓰임새에 맞는 두께로 펼쳐주는 공장이지요. 열연공장에서 나오는 완제품을 보면 얇은 철판이 거대한 두루마리 휴지처럼 말려 있습니다. 앞에서 박태준은 후방방식으로 종합제철을 건설하기로 결정했다고 했는데, 그래서 포철은 용광로보다 먼저 열연공장을 세우게 되었지요. 이 육중한 설비들을 튼튼하게 받쳐줘야 하는 기초공사에는 콘크리트만 해도 총 9만6천 입방미터를 투입해야 했습니다. 이게 계획보다 자꾸 지연되고 있었습니다. 한국 건설업체에 자재·인력·장비가 부족한 탓이었지요. 호주에 가서 원료구매를 매듭짓고 한숨을 돌렸던 그는 한여름에 오히려 오싹한 한기를 느끼며 열연설비 공

열연비상 선포 후 레미콘 실태 점검에 나선 박태준

급업체인 미쓰비시 책임자에게 의견을 물었습니다.

"기적이 일어나면 가능하겠지만, 현실적으로 3개월 이상 지연된 공기를 만회할 방법이 없습니다. 설비 인도를 늦추는 것이 좋겠습니다. 일찍 인도해서 보관하게 되면 보관에 따른 추가비용만 그만큼 더 발생합니다."

박태준은 발등에 쇳덩이가 떨어지는 듯했으나 눈을 부릅떴습니다.

"아니오. 예정 일자에 선적하시오."

포항지역의 모래와 자갈, 국내에서 총동원할 레미콘트럭과 인력, 시멘트 공급능력 등에 대한 조사를 마친 8월 20일, 박태준은 '열연비상'을 선포합니다.

"9월 중에는 무조건 하루 700입방미터의 콘크리트 타설을 실시하라!"

모든 간부가 24시간 비상체제의 조별 감독으로 투입되고, 목표 미달의 경우에는 '승진 누락'의 벌칙도 덧붙였습니다. 많아야 하루 300입방미터를 감당해온 현장이 전투장으로 돌변했습니다. 조명탑을 세워 밤도 대낮처럼 밝혔습니다.

"회사가 죽느냐 사느냐, 갈림길에 서 있다. 우향우 하겠느냐, 조상들에게 얼굴 똑바로 들겠느냐?"

박태준은 작업화를 신고 사무실에서 눈을 붙였습니다. 비가 내리면 판초우의를 걸쳤습니다. 심야와 새벽을 가리지 않고 현장을 누볐습니다. 형산강 건너 효자주택단지의 숙소에 들어가도 겨우 서너 시간을 잤습니다. 그의 아내도 팔을 걷었습니다. 낮에는 임원 부인들과 리어카를 끌고, 밤에는 음식을 만들어 날랐습니다. 어느 새벽에는 아내가 작업화를 졸라매는 남편에게 건강을 염려했습니다.

"한숨 더 주무세요. 당신 개인사업도 아니잖아요."

박태준이 버럭 소리를 질렀습니다.

"내 개인의 사업이면 나도 쉬겠어! 국가대사이기 때문에 이러는 거야! 공기가 하루 지연되면 추가비용이 얼마고, 그게 생산원가와 해외 파트너들에게 얼마나 악영향을 미치는지 말해줘?"

장옥자는 두 손으로 얼굴을 가렸습니다. 공기 지연은 공사 비용을 증대시키고 생산 개시를 지연시킵니다. 설비를 인도할 시기에 대한 계약과 수입 슬래브의 선적 시기에 대한 계약을 위반하게 만듭니다. 비용 손실과 신용 추락이 커질 수밖에 없지요. 그래서 공기 지연은 국가대사에 아주 나쁜 영향을 미치기 때문에 특단의 비상수단으로 기필코 만회해야 한다는 것이었습니다.

비 내리는 깊은 밤이었습니다. 박태준은 트럭들이 길가에 늘어선 것을 보았습니다. 기사들이 운전대에 얼굴을 묻고 있었습니다. 안쓰러웠습니다. 그러나 한 사람씩 가만히 흔들어 깨웠습니다. 오히려 그들이 미안한 낯으로 잠을 툭툭 털었습니다.

선득한 꼭두새벽이었습니다. 박태준은 길가에 앉아 잠든 사람을 발견했습니다.

위험하니 자리를 옮기라고 일러줄 생각으로 그의 어깨를 건드렸습니다. 인부가 잠결에 말했습니다.

"담배 있으면 하나 주시오."

담배를 피우지 않는 박태준이 비서에게 담배를 구해 오라는 손짓을 했습니다. 이윽고 그의 담배를 건네받은 인부가 라이터를 켰습니다.

"아, 사장님!"

사자의 코털을 건드린 것처럼 깜짝 놀라는 인부의 어깨를 다독인 박태준은 한 대 피우고 옮겨서 쉬라는 말만 했습니다.

악전고투의 2개월이 지나갔습니다. 열연비상에 걸린 사내들이 5개월 분량의 콘크리트 타설을 해치웠습니다. 미쓰비시 책임자가 '기적이 일어나면 가능할 것'이라 했던 그 기적이 일어났던 겁니다. 3개월 이상 지연됐던 공기를 완전히 만회한 10월 31일, 박태준이 '열연비상'을 해제한 날, 사장과 함께 막걸리 사발을 치켜든 그들의 눈에는 영롱한 이슬이 맺혔습니다. 성취감, 일체감, 그리고 자신감을 가슴마다 품고 있었습니다.


**인격을 벗어던진 소대장과 제강공장 '꽁초 파일'**

1971년 12월 모든 현장의 '공기 1개월 단축'을 선언한 박태준은 이듬해 3월에 '포항 2기' 기본계획을 손에 넣었습니다. 연산 조강 260만 톤 체제, 즉 2기는 연산 157만 톤 규모를 증설한다는 계획이었지요. 4년 전에는 'KISA의 배반'을 유도했던 IBRD가 이번에는 신속히 타당성을 인정했습니다. '포항 1기 103만 톤 체제'를 향해 순항하는 '박태준의 포스코'에 대한 신뢰와 지지를 보낸 것과 다르지 않았습니다.

5월의 영일만 모래벌판엔 공장 형체들이 나타났습니다. 박태준은 무엇보다도

'안전제일'을 강조하고 개인마다 최고품질의 안전모와 안전화를 지급합니다. 육중한 공장을 건설하는 현장에는 '아차' 방심하는 순간에 위험한 사고가 발생하는 겁니다.

종합제철의 공장들이 다 그렇지만, 특히 수백 톤짜리 설비를 천장에 매달아 움직이는 제강공장은 기초공사에서 강철 파일을 땅속으로 제대로 두들겨 박아야 후환을 막게 됩니다. 작업의 순서는 간단합니다. 지하 20~50미터 암반에 닿기까지 파일을 하나씩 박는다, 파일 하나의 길이보다 암반이 깊으면 다른 파일을 용접으로 잇는다, 암반의 깊이가 달라 들쭉날쭉하게 지상에 남은 파일의 자투리들을 일정한 키로 잘라낸다, 키를 통일시킨 모든 파일 속에 콘크리트를 쏟아 붓는다. 이때 제대로 암반 위에 얹히지 않은 파일은 콘크리트 무게를 견디지 못해 옆으로 비스듬히 기울게 됩니다.

제강공장 파일에 콘크리트를 먹이는 나른한 한낮, 포스코의 미래를 위한 어떤 천우신조였는지 몰라도, 박태준이 허공의 서까래 같은 철제 구조물 위에서 우연히 그 작업을 내려다보았습니다. 그런데 레미콘트럭의 콘크리트를 받아먹은 파일이 슬며시 한쪽으로 기우는 것이었습니다.

그는 즉시 내려가 공사를 중단시켰습니다. 다른 현장에서

건설현장을 점검하는 박태준

불도저가 꾸물꾸물 불려오는 사이, 비상이 걸려 간부들이 뛰어왔습니다.

"밀어봐."

불도저가 파일들을 건드리자 여러 개가 맥없이 쓰러졌습니다. 더욱 경악할 노릇은 모래땅에다 나무처럼 꽂아둔 자투리 파일도 있었습니다. 있을 수 없는, 있어서는 안 되는 장면에서 박태준은 다시 한 번 인격을 헌옷처럼 벗어던졌습니다.

"현장 책임자 나와!"

일본 업체의 하청을 받은 한국 건설회사 소장이 그의 앞에 섰습니다.

"조상의 혈세로 짓는 공장에서, 너는 민족반역자야. 저게 파일로 보이나? 저건 담배꽁초야! 부실공사는 나중에 동료들을 살상하게 돼. 그래서 부실공사는 곧 적대행위야!"

소장의 안전모를 내리친 그의 지휘봉이 부러졌습니다.

"여기, 총감독 찾아와!"

죄인처럼 불려온 일본 공급업체의 총감독에게 박태준은 일본말로 사정없이 퍼부었습니다.

"이 나쁜 놈아, 너희 나라 공사도 이런 식으로 감독하나! 우리가 어떤 각오로 제철소를 짓고 있는지 몰라! 이 나쁜 놈아!"

총감독이 꿇어앉아 이마를 땅바닥에 조아렸습니다.

"죽을죄를 지었습니다. 정말 잘못했습니다."

진실로 사죄하는 일본인 남성 특유의 자세와 목소리였습니다. 비로소 박태준은 분노를 한풀 꺾었습니다. 현장엔 바람마저 죽어 있었습니다. 이제 곧 바람이 깨어나면 제강공장 '꽁초 사건'은 그것을 타고 아주 빠르게 모든 현장으로 빠짐없이 퍼질 것입니다. '과연 무서운 소대장'이란 말도 다시 깨어날 것입니다.

"원칙과 기본을 철저히 준수하라! 원칙과 기본을 어기면 안전사고를 부른다. 원칙과 기본을 어기는 것은 자신뿐만 아니라 동료까지 위험하게 만드는 이적행위와 같은 것이다. 그래서 나는 현장에 나오면 사장이 아니다. 전쟁터 소대장이다. 전쟁터 소대장에겐 인격이 없다."

평소에 그가 강조하는 말이었습니다. 부실공사를 막고 안전제일의 생활화를 위해 현장에서는 자신의 인격을 버리겠다는 선언이었습니다. 욕을 하고, 지휘봉을 휘두르고, 경우에 따라서는 발도 쓰겠다는 공표였습니다. 1970년대 한국의 건설 현장 수준에서 지휘자가 고매한 말씀과 점잖은 몸짓에 매달린다면, 그저 사람 좋다는 소리나 듣기를 바란다면, 엄격하고 단호하지 못하다면, 자신의 인격을 지키는 대신 국가대업을 망칠 수밖에 없다고 그는 확신하고 있었습니다.

6·25전쟁 때 청년장교로서 38선부터 포항까지 후퇴했다 인천상륙작전 후 청진까지 북진했으나 중공군에 밀려 다시 38선 밑으로 내려오며 구사일생의 여러 전선을 누볐던 박태준은 전쟁터 소대장이 어떡해야 하는가를 체험으로 잘 아는 사람이었습니다. 엄격성, 용기, 솔선수범, 단호함, 판단력, 뜨거운 전우애 등 인간의 정신적이고 정서적인 요소들을 두루 갖춰야 전쟁터의 일선 지휘관으로서 훌륭한 소대장이 되는 겁니다.


**"볼트 24만 개를 일일이 확인하라!"**

굵은 대형볼트로 육중한 철 구조물을 연결하는 작업에는 그것을 확실히 조이는 일이 가장 중요합니다. 이게 안 되면 대형사고의 씨앗을 뿌리는 격이지요. 수백 톤짜리 장비들의 반복운동을 견디지 못한 볼트가 갑자기 이상을 일으키는 순간에는 철 구조물이 무너질 수 있기 때문입니다. 그래서 대형볼트는 작업자의 눈으로 조임 상태를 확인할 수 있습니다. 제대로 조여진 것은 머리가 말끔히 떨어져나가고, 허술하게 조여졌거나 오차가 생긴 것은 머리가 지저분하게 남습니다.

6월 8일 포철은 '포항 2기 건설 추진본부'를 발족합니다. 1기 건설과 2기 준비를 동시에 추진하는 박태준은 그날도 몸에 익은 솔선수범으로 지상 90미터 높이의 제강공장 지붕으로 올라갔습니다. 문득 '볼트의 지저분한 머리'가 눈에 띄었습니다. 자세히 살펴보니 몇 군데였습니다. 아찔했습니다. 자신의 몸이 땅바닥으로 추락하는 것 같았습니다. 현장 시찰을 중단한 그가 간부들에게 불호령을 내렸습니다.

"지금 즉시 모든 볼트를 하나도 남김없이 일일이 확인하라! 잘못 조인 볼트는 머리에 흰 분필로 표시하라! 시공회사 책임자를 즉각 현장에 오게 하라!"

설계도면이나 자재수급 상황에 나타난 대형볼트는 자그마치 24만 개였습니다. 하나씩 모조리 확인한 결과 400여 개에 흰 분필이 칠해졌습니다. '불행의 씨앗들'은 남김없이 교체됩니다.

어느덧 임직원들은 이심전심 박태준 사장을 이렇게 부르고 있었습니다. '섬뜩할 만큼 예리한 육감을 지닌 사람', '다른 사람들의 눈에는 멀쩡해 보이는 것에서 문제점을 발견하는 비정상의 눈을 지닌 사람'. 그의 특별한 그런 감각이 부실공사를 추방하여 미래의 우환을 예방하게 됩니다. 도대체 그것은 어디서 비롯된 것이었을까요? 정말 특별한 눈과 육감을 지닌 사람이었을까요? 박태준에게 다른 사람이 갖지 못한 특별한 무엇이 있긴 있었는데 아마도 그것은 천부적으로 타고난 것이 아니라 기필코 국가대업을 성공시키겠다는 그의 지극한 애정과 열정에서 우러나오는 특별함이었을 겁니다. '제철보국', '우향우', 이 진정한 사명의식이 그 애정, 그 열정의 근원이었을 테지요.


**"나왔다!"**

영일만 모래벌판에 최초의 공장이 태어났습니다. 1972년 7월 4일 11시, 포항 1기 22개 공장 중 가장 먼저 '후판공장 준공식'이 열렸습니다. '공기 1개월 단축'

포철의 첫 제품인 후판을 실은 트럭이 나가고 있다

목표를 지킨 후판공장은 슬래브를 수입해와 연간 33만6천 톤을 생산하여 400만 달러의 수입대체 효과를 올려줍니다. 박태준은 포철의 첫 제품에 '품질로서 세계정상'이란 기념휘호를 썼습니다. 벅찬 박수를 받으며 호남정유 여수공장 유류탱크 제작용으로 팔려가는 첫 제품 20만 톤. 그는 어린 맏딸을 시집보내는 아버지의 심정이었습니다.

  영일만의 첫 준공식보다 한 시간 앞선 그날 10시, 한반도에서 천지개벽을 일으킬 것 같은 사건이 터졌습니다. 서울과 평양이 같은 시간에 '7·4남북공동성명'을 발표한 것이었지요. '자주·평화·민족대단결의 3대 통일원칙'과 상호 중상·비방·무력도발 중지, 다방면의 교류 실현 등을 천명했습니다. 박정희 대통령과 김일성 주석이 전격적으로 민족적 염원을 반영한 선언을 내놓았는데…….

  10월 3일 열연공장 준공식이 열립니다. '열연비상'으로 공기 만회 작전을 밀어붙였던 주요 공장이 예정 공기보다 앞당겨 가동을 시작한 거지요. 박태준이 감격의 첫 열연제품에 '피와 땀의 결정체'라는 기념휘호를 쓰는 그때, 7·4남북공동성명은 배덕의 길로 돌아섭니다. 평양의 김일성이 '국가주석 중심제'로 개편하여 '영구집권체제'를 구축하고, 이어서 서울의 박정희가 '10월 유신'을 단행하여 '영구집권체제'를 갖춥니다. 미국의 '닉슨독트린'에 자극 받아 그에 대한 공동대응처럼 내놓았던 7·4성명, 이 설레는 화해무대에 졸지에 한파가 덮쳤습니다. 한국은 단걸음에 '자립경제·자주국방·자주통일'의 이름으로 민주주의와 인권을 억압하는 '겨울공화국'으로 진입하고 곧 '유신헌법' 찬반 국민투표가 실시돼 '투표율 91.9%에 찬성률 91.5%'를 기록합니다.

으스스한 겨울공화국의 1972년 12월, 간접선거 방식으로 박정희는 또다시 대통령에 취임합니다. 영일만의 겨울은 공기단축의 열정으로 후끈거렸지요. '전체 공기 2개월 단축'이란 결전의 새 목표를 내건 박태준은 12월 31일 본사를 서울에서 포항으로 옮겨옵니다. 현장제일주의의 실천이었습니다.

1973년 상반기 영일만에는 공장별 준공식과 시험조업이 이어졌습니다. 박태준이 시드니에서 '일본과 동등한 조건'으로 협상한 호주산 철광석이 원료부두에 부려져 산더미를 이룬 4월, 포스코는 '1기 건설 종합 카운트다운 체제'로 운영되고 있었습니다.

포항 1기에서 최후 정점은 '고로 화입(火入)'과 '첫 출선(出銑)'이었습니다. 고로(용광로)에서 철광석을 녹여 만든 쇳물을 꺼내는 것을 '출선'이라 부릅니다. 화입 6월 8일, 첫 출선 6월 9일. 이에 대비해 박태준은 5월 7일 500여 항목으로 구성된 고로공사를 말끔히 마무리할 '고로 잔공사(殘工事) 비상'을 선포했습니다. 제선공장 건설요원들이 한 달 꼬박 고로 안에서 전투를 감행한 6월 8일, 그는 본관 앞에서 태양열을 채화합니다. 하늘의 불씨를 받은 거지요. 일곱 주자들이 차례로 그것을 봉송합니다. 10시 30분, 그가 하늘의 불씨를 넘겨받아 엄숙한 기도의 마음으로 고로에 불을 지폈습니다. 고로 앞에는 잘생긴 돼지머리를 얹은 제상이 차려졌습니다. 맨 먼저 그가 엎드려 절을 올렸습니다. 그리고 남은 것은 21시간의 기다림이었습니다.

숙소로 돌아온 박태준은 정갈히 몸을 씻었습니다. 좀처럼 잠을 이룰 수 없었습니다.

'고로에서 쇳물이 나오지 않으면, 잘못된 쇳물이 나오면, 우향우 그대로 영일만에 빠져죽어야 한다. 전쟁터에서 용케 살아남았던 나 하나가 죽는 것은 가족에게 죄스러운 일이지만, 조상의 피맺힌 돈을 헛되이 날려버린 민족적 죄업은 누가 짊어져야 하나.'

이런 생각이 스쳐 지나가면 곧 고개를 강하게 저었습니다.

'불길한 생각을 버려야 한다. 반드시 된다, 낙관적으로 생각해야 한다.'

이른 아침에 다시 몸을 깨끗이 씻은 그는 묵묵히 숙소를 나섰습니다. 말간 해가 한 발 남짓 올라온 영일만 바다에는 눈부신 아침햇살이 쏟아지고 있었습니다.

6월 9일 오전 7시 30분, 박태준을 비롯한 임원들과 건설 요원들이 700입방미터 고로의 제2주상에 올라섰습니다. 드디어 출선구가 뚫렸습니다. 과연 한국 역사상 최초의 대형고로에서 쇳물이 터져 나올 것인가. 그리하여 22개 설비로 구성된 '종합제철소'가 정상적으로 가동될 수 있을 것인가.

"펑!"

굉음이 터졌습니다. 출선구를 뚫고 나온 오렌지색 섬광이 사람 키보다 높이 치솟았습니다. 박태준은 자신도 모르게 주먹을 불끈 쥡니다. 그 불꽃이 스러지고, 고로 안에 침묵이 가득 찹니다. 바로 그때, 숨을 죽이고 내려다보는 사람들의 발밑으로 꾸물꾸물 기어 나오는 물체가 있었습니다. 용암 같은 황금색 액체, 맑은 아침의 영일만 수평선에 올라앉는 태양 빛깔, 쇳물이었습니다.

첫 출선에 감동하여 만세를 외치는 박태준(가운데)과 직원들

"나왔다! 나왔다!"

밑에서 누군가 함성을 지르자 순식간에 고로 내부는 환호의 도가니로 바뀌었습니다. 고로에서 나와 도랑을 따라 흐르는 황금색 쇳물. 그 역사적 현장을 지켜보는 사내들의 눈에서 왈칵왈칵 눈물이 흘렀습니다.

"만세! 만세!"

사내들의 두 팔이 머리 위로 힘차게 올랐습니다. 박태준은 자신도 모르게 두 팔을 힘껏 올렸습니다. 감격의 만세도 외쳤습니다.

7월 3일, 포항 1기 종합준공식. 서울 광화문에는 '포항종합제철종합준공'이란 경축 아치가 세워졌습니다. 겨우 103만 톤 체제의 1기를 준공했지만 앞으로 얼마나 오랜 세월이 걸릴지 모르는 대규모 세계 일류 종합제철을 벌써 다 준공한 것 같은 뉘앙스를 풍겼습니다. 한국 경제사의 새 지평을 벅차게 열어젖힌 것이었으니까요.

일찍이 풍수의 달인이 예언한 대로 황량한 모래벌판은 가뭇없이 사라지고 높다란 굴뚝들이 그 시의 '대나무'를 대신했습니다. 3년에 걸쳐 연인원 810만 명, 경부고속도로 건설비의 3배를 투입한 한국 역사상 초유의 대역사. 2만7천여 개의 콘크리트파일과 2만8천여 개의 강철파일을 모래땅에 박고 8만2천여 개의 기계를 설치하면서 전체 공기를 2개월 단축시킨 포항 1기의 조강 톤당 건설단가는 251달러였습니다. 비슷한 시기에 건설된 대만 CSC의 667달러, 일본 오기시마제철소의 626달러에 비해 40% 수준으로, 포스코가 세계 일류 제철소로 도약할 원가경쟁력을 확보한 것이었습니다.

도저히 불가능하다는 통념을 통쾌하게 깨버린 대역사 완성에 동시대를 살아가는 사람들이 찬사를 바쳤습니다.


'무에서 창조한 유'
'영일만의 기적'


기적이라고 한다면, 그것은 제철보국과 우향우를 생활신조로 받들어 실천한 사람들이 창조한 기적이었습니다. 한국 언론들은 '1973년 7월 3일은 포철 임직원들을 위해 오래 기억해야 할 날'이며, '포철의 조국근대화 기여도를 정당하게 평가해야 한다'고 역설했습니다. 그러나 박태준은 이제 시작에 불과하며 갈 길이 아득하다고 생각합니다. 과연 '철에 목숨을 걸었다'는 그가 길고 험난한 '철의 여정'을 가장 빛나게 완주하는 영광의 마라토너로 등극하게 될까요? 민주주의의 계절은 기나긴 겨울이건만, 지독한 모래바람을 잠재운 영일만에는 따가운 햇볕이 내리쬐고 있었습니다.

# 모래벌판에 신화의 집을 완성하다

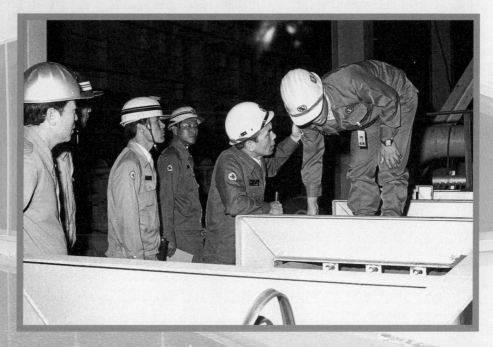

박정희는 박태준의 순수하고 뜨거운 애국적 사명감에 어떤 상처도 내지 않으며 적극적으로 옹호했습니다. 정치권력의 방면으로 기웃거리지 않고 당겨도 단호히 뿌리치는 박태준의 기개를 높이 보았습니다. 여기엔 한 인간과 한 인간으로서, 한 사내와 한 사내로서 오직 둘만이 온전히 알아차릴 서로의 빛깔과 향기가 있었을 것입니다. 이러한 박정희와 박태준의 독특한 인간관계는, 박태준이 영일만 포항종합제철에서 자신의 리더십과 사명감을 신명나게 발현할 수 있는 '양호한 정치적 환경'을 조성해줬습니다.

## 성서격동(聲西擊東)

1973년 7월 25일 일본기술단이 포스코에 '포항 2기 기본계획'을 제출했습니다. 연산 조강 157만 톤의 '포항 2기' 건설. 5년 전 '무(無)'에서 출발한 포철은 '기본계획'을 직접 작성할 만한 기술력 확보를 시간문제로 남겨뒀지만, 이제는 무형의 소중한 자산들을 갖추고 있었습니다.

첫째, 1기 건설을 2개월 단축시켜 완벽하게 준공한 경험이 자신감으로 안착되었다는 것. 둘째, 선진국의 금융기관과 설비업체가 포스코에 투자할 문을 활짝 열었다는 것. 셋째, 일본과 동등한 조건의 원료공급계약이 조업의 안정감을 배가시켰다는 것.

8월 8일이었습니다. 한국의 정보 요원이 도쿄에 체류하는 야당 지도자 김대중을 납치하는 사건이 터졌습니다. 세계를 경악하게 만든 뉴스였습니다. 다행히 그는 구출되지만 일본이 강경하게 항의하며 대한(對韓) 경제협력 전면중단과 9월에 열릴 한일각료회담의 무기한 연기를 선언합니다. 포스코에 대한 협력의 문도 닫아 버립니다.

박태준은 1기 조업과 영업의 내실을 다지며 내자 1억9천만 달러, 외자 3억4천800만 달러를 투입할 2기 설비구매에 대한 궁리를 거듭했습니다. '김대중 납치사건'은 86일 만에 외교적 결말이 나고, 12월 22일 한일각료회의가 도쿄에서 재개됩니다. 도쿄로 날아간 박태준은 초조감과 자신감을 동시에 지녔습니다. 초조감은 한일각료회담의 결과에 대한 나쁜 예측이고, 자신감은 '포철의 조업 첫해 흑자'라는 미공개 사실이었습니다. 회담 결과는 그의 예측대로였습니다. 일본은 '경협'을 전면 거부하고 포스코도 예외가 아니라고 했지요. 도쿄의 밤이 깊었습니다. 난감에 빠져 전전반측 잠을 이루지 못하던 그가 문득 자신을 책망했습니다.

'정치인이 아닌 내가 왜 정치적 방법에 매달리는가? 사업적 난관은 사업가의 방

식으로 돌파해야지.'

박태준은 즉각 결단을 내리고 독일 프랑크푸르트로 날아가는 항공기를 잡았습니다. 호텔 예약도 없고 누구를 만나자는 약속도 없었습니다. 겉보기에는 '무작정 여행'이었습니다. 비행기가 잠시 함부르크에 내렸습니다. 미명의 새벽이었습니다. 그가 동행한 외국계약부장에게 말했습니다.

"비행기 더 타는 것도 지겨운데 여기서 내려버리자."

"호텔 예약도 없지 않습니까?"

"프랑크푸르트에 가면 돼 있나?"

"그건 아닙니다만⋯⋯."

독일은 12월 23일이 밝아오는 중이었습니다. 택시가 애틀란틱호텔 앞에 멈췄습니다. 백인 사내가 시큰둥하게 방이 없다고 했습니다. 박태준은 싱긋 웃었습니다.

"로열 스위트룸은 비었잖아? 국기게양대를 보니까 외국 국기가 없던데."

특급호텔에 외국 국기가 게양돼 있지 않다, 이것은 외국 귀빈의 투숙이 없고 로열 스위트룸을 비워뒀다는 뜻이지요. 종업원이 하루 숙박비가 500달러라고 했습니다.

"이 친구가 우리를 빈털터리로 아나 봐. 올라가서 잠부터 푹 자고 봐."

침실 둘에다 우아한 접견실까지 갖춘 로열 스위트룸. 박태준은 팔자 좋은 사람처럼 잠들었습니다. 눈을 뜨자 아침 9시. 더디게 돌아오는 독일의 아침은 한국의 퇴근시간 같은 저녁 분위기였습니다.

"오스트리아 푀스트, 독일 오포, 거기 중역들한테 먼저 전화해."

"아하, 그거였군요!"

외국계약부장이 크리스마스선물을 받은 아이처럼 싱글벙글 웃었습니다.

"크리스마스이브에 양놈들을 불러내서 미안하지만, 그래도 우리를 산타클로스로 대접할 거야."

제철설비 회사의 중역들이 열차를 타거나 손수 자동차를 굴려 24일 오후에 함부르크 최고급 호텔의 최고급 룸으로 모여들었습니다. 박태준은 여유를 부렸습니다.

"포스코는 1기 설비의 거의 모두를 일본 업체에서 구매했지만, 2기부터는 유럽의 여러분에게도 문호를 활짝 개방하기로 결정했습니다."

부장이 설비목록을 제시했습니다. 제2고로, 소결, 코크스……. 신설하거나 증설할 21개 공장의 설비사양과 구매일정을 설명하는 동안 세 시간이 지나갔습니다. 비즈니스 룸으로 변한 접견실은 포스코에 설비를 팔겠다는 열기로 뜨끈해졌습니다.

"나는 원활한 입찰을 진행하기 위해 새해 1월 5일까지 여러분이 직접 포스코로 오시기를 희망합니다."

이윤을 따라 바삐 움직이느라 크리스마스와 새해의 '오붓한 가족시간'을 망칠 자본주의의 전사들. 박태준은 그들에게 끌려가는 게 아니라 그들이 끌려오게 만들었습니다.

1974년 새해 벽두, 포항시 효자동 포스코 영빈관. 석유파동으로 한국사회가 절전운동에 매달리건만 박태준은 영빈관 주변을 대낮처럼 환히 밝히라고 지시했습니다. 주변에 숙소가 있는 일본 기술자들을 자극하려는 계략이었습니다. 이틀 만에 그는 기다리던 전화를 받습니다.

"유럽 업체들과의 교섭은 순조롭게 진행되고 있습니까?"

주한 일본대사였습니다.

"우리로서는 예정 공기를 맞추려면 더 머뭇거릴 수 없습니다. 우리도 귀국 업체들과 먼저 교섭하고 싶었지만 귀국 정부의 제재조치 때문에 어쩔 수가 없군요."

사흘이 더 지났습니다. 다시 그는 일본대사의 전화를 받습니다.

"모든 것이 중단돼 있지만 포스코 프로젝트만 예외라고 일본 각료회의에서 양해를 했습니다. 이제라도 일본 업체들이 입찰에 참여할 수 있겠습니까?"

"아직은 협상이 진행 중이니 참여할 수 있고, 어느 업체든 기회는 균등합니다."

동쪽을 치는 척 하면서 서쪽을 친다는 성동격서(聲東擊西)란 말이 있지만, 서쪽(유럽)을 끌어들여 동쪽(일본)이 스스로 숙이게 했으니, 박태준의 작전은 '성서격동'이었지요. 영빈관은 협상무대였습니다. 오스트리아, 독일, 그리고 일본의 업체들이 하나라도 더 따려고 경쟁적으로 단가를 내리자, 그가 외국계약부장을 불렀습니다.

"자네는 나무망치를 준비해. 비싸게 튀어 오르는 놈은 무조건 두들겨. 그러면 자꾸 내려가게 돼 있어. 그래도 머리는 안 다치게 적당히 해."

박태준의 통쾌한 유머 같은 최후 지침에 따라 포스코는 포항 2기 설비구매를 입맛대로 골라잡았습니다. 1기 설비와 기술적 연관성이 깊은 제선·제강·열연 설비 등은 일본 업체들, 소결·연속주조 설비 등은 오스트리아 푀스트, 코크스 설비 등은 독일 오토와 각각 계약합니다. 유가폭등으로 모든 가격이 치솟는 악조건에서 '최저비용 최고품질'을 달성한 쾌거였습니다.

### '영일만의 기적'의 뿌리들

1974년 새해를 맞아 박태준은 '포스코 6년'의 의미를 정리한 메시지를 발표합니다.

"우리는 창업의 오랜 고통 속에서 사명감과 당위성을 통감했고, 건설의 숨 가쁜 고통 속에서 숱한 교훈과 체험을 얻었으며, 조업에 성공한 기쁨과 감격 속에서 희망과 자신을 가지게 되었습니다."

곧이어 그는 박정희의 전화를 받습니다. 포스코가 경제기획원에 제출한 '1973년도 보고서'가 대통령의 책상에 올라간 것이었지요.

"순이익에 제로가 너무 많은 것 같아. 1천200 달러겠지. 가동 6개월 제철소에서 어떻게 1천200만 달러 순이익을 내겠나? 아무래도 제로 4개가 더 붙은 거 같아."

고뇌에 잠긴 박태준

대통령보다 먼저 그에게 전화한 부총리는 '차라리 마이너스 1,200만 달러'라면 얼른 믿겠다고 했습니다. 그럴 만했습니다. 세계 종합제철소 역사상 가동 첫해부터 흑자를 낸 사례가 없고, 포스코도 최소한 3년 동안은 적자를 낸다고 예상했던 겁니다.

"주주총회에 보고하려고 공인회계사 일곱 명이 면밀히 작성한 재무제표입니다. 허위기재나 오류는 한 점도 없습니다."

"내가 자네를 몰라? 너무 기쁘고 놀라서 그래. 말 그대로 영일만에서 기적을 일궈냈어!"

'영일만의 기적'으로 우뚝 솟아난 포항종합제철. 그 모래땅에는 기적의 뿌리들이 강철파일처럼 깊숙이 박혀 있었습니다. 경영전문가들이 여덟 가지를 꼽았습니다. 최저비용의 최고설비 구매, 공기단축, 정상조업 조기달성, 안정적 원료구매, 기술인력 조기육성, 단계별 사원확보의 적절한 조절, 복지정책의 조기도입과 정착, 제철보국의 기업정신. 또한 그들은 모든 성공요인의 원동력을 박태준의 리더십이라고 했습니다. 뒷날에 하버드대학교 경영대학원도 「포스코의 성공사례 연구」에서 '박태준의 탁월한 지도력이 포스코 성공의 가장 중요한 요인'이라고 밝혀냅니다.

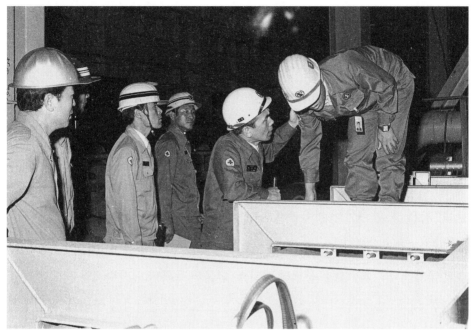
조업현장의 직원들을 격려하는 박태준

그러나 그들이 찾지 못했던 매우 귀중한 '기적의 뿌리'가 최소한 둘은 더 있었습니다. 하나는 박태준의 성장배경이고, 또 하나는 박정희와 박태준의 독특한 인간관계이지요.

생존의 길을 찾아 일본으로 들어간 아버지의 뒤를 좇아 대한해협을 건너갔던 수많은 식민지 아이들 가운데, 사춘기를 벗어난 무렵에 해방된 고향으로 돌아와 빈곤에 허덕이는 신생독립국의 어른으로 성장한 다음, 유소년기에 어쩔 수 없이 익혔던 일본어와 일본문화로써 가장 훌륭하고 가장 탁월하게 조국에 이바지한 인물은 박태준입니다. 만약 일본말과 일본문화를 제대로 체득하지 못하고 있었다면, 그래서 통역을 거쳐 의사를 전달해야 했다면, 결코 그는 일본인을 감동적으로 설득해내지 못했을 겁니다.

박정희는 박태준의 순수하고 뜨거운 애국적 사명감에 어떤 상처도 내지 않으며 적극적으로 옹호했습니다. 정치권력의 방면으로 기웃거리지 않고 당겨도 단호히 뿌리치는 박태준의 기개를 높이 보았습니다. 여기엔 한 인간과 한 인간으로서, 한 사내와 한 사내로서 오직 둘만이 온전히 알아차릴 서로의 빛깔과 향기가 있었을 것입니다. 이러한 박정희와 박태준의 독특한 인간관계는, 박태준이 영일만 포항종합제철에서 자신의 리더십과 사명감을 신명나게 발현할 수 있는 '양호한 정치적 환경'을 조성해줬습니다. 세계 개발도상국들이 경제개발을 실패한 주요 원인은 무엇보다 '검은 돈'을 챙기는 정치권력과 '검은 돈'을 바치는 기업경영이 서로 이권을 주고받는 '정경유착의 부정부패'라는 점을 생각해보면, 세계 일류 종합제철을 만들어 국가경제의 기반으로 삼으려 했던 두 인물의 독특한 인간관계와 시대적 대업을 향한 대의(大義)가 얼마나 중요한 성공요인으로 작동됐는가를 이해할 수 있겠지요.

### 가택수색을 당하다

별안간 포항제철소에 긴 사이렌이 울렸습니다. 1974년 6월 26일, 제1고로 '쇳물 100만 톤' 생산. 이 기쁜 소식을 알리는 종소리 같은 것이었지요. 어느덧 포스코는 '일면조업, 일면건설'을 감당하고 있었습니다. 조업과 건설을 병행하는, 단단히 긴장할 수밖에 없는 상황이 앞으로 20년쯤이나 더 지속됩니다.

박태준은 다시 복지후생을 강조했습니다. '전시행정'을 혐오하는 그는 《조선일보》 인터뷰에서, "직원의 복지후생을 허울좋은 선전용으로 하는 것이 아니라 실질적으로 하고 있다. 이 노력을 가장 잘 알아주는 사람들은 우리 직원들이다." 하고 떳떳하게 밝힙니다. 6월 27일 임원간담회에서, "우리 직원 중에서 부인이나 가족이 중병을 앓는 사람이 없는지 인사부에서 파악하라." 하는 지시를 내립니다.

그해 여름의 어느 아침. 서울 북아현동 박태준의 자택에는 자녀들만 있었습니다. 여고 2학년인 장녀가 동생들을 챙겨 학교로 보낸 직후, 두 사내가 찾아와 가택수색을 하겠다고 했습니다. 여고생은 당황하기는커녕 오히려 대담하게 수색영장 제시를 요구했습니다. 그들이 내민 종이에 '박태준, 장옥자'란 이름이 적혀 있었습니다.

"어머니는 포항에 내려가셨니?"

"다 알고 오셨겠지요."

"네 어머니가 밀수품을 사들였다는 혐의가 포착돼서 관세법 위반혐의로 집을 수색하는 거다."

그때 한국에는 외제품의 암시장 거래가 흔했습니다. 양담배 따위도 암시장에 나돌던 시절, 실력자들의 가택을 수색하면 외제품이 나오기 일쑤였고, 권력자는 정보기관을 동원해 미운 털 박힌 상대를 제거할 수단으로 가택수색을 시켰습니다.

집안 구석구석을 샅샅이 뒤졌으나 세상에 내놓고 주인을 망신시킬 물건을 찾지 못한 두 사내가 드디어 안방의 장롱과 조그만 금고를 노려보았습니다. 장롱과 금고의 문이 열렸습니다. 장롱에는 이불과 옷이 전부고, 금고에는 집문서, 결혼 패물, 잦은 해외출장의 흔적으로 남은 푼돈의 외화가 전부였습니다. 난처한 표정의 두 사내가 말했습니다.

"우리도 네 아버지를 존경하지만 공무집행상 어쩔 수 없었다. 가택수색을 당하면 어른도 벌벌 떠는데 네 침착성에 놀랐다."

가택수색은 한 편의 소극(笑劇)처럼 막을 내렸습니다. 그러나 장녀의 이야기를 전해들은 박태준은 심각했습니다. 왜 가택수색까지 벌어졌는가? 그 발단을 추리해보았습니다. 틀림없이 막대한 금액의 계약과 관계된 것이었습니다. 조만간 밝혀지지만, 실제로 그랬습니다. 열연공장의 새로운 설비구매에 대해 막강한 정치인과 유대인 장사꾼이 손을 잡고 박태준에게 스위스 업체와 계약해달라는 청탁성 압력을 넣었지만 포스코 외국계약부는 '최저비용 최고품질'의 원칙에 따라 오스트리아 업체와 계약을 맺었는데, 뜻을 이루지 못한 그들이 정보기관에 투서를 넣은 것이었습니다. '스위스의 콩개스트가 오스트리아의 푀스트보다 더 싸게 공급하려 했으나 박태준이 거부했다'는 모함이었지요.

그러나 박태준이 정말 괴로운 것은 그따위 모함이 아니었습니다. 대통령이 가택수색을 알았다면? 정말 알았다면 자신을 믿지 못한다는, 최소한 의심할 수도 있다는 증거라고 보았습니다. 한번쯤 경각심을 깨우려는 조치였다고 할지라도 정말 알고도 말리지 않았다면 서운하기 짝이 없는 노릇이었습니다. 믿어주지 못하는 사람과 어떻게 대의를 논의하고 대의를 위해 헌신할 수 있겠는가? 그는 한숨을 들이쉬고 마음을 곧추세웠습니다.

얼마 뒤, 대구시를 시찰한 대통령이 포스코 영빈관에 내려와 하룻밤 묵고 떠난다는 통지가 왔습니다. 박태준은 안주머니에 봉투를 넣었습니다.

"무슨 일 있었나?"

박정희가 물었습니다.

"나중에 말씀드리겠습니다. 편히 쉬십시오."

대통령은 2층으로 올라갔습니다. 박태준은 경호실장, 비서실장과 일층 소파에 둘러앉았습니다. 군대시절의 후배인 경호실장을 쏘아보았습니다.

"사람을 모래벌판에 던져놓고 독약 먹이려는 음모나 꾸며?"

"무슨 말입니까?"

"마음만 먹으면 누구든 손볼 수 있다고 생각하는 인간이 청와대에 있는 모양인데, 더러운 놈과 깨끗한 놈을 가릴 줄은 알아야지. 그거 하나도 제대로 못하면서 서울에서 밥 먹고 하는 일이 뭐야?"

비서실장은 얌전히 있고, 경호실장이 억울해 했습니다.

"도대체 무슨 일인지 귀띔이라도 해줘야 할 것 아니오?"

"모른다고? 그러면 됐어."

박태준이 무뚝뚝하게 끊었습니다. 하지만 속은 조금 풀렸습니다. 경호실장이 모른다면 대통령도 모른다는 뜻인데…….

박정희가 박태준을 2층으로 불렀습니다. 오랜만에 둘이서 탁자를 사이에 두고 마주앉았습니다.

"아무래도 고민거리가 있구먼."

"포철을 떠나야 할 때가 온 것 같습니다."

박태준이 안주머니에서 봉투를 꺼내 정중히 박정희 앞에 내려놓았습니다. 사표였습니다.

"이게 뭐야? 도대체 왜 이래? 영문이나 알아야지."

"아이들만 있는 집에서 가택수색까지 벌인 것은 너무 훌륭한 보상이었습니다."

"뭐? 가택수색을 당해?"

박정희가 깜짝 놀랐습니다. 즉시 비서실장이 불려 올라왔습니다.

"어떻게 된 거야?"

"진정서가 올라왔기에……. 그걸 보낸 사람들도 그런 사람들이고……."

비서실장이 우물쭈물했습니다. 그제야 박태준은 아까 얌전했던 그의 속내를 알아챘습니다. 사건의 전말을 챙긴 박정희가 호통을 쳤습니다.

"이봐, 사람을 가릴 줄 알아야지. 아무에게나 그런 짓 하나!"


### '목욕론'과 주지스님

1974년 가을부터 박태준은 '목욕론'이라는 공장관리원칙을 강조합니다. "이상한 간섭을 하시네. 목욕과 공장관리가 무슨 상관이람." 사원들이 삼삼오오 쑥덕거렸습니다. 이대공 홍보과장이 그런 분위기를 "사장님께서 우리 마누라 목욕 상태도 아시나." 하는 식의 해학적 필치로 《쇳물》에 담았습니다. 그가 이대공을 불러 앞에 앉혔습니다.

"자네는 내 목욕론을 처음 듣나?"

"목욕에도 무슨 논리가 있습니까?"

"이놈들이 회사의 대변인이나 다름없는 홍보과장에게 사장 공장관리의 제1호인 목욕론도 교육하지 않았구나. 한마디로 말해? 목욕은 안전이야."

"예에?"

"논리에 비약이 있지? 정리·정돈·청소가 안전의 제1수칙이라는 거, 이건 알지?"

"예."

"목욕은 품질이야. 이것도 논리의 비약이 있지?"

"얼른 이해가 안 됩니다."

이대공에게 30분 가까이 '목욕론'을 강의한 박태준의 결론은 이랬습니다.

"목욕을 잘해서 깨끗한 몸을 유지하는 사람은 정리, 정돈, 청소의 습성이 생겨서 안전의식, 예방의식이 높아지고 제품관리의 최후절차인 포장까지도 깨끗하게 해낼 수 있게 된다. 우리 회사는 안전제일을 추구하고 최고제품을 추구한다. 그래서 나의 공장관리 원칙 제1호가 목욕론이다. 그런데 희화화시켜서야 되겠나?"

"아닙니다."

"사장의 생각이 대내, 대외에 제대로 알려지는 것이 중요해."

"알겠습니다."

1974년 포철은 순이익에서 첫해보다 괄목하게 성장합니다. 더구나 '이윤제일주의 경영'과는 다른 차원의 성과였습니다. 7월 4일 《중앙일보》 인터뷰에서 박태준은, "우리 회사 제품의 국내 판매가격은 외국 오퍼가격보다 발레트는 33%, 열연코일은 21%, 후판은 42% 싸게 공급했다"고 밝힙니다. 만약 경영실적을 끌어올리기 위해 국내 공급가를 외국 수출가와 동일하게 책정했다면 순이익은 그만큼 엄청나게 더 불어났을 테지요. 그는 자본주의의 논리보다 국익우선의 대의(大義)를 지켜나갔습니다. 포스코의 철강가격 인상은 연관 산업들의 원가상승으로 이어지고, 그러면 그것이 그들의 국제경쟁력을 약화시키게 됩니다. 이러면 제철보국의 기업이 될 수 없지요. 박태준은 '산업화시대 한국경제의 견인차'인 포스코의 엔진에 끊임없이 '제철보국'을 휘발유로 주입해야 한다는 정신으로 무장하고 있었습니다.

   놀라운 경영실적이 1975년 3월 포스코에 선물을 안겼습니다. 국무회의가 포스코를 제2제철소 건설의 실수요자로 결정한 것이었습니다. 이날 밤, 박태준은 혼자서 숙소에 있었습니다. 아이들이 없고 아내마저 없는 날이 훨씬 많은 절간 같은 집. 사원들은 그의 효자동 숙소를 '효자사(孝子寺)'라 부르고, 그를 '효자사 주지스님'이라 부르기도 했습니다. 그는 막중한 책임감 속에서 앞날에 차례차례 넘어야할 여섯 고개를 헤아렸습니다. 포항 3기, 4기, 그리고 제2제철소 1기, 2기, 3기, 4기. 연산 조강 총량은 박정희와 약속한 2천만 톤이었습니다. 소요될 세월도 꼽아 보았습니다. 한 고개에 2년 6개월을 바쳐도 어림잡아 향후 17년. 자신의 나이와 건강도 생각했습니다. 40세에 포철 사장으로 부임해 8년째 들었으니 향후 17년이면 65세. 그는 한숨을 들이쉬었습니다. '철에 목숨을 건다고 했더니 어쩔 수 없이 남은 인생을 철에 바쳐야 할 운명이구나.' 두렵진 않았습니다. 여태껏 해온 대로 밀고 나가면 해낼 수 있을 것 같았습니다. 문제는 건강이었습니다. 감기에 걸리면 보통 사람이 두 번 나눠 맞을 주사를 단번에 맞으면서 아직은 까딱없이 버티고 있지만……. 지그시 눈을 감았습니다. '효자사' 울타리로 꽃샘바람이 파고드는 밤이 깊었습니다.

어느덧 영일만 바다는 밤에도 잠들지 않고 있었습니다. 3교대 24시간 가동체제의 종합제철소. 영일만 바다를 밤새 깨우는, 꺼질 줄 모르는 수천의 불빛은 제철 숙련기술자로 변모해가는 사원들의 잠들지 않는 수천의 눈빛이었습니다. 그들을 아끼고 믿는 박태준은 더 멀리 내다보며 원료공급의 다변화와 광산합작개발을 중요하게 다뤄야 했습니다. 그의 비행 스케줄이 빡빡하게 짜였습니다. 호주, 뉴질랜드, 인도, 브라질, 페루, 캐나다, 그리고 미국으로.

## 과감한 도전

1976년 새해를 포항 2기 종합준공의 '카운트다운'으로 시작한 포스코가 '공기단축은 미래를 위한 투자'라는 확고한 믿음을 바탕으로 공기 1개월 단축에 성공한 그해 5월, 박태준이 만사를 제쳐놓고 영접할 손님이 '잠들지 않는 영일만'을 방문했습니다. 야스오카 선생. 7년 전 '하와이 구상'을 실현시키는 첫걸음에서 진심으로 도와준 양명학 대가. 정성껏 환영연을 베푼 그는, 멀리서 내방한 귀빈이 평소에 존경하는 퇴계 이황의 '도산서원'에도 안내합니다. 야스오카는 동행자들에게 박태준의 인품을 거듭 칭찬합니다.

"열렬한 기개를 갖기는 쉬우나, 그런 가운데 부드러운 정의(情誼)가 함축돼 있다는 점이 더욱 멋있지 않는가."

5월 31일 '포항 2고로'에 불을 넣은 박태준은 '포항 3기' 착공의 막바지 준비를 점검했습니다. 포항 3기 예산 총액은 외자 7억6천630만 달러와 내자 4억8천907만 달러를 합쳐 12억5천537만 달러. 불과 3년 전(1973년) 한국 정부의 1년 총예산과 맞먹는 거대 자금이 들어갈 그 공사는 1976년 8월 2일 착공의 축포를 터트리게 됩니다.

공사 규모가 1기와 2기를 합친 것의 1.2배로, 절정기에는 하루 1만4천여 명을 투

영일만의 기적을 확인하러 포항에 온 야스오카(가운데)

입해야할 3기의 가장 큰 특징은 그때 세계에서 가장 큰 고로(용적 3천759입방미터)를 건설하는 것이었습니다. 연산 총량에서 1고로, 2고로를 합친 260만 톤보다 많은 300만 톤짜리 대형고로 도입에 대해 포철의 고로 기술자들은 박태준에게 '아직은 우리가 대형고로를 돌리는 것은 무리'라고 건의했습니다.

"대형고로는 생산성이 30%나 높고, 우리나라는 원료 없는 나라 아닌가? 그러니 도전하자. 이 대형고로에 우리 회사의 운명이 걸리고, 우리나라가 중진국으로 올라서느냐 마느냐의 성패가 걸린다."

박태준은 그들을 설득하고 다독였습니다. 제선공장에 '어디 한번 해보자'는 기백이 살아났습니다.

3고로가 엄청난 '배탈'(제선공장에서는 고로 내부의 문제를 '배탈'이라 부르지요.)을 일으키는 때는 1979년 여름입니다. 음식(원료)이 상했는지, 고로가 탈났는지. 3고로 간부와 사원들은 퇴근을 반납하고 사투에 돌입합니다. 고로 셋 중에 제일 큰 고로가 쇳물 생산을 멈췄으니, 그들은 '우리가 대역죄인이 될 수는 없다'고 서로를 격려하며 피로와 잠을 이겨냅니다. 꼬박 2주에 걸쳐 마치 거대한 외과수술을 집행하는 의사들처럼 거대한 고로의 층층마다 구멍을 뚫어 내부를 관찰하는 고행을 감내하여 기어이 배탈의 원인을 잡아냅니다. 얼싸안고 눈물을 쏟아내는 현장으로 찾아온 박태준 앞에서 그들은 죄인처럼 고개를 수그립니다. 영업손실 70억 원을 기록했던 겁니다. 그는 일일이 악수를 나누고 이렇게 말합니다.

"영업손실은 아무것도 아니다. 배탈을 경험하고 극복한 여러분들이 우리 회사의 엄청난 자산이란 사실을 명심하고 자부심을 가져라."


## 쇳물을 바닥에 쏟다

제철기술의 식민지를 극복하고 세계 최고 기술을 축적하자는 박태준의 강력한 의지에 따라 '포철기술연구소'가 발족되고(1977년 1월) 넉 달쯤 지난 4월 24일, 밤새 잠들지 않은 영일만에 먼동의 기운이 어른거릴 때, "앗!" 하고 제강공장에서 한 크레인 운전공이 외마디를 지른 찰나, 순식간에 어마어마한 사고가 터졌습니다.

그의 임무는 고로에서 나온 쇳물 100톤을 담은 레들을 천장으로 들어 올려 전로(轉爐) 속에 정확히 붓는 것이었습니다. 레들에 담은 초고온의 쇳물 100톤, 용암처럼 펄펄 끓는 그 산업의 혈액은 운전공의 사소한 실수에도 대재앙의 액체로 돌변할 수 있지요. 조종간 조작 실수는 두 경우입니다. 레들을 급히 움직여 쇳물을 넘쳐흐르게 하는 것, 레들을 전로 위의 정확한 위치에서 정확한 각도로 기울이지 않아 쇳물을 흘리는 것. 사고는 후자였습니다. 깜박 졸던 그가 전로에 조금 못 미친 위치에서 레들을 기울이자 쇳물 100톤 중 44톤이 바닥에 쏟아졌던 겁니다. 엎질러진 물은 걸레로 닦아낼 수 있지만, 엎질러진 초고온의 쇳물은 주변의 모든 것을 태우고 식어서 쇳덩이로 엉겨 붙지요.

'공장의 신경계'는 케이블인데, 제강공장 지하에 매설된 케이블의 70%가 타버렸습니다. 운전실의 계기장치도 심각한 화재를 입었습니다. 요행히 인명 피해는 없었습니다.

필리핀 마닐라에서 사고소식을 받은 박태준은 즉각 일정을 취소하고 도쿄로 날아갔습니다. 비슷한 사고를 체험한 일본 기술자들을 긴급히 포항으로 보내달라는

제1제강공장에서 전로의 쇳물이 잘못 쏟아진 사고현장

지원 요청부터 합니다. '제강복구대책본부'를 조직해 비상근무 체제에 돌입한 영일만으로 일본 기술자 47명이 속속 모여들고, 후지제철소 창고의 케이블도 공수됩니다.

일본의 협력을 끌어내고 4월 30일 사고현장에 도착한 박태준에게 일본 기술자들은 완전복구에 최소한 3~4개월 걸린다고 보고했습니다. 그는 새삼 대형 사고를 당하는 듯했습니다. 자칫하면 '조업도 건설도' 엉망으로 꼬일, 순전히 내부에서 비롯된 창사 이후 최대 위기였습니다.

그는 대응 전략을 세 방향에서 지시합니다. 첫째, 최단 시일 내 복구완료. 둘째, 조업과 제품출하의 차질 최소화. 셋째, 사고원인 분석과 향후대책 수립.

첫째와 둘째 목표가 실현되려면 반드시 혼연일체로 의지를 불태워야 했습니다. 일본 기술자들이 고개를 저었지만, 포스코는 한 달 만에 케이블 교체를 끝낸다는 목표를 세웠습니다. 이것이 핵심 작업이었습니다. 일본 기술자들은 하루에 케이블을 포설할 수 있는 길이가 최장 5천 미터라고 했습니다. 그러나 전원 삭발한 포스코 복구반은 철야 강행군으로 하루에 최장 3만7천 미터까지 포설합니다. 이중, 삼중의 점검 작업도 철저히 병행합니다. 부인들도 간식과 야식으로 응원에 나섭니다. 사(私)를 공(公)의 뒤에 두는 것이 '제철보국'의 기본이라는 분위기가 신록처럼 싱싱해진 5월 10일, 박태준은 임원회의에서 자기 영혼에 고인 소회를 털어놓았습니다.

"역사의 전환기에 살고 있는 우리 세대는 희생하는 세대입니다. 우리 세대에게 시대와 국가가 요구하는 것은 순교자적 희생입니다. 다음 세대를 위해 우리 세대의 땀과 눈물이 절실히 요구되는 이때, 우리는 삶의 보람을 순교자적 희생에서 찾아야 할 것입니다."

일본 기술자들이 내놓았던 '서너 달'을 포스코가 결정한 '한 달'에 쟁취한 날, 비로소 제강부장이 관리책임자로서 사표를 냅니다. 박태준이 그를 부릅니다.

"이번 사고와 관련된 일은 이미 내가 다 책임지기로 정부에 보고했어. 책임은 내가 지고, 자네는 일만 열심히 하면 돼."

그리고 담당 임원에게 종합대책을 세우고 실행하라며 분명히 말합니다.

"우리 회사는 직원들의 판단과 행동을 믿을 수 있어야 한다. 그러므로 평소에 올바른 판단력과 작업습관을 훈련시키고 충분히 쉴 수 있도록 배려하라."

## 박태준의 사전에 '부실공사'는 없다

8월 1일, 아침부터 불볕이었습니다. 콘크리트 구조물 공사가 80%쯤 진척되어 70미터짜리 굴뚝도 올라간 발전송풍설비. 그 기초공사를 살펴보던 박태준이 지휘봉으로 한 지점을 가리킵니다.

"저긴 왜 저렇게 울룩불룩 나와 있어?"

공사 감독이 하얗게 질립니다.

"입사한 지 몇 년 됐나?"

"3년 지났습니다."

"나는 10년 됐어. 저대로는 안 돼. 방법이 뭔가?"

"문제 부분을 뜯어내고 다시 하겠습니다."

사장의 지휘봉이 그의 안전모를 두들깁니다.

"정신이 있어 없어? 그러면 콘크리트 양생 시기가 안 맞잖아?"

"예, 그건 그렇습니다."

그가 일본인 총감독도 앞으로 부릅니다.

"너희는 뭐했어!"

짧은 정적이 흘렀습니다.

"당장 폭파해!"

"무슨 말씀이신지……?"

그는 감독에게 '폭파의 절차'까지 일러줍니다.

"먼저 드릴 가져와서 군데군데 구멍을 뚫어. 그 구멍에 다이너마이트를 넣고, 물 젖은 가마니를 덮어. 그러고는 폭파야."

이튿날 한낮, '이상한 기념식'이 열렸습니다. 건설현장의 책임자와 간부, 외국인 기술 감독, 포스코의 관련부서 임직원이 한자리에 모였습니다. '나의 사전에 불가능은 없다'라는 나폴레옹의 말을 떠올린 박태준은 그런 거창한 말을 앞세울 필요는 없다고 생각했습니다. 80% 진척된 공사를 다이너마이트로 날려버리는 '폭파식'이야말로 어떤 호소나 명령보다 훨씬 뛰어난 경각심을 불러일으킬 테니까요.

"꽝! 꽝! 꽝!"

굉음이 터졌습니다. 예산과 시간과 노력이 한순간에 파편으로 사라졌습니다. 관

다이너마이트 세례를 받는 부실공사 현장

객들은 입을 굳게 다물었지만, 더 값진 무형의 자산이 그들의 머리와 가슴에 남아서 삼삼오오 이런 말을 나눌 차례였습니다.

"박태준의 사전에는 '부실공사'란 단어가 없다는 거 아니겠어?"

## 족쇄를 풀고 쟁탈전에 나서다

1977년 가을의 포스코는 '포항 4기' 설비 계약을 마쳐야 하는 계절이었습니다. 그런데 독일과 일본의 업체들이 '전체 액수의 15%를 착수금으로 지불해야 계약이 발효된다'라는 단서를 양보하지 않으려 했습니다. 15%는 약 1억 달러였습니다. 포스코는 그 돈을 우선 정부가 부담할 내자(內資)에서 조달할 계획을 세웁니다. 하지만 국회가 심통을 부려 전액을 삭감합니다.

박태준은 정치헌금을 거부해온 원칙에 대한 보복을 당하는 듯해서 쓸쓸히 입맛을 다셨습니다. 그러나 위기를 기회로 만들어보자는 발상과 의욕이 생겼습니다. 순수한 포스코의 힘으로 차관을 들여오자, 이것이었지요. 선진국 금융기관이 개발도상국 기업들과 차관 협상을 벌일 때마다 요구하는 것이 '정부 보증'이었고, 당시 모든 한국 기업들이 거기에 묶여 있었습니다. 그 족쇄를 한국에서 최초로 '포스코의 이름'으로 풀어보겠다는 것이 박태준의 결심이었습니다.

그는 미국 시티은행 계열인 홍콩 APCO의 문을 두드렸습니다. 난감한 표정을 앞세웠던 은행 책임자가 '영일만의 기적'의 자료에 시선을 주었습니다. 조업실적, 경영실적, 제2제철소 건설, 향후 전망……. 앞에 버티고 앉은, 세계 철강업계에 명성이 자자한 인물의 풍모도 살폈습니다. 그리고 만년필을 잡았습니다.

포스코가 한국기업 최초로 자사(自社) 신용만으로 무담보 차관에 성공한 것은 한국경제사에서 하나의 사건이었습니다. 포스코 신인도가 국제금융시장에서 인정받는 실질적 전환점이 되어 그 뒤부터 포스코는 차관 협상을 순조롭게 추진할 수 있게 되고, 다른 한국 기업들에도 '정부 보증 없는 차관도입의 길'을 열어줬습니다.

창업 10주년 새해, 1978년 신년사에서 박태준은 새로운 비전을 제시합니다.

"개척과 시련의 10년을 넘어 올해부터는 성장과 안정을 향하여 우리가 구축해온 성과를 다듬고 미래의 기반을 다져 나갑시다."

그런데 한국의 대표적 재벌기업으로 성장한 정주영의 '현대'가 제2제철소를 맡겠다는 의사를 표명했습니다. 박태준이 홍콩의 은행에서도 제시했다시피 이미 3년 전 정부가 포철에 맡기기로 결정해둔 국가대업에 대해 현대가 경쟁자로 뛰어든 것이었습니다. 그의 귀에 수상쩍은 소식도 들려왔습니다. 경제수석을 비롯한 청와대 비서실이 현대를 민다는 것이었지요. 여론경쟁을 일차 접전으로 판단한 그가 홍보책임자에게 대책을 세우라고 합니다.

"석 달만 기다리면 우리 회사 10주년인데, 그날 이후로 상황이 달라지게 하겠습니다."

"그래, 우리 회사도 홍보에 나설 때가 됐어."

제2제철소 쟁탈전 개막에 딱 맞춰 찾아온 창업 10주년. 홍보 참모들은 그것을 '포스코 홍보의 전국화·본격화·적극화'의 계기로 삼고, 현대와의 여론경쟁에서 이긴다는 목표를 세웠습니다. 바야흐로 항간에는 '자기PR 시대'라는 말이 산업사회의 새로운 문화처럼 널리 번져 있었습니다.

4월 1일 전후로 한국 언론들이 '영일만의 기적'을 대서특필하자, 현대도 적극 홍보에 나섭니다. 자동차·중공업·조선소·건설 등 철을 대량으로 쓰는 업체들을 소유한 대기업이다, 순수한 민간기업의 힘으로 정부의 재정지원 없이 제철소를 건설하겠다, 철강업에도 경쟁사가 있어야 '선의의 경쟁'을 유발할 수 있다⋯⋯.

'선의의 경쟁'은 철강독과점에 대한 비판의 비수를 감춘 근사한 포장이었지요. 포스코는 억울했습니다. 시장독점을 악용하는 자사이기주의를 철저히 배격하고

건설 중인 제3고로 풍구에서 선우휘(가운데)에게 설명하는 박태준

국가기간산업의 대의를 경영철칙으로 준수하는 '제철보국'의 기업이었으니까요.
4월 17일 박태준은《조선일보》선우휘 주필과 인터뷰에서 강하게 발언합니다.

　　새로운 제철소를 건설한다고 하면 포철에서 사람이 빠져나갈 수밖에 없어요.
우리가 맡아서 계획적으로 엔지니어링 단계부터 건설, 조업에 이르기까지 단계
별로 필요한 사람을 지명해서 보내면 효율적인 인력 활용이 가능하겠지만, 민간

기업이 한다고 가정해보면, 경험 있는 사람은 우리 회사밖에 없는데, 우리 회사에서 무작정 사람을 빼내가게 되었을 때 거기서 일어나는 부작용은 상상하기조차 무섭습니다. 양쪽이 모두 잘못될 가능성이 큽니다.

또한 제1공장이 있는 상태에서 제2공장을 건설할 때는 상호보완관계가 많이 이루어지기 때문에 절약 요인이 굉장히 많게 되지만, 새로 하려면 그 낭비는 엄청날 겁니다. 불필요한 설비가 더 추가되어야 하니까 자연히 부담이 가중되는 것이지요. 그렇게 될 때, 과연 거기서 나오는 제품의 원가에 어떤 영향을 끼치게 되느냐, 이것은 명약관화한 일이지요.

어떤 시기에 가서 포철을 민영화하더라도 정부주도형 민영화가 바람직하다고 생각합니다. 국가경쟁력의 측면에서 보더라도 오늘날 영국, 오스트리아, 일본, 이탈리아, 인도 등 대부분의 나라들이 소규모 제철소를 계속 통합해나가고 있는데, 우리나라처럼 시장이 크지도 않은 나라에서 왜 제철 같은 기초산업을 두 개, 세개로 나눠서 추진할 필요가 있느냐 하는 겁니다. 자유경쟁의 효과를 말하는 사람이 있을지 모르나, 철의 경우는 기초물자이기 때문에 미국도 현재 관리가격제이고 정부에서 단속을 하고 있습니다.


언론이 '쟁탈전'이라고 표현했으나 실제로 포스코에겐 '방어전'이고 현대에겐 '공격전'이었지요. 전투의 초기 형세는 선공자(先攻者)에게 유리한 법인데, 어떻게 전개될까요?


## 박정희와 대화하다

1978년 추석 연휴가 끝난 뒤 포스코와 현대의 제2제철소 쟁탈전은 고비를 맞았습니다. 청와대 비서실이 현대를 미는 상황에서 박태준은 상공장관과 만나 제2제철소 실수요자 선정이 한국경제에 끼칠 영향을 진솔하게 털어놓았습니다.

　10월 초순에 청와대에서 경제장관회의가 열렸습니다. 부총리, 재무장관, 상공장관, 건설장관 등 경제부처 각료와 대통령 비서실장, 경제수석비서관이 한자리에 모였지요. 제2제철소에 대한 의견은 딱 갈라졌습니다. 청와대 참모들은 현대를, 상공장관과 건설장관이 포스코를 지지했습니다. 비로소 대통령은 의아했습니다. 그 문제에 대한 청와대 참모들의 보고가 올라오고 신문에 종종 보도됐지만, 정작 종합제철의 지휘자는 아무런 연락이 없었던 것입니다.

　10월 16일 박정희는 비서실장에게 박태준을 청와대로 부르라고 했습니다. 현대를 미는 입장에서는 찜찜한 노릇이었지요. 박정희가 제2제철소를 탁자 위에 올려놓았습니다. 박태준은 자신의 손목시계부터 보았습니다.

　"나는 박 사장의 의견도 듣기로 했어. 시간 걱정은 안 해도 돼."

　박태준은 가슴에 응어리처럼 쌓인 논리를 풀어냈습니다. 간간이 대화가 섞이긴 했지만 그의 주장은 '기술자 빼가기'와 '양사 공멸'을 우려한 다음, 이렇게 마무리됐습니다.

　"세계 철강업계를 주도하는 선진국들이 개발도상국의 제철소 증설에 반대하고 있습니다. 앞으로는 포철 하나를 확장해나가는 것만으로도 세계 철강업계의 압력을 견뎌내기가 어려울 것입니다."

　박정희가 비서들을 바라보았습니다.

　"본인은 박 사장의 말을 완벽하게 이해했는데, 여러분의 생각은 어떤가요? 혹시 질문이 있나요?"

　경제수석이 절충안을 던졌습니다.

　"포철이 매년 이익을 내고 있으니, 제2제철소는 현대가 맡아서 건설하고 포철이 투자하는 방식은 어떻겠습니까?"

박태준은 야무지게 반박했습니다.

"포철이 그런 데 쓸 돈은 없습니다. 밖으로는 융자상환과 설비도입에 막대한 돈이 필요하고 안으로는 사원훈련, 공장관리, 설비보수에 많은 돈이 들어갑니다. 또한 제철소는 처음부터 끝까지 맡아서 하지 않으면 실패하기 쉽습니다. 그 제안은 탁상공론에 불과합니다."

박정희가 손에 쥔 연필로 톡톡 탁자를 치면서 독백처럼 중얼거렸습니다.

"정주영은 불도저같이 일하지. 국가 경제발전에 공헌도 하고……."

문득 팽팽한 긴장이 드리웠습니다. 침묵 속에 톡톡 탁자를 치던 연필이 멈췄습니다.

"그러나 철은 역시 박태준이야. 오늘의 만남이 결정에 큰 도움이 됐어."

독백을 마친 박정희가 명백히 선언합니다.

"제2제철소는 포철이 맡아야 합니다. 그것이 국가발전에 도움이 되는 길입니다. 모두 수고했습니다."

박정희와 박태준의 '대의를 향한 완전한 신뢰의 인간관계'가 현대 경영진과 대통령 비서진의 동맹을 격파한 순간이었습니다.


**덩샤오핑, "박태준을 중국으로 수입하면 되겠다"**

박정희가 '박태준의 포스코'에 제2제철소를 선물한 것이나 다름없는 그날, 두 사람은 함께 청와대 헬기에 올랐습니다. 목적지는 경제수석이 대통령에게 제2제철소 입지로 건의한 서해안 가로림 지역이었습니다. 답사를 마친 뒤 박정희가 박태준에게 소감을 묻습니다. 그는 솔직히 대답합니다.

"제철소 입지를 간단하게 결정할 수는 없다고 생각합니다. 수많은 기술적, 경제적 요소들을 평가해야 하고 사전에 충분하고 면밀하게 조사해야 합니다."

박정희가 고개를 끄덕였습니다.

"조사가 충분치 못했다는 얘기구먼. 그러면 전문가들에게 철저한 조사부터 시키도록 해야지."

그리고 박정희는 최각규 상공장관이 맡겨둔 서류에 결재를 했습니다. '제2제철소'라고 쓴 부분을 펜으로 지우고 친필로 '포철 제2공장'이라 씁니다. 이 장면을 직접 지켜보면서 가슴이 찡해오는 무엇을 느끼지 않을 수 없었던 최각규는 그때로부터 어언 36년 가까이 흘러간 2014년 2월 13일,《포스코신문》인터뷰에서 다음과 같이 회고합니다.

청와대에 두고 온 서류(제2제철소 실수요자 선정 관련)에 결재가 난 것은 꽤 시간이 지나서였다는데, 대통령께서 서류를 다시 읽어보시더니 '제2제철'이라고 쓴 부분을 펜으로 지우고 대신 친필로 '포철 제2공장'이라고 쓰셨어요. 그러면서 "제2제철 아냐. 포철 제2공장이야." 하면서 아예 못을 박듯이 말씀하셨어요. 박정희 대통령의 포철에 대한 애착과 박태준 사장에 대한 강한 신뢰가 물씬 느껴져 왔어요.

10월 30일 상공장관이 '포항종합제철이 제2제철 실수요자로 선정'되었음을 공표했습니다. '포철 제2공장'을 건설할 박태준은 곧바로(11월 초순) 회사 내에 '제2제철소 입지조사위원회'를 출범시킵니다. 위원회는 일본 해양컨설턴트, 가와사키제철, 네덜란드의 네데고 등 해외 용역업체에게 가로림 지역에 대한 종합적 정밀조사를 맡기게 됩니다.

이때 영일만의 포항 3기 건설은 '공기 5개월 단축'이란 목표에 바짝 다가서고 있었습니다. 포항 3기 종합준공. 영일만에 연산 조강 550만 톤 규모 제철소를 완성하여 일약 세계 17위 제철소로 도약할 포항종합제철, 남은 것은 종합준공식이었습니

공기준수 비상을 선포하고, '돌격' 휘호로 직원들의 의식을 무장시킨 박태준

다. 대통령의 일정에 맞춰 날짜를 12월 8일로 확정한 11월 초순, 박태준은 도쿄로 날아갔습니다. 지난 10년간 아낌없는 성원을 보내준 은인들에게 감사의 뜻을 담아 정중히 준공식에 초대하려는 걸음이었습니다. 맨 먼저 이나야마 신일본제철 회장을 방문합니다. 포스코의 승승장구를 진심으로 축하해준 그가 미소를 머금습니다.

"박 사장님, 중국에 납치되지 않도록 조심하세요."

"무슨 말씀이십니까?"

박태준은 조금 긴장했습니다. 자라 보고 놀란 가슴 솥뚜껑 보고 놀란다더니, 별안간 1970년 5월 '저우언라이 4원칙'을 떠올렸던 겁니다. 어느덧 십 년쯤 지나간 그때의 긴박했던 사태를 언뜻 더듬은 얼굴을 쳐다보며 이나야마가 껄껄 웃습니다.

"지난 10월 26일에 중국 덩샤오핑이 우리 기미츠제철소를 방문했습니다. 자본

1978년 10월 26일 덩샤오핑이 일본 기미츠제철소에서 방명록을 쓰고 있다

주의 경제제도에 관심이 많은 것을 보니 죽의 장막에도 조금씩 문이 열리는 것 같습니다."

냉전시대에 서방세계는 흔히 중국을 '죽의 장막'이라 불렀지요.

"몇 년 전에 벌써 조그만 탁구공이 죽의 장막에 구멍을 내지 않았습니까?"

박태준의 '탁구공'은 1974년 미국과 중국의 '핑퐁외교'를 가리켰습니다.

"그렇지요. 그런데 덩샤오핑은 일본의 제철소에 대한 관심이 유난히 깊더군요. 기미츠제철소를 둘러보면서 뜻밖에도 포항제철 이야기를 꺼냈습니다. 결론은, 우리한테 포항제철 같은 제철소를 중국에 지어달라는 것이었어요. 진심의 부탁이었는데, 내가 가능할 것 같지 않다고 정중히 답을 했어요. 덩샤오핑은 조바심을 내는 것 같더니, 그게 그렇게 불가능한 요청이냐고 되물었습니다."

이나야마는 환한 표정으로 말을 잇습니다.

"제철소는 돈으로 짓는 것이 아니라 사람이 짓는데, 중국에는 박태준이 없지 않느냐, 박태준 같은 인물이 없으면 포항제철 같은 제철소는 지을 수 없다고 명백히 말해줬습니다. 덩샤오핑은 잠시 생각에 잠기더니, 그러면 박태준을 수입하면 되겠다고 하더군요. 박 사장님, 중국이 당신을 납치할지도 모릅니다."

이나야마가 홍소를 터트렸습니다. 박태준은 3기 준공의 굉장한 축하 화환을 받은 기분이었습니다.

'박정희의 경제개발'을 주요 참고서로 활용하며 개방의 길로 나선 중국 지도부는 '박태준 파일'을 갖고 있었습니다. 어떤 인물이 어떤 신념과 어떤 리더십으로 포항종합제철의 경이(驚異)를 이룩하였는가. 덩샤오핑은 꿰차고 있었습니다. 이것은 중국 지도부가 한국 경제인들 중 박태준을 가장 훌륭한 인물로 인식하게 만드는 계기가 되었습니다. 그리고 이나야마가 여러 인사들에게 즐거운 화제로 삼았던 '박태준 수입 일화'는 발 없는 말이 천 리 간다는 속담 그대로 시간의 흐름을 타고 널리 퍼져나갑니다.

### 박태준을 위해 숙소까지 피해주는 박정희

1978년 12월 8일 오후 3시, 3고로 주상에서 '포항제철 3기 종합준공식'이 열렸습니다. 대통령, 상공장관, 건설장관을 비롯한 내외 귀빈 300여 명이 참석했습니다. 박정희는 장대한 공장에서, "1984년까지 우리나라가 철강생산능력에 있어 전 세계 10위권대에 들어가면 조선, 석유화학, 자동차공업, 시멘트 생산능력에서 모두 전 세계 10위권 내에 들어가게 된다"며 오래 갈망해온 포부와 비전을 거듭 제시합니다. 압축적 경제성장을 이룩하기 위해 개발독재로 덤벼들 수밖에 없다는 대전제를 존재의 근거로 밟고 있는 유신체제. 그는 영일만의 기적을 찾아와 '경제개발'을 당당히 실증하고 싶었을 겁니다.

국내 모든 언론은 국내 정치 상황과 무관한 시각에서 '포철의 위업'에 찬사와 격려를 아끼지 않으며 박태준을 '한국의 카네기'라 부르는 데 주저하지 않았습니다. '다른 욕심'은 없느냐며, 그에게 은근히 정계 진출 의사를 타진하고 권유하는 질문도 나왔습니다. "철에 미친 사람으로서 전혀 다른 욕심은 없다." 그는 딱 잘랐습니다. '종업원을 다그친' 지휘자와 그의 솔선수범 아래 정신적 일체감으로 뭉친 모든 사원들의 피땀으로 550만 톤 체제를 갖춘 포스코의 영광은 이제 박정희가 제시한 원대한 목표(철강 2000만 톤 시대)의 25%를 조금 넘어선 수준이었습니다.

성대하고 자랑스러운 준공식을 마친 박정희는 그날 하룻밤을 경주 호텔에서 묵습니다. 박태준이 포스코 영빈관을 권유했으나 박정희가 사양했던 겁니다. 권유하

포항제철 3기 종합준공식에서(왼쪽부터 최각규 상공장관, 박정희 대통령, 박태준 사장)

고 사양하는 두 사람의 대화에는 이런 내용도 포함되었습니다.

"경호 문제만 봐도 경주 호텔보다야 저희 영빈관이 훨씬 편하지 않습니까?"

"그날 저녁은 내가 임자의 짐이 되는 게 싫어서 그래."

박태준은 박정희의 진심어린 배려를 가슴으로 받아들였습니다.

포스코 정문을 나와서 경주 보문단지의 대통령 숙소로 향하는 대통령 승용차에는 상공장관이 동승했습니다. 이때 나눈 박정희와의 대화를 최각규는 길이 잊지 못합니다. 2014년 2월 13일 《포스코신문》 인터뷰에서 이렇게 회고합니다.

준공식을 마친 뒤 대통령께서 포철의 영빈관에서 주무시지 않고 경주의 호텔로 가셨어요. 그때 내가 대통령 차에 동승했는데, 가다 보니 박태준 사장이 안 보이는 거야. 그래서 "박 사장이 안 따라옵니다" 하고 말씀드렸더니 "내가 오지 말라고 했어. 외국 손님들도 많고 한데 그 일이나 잘하라고 했어. 사실은 그래서 내가 그 자리를 피해준 거야. 내가 거기 있어 봐. 내게 신경 쓸 일이 좀 많겠어?" 이러시는 거야. 긴 말 하지 않아도 서로 통하는 무언가가 없고서야 어떻게 그럴 수 있겠어요? 막말로 다른 국영기업체 사장이라면 대통령이 오지 말란다고 그 말을 곧이곧대로 믿고 안 오겠어요?

1978년 세모에 박태준은 포철 4기 설비 '조기착공과 조기준공'에 관한 세부계획 작성을 지시했습니다. 제4고로, 제2연주, 제2열연공장 등을 비롯한 7개 공장 신설, 제2제강공장을 포함한 6개 공장 확장, 항만·하역·철도 등 11개 부대설비 증설. 이렇게 구성된 '포철 4기 확장공사'에서 그는 지난 10년 동안 터득한 경험과 지혜를 총동원하기로 하고 건설본부 조직을 대폭 개편합니다. 포철 4기 건설을 '기필코 우리 손으로 제2제철소를 설계하고 건설하기 위한 마지막 수업 기간'으로 활용하자. 박태준의 포부를 포스코 사람들은 자신의 그것으로 공유합니다.

그즈음에 일본기술단이 보따리를 꾸려 본국으로 돌아가게 되었습니다. 제철기술의 식민지를 극복하기 위해 해외연수와 기술개발에 과감히 투자해온 포스코가 기술독립의 기반을 다진 것이었습니다. 앞으로는 그 위에서 세계 최고 기술을 확보한다는 더 큰 목표를 향해 나아가야 합니다. 10년 가까이 영일만에 머물렀던 일본기술단이 석별의 글을 남겼습니다.

모든 역경을 딛고 포항제철은 단기간에 일본의 제철소에 버금가는 대규모의 선진제철소를 건설하는 데 성공했다. 이 회사가 4기 확장을 마칠 때면 아마도 생산능력과 시설 면에서 세계 최고가 될 것이다. 포항제철의 잠재능력은 경영정보시스템, 연수원, 정비관리센터 등 독창적인 조직에 기인한다. 고급인력과 최고경영자의 탁월한 경영능력이 합쳐져 포항제철은 머지않아 세계 최고가 될 것이다.

단순한 덕담이 아니었습니다. 실상 그대로였습니다. 그들의 예측은 적중합니다.

3기 종합준공을 둘러본 박정희가 박태준에게 '특별한 보상'을 내립니다. 그동안 너무 많이 독수공방시킨 아내를 위로하는 뜻에서라도 한 달 간 특별휴가로 세계여행을 다녀오라는 것이었지요. 하지만 박태준은 받을 수가 없었습니다. 사원들의 고생도 컸으니까요.

1978년을 이틀 남긴 날. 포항제철소 곳곳에서 느닷없이 박수와 환호성이 터졌습니다. 《동아일보》가 '올해의 인물'로 '포항제철 박태준 사장'을 선정한 것이었습니다. 사원들은 송년회에서 외칠 멋진 말을 챙길 수 있었지요.

"철에 미친 우리 사장님이야말로 진짜 애국자다. 우리 사장님의 영광과 포항제철의 무궁한 발전을 위하여!"

1978년 12월 29일《동아일보》는 1면 한복판에 다음과 같이 박태준을 '올해의 인물'로 선정한 이유를 밝힙니다.

마치 철인(鐵人)처럼 철(鐵)에 파묻혀 포철을 제1기 사업 연산 103만 톤 규모에서 이제 550만 톤으로 끌어올리기까지 그 자신이나 포철 종업원들은 한결같이 한의 세월을 보냈다. 지나간 10년 세월을 한국경제의 도약기로 본다면, 박 사장은 그 뒤에 숨은 말없는 주역의 한 사람으로 보아 무방할 것 같다. 비록 저임금, 물가고, 빈부격차의 확대 등 응달지역이 독버섯처럼 눈에 띄기는 하나, 70년대 들어 우리 경제가 양적으로 성장한 것만은 틀림없다. 이때 또 얼마나 많은 사람들이 '성장열차'에 올라앉아 자신의 기여도를 높이높이 자랑했는가. 그러나 박 사장의 경우 일선에 별로 나타나지 않았다. 그는 화려한 장막 뒤에서 말없이 10년을 보내면서 오늘의 한국경제를 이끌어갈 중화학 공장의 모체인 철강공업을 일으켰다. 그는 숨가쁘게 움직였으며 늘 바빴다.

위의 글에는 나타나지 않은 포스코의 중요한 공적 하나를 더 기억해야 합니다. 그것은 '전산화'지요. 1978년의 한국사회나 한국기업에는 '전산화'가 낯선 단어였습니다. 그것을 체계적으로 도입하고 정착시킨 선구자가 포항종합제철이었습니다. 1950년대부터 일본 제철회사들은 일본을 경제대국으로 끌어올리는 견인차 역할을 했습니다. '산업의 쌀'을 안정적으로 공급했을 뿐 아니라, 뛰어난 정보기술을 산업계에 선구적으로 도입하고 전파한 공로도 컸습니다. 종합제철소는 다른 제조업과 달리 복잡하고 다양한 과정을 일관공정 체계로 관리하기 때문에 전산화 도입이 빨라진 업종입니다. 포스코도 초창기부터 전산화에 깊은 관심과 노력을 기울였습니다. 설비자동화의 필수기술인 자동제어 시스템을 비롯해 공정계획, 작업지시,

품질관리, 인력관리, 조직관리, 매출관리 등 회사의 모든 신경계를 컴퓨터에 집대성한다는 목표를 세우고 있었습니다. 일본 제철회사들이 '철과 전산화'로 일본경제에 기여했듯, 포스코는 국내 제조업체에 '산업의 쌀'을 공급함으로써 국가경제발전의 견인차 역할을 하고 FA, OA, 통신 등 전산화의 첨단시스템을 우리나라에 정착시키는 데 앞장섰습니다.

### 가을의 총성

1979년 2월 1일 '포항 4기' 종합착공식을 거행한 박태준은 2년 전 '제강사고'를 계기로 도입한 '자주관리운동'을 힘차게 밀고 나가는 중이었습니다.

"자주관리운동은 자기계발과 상호계발을 통해 개개인의 성장을 도모하고, 인간성을 존중하며, 활력 있는 직장 분위기를 만들고, 회사의 영속적인 발전에 기여하는 운동입니다."

2월 7일 자주관리운동 매뉴얼 배포, 3월 26일 제1분기 자주관리활동 발표회, 5월 11일 자주관리 특별 독려비 지급, 6월 9일 자주관리추진위원회 구성, 6월 27일 자주관리 전시회 개최……. 박태준은 임원회의에서 심경을 토로합니다.

"나도 인격이란 문제를 생각하지 않을 수 없어요. 내가 이 회사를 맡을 때는 전쟁터에 나온 소대장의 결의 그 이상의 다짐으로 시작했는데, 실패하면 국가의 기둥 하나가 빠지는 결과를 낳기 때문이었지요. 이건 변할 수 없는 내 신조지만, 이제부터는 정말 자주관리문화가 중요합니다."

박태준이 자주관리운동을 역설하고 있는 6월, 한일정상회담으로 서울 청와대를 방문한 후쿠다 다케오 일본 수상이 "보고싶은 사람을 꼭 만나야 한다"며 박태준을 만나러 특별히 포항제철로 찾아왔다. 후쿠다는 1969년 여름에 일본 내각의 대장상으로서 대일청구권자금의 일부를 종합제철 건설 자금으로 전환하려는 한국 정부

박태준을 만나러 특별히 포항제철을 방문한 후쿠다 다케오 일본 수상이 기념 휘호를 쓰고 있다(1979년 6월)

의 제안에 적극적인 역할을 해준 사람이었다. 1969년 8월 박태준은 후쿠다를 만나 단호히 말했었다. "철강산업을 일으켜 조국건설의 초석이 되겠습니다. 그것이 내가 한국 땅에 태어난 뜻입니다." 이때 박태준의 기개와 애국심에 감명한 다케다는 어느 자리에서나 늘 남달리 그를 존중했다.

8월 들어, 동일한 역사의 무대에서 '억압과 저항의 관계'를 형성해온 '경제개발과 민주화'의 대결이 절정으로 치닫고 있었습니다. 양상은 단순했습니다. 개발독재 권력은 물리적 억압으로 저항의 현장을 손쉽게 제압하는 승리를 반복해왔지만, 민주화세력은 정의와 시간이 자신들의 편이라는 확신 위에서 패배의 탑을 쌓으며 그것을 역전의 저력으로 비축하고 있었습니다.

10월이 열렸습니다. 첫날에 김영삼 신민당 총재가《뉴욕타임스》인터뷰에서 노골적으로 밝힙니다.

"미국이 공개적이고 직접적인 압력을 통해 박정희 대통령을 제어해줄 것을 요청한다.”

　모국어 발음에 문제점을 지닌 그가 모국어로 발음했다면 ‘제어’가 아니라 ‘제거’로 들렸을지 몰라도, 통역자의 영어 발음과 미국신문의 표기가 명확히 ‘박정희를 제어해’ 달라고 요청했건만, 마치 ‘박정희를 제거해’ 달라고 요청한 것처럼 청와대와 여당이 난리를 일으켰습니다. 사대주의적이라는 비난도 퍼부었습니다. 10월 3일 공화당이 ‘김영삼의 국회의원 제명’을 결의하자, 열흘 뒤 야당의원 69명이 의원직 사퇴서를 제출했습니다. 김영삼을 야당 지도자로 길러낸 부산지역의 민심이 폭풍 직전의 바다처럼 출렁거렸습니다. 16일 오후 8시 부산시청 앞에 집결한 대학생 대열에 시민이 합세하자, 개발독재 권력은 18일 부산에 비상계엄을 선포합니다. 마산에서는 노동자와 고교생이 거리로 나왔습니다. 1960년 4월을 방불케 하는 상황에서 개발독재 권력은 손쉬운 물리적 억압을 택해 20일 마산에도 위수령을 선포합니다.

　또다시 개발독재 권력은 간단히 승리를 거두고, 민주화세력은 패배의 탑에다 한 층을 더 쌓는 듯했습니다. 그러나 무자비한 진압의 곤봉에 얻어맞은 저항의 불씨들이 민주화 바람을 타고 대구, 광주, 서울의 캠퍼스에 차례차례 내려앉아 뜨거운 함성으로 타올랐습니다. 단풍이 한국의 대지를 물들인 것처럼, 그 함성이 한국의 모든 대학과 도시를 뒤덮을 기세였습니다. 패배의 탑에다 저항의 에너지를 비축해온 민주화세력에게 마침내 역전의 시간이 찾아오는 것 같았습니다. ‘경제개발과 민주화’의 대결이 종국엔 후자의 극적 역전으로 귀결될 가능성을 내비친 가을이 깊어갔습니다. 경제개발과 민주화가 상보(相補)관계로 동일한 역사의 무대에 공존하지 못한다면 어느 나라든 그 나라는 마침내 불행한 파국을 맞을 테지만, 25일 주한미군 사령관이 ‘미국은 박 정권을 지지하지 않는다’라는 뉘앙스의 발언을 내놓았습니다.

자주관리에 대해 특강하는 박태준

　10월 26일, 박태준은 평범한 아침을 열었습니다. 8시 30분부터 영일만 본사에서 임원간담회의를 주재했습니다. 이날 회의가 약간 특별했다면, 배석자가 여느 날보다 많았다는 점입니다. 부사장 이하 임원 11명, 배석한 부장급 23명. 꼬박 3시간 걸린 회의에서 그는 '기업체질강화 세부시행계획'에 각별한 관심을 기울였습니다.

　"일반적으로 우리 회사 기술자들이 평소에 공부를 잘 안하는 경향이 있는데, 이 것은 자기 주위에 공부할 자료도 많지 않을뿐더러 항상 기초적인 문제에 대해서 지적을 당하고 쫓기게 되니까 기본적으로 공부할 시간을 못 갖는 것입니다. 그러나 나도 앞으로 공부하는 분위기 조성과 환경개선을 위해 노력해나갈 테니, 이 역시 자주관리의 차원에서 시행될 수 있도록 해나갑시다."

　오후에 그는 제철연수원에서 특강을 했습니다. '박정희와 박태준의 독특한 인간관계'에서 1979년 10월 26일은 기묘한 날이었습니다. 두 사람은 전혀 못 느낀 불가사의한 인연의 끈이 서울과 포항의 먼 거리를 아슬아슬하게 연결했을까요. 그날 따라 박태준은 '기업의 성장과정과 지도자의 역할'을 '국가의 성장과정과 지도자의 역할'에 비유합니다. 한국이 '청년기'에 들어섰고 포스코도 '청년기'에 들어섰다면서, 먼저 그는 국가의 성장과정과 리더십의 역할에 대해 말합니다.

"국가가 성장, 발전하는 과정은 사람과 똑같이 유년기, 소년기, 청년기, 장년기, 노년기의 단계를 거쳐야 하는 것입니다. 서로 다른 것이 있다면, 사람은 대략 60~70세를 일기로 끝나버리는 사이클이지만, 국가는 성장 사이클이 훨씬 더 길고 국민적 의지에 따라 얼마든지 달라질 수도 있다는 것뿐입니다. 국가발전의 사이클에서 유년기와 소년기에는 국가발전의 에너지원(源)이 되는 국민적 경륜과 경험, 축적된 지식 등 모든 것이 결여된 상태입니다. 이 경우에 국가발전은 뛰어난 리더십의 존재 없이는 대단히 힘들다는 것이 일반적인 견해입니다. 그러나 국가의 발전 주기가 청년기에 접어들게 되면 리더십의 패턴은 달라져야 합니다."

이런 말을 박정희가 들었다면 어떤 반응을 보였을까요? 박태준은 자신의 생각을 솔직히 주장합니다.

"하나의 기업이 성장, 발전하는 과정도 국가와 마찬가지라고 생각합니다. 회사 창립 초창기, 즉 유년기와 소년기에 회사를 어떻게 이끌어나가는가에 따라 회사의 장래와 성패가 좌우되는 것입니다. 우리 회사에서도 유년기와 소년기에 해당하는 이 시기까지는 사장이 앞장서서 사장의 방침대로 회사를 이끌어왔습니다. 이제 우리 회사는 청년기에 접어들었다는 것이 나의 판단입니다. 한 국가에서 리더십의 패턴이 달라져야 하는 것과 마찬가지로, 이제는 우리 회사에서도 리더십의 패턴이 지금까지와는 달라져야 한다고 생각합니다."

그리고 박태준은 '자주관리'의 참뜻과 중요성을 역설합니다.

"여기서 여러분들은 자주관리를 토착화하려는 나의 뜻을 충분히 깨달았으리라고 생각합니다. 내가 평소에 생각하는 것은, 우리 직원들의 안목은 최소한 국제수준의 안목으로 표준화되고 평준화되어야 한다는 것입니다. 우리 회사는 이미 국제적 수준의 기업으로 성장하였습니다. 그런데 왜 우리가 계속 일본에 뒤지고 있는가? 물론 축적된 기술력의 격차나 일천한 제철의 역사 등 모든 면에서 아직 부족하다는 점을 도외시할 수는 없겠지만, 우리의 안목이 일본의 수준에 미치지 못한 데에도 중요한 원인이 있습니다. 안목의 국제화는 우리의 자주관리에서 성공의 요체가 될 것입니다. 그러므로 여러분이 국제수준의 안목을 가지는 것이 곧 회사를 반석 위에 올려놓을 오직 하나의 힘입니다. 이 점을 명심해야 합니다."

이날 저녁, 1979년 10월 26일 오후 7시 35분, 서울 궁정동 어느 방에서 중앙정보부장 김재규가 권총으로 발사한 세 번째와 네 번째 총알이 대통령 박정희의 목숨을 끊었습니다.

'10·26사태' 발발. 헌법에 따라 국무총리가 대통령 권한대행을 맡아 27일 새벽 4시 비상계엄을 선포했습니다. 사건 직후 김재규를 대통령 시해범으로 체포한 보안사령관 전두환이 10·26사태의 수사 책임자로 나타나 별안간 크게 부각합니다.

궁정동의 총성은 유신체제를 붕괴시켰습니다. 대통령 박정희의 실존은 역사의 무대에서 사라지고, 그의 공과(功過)가 날것으로 남겨졌습니다. 그가 정권을 잡은 해에 3천600만 달러였던 한국의 수출 실적은 그가 쓰러진 해에 150억 달러를 돌파합니다. 그가 정권을 잡은 당시에 '어쩔 수 없는 필연적 사태'라고 양해해줬던 지식인들을 포함하여 그의 개발독재에 저항한 숱한 사람들이 그의 급서 소식을 듣고 감옥에서 또는 술집에서 연민은 느낄지라도 '사필귀정'으로 받아들입니다. '박정희 통치 18년'의 공과는 두고두고 정파적 시각에 따라 조명이 달라질 수밖에 없는 한국사회의 환경이 그렇게 거의 즉각적으로 형성되었습니다.

고인의 생전에 오랜 세월 동안 인간적으로 아주 가까운 친구였던 구상(具常) 시인이 비참한 최후에 봄볕 같은 언어를 바쳤습니다. 박정희가 대통령이 되고 나서도 사석에선 "박 첨지"라 부르고, 그가 몇 차례나 제의한 장관직을 다 물렸던 시인은 "독재자에게 조시(弔詩)라니" 하는 야유와 핀잔을 "친구니까" 하고 한마디로 뿌리쳤습니다.

> 설령 그가 당신 뜻에 어긋난 잘못이 있었거나
> 그 스스로 깨닫지 못한 허물이 있었더라도
> 그가 앞장서 애쓰며 흘린 땀과
> 그가 마침내 무참히 흘린 피를 보사
> ...... ......

박태준은 10월 27일 꼭두새벽에 포항 숙소에서 박정희 대통령 서거 소식을 들었습니다. 그저 비통했습니다. 인간적 비애가 그의 영혼을 지배하는 새벽이었습니다.

박태준이 슬픔의 무게를 줄여 정신을 가다듬으며 깨닫게 되지만, 박정희의 죽음에 대해 만인이 저마다 다른 시각으로 받아들일지라도, 모름지기 포스코란 '기업'의 처지에서만 생각한다면 포스코로 불어오는 정치적 강풍을 막아주던 튼튼한 울타리가 복구 불능의 상태로 쓰러진 사건이었습니다.

이제 누가 어떻게 '새 울타리'를 만들 것인가? '정부가 대주주인 포스코'에는 굉장히 심각한 사태였습니다. 물론 영일만의 기적은 현실로 존재하고 있었습니다. '포항 4기' 공사가 진행되고 있어도 영일만의 신화는 어느덧 완성의 종점에 들어선 것이었지요. 기적이든 신화든 무에서 유를 창조하는 역정은 혹독한 고통으로 점철됩니다. 그러나 그것을 파괴하는 과정은 얼마나 간편한가요? 전쟁의 포탄이 잘 가꾼 도시를 부수는 것처럼, 꼭 그렇게 말이지요.

# 바다에 그린 '세계 최고의 꿈'

박태준이 광양만에서 그려보는 새로운 꿈에는 기술독립에 대한 강한 집념과 의지도 반영되었습니다. 그는 임원들에게 다짐을 걸듯이 당부했습니다.

"제선, 제강, 열연을 1기부터 4기까지 동일한 설비로 갖추겠다는 광양제철소 설비 구매의 성격은 바로 기술독립선언입니다. 그러므로 우리는 무엇이든지 스스로 노력해서 개발해야 한다는 정신자세를 갖춰야 할 것이며, 각자가 가지고 있는 능력과 잠재력을 발휘하여 기술개발에 매진해야 합니다."

## 아산만 철수

박태준은 1979년 10월 27일부터 사흘 동안 외부와 연락을 끊고 두문불출로 지 낸 뒤 다시 작업화를 졸라맸습니다. 그의 영혼엔 '기필코 제2제철소까지 건설해 근대화의 기반을 완성하자'고 다짐했던 박정희와의 약속이 강철로 빚은 알처럼 박 혔습니다. 어쩌면 허튼 맹세로 끝날 가능성도 있었습니다. 통치 권력의 공백기를 맞아 치열하게 펼쳐질 권력투쟁에서 최후 승리를 거둔 권력자가 포스코 최고경영 자를 어떻게 다룰 것인가? 이것이 관건이었지요.

10월 30일 박태준은 임원간담회 의에서 비장한 특별훈시를 합니다.

"앞으로는 과거보다 더 엄청난 장애요소가 가로놓일 겁니다. 그것을 헤쳐 나가 는 데는 비상한 결단과 행동이 수반됩니다. 시급한 일은 자주적으로 걸어갈 힘을 축적하는 것입니다. 고인의 유지를 받들어 이 땅에 영원한 포철을 건설하기 위해 배전(倍前)의 노력과 협력을 해나가야 합니다."

이제는 스스로 정치적 장애물을 극복해야 한다는 역설이었습니다. 그 무렵에 포 스코의 큼직한 주요 과제는 둘이었습니다. 포항 4기 조기완공, 제2제철소 입지선 정. 후자는 포철이 주도할 수 없고 경우에 따라서는 정부와 씨름할 사안이었습니 다.

정부(건설부)가 아산만을 제2제철소 후보지로 결정하자, 11월에 포철은 아산만 허 허벌판에 현장 사무소를 마련합니다. 그러나 아직 박태준이 결심한 것은 아니었습 니다. 관료의 눈이 아니라 포스코의 눈으로 직접 아산만을 면밀히 검토하겠다는 복 안을 갖고 있었지요.

12월 12일 저녁, 보안사령관 전두환을 구심으로 하는 '신군부'가 육군 참모총장 을 박정희 대통령 시해사건 관련 혐의로 체포했습니다. 한국 군부의 힘이 신군부에 집중되고, 이를 '12·12사태'라 부르게 됩니다.

한국 도시의 거리는 침묵의 겨울이었습니다. 민주화세력은 눈빛만 시퍼렇게 살아 있었습니다. 그들의 잠들지 않는 동면(冬眠)은 1980년대에 처음 맞는 새봄을 '서울의 봄'으로 흐드러지게 피우려는 겨울잠이었습니다.

살벌한 겨울에 아산만 지질 기초조사가 마무리됩니다. 건설부의 기존 조사내용에 허점이 많고 제철소 입지로는 부적절하다는 보고를 받은 박태준이 즉각 선언합니다.

"아산만에서 철수해!"

이 한마디는 포스코가 자신의 대주주인 정부와 한판 붙어야 한다는 예고였습니다. '비상한 결단과 행동'을 임원들에게 요구한 그가 자신의 말을 솔선수범으로 실천하는 것이기도 했습니다. 정치적으로 위험한 때 '박정희 없는 정부'에 도전장을 던지는 그의 생각은 명료했습니다. 누가 권력투쟁의 승자가 되든 국가경제에 엄청난 손실을 입힐 일은 막아야 한다는 것이었지요.

문득 박태준은 몽상가처럼 광양만을 떠올렸습니다. 7년 전 제2제철소 입지 후보에 올랐던 광양만, 그곳으로 가면 좋은 일이 생길 것 같았습니다. 한국의 해안을 잘 아는, 해군 제독을 지낸 예비역 장성 이맹기에게 자문을 구합니다.

"내 경험으로는 광양만이 가장 편안한 곳이오. 6·25전쟁 때 광양만에 전함들을 모아봤는데, 우선 바다가 그렇게 잔잔할 수 없었어요. 양쪽 반도에 싸여 있는 만은 최적의 진입로이고 수심도 깊지요."

박태준은 실무자들도 경청해야 할 경험이라고 판단했습니다.


**인명의 존귀함을 망각하지 말라**

봄기운과 더불어 시가지엔 도도한 시위 물결이 강물처럼 흘렀습니다. 신군부는 혼란을 기다리듯 방관합니다. 1968년 여름 체코의 반소(反蘇) 민주화운동을 '프라하의 봄'이라 부른 것처럼, 1980년 봄 한국의 민주화운동을 '서울의 봄'이라 부릅니다. 딱히 자연의 계절이 봄이 아니었더라도 지식인들은 '겨울공화국'의 파국에 이어 "민주주의 만세!"를 외치는 역사의 무대를 시적(詩的) 함축의 '봄'이라 규정했을 테지요.

'서울의 봄'에 한국경제는 곤두박질쳤습니다. 정치적 대혼란과 석유파동이 한꺼번에 덮쳐 성장지표는 19년 만에 처음 마이너스를 기록합니다. 2020년 상반기의 '코로나19 팬데믹'이 한국경제에 끼쳤던 악영향과 유사한 경우였다고 생각하면 됩니다. 박태준은 거시적 안목으로 한국경제와 제2제철소 건설의 상관관계를 판단하고 실무책임자에게 일렀습니다.

"최소 비용으로 가장 빨리 제2제철소를 건설할 입지를 찾아내고, 조기에 착공해야 국내 건설업과 중공업의 가동률을 올려서 국가경제를 활성화할 수 있다. 입지조사반을 구성해서 전남 광양만을 조사해."

4월 24일 한국의 정치적 상황이 매우 혼란하고 불안한 가운데 포스코는 '안전의 날'을 맞았습니다. 3년 전 그날 새벽의 '제강사고'를 영원히 기억하고 재발 예방을 위해 특별히 제정한 안전의 날, 박태준은 기념식장에서 역설합니다.

"안전관리는 바로 인명존중사상에서 출발한 것이며, 안전관리의 목표는 재해로부터 작업자를 보호하는 데 있습니다. 그러므로 어떤 경우에도 인명의 존귀함을 망각하거나 소홀히 다루어서는 안 되며, 무엇보다도 먼저 직원 각자가 안전제일의식을 고취해야 합니다."

며칠 뒤, 꽃봉투 편지가 박태준에게 배달되었습니다. 인생을 통틀어 처음 받은 꽃봉투, 발신인은 서울의 맏딸이었습니다.

'아, 그래.'

순간적으로 박태준은 아버지로 돌아가 맏딸 결혼식이 다가온다는 사실을 깨달습니다.

　　……아버지께서 포항제철로 가신 것은 제가 국민학교 5학년 때였습니다. 저는 그 후 아버지를 간절히 뵙고 싶을 때가 한두 번이 아니었습니다. 이제 한 달 뒤면 저는 결혼을 하고 남편을 따라 미국으로 떠납니다. 이 길이 부모님 곁을 떠나 새로운 인생이 시작되는 길이라 생각하니 애틋하여 통 잠을 이룰 수가 없습니다. 아버님이 집을 비우다시피 했던 10여 년 간, 아버님의 가르침을 잘 지키려고 했지만 아버님의 사랑을 더 받았더라면, 이런 아쉬움도 남고 아버님께 마음껏 효도하지 못한 회한에 가슴이 저립니다…….

'아버지' 박태준은 뭉클하면서도 마냥 미안했습니다.

## 울타리 되기

누가 '서울의 봄'을 '프라하의 봄'에 빗대어 불렀을까요? 프라하의 봄은 일장춘몽의 허망한 꿈자리처럼 사라졌지요. '서울의 봄'이라 부른 이들은 1980년 한국의 봄이 체코의 그것처럼 일장춘몽의 허망한 꿈자리로 사라질 것이라고 예견했을까요? 서울의 봄을 파괴한 폭탄은 5월 17일에 선포된 '비상계엄 전국 확대'였습니다. 그것은 곧 광주 거리를 민주항쟁의 피로 물들이는 참혹한 사태를 불렀습니다.

5월 31일 신군부는 국가보위비상대책위원회(국보위)를 설치하고, 전두환이 위원장에 앉습니다. 부정축재를 들춰보는 국보위의 렌즈는 당연히 박태준에게도 초점을 맞추었습니다. 그는 깨끗했습니다. 그러나 국보위 안에는 그를 삐딱하게 보는 시선도 있었지요. 하지만 그는 전혀 흔들림 없이 임원들에게 '기술축적이 곧 회사의 미래'라는 것을 역설하고 '건설기록, 운전기록, 사고기록'을 명확히 남겨야 한다고 강조합니다. 내일 지구의 종말이 와도 오늘 한 그루의 사과나무를 심겠다는 정신이었지요.

6월에 박태준은 '기존에 정부가 정해놓은 아산만보다 광양만이 더 적합하다'라는 의견을 국보위 쪽으로 보냅니다. 일종의 도발이었습니다. 1979년 10월 26일 이후 그가 정부로 보낸 첫 문서가 국보위 건설분과 고위관료들을 펄쩍 뛰게 만들었습니다. 그들은 포스코 실무책임자를 국보위로 불러들여, "너는 아무리 박태준의 새끼라지만 기술자로서 양심도 없느냐?"며 모욕을 안기기도 합니다. 대통령 박정희가 사라지고 처음 포스코로 불어 닥치는 정치권력의 강풍이었습니다.

국보위가 박태준의 도발적 문서를 다뤄야 하는 7월 초순, 국보위에서 '제2제철소 입지 재심의 회의'가 열렸습니다. 전두환 위원장이 주재한 자리였지요. 결과가 7월 7일 그에게 통지됩니다. "전직 대통령께서 정하신 아산만이 역시 좋더군요." 하는 위원장의 주석이 붙은 '아산만 재확인'이었지요. 포스코 실무자들은 '아산만 불가' 진정서를 내자고 결의합니다.

국가권력의 최고위에게 '진정서'나 올리는 처지로 떨어진 포스코 경영진, 그러나 박태준은 한국경제의 침체가 제2제철소 건설을 지연시킬 가능성에 대비하여 포항부터 더 증설할 계획을 세웠습니다. '포항 4기 2차'로 명명된 그 계획은 8월에 정부의 승인을 얻지요. 포항제철소를 연산 조강 910만 톤 규모로 확장하는 공사를 1981년 9월 착공해 1983년 6월 준공한다는 것이었습니다.

가을이 왔습니다. 억압과 저항의 아비규환을 아스라이 잊은 것처럼 들판은 황금빛으로 물들었습니다. 불현듯 영일만의 박태준에게 '제일 높은 전화'가 왔습니다. 8월 27일 기존 유신헌법에 따라 옹립된 제11대 대통령 전두환의 전화를 받고 이튿날 아침 5시 승용차로 포항 숙소를 출발하는 박태준은 두 가지를 가상했습니다. 하나는 고생에 대한 위로와 점잖은 퇴임 권유, 다른 하나는 도와 달라는 제의.

박태준에게 전두환은 낯선 얼굴이 아닙니다. 육군대학 수석 졸업 후 '금시계'란 별명의 육사 교무처장에 부임했을 때, 전두환은 육사 11기로 4년제 육사의 첫 3학년이었습니다. 그 뒤 같은 연대에서 근무하며 특별히 서로가 기억할 사건도 남겼습니다. 1950년대 후반이었지요. 대령 박태준은 참모장이고 대위 전두환이 중대장이었을 때, 후배가 선배에게 톡톡히 신세지는 사건이 일어났습니다. 장교숙소를 지으려고 구입한 목재들이 감쪽같이 사라진 도난사고를 조사한 헌병대가 전두환의 중대원들이 그것을 엉뚱하게 썼다는 사실을 밝혀냈습니다. 군대조직의 특성상 지휘관이 문책을 받아야 했습니다. 위기에 빠진 전두환이 육사 생도 시절의 인연에 기대어 박태준에게 선처를 부탁했습니다. 그는 '관리 소홀'에 대해 매섭게 호통을 치긴 했으나 헌병대에 전화를 걸어 '부패사건과는 본질적으로 다른 사건이니 선처를 부탁한다'는 의견을 보냈고, 중대장은 자신의 앞날에 오점으로 따라다닐 처벌을 면하게 되었습니다.

그러나 이제는 뒤바뀐 관계였습니다. 과거엔 박태준이 선배요 상관으로서 호통도 쳤지만, 현재는 후배가 상관이며 인사권자였습니다. 과거의 호통을 여전히 고깝게 기억하고 있다면 거꾸로 당할 수도 있는 처지였습니다. 말투도 당연히 달라져야 했습니다. 과거엔 박태준이 일방적으로 하대를 했지만, 현재는 서로 존대를 할 수밖에 없었습니다.

한강이 내려다보이는 아파트. '안가(安家)'라 부르는 공간에 시민들이 '대머리'라 부르는 최고 권력자가 기다리고 있었습니다. 선후배의 위계가 뒤집힌 첫 독대에서 차를 마시는 동안 선배는 분위기가 괜찮다고 느꼈습니다.

"박 선배께서 도와주셔야 하겠습니다."

"포철을 잘 관리하고 키워나간다면 그게 돕는 일 아니겠습니까?"

"포철은 부사장한테 맡겨놓고 서울로 올라오셔야 하겠습니다."

"지난 12년 동안 철에만 미쳐서 살아온 사람에게 도와드릴 능력이 있겠습니까?"

"헌법 개정안이 마무리 단계라는데, 내년 봄에 새 국회를 구성할 때까지 과도적인 임시 입법기구로서 '국보위 입법회의'를 발족합니다."

"기존에 일해온 사람들이 있지 않습니까?"

"급하게 해서 인선에도 문제가 많습니다. 부정축재 비리조사도 끝났고, 쓸 만한 사람들에 대한 검증도 끝났으니, 이번에는 사람들을 제대로 모을 겁니다. 박 선배께서 입법회의 부의장을 맡아주셔야겠습니다."

"포철만 해도 아직 난제들이 많습니다."

"포철이야 박 선배께서 계속 관리를 하셔야지요. 이건 틀림없는 약속입니다."

박태준이 바라는 '단 하나의 수락조건'이 불쑥 튀어나온 것이었습니다. 그가 기쁨을 내면에 가둬둔 그대로 침착하게 경제 분야에서 돕겠다고 원하자, 전두환은 흔쾌히 입법회의 제1경제위원장으로 조정합니다.

"제1경제위원장을 맡아 한일경제협력도 원만하게 이끌어주세요. 부의장이라는 높은 자리에 모시더라도 사실은 경제의 경륜을 얻고 싶었습니다. 한일경협도 그중에 중요한 문제 아닙니까?"

"앞으로 주 근무처는 서울이고, 포항에는 틈틈이 내려가게 될 것 같습니다."

10월 29일 입법회의 제1경제위원장에 취임한 박태준은 정치인으로 변신했다고 생각하지 않으며 속으로 되뇌었습니다.

'이제부터 제2제철소 건설을 마칠 때까지는 내가 포철의 울타리가 되어야 한다.' 이 강렬한 목적의식에 다른 사명의식도 달라붙었습니다. 경제인의 한 사람으로서 무너지는 한국경제의 회생을 위해 열심히 뛰겠다는 것이었습니다.

11월 22일 한일의원연맹 한국 측 회장으로 뽑힌 박태준은 오래 미뤄둔 숙제를 하듯 정밀건강진단을 받았습니다. 최신 의료기기가 그의 몸을 샅샅이 찍어서 주목

재무위원장 시절의 박태준

할 하나를 찾아냈습니다. 폐 밑에 박힌, 포도 한 알 크기의 종양. 의사가 웃었습니다.

"물혹입니다. 아주 천천히 자랄 수는 있지만, 건강에 지장을 주지는 않을 것입니다. 잊어버리고 지내십시오."

박태준은 툭툭 털고 병원을 나섰습니다. 시나브로 그 놈은 주인 몰래 몸집을 불려가지만…….

1981년 2월 18일 연산 조강 850만 톤의 '포항 4기 종합준공식'에 대통령을 비롯한 국내외 귀빈 500명이 모였습니다. 박태준의 마음에는 보이지 않는 박정희의 모습이 그림자처럼 어른거렸습니다. 4단계로 나눠 11년 만에 세계 11위 일관제철소로 웅비한 '영일만의 신화'는 공해방지설비에만 총 투자액의 8.8%를 쏟았습니다. 모든 공해배출 기준치를 국제적 규제 수준보다 훨씬 밑으로 끌어내린 친환경 경영

의지가 반영된 것이었지요.

2월 28일 포스코는 정기주주총회를 열어 수석부사장 고준식을 사장으로 승진시키고, 박태준을 '대표이사 회장'으로 올렸습니다. 1981년 3월의 박태준은 포스코 회장, 입법회의 제1경제위원장, 한일의원연맹 회장, 한일경제협회 회장 등 무거운 직함들을 어깨에 얹었지만, 3월 6일 포항제철고등학교 개교식에 가서 신입생을 격려합니다.

"10년 후의 자기 모습이 모호한 사람은 몇 밤이고 진지하게 10년 후의 청사진을 구워내야만 합니다. 인생은 건물과 같아서 청사진이 확정되어야 비로소 주춧돌을 놓을 수 있습니다."

3월 하순의 제11대 국회의원선거에서 여당의 비례대표(전국구) 의원에 뽑힌 박태준은 4월 12일 국회 재무위원장을 맡습니다. 국회의사당에 앉아 이따금 의사진행의 방망이를 두들기는 늦은 봄날이었습니다.

"아버지가 곧 임종하실 거라고 해서 형제들이 다 모였어요. 그런데 의사 말을 비웃듯 정신을 차리시고는 두 시간이나 얘기하셨어요."

해질녘에 부산의 병원에서 날아온 동생의 목소리였습니다. 박태준은 촛불의 최후를 직감하고 내일 첫 비행기로 부산에 내려가겠다고 했습니다. 당장에 내려갈 수 없는 이유는 일본의 차기 수상 후보와 저녁약속이 잡혀 있기 때문이었지요. 그러나 병석의 노인에게는 너무 긴 밤이었습니다. 장남이 6·25전쟁에 나갔을 때부터 '맏이는 나라에 바쳤다'며 집안 대소사에도 부르지 않은 아버지의 유언은 간명했습니다.

"열심히 살고 간다. 언젠가 너희도 따라올 텐데, 울지 마라."

향년 80세. 문상객들이 호상이라 했지만, 임종을 지키지 못하고 상복을 입은 54세 장남은 고난의 20세기를 고달프게 헤쳐 나온 실존 하나가 사라진 슬픔에 잠겼습니다. 박태준은 고향마을 뒷산에 유택을 만들며 아버지 기억을 떠올렸습니다. 아다미에서 나눈 고무옷 대화, 이야마에서 공부하라던 훈계, 중위 시절에 늑막염 환자로 당신의 등에 업혀 병원을 나선 일……. 애틋한 몇 장면이 눈물 너머로 아롱아롱 맴돌았습니다.

## 일본의 부메랑

1981년 6월 10일 서울에서 한일경제협회가 열렸습니다. 신일본제철 사장 사이토가 박태준에게 '일본기업의 기술을 전수받은 한국기업이 싼 임금으로 똑같은 제품을 생산하여 일본시장이나 수출시장에서 일본기업을 어렵게 만든다'고 불평했습니다. 그는 참을 수 없었습니다.

"한일 경제관계를 정확히 이해하자면 미일 경제관계부터 정직하게 이해해야 합니다. 2차 대전이 끝나자 일본의 절대과제는 산업시설 복구였는데, 그때 미국의 지원으로 재건한 일본기업이 현재 미국을 최대 시장으로 삼고 있지 않습니까? 철강업을 보면 더욱 명백해집니다. 미국 유에스스틸은 일본 철강업계의 스승이었고, 1950년대에 일본이 철강재건에 박차를 가할 당시에 미국 철강업계는 일본 철강업계를 전폭적으로 지원했는데, 20년이 지나자 500만 톤이었던 일본이 1억 톤이 되었고 미국도 1억 톤입니다. 더구나 일본이 신설비와 신기술로 미국 철강업계를 압도하면서 미국에는 일제 자동차, 전자제품, 기계들이 활개를 칩니다. 한일관계를 봅시다. 포스코는 이제 겨우 850만 톤인데, 일본기업의 태도에 문제가 있다고 보지 않습니까? 세계경제는 정해진 길을 따라 가게 됩니다. 선진국이 먼저 가고, 그 뒤를 중진국이 가고, 후진국은 또 그 뒤를 따라갑니다. 이게 순리지요."

포스코 회장이 신일본제철 사장에게 따끔하게 한 수를 가르친 장면이었습니다. 당연히 상대는 못마땅한 표정을 지었으나 덤벼들진 못했습니다. 정확한 사실 그대로의 반박이었으니까요.

　제2제철소 입지 문제는 1981년 가을에도 결론을 내지 못하고 있었습니다. 박태준은 건설부 관료들의 비합리적 고집을 이해할 수 없어서 비밀리 국가 정보기관에 요청합니다.

　"광양만과 아산만에 대하여 우리 회사 임원들과 건설부 관료들이 소유한 토지 현황을 객관적으로 조사해 주세요."

　그 조사가 끝난 11월 4일, 국회 재무위원장의 방에 쪽지가 들어왔습니다. '오늘 오후 3시부터 청와대에서 대통령 주재로 제2제철소 입지선정 최종회의가 열립니다.' 박태준에게 유리한 자료 하나가 대통령 책상에도 올라가 있었지요. 광양만에는 포스코 임원들의 땅이 한 평도 없는데, 아산만에는 건설부 관료들의 땅이 많다는 것.

광양제철소 건립부지 확정으로 폐교되는 금호도의 금도초등학교를 방문한 박태준(1982년 8월)

대통령, 부총리와 경제장관들, 고위 관료들, 대통령 경제비서들이 모였습니다. 먼저 건설부 담당국장이 아산만의 타당성을 자세히 설명했습니다. 각료들은 반론이 없었습니다. 대통령이 박태준에게 견해를 물었습니다. 서론·본론·결론으로 짜인 그의 주장은 결론에서 아산만의 결정적 결함을 강조했습니다.

"첫째, 아산만의 지하암반은 45도 기울어져서 파일을 안정시키기 어렵습니다. 둘째, 아산만은 간만의 차가 10미터를 넘기 때문에 24시간 대형선박이 접안하려면 15만 톤짜리 도크를 만들어야 합니다. 인천항에 5만 톤짜리 도크를 만드는데 10년이 걸렸으니 그보다 세 배나 큰 도크를 건설하자면 긴 세월을 소모해야 하고 건설비가 막대해서 제품을 생산해도 적자를 면할 수 없습니다."

마지막으로 그는 광양만의 약점을 극복할 방법을 제시했습니다.

"광양만의 유일한 약점은 연약지반입니다. 그러나 일본 기술자들과 우리의 면밀한 지질조사를 통해 그것은 모래말뚝공법이라는 신공법으로 충분히 개량할 수 있는 것으로 판명되었습니다."

이윽고 대통령이 두툼한 서류의 맨 위에 만년필을 댔습니다. '아산만 불가, 광양만 인가'라고 친필을 적는 좀 유별난 결재였습니다. 박태준은 국회 재정위원장의 직함을 가졌기 때문에 두 지역의 토지 소유를 조사해 달라는 부탁을 할 수 있었고, 부지선정 최종회의가 열리는 청와대로 당당히 달려갈 수 있었습니다. 이런 것이 정치적 외풍을 막아내는 '울타리' 역할이었지요.

포스코 제2제철소가 광양만으로 간다는 소식에 일본 요미우리신문이 '전형적인 부메랑 현상'이란 제목으로, "일본의 기술협력으로 힘을 붙인 한국 철강업계가 이젠 오히려 일본시장을 잠식하고 있다"고 공격합니다. 그러나 박태준은 12월 1일 광양만에 '포항종합제철주식회사 제2공장건설사무소'란 간판을 걸었습니다. 선발대는 48명. 1968년 4월 1일 서울 명동 한 귀퉁이에 39명이 모였던 것처럼, 바다 위에 세계 최신예 종합제철소를 건설할 새로운 대역사의 공식적 출발은 그렇게 조졸하고 소박했습니다. 그러나 겁 모르는 도전자들은 멋진 도전장을 품고 있었습니다.

'포항에서 쌓은 기술, 광양에서 꽃피우자!'

## 광양만의 꿈

광양만의 제철소 입지는 섬진강 하구에 맞닿은 바다와 섬들이었습니다. 섬들을 부수고 섬과 섬 사이의 얕은 바다를 메워 부지로 만드는 것이었지요. 하구의 좋은 모래는 건설자재로 쓰고, 가뭇없이 사라질 섬들의 파편은 매립과 호안(護岸)공사의 자재로 씁니다. 뭍과 가까운 얕은 바다는 매립비용을 경감시키고, 만 입구의 20～25미터 수심은 대형선박이 드나들 안전한 길목이 됩니다. 근처에 댐이 있어서 초기의 공업용수로 끌어오고, 증설에 맞춰 양수장을 확장하면 하루 55만 톤 용수를 확보할 수 있게 됩니다. 경전선(慶全線)과 남해고속도로가 근접해 철도·도로와 연계하기도 쉽습니다. 박태준은 감도 좋았습니다. '해를 맞는 바다'라는 뜻의 영일만(迎日灣)이란 이름이 썩 마음을 당겼던 것처럼, '햇빛 바다'라 풀어도 좋은 광양만(光陽灣)이란 이름도 꼭 그랬습니다.

보상절차가 진행되는 1982년 2월 9일, 포스코는 '광양 1기' 사업계획을 확정합니다. 연산 조강 270만 톤 규모, 소요자금은 내자 1억5천800만 달러와 외자 8억1천400만 달러. 1985년 7월 1일 착공, 1988년 3월 31일 준공.

박태준은 광양제철소 전체 배치도를 그려보곤 했습니다. 어떻게 '바다 위의 멋진 제철소'를 건설할 것인가. 대역사를 완성한 뒤 공중에서 내려다보면 공장건물이 4열의 일직선으로 반듯한 제철소. 이런 레이아웃을 상상하며 아이처럼 신명난 그는 전천후 부두, 포항보다 아름다운 사원주택단지와 학교단지를 구상합니다. 영일만의 아쉬움들을 한풀이 하듯 광양만에서 모조리 해결하고 싶었습니다.

또한 그는 영일만의 고난을 광양만의 영광으로 승화시킬 결심을 보듬었습니다. '광양 1기, 2기, 3기, 4기의 제선·제강·열연공장을 똑같은 사양으로 통일하겠다'는 것이었지요. 이것은 세계 철강 역사에 유례가 없는 발상의 전환이었습니다. 고로만 놓고 봅시다. 4개의 사양이 동일하다면, 첫째 도면이 똑같으니까 뒤의 3개는 도면을 새로 그릴 필요 없고, 둘째 교체에 쓰이는 예비품목도 똑같이 준비하면 되고, 셋째 기술훈련과 조업훈련이 편하고, 넷째 어느 하나가 배탈(고장)을 일으켜도 진단이 쉽고 상호 지원이 쉽지요. 원가절감과 조업 효율성을 그보다 더 극대화할 수는 없을 겁니다. 1980년대 기준의 제철기술은 전반적으로 일본이 최고 수준이어도 어떤 분야에는 유럽이 일본보다 앞서 있었습니다. 이것은 광양제철소 1기, 2기, 3기, 4기의 주요설비를 동일사양으로 건설하려는 전략에 합당하고 유리한 조건이었습니다. 남은 문제는 최소 비용으로 최고 설비를 택하는 일이었지요.

박태준이 광양만에서 그려보는 새로운 꿈에는 기술독립에 대한 강한 집념과 의지도 반영되었습니다. 그는 임원들에게 다짐을 걸듯이 당부했습니다.

"제선, 제강, 열연을 1기부터 4기까지 동일한 설비로 갖추겠다는 광양제철소 설비구매의 성격은 바로 기술독립선언입니다. 그러므로 우리는 무엇이든지 스스로 노력해서 개발해야 한다는 정신자세를 갖춰야 할 것이며, 각자가 가지고 있는 능력과 잠재력을 발휘하여 기술개발에 매진해야 합니다."

## 물속의 돌도 점검하고 부메랑으로는 월계관을 만들다

신일본제철은 5월 들어 박태준의 자존심을 심하게 긁었습니다. 포스코가 직접 작성한 '광양 1기 기본기술계획'에 대한 검토용역을 거절했던 겁니다. 그는 일 년 전에 단단히 혼내줬던 그쪽 사장에게 복수를 당한 기분이었지만, 아직은 여섯 달쯤 남은 여유를 헤아렸습니다. 국회 재무위원장 역할에 충실할 수 있는 기간이었습니다. 그는 여야 국회의원들과 허물없이 지내며 정치부 기자들에게 "여의도의 초년생이지만 배짱과 정치감각을 가진 원칙주의자"라는 평을 받았습니다. 물론 중추신경의 어느 가닥은 늘 광양만 부지조성 공사에 닿아 있었지요. 1983년 1월 중순, 드디어 모래말뚝공법에 대한 상세보고를 받고 십여 년 전 일본의 비협조를 통쾌하게 돌파했던 '성서격동' 작전을 떠올렸습니다. 신일본제철이 거절한 검토용역을 독일 티센에 맡깁니다.

봄이 무르익었습니다. 일본 제철업계는 여전히 포스코를 '부메랑'이라 여기고 있었습니다. 박태준은 임원회의에서 명쾌한 방향과 목표를 제시합니다.

"일본의 협력 없이도 세계 최고의 제2제철소를 반드시 건설하겠다는 각오를 세웁시다. 국산화 비율도 최대한 끌어올립시다. 다시 자신감과 도전정신으로 뭉칩시다."

포스코는 광양제철소 국산화 비율을 최대한 높이려는 실태조사에 착수했습니다. 후보군은 국산화 실적을 지닌 국내 15개 업체였습니다.

5월 3일 박태준은 항공기에 오릅니다. 목적지는 유럽과 미국. 설비구매와 기술도입의 다변화를 위한 '빡빡한 1개월 일정'에는 저명 공과대학 방문 계획도 잡혀 있었습니다. 오랜 세월에 걸쳐 가슴 깊이 간직해온 세계 일류 수준의 대학을 설립하겠다는 포부에 산천의 신록과 같은 원기를 불어넣을 뜻이었지요.

5월 28일 '포항 4기 2차' 종합준공식. '영일만의 신화'에 에필로그를 추가하는 행사였습니다. 주인공은 고준식 사장이 맡았습니다. 이때 박태준은 비엔나에서 귀중한 성과를 거둡니다. 일찍이 1970년에 '자살행위'라는 비난을 들으며 영일만 후판공장에 차관을 제공했던 오스트리아 국립은행이, 푀스트 알피네가 포스코에 공급할 제철설비 차관에 대해 연리 6.75%로 결정한 겁니다. 미국의 우대금리 10.5% 나 영국의 리보(Libor)금리 10.75%에 견주면 포스코에 월등히 유리한 조건이었지 요. 더구나 그것은 앞으로 포스코의 설비구매 '차관금리 가이드라인 7%'의 결정적 계기가 됩니다.

세계적 철강경기 불황으로 대형제철소 설비 수주가 끊겨 고전하는 일본 제철설 비업체들은 유럽과 미국의 경쟁 업체들이 포스코와 협상을 벌인다는 소식에 촉각 을 곤두세우지 않을 수 없었습니다. 도저히 참을 수 없는 그들이 마치 울고 싶은 참 에 뺨을 얻어맞은 것처럼 신일본제철에게 포스코와 협력하라는 압력을 넣기 시작 합니다. 어떡하든 설비를 팔아야 한다는 절박감이었지요. 이것을 박태준은 기다리 고 있었습니다.

7월 11일 독일 티센이 수행한 검토용역의 결과가 나왔습니다. '바다에 그린 꿈 의 설계도'가 거의 완성된 셈이었지요. 벌써 14킬로미터나 뻗어나간 호안공사도 기다랗게 둑 모양을 갖춰서 만조 때는 바다 위의 외길이 미지의 세계로 멀어져가는 것 같았습니다. 박태준은 특별 지시를 내립니다.

"둑이 무너지면 물속에서부터 터지게 돼. 물속도 철저히 조사해!"

바닷물 속에 잠수부처럼 들어가 호안에 쓰인 돌들의 상태와 시공의 실태를 자세 히 살펴보라는 엄명을 내린 그는 네덜란드를 떠올리고 있었습니다. 바다를 막아 육 지로 만든 나라, 둑이 터지면 국토는 물에 잠기지요. 네덜란드 스파른담에는 자기 팔뚝을 구멍에 쑤셔 넣어 제방 붕괴를 막아낸 소년을 기리는 동상이 있잖아요? 벌 써 1950년에 세워졌지요. 제방 공사로 바다를 막은 뒤 넓은 호수처럼 변한 바다를 메운 땅에다 거대하고 육중한 공장을 세우는 광양제철소. 그 갸륵한 네덜란드 소년 을 생각해보면 문득 소름이 끼치는 박태준은 '호안축조 공사의 부실 방지와 추방' 에 집착하지 않을 수 없었습니다.

네덜란드의 한스 브링커 동상       1983년 여름 광양제철소 호안공사 물속 점검 후 세운 부실공사 표지판

포스코는 특별 감사팀을 꾸립니다. 그들은 기나긴 호안을 따라 '물속의 돌'과 '물 밖의 돌'을 하나하나 확인합니다. 규격 미달은 삼각표, 석질 불량은 가위표, 짜임새 불량은 동그라미표. 건설회사 책임자들은 지독한 시어머니들이 나왔다고 쑥덕거렸지요. 그러나 시어머니들은 강한 소용돌이의 위험 지점도 빼먹지 않았습니다. 8월 초에 호안불량공사 실태보고서가 박태준의 책상 위에 놓였습니다. 그가 짙은 눈썹부터 치켜세웠습니다.

"대형 간판을 100미터 떨어져서도 보일 정도로 크게 세워!"

'공사불량 재시공지구', 큼직한 붉은 글씨, 호안 위의 이정표 같은 간판은 '박태준의 사전에 부실공사는 없다'는 강력한 경고문이었습니다.

뙤약볕이 내리쬐는 어느 날, 박태준은 뜻밖의 전화를 받았습니다.

"자네 어디 계시나? 여기로 건너오시게."

이병철 삼성그룹 회장이었습니다. '여기'는 일본 가루이자와. 일본 중북부의 해발 1천810미터 고지대, 영국인이 개발한 여름철 휴양지, 골프장만 72홀. 박태준은 지체 없이 날아갔습니다. 은퇴한 이나야마 회장도 함께 기다리고 있었습니다. 일본 철강업계 원로와 마주친 순간, 그는 한국 기업계 원로의 깊은 마음을 알아차렸습니다. 저녁식탁에서 이병철이 말합니다.

"국가경제를 발전시키는 가장 쉬운 방법은 잘되는 분야를 확대하는 것인데, 한국에선 포스코가 가장 잘되고 있습니다. 박태준 회장이 있기 때문이지요. 이 사람이 제철소 하나를 더 만들려고 합니다. 다행한 일이고, 격려하고 협조할 일이 아니겠습니까?"

이나야마가 대답합니다.

"경제원리를 접어둬도 일은 일할 수 있는 사람이 있을 때 해야 합니다. 사람은 영원하지 않기 때문이지요. 박 회장은 세계가 다 인정하고 있어요. 우리 사이토를 비롯한 후배들이 협조하지 않는다고 듣고 있는데, 한마디 해야겠어요."

박태준의 가슴을 짠하게 만든 두 원로의 지혜와 배려는 8월 6일 일본 철강업계의 가루이자와 회의 개최로 이어집니다. 주요 의제는 '일본 철강업계의 광양제철소 건설 참여에 관한 건.' 이나야마의 충고와 일본 철강설비 기업들의 요구를 반영한 회의는 '부메랑'을 거둬들이기로 결정합니다.

포스코는 1983년 가을에 이뤄진 광양 1기 설비구매에서 빛나는 성과를 올립니다. 당초 예정가격보다 2억6천380만 달러나 줄어든 5억3천300만 달러에 낙찰, 무려 33% 예산 절감. 이것은 톤당 건설단가를 당초 계획보다 60달러 낮춘 637달러로 끌어내리는 결정적 요인이 됩니다. 차관조건도 오스트리아 국립은행과 체결한 기준을 고집하여 OECD(한국은 1996년 12월 OECD 회원국으로 가입됨)의 국제금리 가이드라인 7%에 밑도는 저리로 체결했습니다. '최저비용의 최신예 제철소 건설'을 위한 개가였지요.

또한, 한국 기업들에게 신기술을 제공하겠다는 서약도 관철시켰습니다. 제선(고로) 설비는 영국의 데이비 미키와 한국중공업, 제강 설비는 오스트리아의 푀스트

알피네와 현대중공업, 연주 설비는 독일의 만데스만과 현대중공업, 열연 설비는 일본의 미쓰비시와 한국중공업이 각각 짝을 이뤘지요.

일본의 부메랑을 포스코 고로에 녹여 월계관으로 만들었다는 쾌보를 들었던 것일까요. 드디어 광양만의 인공 부지에 '햇빛 바다'의 햇빛이 빛나고 있었습니다.


## 미국 진출의 교두보

1984년 1월부터 광양만에는 섬이 보이지 않았습니다. 불과 일 년 만에 상전벽해가 일어나, 매립부지가 황량한 벌판처럼 펼쳐졌던 겁니다. 토목공학이 '연약지반'이라 부르는 인공 벌판, 여기에는 높이 40미터의 굴뚝같은 '모래기둥 타설기'들이 빽빽이 들어섭니다. 약한 지반을 강한 지반으로 고쳐줄 거대한 주사바늘들이었지요. 이때 미국 특별 통상사절단이 한국을 방문합니다. 미국 철강업계가 퇴보하는 상황에서 포스코의 제2제철소 건설을 불편하게 여기는 그들을 맞아 박태준은 주장합니다.

"과거 10년 간 철강선진국은 전자산업과 같은 첨단산업에 눌려서 철강산업에 대한 투자를 소홀히 해온 결과로 설비가 낙후되고 가동률이 저하되어 있고, 여기에다 철을 대체할 소재들이 개발되고 있습니다. 그러나 나는 21세기에 가서도 철은 기초소재로서 가장 중요한 위치를 차지할 거라고 생각합니다. 이러한 시기에 포철과 한국이 철강산업에 투자를 증대하는 것은 국내수요의 증가에 적절히 대처하는 것일 뿐만 아니라, 향후 세계의 철강수요를 충족시키고 세계 철강산업과 철강기술을 지속적으로 발전시켜 나가는 데도 크게 기여할 것입니다."

이른 봄날에 박태준은 광양의 주택단지와 교육시설을 착공합니다. 영일만에서 했던 것과는 조금 다르게 유치원부터 중학교까지 한꺼번에 설립하고 뒤이어 고등학교를 개교합니다. 광양제철소 사원들은 장년층에서 청년층까지 고루 섞여 있었으니까요.

이제 '바다 위에 그린 꿈의 설계도'는 상전벽해의 매립 부지에서 실체를 드러내기 위한 막바지 준비에 돌입합니다. 박태준은 다른 '설계도' 두 개를 더 간직하고 있었습니다. 작은 것은 세계 최강국 미국에 상륙하기, 큰 것은 오래 꿈꿔온 세계적 명문대학 설립하기.

세계철강협회 이사회가 4월에 스웨덴 스톡홀름에서 열렸습니다. 이 기회에 박태준은 유에스스틸 회장 로데릭에게 한국을 방문해줄 것을 정중히 요청합니다. 미국 철강업계의 높은 콧대가 꺾일 때가 다가오는 것을 주시한 판단이었지요.

유에스스틸의 로데릭 회장과 상호협력에 관한 양해각서를 쓰는 박태준

그즈음 미국경제는 제조업 공동화 현상이 대두되면서 전반적으로 경쟁력이 떨어지고 있었습니다. 이것이 '보호무역'에 힘을 실어줘서 미국 의회와 재계가 수입 상품에 대한 규제 강화의 목소리를 높이는 가운데 툭 하면 '덤핑 제소'를 내미는 판국이었습니다. 미국시장에 철강을 수출하는 세계 철강업계도 비상한 대책을 강구할 수밖에 없었습니다. 일본 철강업계가 궁리한 타개책은 박태준의 구상과 유사한 방향으로, 미국 철강기업과 합작을 통한 미국 진출이었습니다.

박태준이 찍은 파트너는 미국 최강의 유에스스틸. 하지만 미국 철강의 지존(至尊)은 잔뜩 무게를 잡았습니다. 스톡홀롬에서 방한 초청을 수락했던 로데릭이 몇 달 지났지만 아무런 소식을 보내오지 않은 겁니다. 미국 철강의 지존을 움직이기 위해 한국 철강의 지존이 한번쯤 먼저 '조용히' 움직여야 했습니다.

박태준은 가을바람을 타고 미국으로 날아갑니다. 로데릭의 옆구리를 찔러줄 사람은 윌리엄 호건. 이 독특한 인물은 30년 동안 경제학 교수로 지낸 가톨릭교회 신부로서, 미 상무부 경제담당 자문위원, 세계철강협회 명예회원, 그리고 로데릭의 절친한 친구이면서 박태준과도 무척 가까운, 포스코의 해외 자문역이었습니다.

"샌프란시스코 근교의 피츠버그시에 있는 유에스스틸 산하 냉연공장의 지분 50%를 포스코가 인수하는 합작 형태로 미국 진출의 새로운 교두보를 만들고 싶소. 현재 그 공장의 낙후상태로 보면 포스코의 참여가 윈-윈을 창출할 거요."

박태준의 구상에 '굿 아이디어'라고 맞장구친 호건이 로데릭을 만나러 갔습니다.

"포스코는 승승장구의 일로에 있어. 지금 자네가 포스코와 손잡지 않으면 박 회장은 다른 회사와 합작할 가능성이 농후해."

호건의 충고가 즉효를 냅니다. 11월 22일 로데릭이 수석부사장과 고문변호사까지 데리고 김포공항에 내립니다. 미국 철강의 지존이 타고 온 비행기는 민항기가 아니라 전용기였지요. 박태준은 그의 기분을 북돋울 만반의 준비를 갖추고 있었습니다. 먼저 청와대로, 다음 영일만으로.

"포스코가 보유한 장기적 경영비전, 강력하고 치밀한 추진력, 사원들의 근면한 근무태도와 높은 사기, 깨끗한 공장관리에 큰 감명을 받았습니다."

이것은 11월 24일 양사의 '양해각서 교환'으로 이어집니다. 기술협력, 포스코 제품의 미국 판매, 유에스스틸을 통한 안정적 원료구매 등 상호협력의 약속을 담은 것이었지요.

1984년이 저물어가는 세모, 박태준은 오랜만에 청년처럼 설레고 있었습니다. 바다 위에 그린 꿈의 설계도를 실현하려는 만반의 준비를 마치고 미국 진출의 새로운 교두보를 확보한 그때, 마침내 세계적인 공과대학을 설립하겠다는 오랜 소망도 그의 영혼에서 용틀임을 시작한 것이었지요.

# 포스텍 설립과 영광의 계절들

박태준의 건학이념은 한마디로 '교육보국(敎育報國)'입니다. 최고수준의 교육으로 좋은 인재들을 길러내서 민족중흥과 국운융성에 기여하겠다는 정신이 핵으로 깃들어 있습니다. 포스코의 창업정신인 '제철보국'과 같은 맥락으로, '교육보국'은 '제철보국'과 나란히 세워진 깃발입니다. 순서는 제철보국이 한 발 앞서 있습니다. 제철보국을 성취한 기반 위에서, 다시 말해 제철보국의 힘으로 교육보국도 실현하는 것입니다. 훌륭한 교육철학에 근거해서 적극적으로 과감하게 투자하지 않는다면 '세계 일류 교육'이란 이뤄질 수 없는 꿈이잖아요?

## 칼텍을 포스텍 모델로

승용차는 야자수 사이로 달리고 있었습니다. 줄곧 깊은 생각에 잠겨 있던 박태준이 언뜻 차창 너머로 널빤지 같은 입석(立石)을 발견합니다. 'California Institute of Technology'. 캘리포니아공과대학(CIT), 흔히 '칼텍'이라 부르는 대학의 입구를 지나는 중이었지요. 하지만 그것은 한국의 과학사(科學史), 공학사(工學史), 대학사(大學史)에 새 지평이 열리는 순간이었습니다.

1985년 5월 어느 대낮, 박태준은 조금 어리둥절했습니다. 세계 최고 연구중심대학이 아니라 우거진 숲속의 연구소를 찾아왔나, 이런 느낌이 들었습니다. 올리브나무들과 고풍스런 건물들이 멋지게 어우러진 캠퍼스가 한산하고 조용했던 겁니다. 원통형 꼭대기에 마치 베트남 삿갓을 덮어놓은 것 같은 베커만 강당, 구겐하임 실험실(항공학과), 토마스 실험실(기계공학과), 정원, 인공 시냇물, 사각형 연못, 도서관 등을 찬찬히 살펴보는 그의 뇌리엔 건물 하나, 나무 한 그루에도 철학을 담아야 한다는 생각이 새삼 깨어났습니다. 영화 〈스파이더맨〉의 촬영 장소였다는 파스게이트, 그 앞에서 거듭 마음을 다잡았습니다.

'바로 이런 연구중심대학을 만들어야 한다. 한국엔 이런 대학이 절실하다.'

이미 박태준은 여러 저명한 공과대학들을 둘러보았습니다. 오스트리아 레호벤공대, 스위스 취리히공대, 독일 아헨공대, 영국 임페리얼공대·버밍햄공대·셰필드공대, 미국 매사추세츠공대(MIT)·버클리공대·일리노이공대 등등……. MIT는 미국 동부를 대표하는 공과대학, CIT는 미국 서부의 자존심 같은 공과대학.

숱한 견문을 거쳐 드디어 칼텍을 포스텍(포항공과대학교)의 모델로 결정한 박태준은 칼텍 재정담당 부총장과 만났습니다. 짧은 기간에 포스텍을 세계적 대학으로 육성하기 위한 조언을 얻는 자리였지요.

첫째 아낌없는 재정적 지원, 둘째 소수정예의 연구중심대학, 셋째 최고 수준의 교수확보, 넷째 공학 분야와 기초과학 분야의 단단한 연결, 다섯째 산학연 협조체제 구축.

대화를 마칠 무렵에 부총장이 농담처럼 던졌습니다.

"포스코의 대주주가 정부라고 하셨는데, 당신이 그 대학을 키울 때까지 현직을 유지한다는 보장이 있습니까?"

"하느님은 나에게 포스텍을 설립하여 육성할 수 있는 시간은 허락하실 것이라고 믿습니다."

박태준은 맑게 웃었습니다. 당신의 기우(杞憂)에 불과하다는 부드러운 반박이었지요. 1985년 3월 5일 광양제철소 1기 종합착공식에서, "이 제철소의 건설은 세계 철강업계를 위해 설비개선이나 기술개발에 훌륭한 계기를 부여할 것"이라고, 한국의 제2제철소 건설에 반대한 철강 선진국들에게 천명했던 박태준. 그날로부터 겨우 두어 달포 지난 한국사회에 '포스코와 박태준'을 분리시키는 상상은 존재하지 않았습니다. 그해 봄날의 국회의원선거에 이름을 올리지 않으며 '여의도 정치 무대'에서 떠난 그는 '광양 1기 연산 270만 톤 건설'과 '포스텍 설립'에 전념하고 있었습니다.

### 박태준의 교육보국

박태준과 학교의 관계, 박태준과 교육의 관계를 살펴보려면 최소한 1970년 가을 무렵까지 거슬러 올라가야 합니다. 그때 보험회사 리베이트 6천만 원으로 '포스코 학교'의 모태를 만들었기 때문이지요. 그 돈으로 '재단법인 제철장학회'를 설립했을 때부터 교육에 대한 그의 집념은 결코 예사로운 것이 아니었습니다.

박태준의 포스코가 설립한 최초 교육기관은 1971년 9월 25일 개원한 '효자제철 유치원'이었습니다. 주거정책과 복지정책으로 직원들의 삶은 안정되었으나 교육

1999년 6월 광양제철초등학교를 방문한 나카소네 전 일본 총리(오른쪽에서 세번째), 박태준 포스코 명예회장(왼쪽에서 세번째), 유상부 포스코 회장(맨 왼쪽), 이대공 포스코교육재단 이사장(맨 오른쪽)

시설과 장학정책 수립이 시급한 과제라고 판단한 그때, "유치원 건물을 안데르센 동화 세계의 느낌이 나도록 지어야 한다"고 지시했던 박태준은 개원식에서 귀여운 아이들과 기념사진도 찍었습니다.

1970년대의 포스코는 성장과 건설의 시대였고, 사원의 자녀들은 무럭무럭 자라났습니다. 포항 3기를 완공하고 4기 건설을 시작할 즈음, 박태준은 '포스코 사학의 시대'를 개막합니다. '최고 유치원에서 최고 대학까지', 이 구상에 따라 1976년 11월 16일 획기적 전환이 이뤄집니다. 제철장학회는 '장학사업'을 전담하기로 하고, 학교 설립과 운영을 전담할 '학교법인 제철학원'을 설립합니다. 제철학원은 1978년부터 1981년 사이에 공립 포항공업고등학교와 지곡중학교를 차례로 인수하여 사립(제철학원) 포철공고와 포철중학교로 만들고, 이어서 포철고등학교를 신설합니다.

"교육은 천하의 공업(公業)이며 만인의 정성으로 이루어지는 것이다."

이것은 '박태준 교육철학'의 핵심입니다. 이에 따라 제철학원은 학교를 한국 최고 수준으로 운영했습니다. 공립 학교들이 한 학급당 60명을 기본으로 하는 시절에 한 학급당 40명으로 한정하고, 전국에서 우수 교원을 초빙하기 위한 공개 채용, 교사들에게 제철수당 제공, 주택 및 주택융자금 제공 등을 시행합니다. 물론 이러한 제도는 고스란히 광양만으로 옮겨졌습니다.

20세기 말, 박태준의 포스코 경영은 포스텍을 제외시켜도 학교법인 산하에 포항 8개교(유치원 2, 초등학교 3, 중·고등학교 3)와 광양 6개교(유치원 2, 초등학교 2, 중·고등학교 2)의 14개 학교를 운영하고 있었습니다. 사원의 자녀들이 많았지요. 한국 최고 교육시설과 환경, 각종 경시대회 최상위권 입상, 브라질 코치가 지도하는 축구부, 러시아 국가대표 코치를 영입한 체조부, 한국 유일의 국제경기 규격을 갖춘 체조체육관, 야구부……. 모든 분야에서 한국 최고 수준의 교육기관으로 명성을 날렸습니다. 한국 사학재단의 대다수가 운영예산 0.1%도 출연하지 않는 것과 너무 대조적으로, 설립에서부터 운영예산의 전액을 포스코가 출연했습니다. 물론 그것은 박태준의 교육을 향한 집념과 의지의 산물이었습니다.

박태준의 건학이념은 한마디로 '교육보국(敎育報國)'입니다. 최고수준의 교육으로 좋은 인재들을 길러내서 민족중흥과 국운융성에 기여하겠다는 정신이 핵으로 깃들어 있습니다. 포스코의 창업정신인 '제철보국'과 같은 맥락으로, '교육보국'은 '제철보국'과 나란히 세워진 깃발입니다. 순서는 제철보국이 한 발 앞서 있습니다. 제철보국을 성취한 기반 위에서, 다시 말해 제철보국의 힘으로 교육보국도 실현하는 것입니다. 훌륭한 교육철학에 근거해서 적극적으로 과감하게 투자하지 않는다면 '세계 일류 교육'이란 이뤄질 수 없는 꿈이잖아요?

사소한 일 같지만, 가령 박태준이 학교로 보낸 축하 전문 하나에도 그의 건학이념에 대한 애착은 응축돼 있었습니다.

1,407개교가 참가한 전국 영어·수학 학력평가에서 최우수상을 수상한 귀교에 진심으로 축하를 보내며, 학교장을 비롯한 모든 교직원의 노고에 심심한 치하를 드립니다. 조국의 미래는 인재를 양성하는 교육 수준에 달려 있습니다. 다시 한 번 '교육보국'의 참뜻을 되새기는 계기가 되기를 바랍니다.

박태준의 인재양성을 향한 웅대한 철학과 집념이 포스텍 설립으로 구체화되는 1985년 5월, "자원 빈국 대한민국의 지상 과제인 무한한 창의력 계발도 교육이 짊어져야 할 역사적 소명"이라고 역설해온 그는 스스로 제시한 그 소명(召命)의 길을 따라 캘리포니아공과대학을 예리한 시선으로 관찰한 것이었습니다.

### "김호길, 어때? 됐지?"

1985년 봄날, 전두환 대통령에게 '대한민주공화국'이 아니라 '대한사기공화국'으로 이름을 바꾸라는 진정서를 보낸 '겁 없는 과학자'가 있었으니, 그가 김호길이었습니다. 미국에서 교수를 지낸 쉰두 살(1933년 생)의 물리학자가 그런 글을 보낸까닭은, 자신이 귀국할 때 'LG의 4년제 공과대학 설립인가'를 약속한 문교부(교육부)가 그걸 어기고 2년제 전문대학으로 인가했기 때문이었습니다.

그러한 사연을 청와대에 근무하는 친구에게 전해들은 포항공대설립본부장(포스코 상무이사) 이대공은 김호길에게 마음이 끌립니다. 한국 과학계의 거물, 재미(在美) 한국과학기술자협회 간사와 회장 역임. 이것은 미국의 동포 교수를 초빙하는 일에 적임자일 것이고, 배짱 두둑한 글을 대통령 앞으로 보낸 학자라면 지도력도 탁월할 것 같았지요. 삼고초려라는 말이 있지만, 이대공은 진주에 새로 세운 전문대학 학장에게 십고초려를 하게 됩니다.

이윽고 마음의 빗장을 푼 김호길은 6월 중순쯤 포항을 처음 방문하는 걸음에 아내와 딸도 데리고 옵니다. 박태준은 손님 일행을 맞이해 포스코 영빈관에 저녁식사를 차렸습니다.

"캘리포니아공과대학 같은 대학을 만들고 싶은 겁니다."

박태준의 소망을 대뜸 김호길은 이렇게 받았습니다.

"칼텍도 아시네요. 쇠만 만들 줄 아시는가 했더니 대학에 대해서도 좀 아시네요."

학자의 기고만장이 이대공의 애를 끓이는 대화가 세 시간을 넘깁니다. 김호길은 자주 와인 잔을 잡았습니다. 포스텍 초대 총장 후보감으로 열 명쯤 더 만날 계획이

김호길 가족의 첫 포항 방문(왼쪽은 박태준 회장, 이대공 포스텍 건설본부장)

었던 박태준이 문득 단호히 부탁합니다.

"김호길 박사, 당신이 우리가 만드는 대학을 맡아주시오."

"뭐가 그리 급하십니까?"

김호길은 웃습니다.

"나는 무슨 일을 결정할 때 어떤 경우는 무척 오래 걸리지만 어떤 경우는 무지무지 빨리 결정합니다."

"아직 대학설립 인가도 나지 않았습니다."

"그건 됩니다. 좋은 대학을 설립하는 일은 어려운 일입니다. 내가 포항제철을 건설한다고 했을 때 나라를 망칠 행동이라며 미친놈이라고 손가락질 해댄 사람들도 있었습니다. 포항공대를 세우는 일도 종합제철에 못지않은 어려운 일인데, 김 박사, 나와 함께 미친놈이란 소리를 들어봅시다."

김호길이 이삿짐 꾸릴 가능성을 내비칩니다.

"철강은 언젠가는 사양화됩니다. 만약 제가 온다면, 지금은 포항제철 부설 포항공대지만 나중에는 포항공대 부설 포항제철이 됩니다. 그리고 학교 조직, 개설학과, 교수 수준, 교수와 학생의 비율 등에 대해서는 전적으로 저한테 맡기셔야 합니다."

밤이 깊어 집으로 돌아온 이대공은 조마조마했습니다. 전화통이 울렸습니다.

"이 상무, 그 사람 괜찮지?"

박태준은 기분 좋게 목소리가 격앙돼 있었습니다.

"괜찮은 것도 같습니다."

김호길의 좀 무례했던 말씨에 은근히 마음을 졸인 이대공은 어정쩡하게 긍정을 했습니다.

"초대 총장은 창업자와 마찬가지야. 무조건 김호길을 잡아!"

7월 2일 저녁 뉴스가 문교부의 '포항공과대학교 설립인가' 소식을 보도합니다. 박태준은 포항에서 김호길과 만나 다시 약속합니다.

"대학은 대학을 잘 아는 사람이 운영해야 합니다. 나는 간섭하지 않을 겁니다. 대학에 대한 투자는, 그것이 불필요한 것만 아니라면 언제든지 지원하겠습니다."

굳게 악수를 나눈 두 사람은 8월 17일 포스텍 부지조성 공사의 첫 삽을 함께 뜹니다. 그리고 김호길의 주재로 9개 학과와 교수초빙의 얼개를 짭니다. 초빙 대상의 교수 자원은 약 4,000명. 분포 실태는 미국 57%, 국내 36%, 유럽 6%. 상당수 교수

포항공대 기공식장에서 공사의 막을 올린 박태준과 김호길(왼쪽)

를 주로 미국에서 모셔 와야 했습니다. 9월 10일부터 10월 11일까지 한 달 동안 미국 15개 대학, 영국 4개 대학, 독일 2개 대학, 프랑스 1개 대학 등 세계 22개 대학을 순회하면서 450명의 동포 교수들에게 포스텍 교수초빙 설명회를 개최하기로 합니다. 미국에서는 '재미한인과학기술협회'의 도움을 받으면 한결 쉬워질 일이었습니다.

예정대로 김호길과 이대공은 장도에 올랐습니다. 말씨가 급한 김호길은 어느 설명회에서나 인사말의 마무리가 같았습니다.

"이대공 본부장은 대공포고, 저는 속사폽니다. 속사포와 대공포를 정신없이 쏘아대는데 여러분을 함락시키지 못할 것 같습니까?"

그리고 영사기가 돌아갔습니다. 〈고난과 시련 그리고 영광〉, 포스코의 성장 과정을 담은 러닝타임 30분 다큐멘터리. 이것은 박태준 회장이, 조국의 포스코가 세계적 명문대학을 세운다는 선언과 야망이 결코 허술하지 않다는 사실을 이해시키는 지름길이었지요. 다시 마이크를 잡은 속사포가 애국심을 자극합니다.

"유학을 왔습니까, 이민을 왔습니까? 이민 온 사람들은 남으시고, 유학 온 사람들은 공부가 끝났으면 조국으로 돌아갑시다."

조국애와 민족애의 희미한 그림자라도 남은 학자들의 정신에 그 외침이 공명을 일으킬 때, 속사포가 강한 유혹을 단발의 총성처럼 울립니다.

"한국에서 일류대학은 이것이 마지막입니다."

10월 7일 저녁, 속사포와 대공포는 긴 여정의 막바지에 이르러 독일의 한 호텔에 여장을 풀었습니다. 이튿날 일정은 아헨공대 방문. 뜻밖에 박태준이 전화로 이대공을 찾습니다.

"나는 세계철강협회에 참석하러 런던에 왔는데 오늘 버밍햄대 부총장과 만났어. 어때? 우수 교수들이 올 것 같아? 그게 제일 중요해."

"열심히 설명했고, 반응은 좋은 편입니다."

"주로 무슨 질문이 많아?"

"근무조건이나 생활환경을 많이 물었습니다만, 회장님께서 교수들한테도 쪼인트를 깔 거냐는 질문도 있었습니다."

"그래서 뭐라고 했어?"

"그런 일은 절대 없을 거라고 했습니다."

서로 콸콸 웃음을 쏟아내는 통화가 20분쯤 계속되었습니다. 그런 모습을 곁에서 빠짐없이 지켜본 김호길이 즐겁게 고개를 끄덕입니다.

"바로 이겁니다! 참 좋은 장면을 봤습니다. 회장과 상무가 그렇게 허심탄회한 대화를 한다는 것을 방금 처음 알았습니다. 그렇게 커뮤니케이션이 원활하게 이루어지니 포스코가 성공했을 텐데, 박 회장을 힘으로 밀어붙이는 독불장군이다, 하는 것은 오해 같습니다. 방금 포항공대는 반드시 성공한다는 확신이 섰습니다."

김호길의 그 즐거운 발견은 좀처럼 바래지지 않습니다. 포스텍이 성공 궤도에 오른 뒤에도 그는 이따금 동료 교수들에게, "그날 독일 아헨에서 박 회장과 이 본부장이 통화하는 모습을 지켜보면서 포항공대가 성공할 것이라는 확신을 가졌다"는 고백을 하게 되니까요.

런던 회의를 마치고 포항으로 돌아온 가을, 박태준은 사원 대표들과 만나 고충을 털어놓습니다.

"우리 회사가 몸체만 비대해지고 두뇌는 왜소한 공룡처럼 되어, 결국 자신의 체중조차 감당하지 못하고 쓰러져버리지 않을까, 이런 걱정을 할 때도 있습니다."

광양제철소 건설과 포스텍 설립을 동시에 추진하는 그는 세계적 수준의 연구능력과 기술개발을 소망하고 있었던 겁니다. 어쩌면 그 존귀한 소망에 대해 어떤 불가사의한 존재가 격려를 보내는 것이었을까요? 박태준은 예감하지 못한 영광들이 그의 삶으로 다가오고 있었습니다.

## UPI에 태극기를 올리다

1986년 1월 11일 뉴욕 파크레인호텔에 재미(在美) 한국인 중진교수 열두 사람이 부부동반으로 모였습니다. 초청한 이는 포스코 회장. 그 자리에서 박태준은 망설이는 그들을 포스텍 주임교수로 끌어오는 강력한 자석이 되어야 했습니다. '부부동반 초청'은 그의 생각이었습니다. 남편이 마음을 내봤자 아내가 반대하면 이삿짐을 꾸릴 수 없으니까요. 먼저 초청인이 포스텍을 세계적인 일류 대학으로 육성할 의지와 방안, 초빙교수들에 대한 예우 등을 들려주고, 이어서 손님들이 활발하게 의견을 개진했습니다. 보람찬 시간으로 가꿔졌습니다. 손님들 대다수가 개교하는 포스텍의 주임교수로 부임하게 되니까요. 그들의 박태준에 대한 신뢰와 애국심이 태평양을 건너 한반도 동남쪽의 영일만으로 날아오게 만드는 동력으로 작용했던 겁니다.

1월 19일 샌프란시스코로 옮긴 박태준은 피츠버그시 유에스스틸 냉연공장에서 로데릭 회장과 '기본계약서'에 서명합니다. 1984년 11월 로데릭의 포항제철소 방문에서 시작된 양사 '합작' 협상이 공식적으로 성사되는 자리. 테이블 위에는 태극기와 성조기가 교차로 꽂혀 있었습니다. 가장 콧대 높은 미국 철강기업을 파트너로 꿰찬 그는 포스코를 세계 최고로 만들겠다는 이상을 실현해 나가는 또 하나의 증거 앞에서 30년 전 군복 차림으로 처음 샌프란시스코에 와서 주눅들지 않으려 했던 기억을 떠올립니다. 순간적으로 손수건 크기의 태극기가 보자기처럼 큼직해 보였습니다.

포스코 임직원들 사이에는 포스텍 설립에 대한 불만의 목소리도 나왔습니다. 모두가 일심단결로 고생해서 벌어놓은 돈을 왜 엉뚱한 데 쓰느냐 하는 것이었지요.

UPI 준공식장에서 전 미국 대통령 포드와 나란히 앉은 박태준

박태준은 큰 뜻을 공유해야 한다며 한마디로 설득합니다.

"포항공대 설립은 국가 백년대계를 생각해야 하는 것입니다."

새봄이 돌아왔습니다. 한국은 '대통령직선제 개헌운동'이 드세지는 가운데 마침내 경제가 무역흑자시대에 진입합니다. 이것은 화이트컬러 중산층이 민주화 추진 동력으로 이동할 길이 활짝 열렸다는 뜻이기도 했습니다. 역설적이게도 '경제개발의 박정희'가 사라지고 나서 '박정희의 경제'에 민주주의의 코드가 제대로 꽂힌 겁니다.

4월 1일, 포스코 창립 18주년 그날, 피츠버그시 냉연공장 본관 앞에는 태극기와 성조기가 나란히 나부끼고 있었습니다. 'UPI(Uss-Posco-Industries)' 탄생. 합작비율 50대 50, 자본금 1억8천만 달러. 사장은 유에스스틸에서, 수석부사장은 포스코에서. 이 뉴스에 국내외의 비상한 관심이 쏠렸습니다. 미국 철강노조는 반대했습니다. 그것이 출발선의 난제였지요. 여기서 박태준은 일차로 UPI 노조 대표들을 포항과 광양에 초청합니다. 와서 보라, 그리고 결정하라. 이것이었지요. 두 제철소의 설비실태, 근무환경, 사원주택단지, 교육환경, 문화시설 등을 둘러본 그들이 '사람을 위한 경영'의 실체를 확인합니다. 인간관계에서 상호신뢰보다 더 좋은 보약은 없지요. 분규를 깨끗이 끝낸 UPI 노조가 상급단체에서 탈퇴하여 독립을 선언하고, 적자에 허덕여온 냉연공장은 머잖아 흑자경영에 들어서게 됩니다.

### 자페의 고백

기분 좋은 1986년 4월, 박태준은 런던에서 특별한 저녁약속을 잡았습니다. 그의 뇌리에 압정으로 박힌 이름. IBRD의 〈1968년도 한국경제 평가보고서〉에 '한국의 외채상환 능력과 산업구조를 볼 때 종합제철소 건설은 시기상조'라고 기록하여

1988년 포스코를 방문한 자페(왼쪽)와 환담하고 있다

KISA 해체의 빌미를 제공했던 자페. 백인들의 강철다리가 '신생아' 포스코를 걸어차게 했던 그 악연의 영국 사내.

늙어가는 자페는 부동산컨설팅 전문가로 변신해 있었습니다. 식사를 마칠 무렵에 박태준이 웃으며 말했습니다.

"1968년 IBRD는 당신이 제출한 보고서의 권고를 따랐습니다. 그래서 포스코에 대한 융자를 거절하고, 대신 브라질에 주었지요. 오늘날 브라질의 그 제철소는 생산량 400만 톤 수준인 반면, 포스코는 곧 1천200만 톤을 넘어섭니다. 18년이 지난 오늘, 당신의 그 판단을 돌이켜볼 때 어떻게 평가하겠습니까?"

"당연한 질문입니다. 나는 그때 종합제철소의 건설과 운영에서 고려해야 할 요소인 내수규모, 기술수준, 원자재 공급, 신인도, 시장성, 기타 조건들을 철저하고 공정하게 분석했습니다. 제가 보고서를 잘못 쓴 것은 아니었고, 지금 다시 쓴다고 해도 그때와 똑같이 쓸 것입니다."

자페가 숨을 고르고 말을 이었습니다.

"그런데 그때 내가 간과한 것이 하나 있었습니다. 바로 당신이었습니다. 당신이 상식을 초월하여 잘 이끌었기 때문에 포스코를 성공시켰습니다. 나는 그때 한국에 당신이 있다는 사실을 고려하지 못했던 거지요."

자페가 잔을 들어 경의를 표하고, 박태준이 조용히 받았습니다.

"사람들은 어려운 환경 속에서도 순수한 의지만으로 어떤 일을 이룰 때가 있지 않습니까? 그때 우리는 매우 어려웠지만 제철보국의 사명감으로 똘똘 뭉쳤습니다. 바로 그 힘이 상식을 초월하게 했습니다. 88년에는 서울에서 올림픽이 열립니다. 그 축제에 당신을 초청하고 싶습니다. 우리 회사도 한번 방문해 주십시오."

"감사합니다."

박태준은 뇌리의 압정이 쏙 빠지는 기분이었습니다. 자페가 환히 웃었습니다.

## 사과나무를 심다

1986년 여름에 '광양 2기' 종합착공에 대한 점검을 마친 박태준은 대학 건설에도 공기단축을 지시합니다. 포스텍 준공일이 12월 30일에서 11월 30일로 앞당겨지고, 개교식도 그만큼 앞당겨져 12월 3일로 잡혔습니다. 건설회사 직원들이 대학에서도 공기단축이냐고 투덜댔으나, 개교식 하루 앞에는 조경공사 마무리를 위해 지위고하 없이 거의 철야작업을 감행했습니다.

박태준은 수시로 대학건설현장의 상황과 문제점을 파악하고 건설 관계자들을 독려하였다

심야에 조경 공사를 하고 있다

　한국 대학사의 새 지평이 열린 12월 3일 아침, 김호길 총장은 눈이 휘둥그레집니다. 하룻밤 사이에 잔디를 다 깔고 나무를 다 심다니, 아무래도 전시행위 같았습니다.

　"건설본부장, 조경공사만은 눈속임 같아요."

　"부실공사는 없습니다. 지극히 정상적으로 완공됐습니다."

　거짓이냐, 정말이냐. 대답은 나중에 잔디와 나무들이 보여주는 거잖아요? 이듬해 봄날에 잔디와 나무는 싱싱하게 살아 있습니다.

　엊그제 대청소를 끝낸 대강당에서 성대한 개교식이 열렸습니다. '한국 최초 연구중심대학 포항공과대학교 개교식'은 국내외 언론의 굉장한 주목을 받았습니다. '모든 것을 최고로 갖춰서 문을 열게 될 것'이란 미래형 뉴스와 '모든 것을 최고로 갖춰서 문을 열었다'는 현재형 뉴스, 이 둘의 차이점에 대해 인간은 '불확실성과 확실성'의 차이만큼이나 다르게 반응하잖아요? 공기 1개월 단축으로 개교식을 앞당긴 박태준의 결단은 새해 벽두부터 대입 원서를 내는 수험생과 학부모에게 '확실성'을 안겨주려는 뜻을 담았던 겁니다.

학력고사 성적 최상위 2.4% 이내로 지원 자격을 엄격히 제한한 포스텍 첫 신입생 원서마감 1987년 1월 8일 오후 6시. 과연 미달사태는 모면할 것인가. 그러나 9개 학과의 평균 경쟁률 2.2대 1, 대다수가 전국 최상위 득점자. 박태준, 김호길, 이대공을 비롯한 모든 관계자들이 환한 웃음꽃을 피웠습니다. '소수정예의 세계적 연구중심대학'을 꿈꾸는 포스텍의 걸음마에 '용기 있는 수험생들과 학부모들'이 안겨준 영광의 꽃다발을 받은 사람들 같았습니다.

박태준에게 포스텍 개교 기념품 같은 것이 배달되었습니다. 막강한 정치인의 '교수 임용' 청탁이었습니다. 그는 아무런 단서 없이 이력서만 김호길에게 넘깁니다. 곧 그것은 '점수 미달'의 딱지를 달고 반려됩니다. 이후에도 여러 건의 청탁이 들어오지만, 박태준은 번번이 같은 답을 돌려주게 됩니다.

"우리 총장은 내 말도 안 듣는 사람이오. 학교로 이력서를 내보세요."

1987년 3월 5일 오전 11시, 감격적인 제1회 포스텍 입학식. 먼저 김호길 총장이 연설합니다.

"포항공대의 사명은 우리나라의 선진화와 문명화를 앞당기고, 인류복지에 이바지하는 데 있습니다. 영일만은 지구의 한 구석이지만 오대양 육대주의 어디에든 닿을수 있습니다."

이어서 박태준 이사장이 연설합니다.

"포항공대는 '다음 세대의 행복과 다음 세기의 번영'을 기업이념으로 하는 우리 포항제철이 지난 19년 동안 열과 성을 다 바쳐 이룩한 정신적·물질적 노력의 정화(精華)이며, 미래사회의 지도자 양성과 국가산업의 발전을 선도할 고급두뇌 육성이라는 막중한 사명을 띠고 있는 국민적 소망의 결정체입니다."

그는 확신하고 있었습니다. 조상의 혈세(일제식민지 배상금)가 포스코 창업의 밑천이고, 그것을 모유로 먹고 세계 일류로 성장한 포스코가 포스텍을 낳았으니, 포스텍은 한국 과학기술의 희망찬 미래를 열어나갈 사명을 타고났으며, 그것이 포스텍의 운명이요 존재 이유라고.

입학식을 마친 박태준은 '산·학·연 유기적 협동체제'를 갖추겠다는 약속을 실현하는 자리로 나갑니다. 3월 27일 포스텍 본관 맞은편에서 '포항산업과학연구원(RIST)' 창립식이 열립니다. 포스코(산), 포스텍(학), RIST(연). 내일 지구의 종말이 와도 오늘 한 그루의 사과나무를 심자는 실천이었지요.

포스텍과 RIST는 박태준이 이끄는 포스코의 지원을 받으며 승승장구합니다. 포스텍은 여러 차례 한국 최우수 공대에 뽑히고 아시아 최우수 공대를 넘어 세계 최고수준의 공대에 선정되며, RIST는 한국 최고의 실용화 기술 연구소로 꼽히게 됩니다.

### 청와대와 맞선 뒤 '베서머 메달'을 받다

1987년 봄날의 한국에는 '봄은 화염병으로부터 온다'고 절규한 시인이 있었습니다. 그 '봄'은 민주화, 당면 목표는 간접선거로 대통령을 선출하는 헌법을 대통령직선제로 바꾸는 것. '최루탄의 호헌'과 '화염병의 개헌'이 치열한 공방전을 벌일 때, 박태준은 과감히 공기업인 포스코에 '사원 지주제'를 도입합니다. 총 발행

주식의 20%를 사원들에게 나눠주려 했으나 10%만 승인한 정부가 곧 심각한 발표를 합니다. 3월 25일 청와대에서 나온 재무장관이 '포철 주식을 장외시장에서 입찰방식을 통해 매각하겠다'고 밝혔어요. 박태준은 경악합니다. 장외시장에는 정부가 지명한 기관투자가(재벌의 대리자인 증권회사)만 참여하게 되고, 정부가 마음대로 입찰가격을 조작해 '검은 돈'을 무더기로 챙길 수도 있게 됩니다. '조상의 혈세'로 키운 국민기업·민족기업의 돈을 빼돌리겠다고? 그에게는 어림없는 수작이었습니다. 현재는 국회의원도 아닌 신분에서 '울타리'가 돼야 하는 그는 침착하게 전략을 세우고 홍보 책임자에게 단호히 지시합니다.

"정부를 상대로, 청와대를 상대로 싸워야 한다. 무슨 화를 당할지 모르지만, 무엇보다 이번 조치의 부당성을 언론에 호소해야 돼."

언론은 포스코의 편이었습니다. 아니, 세계에 자랑스러운 국민기업·민족기업의 편이요 국가의 미래를 생각하는 편이었습니다. 며칠에 걸쳐 신문마다 재무부 방침의 부당성을 비판하는 사설과 특집과 해설이 등장합니다. 무참히 두들겨 맞은 재무부가 수정안을 내놓습니다. '공기업민영화추진위원회를 구성하고, 정부 보유 주식의 매각은 88년부터 단계적으로⋯⋯.' 박태준이 사표를 품고 전두환 대통령을 찾아가 담판지어야 하는 최후의 노고를 막아준 발표였지요.

4월 25일 광양 1고로에 황금빛 쇳물이 쏟아졌습니다. 환호성이 터졌습니다. 포스코의 다섯 번째 고로가 조업을 개시한 것이었지요. 다섯 번째 아이를 탈 없이 받아낸 사내들의 환호성 속에서 포스코는 포항제철소와 광양제철소 1기 270만 톤을 합쳐 연산 조강 1천200만 톤 체제를 갖추며 세계 9위로 뛰어오릅니다.

뜻밖에 영국금속학회가 박태준에게 존귀한 선물을 보내왔습니다. '베서머 메달' 수여. 철강의 노벨상으로 불리는 그 영예의 금메달은 '포스코 1천200만 톤 시대'를 달성한 위업에 대한 칭송과 상찬과 위로의 뜻이었지요.

헨리 베서머(1813~1898). 이 영국인이 1856년 철강업계에 일대 혁명을 초래할 제강법을 개발했습니다. '무쇠'를 '강철'로 바꿔준 베서머 제강법. 이것이 '무쇠의 시대'를 '강철의 시대'로 바꾸었지요. 당시 철강기업인들 가운데 그 장래성을 포착한 사람은 미국의 앤드루 카네기였습니다. 1870년에도 커브 지점의 무쇠 레일을 6주일 내지 두 달마다 교체해야 했으니, 미국에선 레일 제작만 해도 강철 수요가 넘쳐난 시대였지요. 그것이 카네기를 '19세기의 철강황제'로 등극시켰고, 영국금속학회는 은퇴한 카네기에게 1904년 베서머 메달을 수여했습니다.

그로부터 83년이 지나 카네기의 그 자리로 초대된 박태준은 흔한 출장을 떠나듯 런던 가는 비행기에 올랐습니다. 20년 동안의 기나긴 고투로 빚어낸 영예의 상훈

영국금속학회 애터튼 회장에게서 '베서머 금상'을 받는 박태준(1987년 5월 13일)

(賞勳)이 배달된 그날, 한국 언론들이 앞장서서 박태준을 '20세기의 철강황제'로 등극시켜도 좋았겠지만 1987년 초여름의 한국사회는 호헌과 개헌의 대결에 몰입해 있었습니다. 이 파묻힌 영예를 오히려 한 일본인(모모세 타다시)이 몹시 안타까워했습니다.

아시아에서는 베서머 금상을 받은 사람이 단 두 명이다. 지금부터 70년 전에 베서머 금상을 수상한 사람은 혼다 코타로라는 일본사람이었다. 그 사람은 도쿄대 교수였으며, 이에 반해 박태준 회장은 현역 제철소의 대표였다. 일본 철강업계도 세계적으로 알아주지만 업계 출신으로 단 한 명도 그 상을 받은 사람이 없었다. 그러니까 한국 사람들은 포스코를 얼마든지 자랑스럽게 여겨도 좋다는 게 내 생각이다.

한국 정부와 한국사회를 대신해 상찬해주고 싶었을까요. 브라질 정부가 박태준을 주한브라질대사관으로 초대해 남십자성훈장을 걸어줍니다. 브라질 카라자스 광산지역 주민들도 가만있지 않았습니다. 포스코의 안정적인 원료구매에 대한 감사의 표시로 곧 개관하는 카라자스 스포츠센터의 이름을 '박태준 체육관'으로 결정합니다. 이 세상에서 그가 받은 가장 거대한 축하선물이었지요.

### 이나야마와 이병철을 영결하고
서울 시가지에서 넥타이 맨 아저씨들이 대오를 갖추었습니다. 전두환 군사정권의 시신을 운구하는 행렬 같았습니다. 역사의 전환점을 만든다는 자긍심으로 충만한 시민들에게 하루치의 낮과 밤은 너무 짧은 시간이었습니다. 그들이 아스팔트에서 맞은 여명은 시대의 새벽을 여는 신성(神聖)의 시간이었지요. 1987년 6월 10일,

청와대와 집권세력은 궁지에 몰렸다는 사실을 알아챘습니다.

'6월항쟁'으로 명명된 시민명예혁명은 대통령직선제 개헌을 쟁취합니다. 그에 따라 12월에는 다시 국민투표로 대통령을 뽑게 됩니다. 대통령선거운동이 하루 다르게 드세지는 가을, '비정치인'으로서 미하일 고르바초프의 페레스트로이카(개혁)와 글라스노스트(개방)에 관심을 기울이고 있던 박태준은 잇따라 비보를 받습니다.

10월 9일 신일본제철 회장을 지낸 이나야마 운명. 박태준은 고인의 영전에 진솔한 추모사를 바칩니다.

> 당신의 부음을 받고 평생의 은인이자 마음의 스승, 그리고 영원한 동반자를 한 꺼번에 잃어버린 허전함과 안타까움을 금할 수 없습니다.

일본의 부음을 갈매기가 물어온 것인지, 한 달 뒤, 삼성그룹 이병철 회장의 영면 소식이 포스코 회장의 방에 떨어집니다. 하필이면 이나야마 회장의 뒤를 따르시다니……. 인연의 오묘함을 느끼며 다시 검은 넥타이를 맨 박태준은 몇 년 전 고인이 제안했던 엄청난 선물을 회고하며 거듭 감사의 마음을 보냈습니다. 그때 선배와 후배의 대화는 이랬습니다.

"나는 포철에서 물러난 자네의 노년을 걱정하네. 자네의 성품에는 빈손이겠지. 그러니 삼성중공업을 받아라. 지금은 적자에 허덕이는데, 연간 300억 원씩 5년을 지원할 테니, 자네 회사로 받아가서 자네가 책임지고 살려라."

이병철의 제안은 박태준을 재벌급 부호로 변신시킬 만한 선물이었습니다. 며칠 뒤, 그는 선배를 찾아갔습니다.

"너무 과분한 선물에 감사드립니다. 그러나 제가 국가의 일을 맡아 중도에 그만 둘 수야 없지 않습니까?"

"자네다운 대답이고, 아름다운 대답이다."

한국을 대표하는 세계 굴지의 삼성그룹을 창업하고 육성한 이병철은 박태준을 이렇게 평했습니다.

박태준 회장은 겉으로 칼날처럼 차고 날카롭지만 더없이 따뜻한 사람이다. 벌을 주어서 내보낸 사람도 꼭 다른 곳에 심어주어 일생을 책임지는 자상함을 가졌다. 신앙이 무엇이냐고 물으면 그는 서슴없이 '철(鐵)'이라고 대답한다. 군인의 기

1976년에 포철을 방문한 삼성그룹 이병철 회장(왼쪽)

와 기업인의 혼을 가진 사람이다. 경영에 관한 한 불패의 명장이다. 우리의 풍토에서 박 회장이야말로 후세의 경영자들을 위한 살아 있는 교재로서 귀중한 존재이다.

박태준은 이병철의 영전에 눈물의 추모사를 바칩니다.

부러지되 굽히기 싫어하는 저의 성격 때문에 들어야 하는 이런 말 저런 말로 제가 마음을 상해할 때면 '일하는 자에게는 일하지 않는 자가 가장 가혹한 비판자 노릇을 하는 것이 인간사'라며 아우에게 하듯 격려해주시던 모습은 결코 지울 수 없는 기억으로 남을 것입니다.

한국경제의 거목이 떠난 뒤, 11월 29일, 115명이 탄 대한항공 항공기가 하늘에서 폭파됩니다. 북한 공작원의 테러로 밝혀진 그 비극적 사건과 야당 지도자의 분열이 12월 대선에서 군부 출신의 노태우에게 승리를 안겨줍니다. 대선에 패배한 민주화진영의 공황 상태 속에서 해직 기자들이 '한겨레신문' 창간준비에 돌입합니다. 곧 물러날 대통령에게나 곧 취임할 대통령에게나 몹시 부담스러운 신문 창간에 대해 공기업 회장인 박태준이 지원할 수 있을까요? 하지만 그는 홍보책임자에게 명백히 지시합니다.

"그런 사람들의 목소리도 있어야 해. 자네가 알아서 도와줘."

이것은 그대로 실행되었습니다. 세월이 흐르고 민주화를 이룩한 뒷날, 한겨레신문사는 그 기억을 감사패에 새기게 됩니다.

고르바초프의 페레스트로이카가 냉전체제를 해빙할 봄이 왔습니다. 한국에는 국회의원선거가 열립니다. 대통령 노태우가 포스코 회장 박태준에게 여당의 비례

대표 국회의원을 권유합니다. 그가 육사 교무처장으로 근무했을 때 전두환과 같이
육사 4학년 생도였던 노태우……

## 카네기와 박태준

박태준이 철강의 대선배이며 '철강황제'라 불리는 앤드루 카네기와 나란히 설
기회를 맞습니다. 1988년 5월, 미국 카네기멜런대학 명예공학박사학위 수여식. 카
네기가 설립한 명문대학의 학위복장을 갖춘 박태준은 19세기말에서 20세기말까
지의 100여 년 사이에 기다란 구름다리가 놓인 기분을 맛보게 됩니다.

카네기의 키와 박태준의 키? 카네기의 몸무게와 박태준의 몸무게? 당연히 카네
기가 훨씬 크고 훨씬 무겁지요. 백인과 황인의 체격 차이를 반영할 테니까요. 그러
나 '철의 사나이'끼리는 '철의 인생'으로 견줘야 하잖아요?

1835년 스코틀랜드에서 태어나 13세에 아버지를 따라 미국으로 이민한 카네기.
그가 타계한(1919) 뒤, 1927년 한국에서 태어난 박태준. 두 철인(鐵人)에게 어린 시절
의 공통점은 아버지의 해외 이주입니다.

미국 남북전쟁에서 노예주의자들의 군대가 내리막길에 들어선 1865년, 카네기
가 철강업에 손을 뻗어 57세에 철강황제로 등극할 때까지 그의 손은 미다스의 손
이었습니다. 그리고 67세의 카네기는 별안간 견성(見性)한 것처럼 막대한 부(富)를
사회에 환원하기 시작합니다. 이러한 카네기의 철의 이력과 박태준의 철의 이력은
두 관점에서 대별됩니다.

첫째, 박태준은 기업인으로서 카네기를 능가한 지도력과 자질을 발휘하지만 그
동기와 목표가 개인적 차원이 아니라 국가적 차원입니다. 그는 단 한 주의 포스코
주식을 챙기지 않습니다. 세계 경제사를 통틀어 살펴봐도 자기소유가 아닌 기업을,
박태준처럼 '국가의 빈곤을 극복한다'는 대의를 받들기 위해 자신의 모든 것을 다

미국 카네기멜런대학에서 명예공학박사학위를 받는 박태준(1988년 5월 15일)

바쳐 훌륭하게 키워낸 인물은 전무합니다.

둘째, 카네기와 박태준은 자기 나라의 전후(戰後)에 펼쳐진 개발 시대를 맞아 철강에 뛰어들었지만, 박태준은 카네기와 달리 처음부터 종업원 복지를 당대 최고 수준으로 실현하고 '다음 세대의 행복'을 위해 부단히 기업이익의 사회 환원을 실천합니다.

두 거인의 그러한 차별성은 어디서 비롯됐을까요? 카네기는 돈벌이에 대한 관심에서 출발하여 노년부터 당대에 대한 이해와 책임을 감당하는 인생을 살아간 반면, 박태준은 국가에 대한 헌신에서 출발하여 언제나 당대에 대한 책임과 헌신을 아끼지 않습니다. 박태준의 정신적 원형질에는 '일류국가 완성'이라는 핵이 박혀 있습니다. 청년에서 노년에 이르기까지 그는 일관되게 부강한 국가의 훌륭한 시스템 속에서 인간다운 삶이 보장되는 사회를 열망하는 인물입니다. 그러나 대통령이 아니라 포스코 회장인 박태준. 그는 카네기가 세운 대학에서 명예박사학위 차림으로 이렇게 말합니다.

나는 포스코를 이끌어오면서 평범한 원칙을 지키기 위해 노력했습니다. 그것은 '기업은 곧 사람'이라는 믿음이었습니다. 포스코는 인간을 존중하는 동양적인 정신 위에 서구적 합리주의를 효율적으로 접목시킴으로써 착실한 성장을 해왔습니다.

카네기는 '35년 동안 연산 조강 800만 톤'을 이루었고, 박태준은 1992년 가을을 맞으면 '25년 동안 연산 조강 2천100만 톤'을 이루게 됩니다. 두 거인 사이에는 한 세기의 거리가 가로놓여 있다 해도, 기술력과 자본력의 무(無)에서 출발했던 박태준의 포스코가 카네기보다 짧은 세월에 3배에 육박하는 철강업을 이룩했다는 것은 경이로운 기록이 아닐 수 없지요.

그러나 하나의 세계에 최고와 황제가 두 명일 수는 없습니다. 닮은 데가 많고 다른 데도 있는 두 거인에 대해, 카네기는 19세기 세계 최고의 철강인으로, 박태준은 20세기 세계 최고의 철강인으로 부르면 좋겠습니다. 19세기 철강황제와 20세기 철강황제라 부를 수도 있지요. 그러나 박태준은 "철강황제라는 표현이 개인적으로 영광스런 자부심이 될 수 있겠지만, 함께 피땀 흘렸던 수많은 동료에 대한 예의가 아닌 것 같다"며 사양합니다. 박태준을 '한국의 카네기'라 부르는 것은 틀렸습니다. 카네기를 '미국의 박태준'이라 부를 필요도 없잖아요? 어디까지나 박태준은 한국과 세계의 박태준입니다. 군이 세기의 구분을 두면, 카네기는 '19세기의 철강황제'이고 박태준은 '20세기 세계 최고의 철강인'입니다.

## 포철 주식 공개와 박태준의 사유재산

1988년 6월 10일 포항종합제철 주식이 '특정기업이나 개인은 포철 주식을 1% 이상 소유할 수 없다'는 단서 조항을 달고 국민주로 공개되었습니다. 박태준이 정부와 대결하여 장외매각을 저지한 결과가 일 년 더 지나 국민의 즐거운 참여 속에서 마무리되었던 겁니다. 이튿날 신문들은 '포철주'로 경제면을 도배합니다. '포철주 첫날부터 돌풍', '국민주 시대 열렸다', '포철주 쇼크 증시 강타'…… 이날 공개된 주식은 '정부 20%, 산업은행 15%, 시중은행 및 대한중석 27.7%, 우리사주조합 10%, 국민주 27.3%'의 지배구조였지요. 정부가 행사할 권리는 최소로 잡아도 35%로, 포스코는 국민주 발행과 주식공개를 통해 공기업에서 국민기업으로 변신했지만 여전히 대통령이 최고경영자의 인사권을 거머쥔 지배구조에 머물렀습니다.

박태준은 단 한 주의 공모주에 손대지 않았고 단 한 주의 공로주도 받지 않았습니다. 제철보국을 위해 헌신했고 제철보국의 목표를 달성했으니, 더 이상의 소중한 가치와 보람과 긍지는 없다, 이것이었습니다. 다만 사원들에게는 우리사주를 무상으로 분배해줬습니다. 사원 1만9천419명이 배당받은 총 발행주식의 10%는 917만 8천914주였습니다.

그로부터 20년 뒤, 포스코 창립 40주년 무렵, 포스코 주식은 주식시장에서 한 주에 50만원을 넘어서기도 합니다. 만약 1988년 6월에 박태준과 임원들이 미국식 자본주의를 본받아 '스톡옵션'을 도입했다면, 사원들과 같이 10%의 공모주를 챙겼다면, 아니 그때 박태준이 '개인은 1% 이상 소유할 수 없다'는 규정을 준수하여 단 0.9%의 공로주를 받았다면, 2008년에 그의 사유재산은 주식 시세로만 4,000억 원을 초과합니다. 공로주로 단 0.1%만 받았더라도 400억 원을 초과합니다. 아무리 야박하게 에누리하더라도 포스코에 대한 박태준의 공로가 하다못해 최소한 1%야넘지 않겠어요? 공로주 1%만 챙겼다면 그는 '재벌'이라는 오해를 받아도 좋을 만한 사유재산을 소유했을 테지만, 그러나 은퇴한 뒤에 그가 아내와 함께 소유한 사유재산은 서울 중산층 수준의 '36억 원'이었습니다. 늙어도 변하지 않는 것은 단하나, 그의 신념이었습니다.

"포스코에는 환금가치로 계산할 수 없는 사람들의 순수한 정신이 깃들어 있다."

1988년 7월에도 박태준은 영광의 계절을 이어갑니다. 광양 2기 준공, 광양제철소 540만 톤 체제 달성, 영국 셰필드대학 명예금속학박사학위 받음. 9월에는 대한민국도 굉장하게 국제적 위신을 세웁니다. 88서울올림픽이 열렸지요. 뒤이어 박태준은 세계철강협회 총회를 서울에서 열고, 한일의원연맹 한국 측 회장에 다시 뽑힙니다. 그러나 그는 변함없이 철의 사나이였습니다. 11월 1일 '광양 3기' 착공식을 열어 연인원 515만 명을 동원할 또 하나의 대역사를 마련하고, 같은 규모의 '광양 4기' 건설을 준비합니다.

광양1고로에 불을 지피는 박태준(1987년 4월 24일)

## 밀실의 계산서와 철의 사나이

1989년 6월 세계가 중국 톈안먼 광장을 주시합니다. 시위 광장으로 돌변한 중국 심장부. '작은 거인'의 인내는 짧았습니다. 일찍이 마오쩌둥이 '권력이 나오는 구멍'이라 했던 그 총구를, 덩샤오핑은 체제사수의 수단으로 활용합니다. 수많은 사상자가 발생했지요. 그즈음 서울의 어느 밀실에서는 '여야합당'이라는 1990년 벽두에 일어날 정치적 지각변동을 획책하고, 박태준은 '원대한 구상'을 가다듬고 있었습니다. 포스텍 김호길 총장과 삼보컴퓨터 이용태 사장, 두 사람이 처음 그의 새로운 구상을 들었습니다.

"포스코는 건설의 시대를 마친 1993년부터 투자여력이 훨씬 커집니다. 그때 나는 정보산업에 1년에 1조 원씩 10년 동안 투자할 결심이오. 2000년까지 현재 철강산업에서 누리는 것과 같은 명성을 정보산업에서 확보하고 싶습니다. 우리 내부에는 정보산업을 잘 아는 사람이 없으니, 도움이 필요합니다."

포스코본사, 포항·광양제철소, 서울사무소를 잇는 원격영상회의를 주재하는 박태준

한국 대졸 기술자의 연봉이 1,000만원인 시대, 1조원은 1년에 10만 명을 먹여 살릴 투자 규모였습니다. 이용태는 '한국을 정보기술(IT) 강국으로 만들 포부를 실현할 기회가 드디어 왔다'고 생각합니다.

곧바로 포스코는 여의도 63빌딩에 번듯한 사무실을 마련합니다. 이용태는 포스코 직원 한 명과 포스텍 컴퓨터공학과 교수 한 명을 동반해 미국으로 날아갑니다. 마이크로소프트의 빌 게이츠 회장을 비롯한 정보산업의 주역들과 면담하고 그 현장을 면밀히 살펴보는 출장이었지요. 과연 박태준의 새로운 '원대한 구상'은 실현될까요?

1989년 세모에 박태준은 광양 4기 설비구매 협상을 위해 빡빡한 일정으로 해외 출장에 나섭니다. 먼저 영국 버밍햄대학에서 명예공학박사학위를 받고, 크리스마스에 파리로 건너갔습니다. 유럽은 겨울이었으나 냉전의 얼음이 녹는 해빙의 계절이었지요. 벌써 11월 9일에 베를린장벽이 무너졌던 겁니다. 고르바초프가 '역사는 늦게 오는 자를 처벌한다'고 선언한 브란덴부르크 문. 파리의 박태준은 거기를 찾고 싶었습니다. 1962년 정초에 구라파통상사절단장으로 처음 유럽을 방문했을 때 찾아갔던 눈밭의 엉성한 철조망도 떠올랐습니다. 하지만 빡빡한 일정이 하루이틀의 여유를 허락하지 않았습니다. '광양 1, 2, 3, 4기를 동일 사양으로 한다'는 그의 원칙을 역이용하려는 설비공급 업자들과의 예정된 씨름을 늦출 수 없었던 것이지요. 비즈니스 세계란 야박하고 약삭빠른 본능이 있습니다. 포스코가 광양제철소 1, 2, 3, 4기를 동일사양으로 한다는 사실을 잘 아는 그들이 광양 4기에서 대장정의 막을 내린다는 점을 악용해 이번에는 공급가격을 비싸게 받으려 했습니다. 이 노림수를 박태준은 신의를 거론하고 포스코와 한국경제의 상관성을 들려주는 점잖은 설득으로 적절히 막아냈습니다.

그런데 그즈음에 박태준은 여당(민정당) 대표를 맡아 달라는 대통령의 뜻을 국제 전화로 듣게 됩니다. 파리에서 미국으로 건너갈 채비를 마친 그가 포스코 회장 비서실을 관장하는 임원(이대공)에게 명백히 밝힙니다.

"이 사람아, 내가 정치하고 싶어서 지금 국회의원 하고 있나? 박정희 대통령 돌아가시고 내가 정치적 외풍을 막으려 한다는 거, 자네가 잘 알잖아? 나 같은 사람까지 정치를 본업으로 하면 되겠어? 나는 정치보다 포스코와 국가경제가 더 중요해. 고사한다고 확실히 전하게."

'밀실의 계산서'에 일방적으로 집어넣은 제안을 철의 사나이는 분명히 거절했습니다. 그러나 그가 수정할 수 없는 계산서였습니다. 더구나 대통령은 엄연히 포스코 회장의 인사권을 쥐고 있었습니다.

1990년 1월 5일, 김포공항에는 정치부 기자들이 와글와글했습니다. 수없이 터지는 플래시와 질문공세. 한 사내가 자신의 인생에서 영광의 절정을 맞은 것 같은 소동이 벌어졌습니다. 정작 주인공은 좀 착잡했습니다.

노태우는 청와대에서 점심을 차려 박태준을 기다렸습니다. 독대는 오후 2시 30분쯤 끝났습니다. 청와대 대변인이 "노 대통령이 박 의원을 당 대표로 기용한 것은 포철 경영을 통해 세계적인 경영인으로 높이 평가받고 있는데다 당의 결속과 유화, 그리고 대야 협조를 위해 가장 적임자로 생각했기 때문"이라고 설명했습니다. 그러나 '대야 협조'는 빈말이었지요. 박태준은 내막을 자세히 모르는 상태였으니까요. 어쨌든 김대중 세력만 쏙 빼놓은 '여야합당'이 공표 시간만 기다리게 되었습니다.

세속의 시각은 '민정당 대표'를 박태준의 엄청난 권세로 여겼습니다. 집권당의 2인자 자리, 총재인 대통령의 바로 밑이니까 '개인과 가문의 영광'으로 우러러볼 만했습니다. 하지만 럭비공 같은 한국 정치판에서 본업 정치인이 아닌 박태준에게 그것은 어느 순간에 '가시 면류관'으로 돌변할 수도 있습니다.

# 철의 용상에 하루만 앉다

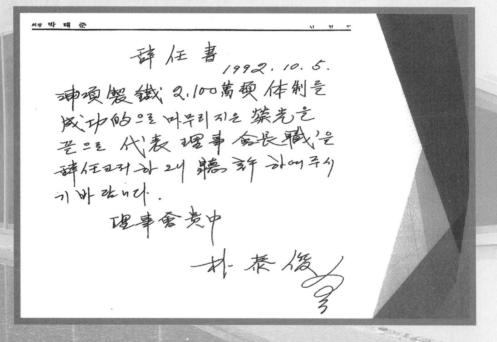

辭任書
1992. 10. 5.
浦項製鐵 2,100萬噸 体制를
成功的으로 머무리지은 榮光을
끝으로 代表 理事 會長職'을
辭任코저 하 오니 聽許 하여 주시
기 바랍니다.
理事會 貴中
朴 泰 俊

두 개의 마이크가 놓인 자리, 금빛도 은빛도 없는 그저 평범한 자리. 그러나 그 자리는 20세기의 철강황제, 세계 최고의 철강인만 앉을 수 있는, 보이지 않는 철(鐵)의 용상(龍床)이었습니다. 지난 몇 년에 걸쳐 박태준의 인생에 펼쳐진 영광의 계절이 마침내 찬란한 절정으로 치달은 자리이기도 했습니다. 벅찬 감회에 가슴이 뭉클한 그는 포스코 회장에서 스스로 물러날 결심을 굳혔지만 목소리는 여느 때와 다르지 않았습니다. "기필코 '다음 세기의 번영과 다음 세대의 행복'을 창조하는 국민기업의 지평을 열어갈 것입니다."

## 정치 9단, 경제 9단

1990년 1월 22일 서울은 눈에 덮여 있었습니다. 이날 저녁에 청와대가 "분열과 대결의 정치에 종지부를 찍기로 했다"며 '여야합당'을 공식 선언합니다. 이제 야당으로는 김대중 세력만 남고, 민주자유당(민자당)이라는 거대여당이 출범합니다. 총재는 대통령 노태우, 대표최고위원은 김영삼, 최고위원은 박태준과 김종필. 한국인 장삼이사가 얼른 '김영삼이 차기에 대통령 되려고 합당했구나' 하는 판단을 갖게 하는 신생 거대여당, 그 조직의 박태준은 2인자에서 3인자로 내려섭니다.

김영삼과 박태준. 두 사람은 깊은 친교도 없지만 정치적 악연 따위도 없는 사이였습니다. 1957년 국방부 인사처리과장 박태준 대령이 국방장관을 보좌해 국회에 나가던 시절, 김영삼은 야당의 젊은 국회의원이었습니다. 박정희가 통치하던 시절, 김영삼은 야당의 길을 걸었고 박태준은 영일만 모래벌판에서 고투의 나날을 보냈습니다. 전두환이 대통령으로 재임하던 시절, 김영삼은 저항의 일선에 섰고 박태준은 광양만에서 제2의 기적에 도전했습니다.

인생의 길, 성품, 국가관, 세계관 등이 다른 두 사람을 놓고 흔히 김영삼을 '정치 9단', 박태준을 '경제 9단'이라 불렀습니다. 둘은 공통점도 있었습니다. 나이가 같고(1927년생), 고향이 같은 경남이었습니다. 자존심이 강하고, 자부심도 강했습니다. 강한 자존심과 자부심, 이것은 서로 합치면 큰일을 성취할 힘이 되고 서로 어긋나면 큰 상처를 만들 무기가 되지요.

잘난 인간이든 못난 인간이든, 특히 한국인은 낯선 얼굴끼리 만나도 동갑내기에 고향이 같으면 인간적 친밀감을 쌓는 제일의 호재로 삼습니다. 박태준과 김영삼도 예외가 아니었습니다. 그것이 사석의 말씨부터 편안하게 만들었습니다.

2월 15일 민주자유당 현판식이 열립니다. 그 앞에서 수뇌부는 환한 웃음으로 손을 한데 포개 기념촬영을 합니다. 배신과 음모란 말은 얼씬거리지도 않는 모습이었습니다. 그때 열린 임시국회에서 김영삼이 연설합니다.

> 더 이상 늦기 전에 갈등과 대립의 악순환을 뛰어넘어 화해와 단합, 안정과 번영, 나아가 통일을 위한 역사 발전의 계기를 마련해야 하며, 지금이야말로 그러한 용단을 내려야 할 시기라고 판단했습니다.

정치란 말로 시작하는 것이고, 말을 실천함으로써 현실이 변화합니다. 김영삼이 자신의 말을 실천한다면 한국에선 보복정치가 사라지고 관용과 화해의 시대가 열리게 되겠지요.

2월에 박태준은 고심을 거듭합니다. 2년6개월 뒤에 광양 4기가 완공되면 포스코 최고경영자 자리에서 물러날 결심을 세워뒀으니 미리 후임을 낙점해 그에게 총괄경영의 수업기간을 마련해줘야 했던 겁니다. 3월 6일 주주총회는 정관에 명예회장, 부회장을 신설합니다. 명예회장은 박태준을 위해 공석으로 두고, 차기 회장이 될 부회장엔 상임고문 황경로를 추대합니다. 육사에서 박태준을 처음 상관으로 모셨던 황경로는 그와 함께 대한중석과 포스코를 육성한 오랜 동지이지요.

'경제 9단'이 포스코의 미래에 대비하는 시간, '정치 9단'은 소련 방문을 추진합니다. 두 나라의 수교를 위한 정부 차원의 물밑 접촉이 한창 무르익는 때라서 노태우의 속내는 부담을 느꼈지요. 3월 19일부터 8일간 러시아를 방문한 김영삼은 우여곡절을 거쳐 '페레스트로이카의 주인공' 고르바초프와 사진을 찍음으로써 차기 대통령이 되려는 이미지를 격상시켰습니다. 그러나 뇌물공여, 발언 실수 등에 대한 구설수가 뒤따랐고, 이것이 한국사회에서 공론화되자 김영삼은 '공작정치'라며 당무를 거부하고 자신의 정치적 거점인 부산으로 내려갔습니다. 노태우가 특사를 부산으로 보내 김영삼을 달랩니다. 김영삼의 노태우에 대한 판정승이었지요.

박태준은 '김영삼의 방소 추문부터 판정승에 이르기까지'의 모든 과정을 지켜보면서 고개를 갸웃했습니다. 최소한 두 가지였습니다. 자신의 실수를 극렬히 부인하고 은폐하는 태도가 마음에 들지 않았고, 자신의 주장을 관철하는 방법이 싫었습니다. 그러나 한숨만 쉬었습니다. 어차피 차기 대통령이 되기 위해 합당한 사람이고 정치적으로 경쟁할 생각도 없으니 이왕지사 지도자의 자질이 좋아지기를 바랄 따름이었습니다.

## 포스텍에 바친 돈방석

민자당의 첫 내홍이 대충 수습된 4월, 박태준은 미쓰비시그룹 임원을 접견합니다.

"저희 그룹의 이사회에서 결의를 했습니다. 포스코가 세계 일류 철강기업으로 성장하는 동안에 미쓰비시의 설비가 가장 많이 들어갔습니다만, 미쓰비시가 박 회장님께 한 번도 인사를 차린 적이 없었습니다. 박 회장님의 확고한 원칙이 그렇게 만들었습니다만, 아무리 그래도 인간사회의 인사, 특히 동양의 예의에 비춰볼 때 저희 회사가 매우 잘못한 처사라는 것이 저희 그룹 이사회의 판단입니다."

"아닙니다. 정치적으로 어려운 시절에 정치적 고려를 하지 않은 가격으로 설비를 공급해줘서 오히려 좋은 도움이 되었습니다."

"겸양의 말씀입니다. 포스코의 대성을 미쓰비시중공업은 영광으로 생각합니다. 저희 이사회가 박 회장님께 표현할 감사의 방법을 이렇게 정했습니다. 박 회장님께서 해운회사를 설립하시면, 미쓰비시은행이 돈을 출자하여 화물선을 건조하도록 하고, 화물 알선도 미쓰비시가 책임질 것입니다. 수익금은 전액 박 회장님께서 관리하십시오."

공짜로 화물선을 받아서 두고두고 돈방석에 앉을 굉장한 선물. 박태준은 서슴없이 대답합니다.

"대단히 감사한 제안을 고맙게 받겠습니다. 그러나 박태준 개인이 받을 수는 없습니다. 포스코는 포스텍을 지속적으로 키워나가야 합니다. 수익금 전액이 우리 포스텍의 발전기금으로 들어가는 방법을 강구해 봅시다."

"역시 훌륭한 아이디어를 내시는군요. 그렇게 하도록 저희 이사회에 알리고 서둘러 진행하겠습니다."

"내가 포스코를 떠난 뒤에도 포스텍은 계속 발전해서 세계 일류 대학이 돼야 합니다. 내 마음을 이해해주셔서 감사합니다."

다시 미쓰비시 임원이 그를 찾아옵니다. 중요한 합의 사항은 셋입니다.

화물선은 20척까지 건조해도 좋다.
그 자금은 미쓰비시은행이 좋은 조건으로 융자해 준다.
융자금의 95%를 상환할 때까지는 제3자에게 양도할 수 없다.

박태준이 '95% 상환'이란 조건을 달게 한 것은 자신이 포스코를 떠난 뒤에도 손대지 못하게 하겠다는 복안이었습니다. 미쓰비시중공업이 미쓰비시은행의 융자금으로 선박 20척까지 건조하고, 미쓰비시가 알선한 화물운송을 중심으로 수익금을 올려 포스텍 발전기금으로 기부하면서 융자금 95%를 갚을 때까지는 제3자에게 회사를 넘길 수 없다. 이 계약에 의거해 박태준은 겨우 50억 원의 포스코 자금으로 ㈜거양해운을 설립합니다. 안정된 수익금이 포스텍으로 들어가는 시스템이 만들어진 겁니다.

그러나 불과 5년 뒤, 거양해운은 전혀 뜻밖의 다른 운명을 맞습니다. 정치적 이유

포스텍 수석 졸업생을 축하하는 박태준

때문에 박태준이 포스코와 한국을 떠나 있는 1995년 1월, 정치권력의 입김이 거양해운을 제3자에게 매각하게 만듭니다. 지분 포스텍 53.3%, 포철 46.7%. 화물선 10척 보유. 미쓰비시은행의 차관을 상환해가며 포스텍에 발전기금을 보내는 공익기업인 거양해운 매각이 진행될 당시에 미쓰비시 임원이 도쿄 13평 아파트에서 지내고 있는 박태준을 방문합니다.

"거양해운은 이제 겨우 차관의 20%를 상환했습니다. 이러한 문제를 예방하기 위해 박 회장님께서 고안하셨던 95%까지는 75%나 부족합니다. 이래도 매각을 강행하려면 저희 은행이 요구하는 '차관상환 이행각서'에 현 포스코 회장의 '보증서명'이 첨부돼야 합니다. 어떻게 이런 일을 할 수 있습니까? 저희는 '95% 상환'의 약정에 의거해 법적으로 이의를 제기할 방침도 검토 중입니다."

박태준은 부끄러워서 얼굴이 화끈거렸지만 침착하게 의견을 냅니다.

"지금 내가 도쿄에 있으니 당신들이 강경하게 나가면 한국의 그들은 내 의견이 반영된 거라고 볼 겁니다. 현 포스코 회장은 현 대통령이 임명한 외부 인사입니다. 그러니 보증서명을 하라는 당신들의 요구에 응할 겁니다. 거양해운을 매각해야 하니까요. 우리의 아름다운 취지를 훼손시키는 대단히 수치스러운 일인데, 내가 대신 사과를 드립니다."

1995년 2월, 한국 신문에는 이런 제목이 눈에 띄게 됩니다.

'거양해운, 한진중공업에 매각, 711억원 낙찰.'

## 실망하다

1990년 여름과 가을, 박태준은 포스코 임원들에게 불쑥 던지곤 합니다.

"정치, 얘기해줘? 개판이야."

또, 아내에게 푸념을 합니다.

"여보, 내 이마에 '돈'이라고 써놨소? 나만 보면 손 벌리는 놈들은 내가 포철에 비자금을 잔뜩 숨겨놨다고 생각하나 봐. 조상의 혈세에 손을 대? 그러면 내 양심이 용서를 못하지만, 죽어서 저승 가면 무슨 낯으로 박정희 대통령과 술 한 잔 나누겠소?"

여름에는 노태우가 대선 공약인 '주택 200만 호 건설'을 밀어붙이면서 민원이 높아집니다. 건축자재 품귀와 가격폭등, 건설인력과 장비 부족, 임금 상승과 장비 임대료 상승……. 국회도 그 문제를 성토하고, 여야 의원들이 현장조사에 합의합니다. 단장은 박태준 민자당 최고위원. 그가 말합니다.

"어느 나라든 산업화 단계에서 국가경제의 역량은 도로, 교량, 철도, 항만, 공항, 건물 등 건설에 집중됩니다. 그러니 한국에서 우리 세대의 부실공사는 국가 기초를 위험에 빠뜨리는 범죄행위입니다."

조사단장으로 대규모 아파트단지 건설현장을 다녀온 그가 이튿날 청와대에서 노태우와 만났습니다.

"물자수급의 균형이 깨져서 모래는 씻지도 않은 바닷모래고, 철근은 규격미달이 었습니다. 이런 부실공사가 건설회사에는 부당이득을 늘려주겠지만, 나중에 심각한 문제를 야기하고, 상승일로에 접어든 한국 건설업계의 기술력 저하와 도덕성 후퇴를 초래합니다."

노태우가 듣고만 있었습니다.

"주택 200만호는 무리인 것 같습니다. 대선공약이고, 주택가격도 안정시켜야 합니다만, 미래의 안전을 생각하면, 우리에게는 많아도 1년에 20만 호가 적정 수준 같습니다."

박태준에게 대통령과의 토의는 박정희를 통해 몸에 익은 것이었지요. 하지만 노태우는 피했습니다.

"수고하셨습니다. 박 선배께서 뒤처리를 잘해주세요."

그는 언짢게 청와대를 나왔습니다.

10월 25일 느닷없이 '내각제 합의각서'가 신문에 공개됐습니다. '1년 이내에 의원내각제로 개헌한다'는 약속, 벌써 5개월 전 김영삼도 서명한 극비문서였습니다. 그러나 그가 '공작정치'라고 반발하자, 노태우는 어정쩡하게 덮으려 합니다. 김영삼은 한 발 더 나가 "내각제 합의문서에 서명을 했지만 그것은 국민의 지지와 야당의 동의 아래에서만 가능하다"고 받아친 뒤 다시 당무를 팽개치고 고향인 거제로 내려가 버립니다. 그의 배경은 막강했습니다. 국민 여론은 대통령제 지지가 압도적으로 높고, 야당 총재 김대중은 내각제 추진에 강력히 반발하는 상황이었던 겁니다. 결단력이 볼품없다고 국민이 '물태우'라 부르는 노태우가 갑자기 '노(怒)태우'

로 돌변합니다.

"당무는 다른 사람이 대신 보면 된다."

그러나 박태준은 노태우의 말을 믿지 않았습니다. 자신의 구겨진 체면에 다림질하는 시늉에 불과해 보였던 겁니다. 노태우에겐 김영삼의 멱살을 틀어쥘 도덕성과 용기가 없다는 것을, 그는 잘 알고 있었습니다. 과연 노태우는 이틀을 버티는 척하더니 거제로 특사를 보냈습니다. 며칠 뒤, 두 사람은 청와대에서 '내각제 개헌 포기'에 합의합니다.

닭싸움 같았던 내각제 문서 소동, 김영삼의 완승. 박태준은 또다시 노태우에게도 김영삼에게도 실망했습니다. 한 사람은 지혜와 결단력이 부족해 보이고, 또 한 사람은 권력투쟁에는 동물적 감각을 발휘해도 아량이 편협해 보이고 국정 전반을 끌어갈 능력이 불안해 보였던 겁니다.


## 한 잔의 감로수

박태준이 민자당 두 지도력에 실망한 11월, 한국 최초의 축구전용경기장이 포항에 태어났습니다. 그의 뜻에 따라 건설된 그것은 그로부터 십여 년 지나서 한국이 일본과 연대해 '2002월드컵' 유치 경쟁에 나설 때는 한국을 방문한 FIFA조사단에게 보여주는, 한국 축구의 체면을 살려주는 국내 유일의 축구전용경기장 역할을 하게 됩니다.

포항 축구전용경기장에서 시축을 하고 서울로 올라온 박태준은 주한 프랑스대사관에 초대되었습니다. 프랑스 대통령 미테랑이 보낸 '레종 도뇌르 코망되르' 훈장을 받는 자리였습니다. 특사로 서울에 파견된 그의 친형 로베르 미테랑은 훈장수여의 이유와 서울에서 수여하는 배경에 대해 이렇게 밝혔습니다.

"프랑스 정부는 박태준 회장의 능력과 한국의 산업발전 및 철강산업에 끼친 공

포항제철 축구전용 잔디경기장에서 시축하는 박태준

로를 인정하여 최고훈장을 주기로 결정했습니다. '한국에 봉사하고 또 봉사하는
것이 귀하의 삶에는 끊임없는 지상명령'이었으니까요. 그런데 아시다시피 프랑스
와 한국은 너무 멀리 떨어져 있고 박 회장이 개인적으로 시간을 내기 어려워서 훈
장 수여의 기회를 잡지 못했습니다. 그래서 결정한 날로부터 꽤 많은 시일이 지난
지금에야 서울에서 훈장을 수여하게 되었습니다."

한국에 봉사하고 또 봉사하는 것이……. 박태준은 가슴이 짠했습니다. 식민지에
서 풀려난 풋내기 청년이 건국시대의 조국에 헌신해온 지 어느덧 45년, 미테랑의
그 말은 철처럼 강하면서 종(鐘)처럼 여린 그의 가슴에 한 잔의 감로수로 고였습니
다. 영혼이 지칠 때마다 마실 수 있는, 마르지 않을 한 잔의 감로수…….

감로수를 마신 박태준은 오랜만에 정치의 자리를 박차고 나가 포스코 제복으로
갈아입었습니다. 12월 4일 광양 3기 종합준공. 한국 건설회사의 노사분규와 건축
대란의 열악한 환경 속에서 당초 계획보다 두 달이나 공기를 단축한 쾌거로, 포스

포항방사광가속기 착공식(1991년 4월 1일)

코는 연산 조강 1,750만 톤 체제를 구축했습니다.

　이해 겨울이 한국에는 좋은 계절이었습니다. 고르바초프가 한국 대통령을 꽝꽝 얼어붙은 모스크바로 초대하고, 한국 정치판은 차기 대통령후보 선출이 돌아올 때까지 덜 시끄러울 전망이었습니다. 박태준은 1991년 새해를 맞아 광양만에서 대역사의 마지막 무대를 열게 됩니다. '광양 4기' 종합착공식. 이번에도 1기, 2기, 3기의 원칙대로 설비는 동일 사양으로 하고, 외국 업체와 한국 업체가 컨소시엄을 이루게 했으며, 설비의 국산화 목표는 63.1%까지 높였습니다.

### 21세기를 설계하다

　1991년 3월 중순에 노르웨이 '대공로훈장'을 받은 박태준은 4월 1일 포스텍 옆 18만9천 평 부지에서 한국 과학기술이 최초로 도전하는 대형 프로젝트를 개시합니다. 포항방사광가속기 착공식. 그가 주장해온 '대기업이 과학기술의 발전을 위해 혁명적인 투자 결단을 내려야 한다'는 것을 실천하는 자리였습니다.

첨단과학기술 연구에 반드시 필요한 방사광가속기는 박태준과 김호길의 신뢰가 만든 대작입니다. 3년 전 어느 날 김호길이 박태준에게 방사광가속기 건설을 건의했을 때, 그는 단 하나를 물었습니다. 포스텍 교수들이 주도할 수 있느냐. 가속기 박사인 김호길의 '자신 있다'는 확답을 들은 박태준은 이렇게 말했습니다.

"좋습니다. 한국 과학기술과 포스텍의 발전에 반드시 필요하다면 내가 하겠소."

준비의 첫 단계로 일본의 방사광가속기를 둘러본 박태준은 곧바로 포스코에 '방사광가속기건설추진본부'를 조직했습니다. 자금 조달의 주체도 결정됐습니다. 건설비는 포스코, 운영비는 정부(과학기술처)가 맡는 방식이었습니다. 서울에서 드센 반대의견이 나왔지요.

"세운다면 서울에 세워야지, 왜 포항에 세우느냐!"

이렇게 따지는 정부 관료와 서울의 교수들에 대한 김호길의 방어 논리는 간단명료했습니다.

"돈을 대는 스폰서가 포스코이고 건설 주체가 포항공대 교수니까, 포항에 짓는 것이 당연하다. 또, 지금 우리가 마련한 돈으로는 서울에서 부지도 사기 힘들다."

박태준이 포항에서 한국 과학기술의 새 희망을 파종한 바로 그날, 1991년 4월 1일, 승용차로 한 시간쯤 떨어진 대구에서는 김영삼과 김대중이 만나 '내각제 반대 재확인' 성명을 냈습니다. 차기 대선에는 둘이서 맞붙자는 뜻이었지요. 권력투쟁을 멀리한 박태준은 '21세기의 설계'를 구체화합니다. 영일만의 해상 신도시, 해상 공항, 컨테이너항만, 테크노파크 등을 포함하는, 한국제철의 고향인 포항을 획기적으로 변모시킬 큰 그림에 따르는 각종 조사들은 '포항 광역개발 기본구상'이란 제목으로 서울대학교 환경계획연구소에 맡깁니다.

7월에 그는 일 년 전 지시했던 '포철 2000'이란 보고를 받았습니다. 두 축은 철강부문 성장전략과 경영다각화 전략으로, 경영다각화에는 그가 광양 4기 완성 후 1년에 1조 원씩 10년간 투자할 정보산업을 큰 비중으로 다루고 있었습니다.

몸은 집권여당의 수뇌부에 있고 머리는 21세기의 경제를 설계하는 사람. 이것이 1991년 봄과 여름을 지나는 박태준의 초상이었지요. 이 특이한 사람에게 오스트리아도 '명예훈장'을 보내옵니다. 아직 그의 인생에서 개인적인 '영광의 계절'은 싱그러운 편이었습니다.

7월 하순의 어느 아침, 노태우의 정치특보가 '민자당의 차기 대통령후보 선출방식은 경선이 될 것'이라고 밝히자, 김영삼이 발끈합니다. 여당 내 소수파 보스이니 경선에는 패할 수 있기 때문이었지요. 부랴부랴 노태우가 긴급 출동한 소방대원처럼 '진의가 아니다'며 불을 끕니다. 박태준은 쓴웃음을 짓고 네덜란드로 출장을 떠납니다. 네덜란드에는 그의 눈에 번쩍 띄는 것이 있었습니다. 첨단장비를 갖춘 자동화유리온실이었지요. 귀국한 그는 포철 녹화부서에 메모를 내립니다.

네덜란드 자동화유리온실에 녹화부서 직원을 견학 보낼 것. 광양제철소 앞 자투리땅에 유리온실을 짓고, RIST가 설비기술력을 국산화할 것. 향후 3년의 실험재배가 성공적으로 끝나면 전남 3개 군에 회사의 예산으로 유리온실을 보급하고 재배기술을 무료로 보급할 것. 전남이 한국 유리온실재배의 메카가 되고, 유리온실이 한국의 농업기반으로 육성될 수 있도록 최대한 협조할 것.

이듬해 봄에는 광양제철소 앞에 한국 최초의 자동화유리온실이 들어서게 되지요. 추진한 사람이 머잖아 포스코를 떠나게 되는 정치적 환경 때문에 메모 그대로 확산되지는 못하지만…….

박태준이 캐나다 워털루공과대학에서 명예공학박사학위를 받고 돌아온 12월,

미국의 S&P(스탠더드앤드푸어스)와 무디스가 포스코에 최고 신용등급을 매겼습니다. S&P로부터 받은 A+ 등급은 한국 제조업체 중 최고, 무디스로부터 받은 A2 등급은 세계 철강업체 중 최고. 포스코가 세계 철강업계의 정상이라는 객관적 증명인 동시에 박태준의 21세기 구상은 실현될 수 있다는 대변이었습니다.

## 음성다중방송의 종점

1992년 정초, 노태우가 박태준을 청와대로 초대합니다. 새해를 맞아 여당 총재가 여당 최고위원을 초대하는 것은 자연스러운 모습입니다. 그런데 비공개에다 독대였습니다. 문득 대통령이 물었습니다.

"왜 운동을 안 하십니까?"

"운동이라니요?"

"대통령후보 당내 경선이 제대로 이뤄지려면 박 선배께서도 운동을 하셔야죠."

"대권 후보는 YS한테 주기로 돼 있는 것 아닙니까?"

"경쟁을 해야지요. 경쟁 없이 민주주의가 되겠습니까?"

1월 10일 대통령 연두기자회견. 노태우 뒤에 민자당 수뇌부가 나란히 앉았습니다. 김영삼의 귀를 찌르는 기자들의 질문이 반복됩니다.

"민자당 차기 대권후보로 김영삼 대표를 지명 또는 내정한 것입니까?"

몇 번을 에두른 노태우가 기어이 날을 세웁니다.

"국민학교(초등학교) 반장도 선거로 뽑는데, 그런 것은 민주주의를 모독하는 권위주의 시대의 발상이므로, 당헌 당규에 따라 자유경선의 원칙을 지킬 것입니다."

박태준의 귀에는 며칠 전에 들었던 '운동'이란 말과 뒤엉켰습니다. 김영삼은 저만치 다가온 국회의원선거를 헤아리며 분을 삭였습니다. 김대중의 야당(민주당)도 만만찮은 상황에서, 정주영 현대그룹 회장이 급조한 국민당이 기세를 올리는 중이었지요. 거대여당은 과반의석 확보에 비상을 걸었습니다. 김영삼은 비례대표 1번, 박태준은 비례대표 2번으로 전국을 돌며 지원유세에 나섰습니다.

3월 24일 총선. 민자당의 과반의석 확보 실패, 민주당의 약진, 국민당의 원내교섭 단체 성립. 박태준은 책임을 지겠다며 최고위원 사퇴서를 냈습니다. 노태우와 김영삼이 그것을 반려했지만, 더 엄청난 정치행사가 그들을 기다리고 있었습니다. 민자당 차기 대통령후보 선출 전당대회.

3월 31일 언론들이 '박태준·이종찬, 민자당 대선후보 출마선언'을 보도합니다. 서울의 다선의원 이종찬은 출마 선언을 했고, 박태준은 아직 신중하게 출마를 생각하는 중이었습니다. 그는 세 가지 원칙부터 세웁니다. 노태우의 거듭된 확언대로 자유경선이 이뤄진다면 국가 비전을 걸고 한 번 도전해 보겠다. 당내 경선에서 이기고 대선도 이긴다면, 경제도 민주주의도 대한민국을 한 단계 더 끌어올리겠다. 당내 경선에서 패하면 깨끗이 승복하고 우리 후보의 승리를 위해 최선의 노력을 바치겠다.

여당(민자당) 내 '반YS' 의원들이 박태준과 이종찬의 후보단일화 협의체를 구성합니다. 문제는 '자유경선'과 '페어플레이'에 대한 노태우의 진심이었지요. 4월 6일 그는 '경선의 공정한 관리자로서 경선의 원칙과 원만한 진행이 확립되도록 하겠다'고 큰소리쳤습니다. '민주주의의 대통령'으로 남겠다는 열망 같았지요. 그런데 김영삼 측에서 '제한적 경선론'으로 반격에 나섭니다. 골자는 '노태우 대통령의 김영삼 대표에 대한 지지의사 표명, 특정인사의 불출마 요구'였습니다. '특정인사'란 바로 박태준을 가리키는 것이었지요.

4월 12일 박태준은 민자당 수뇌부와 골프 회동을 합니다. 국민에게 단합 이미지의 사진을 보여주려는 이날도 노태우는 종전의 주장을 강하게 되풀이합니다. 언론의 시선이 박태준에게 집중되었습니다. 그의 선택이 민자당 경선 판도의 분기점이란 관측이 지배적이고, 마침 박태준과 이종찬의 단일화 방안도 종착에 들어서고 있었던 겁니다. 이때 노태우가 밀파한 심부름꾼이 박태준을 찾아옵니다.

"김영삼 대표가 경선을 하더라도 박 최고위원을 빼놓고 다른 사람과 하겠다고 합니다."

"이봐, 그게 무슨 경선이야? 그게 무슨 민주주의야? 평생 민주화투쟁을 해왔다면서 그런 소리가 나와? 내가 이긴다는 보장이 어딨어? '노심'이 YS한테 있는데, 내가 어떻게 이겨? 그런데 왜 민주주의의 반역자 같은 소리를 하는 거야?"

그는 이왕에 나서면 제대로 해볼 작정이었습니다. 박태준의 결행이 성립될 것인가? 두 가지 전제조건이 필요했습니다. 수없이 반복한 노태우의 '공정한 자유경선'이 참말이어야 한다는 것, 김영삼의 '특정인사 불출마' 요구가 사라져야 한다는 것.

4월 18일 신문들이 '박태준 최고위원 경선 불출마 선언'을 보도했습니다. 대외용 명분은 이종찬이 출마의사를 고집한다는 것. 노태우가 직접 나서서 '살신성인', '당의 귀감' 따위 미사여구까지 동원하여 직접 음성다중 방송을 했습니다. 그러나 박태준은 노태우와 김영삼에게 벽을 쌓았습니다. 그것은 지도자의 자질에 대한 실망과 분노였습니다. 당장에 민자당 최고위원과 국회의원을 벗어던지고 싶었습니다. 하지만 전쟁터의 혈기 넘치는 청년장교가 아니었습니다. 조만간 포스코 25년 건설의 대역사에 유종의 미를 찍어야 하는, 인생의 가장 귀중한 시간이 그를 기다리고 있었습니다.

5월 17일 민자당의 대선 후보 경선은 김영삼 단독후보에 대한 찬반 투표가 되었습니다. 대통령의 중립을 요구해온 이종찬 후보가 막판에 사퇴한 것이었지요. 노태우의 체면을 엉망으로 만든 결과는 김영삼 66.8% 득표. 민주당은 김대중을, 국민당은 정주영을 후보로 내세우게 됩니다.

박태준이 모욕을 인내하는 가운데 언론들은 그의 향후 행보에 대한 추측기사를 남발했습니다. 정주영과 손잡을 것이다, 새로운 당을 만들 것이다……. 그는 일절 반응하지 않았습니다. 아직 개인적인 영광의 계절은 이어지고 있었습니다. 5월 30일 한국경영학회의 '한국경영자 대상' 수상, 6월 16일 모스크바대학의 명예경제학박사학위 수여, 6월 23일 미국 철강생존전략회의의 '윌리코프상' 수상, 종합준공 100일을 앞둔 광양 4기의 카운트다운 개시.

모스크바에서 뉴욕으로 갔다가 6월말 김포공항에 내려 귀빈실로 걸어가는 박태준은 문득 정치가 괴롭혀온 1992년도 절반이 지났다는 생각을 하고는 자신의 몸에 걸쳐진 정치의 갑옷을 굉장히 거추장스럽게 느낍니다. 앞으로 석 달 동안만 더 거추장스런 것을 걸치면 되는구나. 이렇게 안도해 보는 그의 앞에는 세계에서 가장 높은 철(鐵)의 정상이 기다리고 있었습니다.

## 철의 용상에 하루만 앉고

1992년 8월 24일 베이징에서 '한중수교공동성명'이 발표됩니다. 며칠 전 칠레 정부의 훈장을 받은 박태준은 중국과 베트남 진출을 구상합니다. 1980년대 중반부터 홍콩을 거점으로 중국 교역을 넓혀온 포스코는 국교 수교보다 앞서 베이징에 사무소를 개설하고 있었습니다. 중국은 포스코에 우호적이었지요. 그것은 무엇보다 1978년 덩샤오핑이 일본을 방문했을 때 이나야마에게 "박태준을 수입하면 되겠다"고 했던 그 유명한 일화의 영향을 받은 것이었지요.

박태준은 거듭 단단히 결심합니다. '25년 대역사를 마치면 정치에서 완전히 떠나, 회장직은 부회장에게 물려주고, 명예회장을 맡아 해외진출사업에 전념하며, 중국과 베트남을 우선 방문한다. 이 구상을 남방정책이라 부르겠다.' 그 명칭에는 소련에 공을 기울인 노태우의 '북방정책'과 대비하는 뜻도 담았습니다.

1992년 10월 2일 포스코 4반세기 종합준공식에서

9월 18일이었습니다. 점심식사를 마치고 승용차 안에서 노태우의 민자당 탈당 뉴스를 들은 박태준이 당사에 들러 비서실장을 불렀습니다.

"당장에 당을 떠나야겠소. 탈당에 대한 한마디 상의도 없었잖소? 괘씸해."

"제 판단에도 최고위원님의 생각이 옳은 것 같습니다. 그러나 한 가지 고려할 사항이 있습니다."

"그게 무슨 말이오?"

"당장에 탈당하시면 다른 사람들은 노 대통령과 합작해서 탈당했다고 오해할 것입니다. 탈당을 하실 때 하시더라도 날짜를 따로 잡는 게 좋다고 생각합니다."

박태준은 건의를 받아들였습니다. 심각한 대화가 진로문제로 나아갔습니다. 비서실장은 김영삼을 돕는 것도 하나의 길이라고 건의합니다. 하지만 그는 고개를 저

광양제철소 전경

으며 말합니다.

"내 양심으로는 YS를 구국의 영웅이라고 외칠 수 없소."

지원을 받아야 할 노태우에게 '탈당'이라는 기습강타를 얻어맞고 충격에 빠졌던 김영삼이 사흘 만에 박태준을 찾아 '선거대책위원장'을 맡아달라고 부탁합니다. 그러나 그는 탈당계 제출과 정계은퇴의 시기만 재는 사람이었습니다.

노태우의 9월 25일 유엔 방문 후 귀국, 9월 30일 중국 방문 후 귀국. 박태준은 영일만에 머물러 있었습니다. 여당 최고위원이 대통령 귀국의 공항 영접을 거부한 것은 반감의 노골적 표현이었습니다. 10월 1일 한겨레신문이 톱뉴스로 '박 최고, 노 대통령·김 총재와 불화'라는 제목을 뽑고, 박태준이 선거대책위원장직을 고사했으며 정계은퇴를 할 수 있다고 보도했습니다.

10월 2일, 광양만의 대낮은 눈부신 쪽빛 가을날이었습니다. 광양 4기 종합준공식. 그러나 행사장에는 '포항제철 4반세기 대역사 종합준공'이 걸렸습니다. 1968년 창업한 이래 숱한 고난을 헤치며 장장 25년에 걸친 제철소 건설의 대역사를 마무리하는 장엄한 자리에 1만2천여 명이 모였습니다. 박태준 회장과 임직원, 노태우 대통령, 그리고 외교사절들, 국내외 취재진, 직원 가족들, 지역사회의 축하객들……. 그러나 여당의 대통령 후보로 뽑힌 김영삼의 모습은 보이지 않았습니다. 며칠 동안 박태준에게 선대위원장을 맡아달라고 강권했으나 정작 위대한 잔치에는 나타나지 않았던 겁니다.

박태준의 항의 표시에 심기가 불편해도 노태우는 "포스코의 위업은 세계 철강사에 길이 빛날 금자탑이 될 것"이라고 치하합니다. 세계철강협회 회장은 "포스코와 박태준 회장이 이룩한 업적은 추진력과 엄격성과 탁월성으로 세계에 빛나는 모범이며, 찬사와 존경을 아끼지 않는다"고 격찬합니다.

이어서 박태준의 차례. 두 개의 마이크가 놓인 자리, 금빛도 은빛도 없는 그저 평범한 자리. 그러나 그 자리는 20세기의 철강황제, 세계 최고의 철강인만 앉을 수 있는, 보이지 않는 철(鐵)의 용상(龍床)이었습니다. 지난 몇 년에 걸쳐 박태준의 인생에 펼쳐진 영광의 계절이 마침내 찬란한 절정으로 치달은 자리이기도 했습니다.

벅찬 감회에 가슴이 뭉클한 그는 포스코 회장에서 스스로 물러날 결심을 굳혔지만 목소리는 여느 때와 다르지 않았습니다.

민족경제의 초석을 다진다는 일념으로 몸 바쳐 일하다가 유명을 달리하신 동지들의 혼령이 오늘 이 자리를 지켜보고 계신다고 생각하니 실로 만감이 교차합니다. 제철보국의 정신 아래 '민족기업·인간존중·세계지향'의 기업이념을 더욱 충실히 펼쳐나가는 한편, 국민 여러분의 끊임없는 사랑을 바탕으로 어떤 어려움도 헤쳐 나가면서 기필코 '다음 세기의 번영과 다음 세대의 행복'을 창조하는 국민기업의 지평을 열어갈 것입니다.

위대한 잔치가 끝났습니다. 손님들이 돌아갔습니다. 장엄한 무대에 올랐던 모든 의자가 치워졌습니다. 20세기의 철강황제, 세계 최고의 철강인이 앉았던 '평범한 의자'도 치워졌습니다. 물론 그것은 '철의 용상'이 하루 만에 치워진 일이었습니다.

한 사람의 손님처럼 광양을 떠난 박태준은 서울 자택으로 돌아왔습니다. 밤이 깊었습니다. 잠이 오지 않았습니다. 이따금 눈시울이 뜨끔거렸습니다. 그러나 아직 눈물을 맺을 때가 아니라고, 그는 몇 차례나 다짐했습니다. 가장 깊은 속마음을 솔직히 펼쳐 보일 자리는 따로 있었습니다. 쇳물처럼 뜨거운 격정을 안으로 차분히 다스려서 찬찬히 풀어놓을 자리가 따로 있었던 겁니다.

## 혼령이라도 계신다면

날이 밝았습니다. 1992년 개천절. 국내외 신문들이 일제히 '포철 대역사의 대미'에 최상의 찬사를 보냈습니다. '포철 신화'에서 한국인은 뿌듯한 자부를 느낀다고 강조했습니다. 이렇게 좋은 날, 신문마다 온통 찬사를 쏟아낸 아침, 박태준은 하얀 와이셔츠 위에 검은 양복을 입고 검은 넥타이를 맸습니다. 반드시 가야 할 곳이 있었습니다. 그의 보고를 들어줄 혼령이 기다리는 곳으로 가야 했습니다.

대체 묻힌 영혼의 숫자가 얼마나 될까요? 한국 현대사의 영욕을 침묵 속에서 웅변하는 어마어마하게 넓은 묘역, 서울 동작동 국립 현충원.

박태준은 박정희의 묘비 앞에 정중히 머리를 숙였습니다. 그의 뒤에는 아내 장옥자, 고인의 아들과 딸, 그리고 몇 사람이 묵념의 자세로 섰습니다. 그가 두루마리를 펼쳤습니다. 한지에 붓으로 쓴 보고문. 비로소 그는 눈물을 흘릴 수 있을 것 같았습

국립 현충원 박정희 유택 앞에서 임무완수 보고를 올리는 박태준

니다. 목소리가 젖어도 좋을 것 같았습니다. 자신의 인격과 신념과 포부를 완전히 알아주고 믿어줬던 한 사나이를, 그는 사무치게 그리워하고 있었습니다.

　각하! 불초 박태준, 각하의 명을 받은 지 25년 만에 포항제철 건설의 대역사를 성공적으로 완수하고 삼가 각하의 영전에 보고를 드립니다.

　포항제철은 빈곤타파와 경제부흥을 위해서는 일관제철소 건설이 필수적이라는 각하의 의지에 의해 탄생되었습니다. 그 포항제철이 바로 어제, 포항·광양의 양대 제철소에 연산 조강 2천100만 톤 체제의 완공을 끝으로 4반세기에 걸친 대장정을 마무리하였습니다.

　"나는 임자를 잘 알아. 이건 아무나 할 수 있는 일이 아니야. 어떤 고통을 당해도 국가와 민족을 위해 자기 한 몸 희생할 수 있는 인물만이 이 일을 할 수 있어. 아무 소리 말고 맡아!"

　1967년 어느 날, 영국 출장 도중 각하의 부르심을 받고 달려간 저에게 특명을 내리시던 그 카랑카랑한 음성이 지금도 귓전에 생생합니다. 그 말씀 한마디에, 25년이란 긴 세월을 철에 미쳐 참으로 용케도 견뎌왔구나 생각하니, 솟구치는 감회를 억누를 길이 없습니다.

　돌이켜보면 형극과도 같은 길이었습니다. 자본도 기술도 경험도 없는 불모지에서 용광로 구경조차 해본 적 없는 39명의 창업요원을 이끌고 포항의 모래사장을 밟았을 때는 각하가 원망스럽기도 했습니다. 자본과 기술을 독점한 선진 철강국의 냉대 속에서 국력의 한계를 절감하고 한숨짓기도 했습니다. 터무니없는 모략과 질시와 수모를 받으면서 그대로 쓰러져버리고 싶었던 때도 있었습니다.

　그때마다 저를 일으켜 세운 것은 '철강은 국력'이라는 각하의 불같은 집념, 그리고 13차례에 걸쳐 건설현장을 찾아주신 지극한 관심과 격려였다는 것을 감히 말씀드립니다.

포항 4기 완공을 1년여 앞두고 각하께서 졸지에 유명을 달리하셨을 때는 철강 2천만 톤 생산국의 꿈이 이렇게 끝나버리는가 절망하기도 했습니다. 그러나 저희는 철강입국의 유지를 받들어 흔들림 없이 오늘까지 일해 왔습니다. 그 결과 포항제철은 세계 3위의 거대 철강기업으로 성장하였으며, 우리나라는 6대 철강대국으로 부상하였습니다.

각하를 모시고 첫 삽을 뜬 이래 지난 4반세기 동안 연인원 4,000만 명이 땀 흘려 이룩한 포항제철은 이제 세계의 철강업계와 언론으로부터 최고의 경쟁력을 지닌 철강기업으로 평가받고 있습니다.

그러나 이것이 어찌 제 힘이었다고 할 수 있겠습니까? 필생의 소임을 다했다고 생각하는 이 순간, 각하에 대한 추모의 정만이 더욱 새로울 뿐입니다. "임자 뒤에는 내가 있어. 소신껏 밀어붙여봐." 하신 한마디 말씀으로 저를 조국 근대화의 제단으로 불러주신 각하의 절대적인 신뢰와 격려를 생각하면서 다만 머리 숙여 감사드릴 따름입니다.

각하! 일찍이 각하께서 분부하셨고, 또 다짐 드린 대로 저는 이제 대임을 성공적으로 마쳤습니다. 그러나 이 나라가 진정한 경제의 선진화를 이룩하기에는 아직도 해야 할 일들이 산적해 있습니다. 혼령이라도 계신다면, 불초 박태준이 결코 나태하거나 흔들리지 않고 25년 전의 그 마음으로 돌아가 잘사는 나라 건설을 위해 매진할 수 있도록 굳게 붙들어주시옵소서.

불민한 탓으로, 각하 계신 곳을 자주 찾지 못한 허물을 용서해주시기를 엎드려 바라오며, 삼가 각하의 명복을 빕니다.

부디 안면하소서!

박태준은 자신과 박정희의 독특한 인간관계 ─ 제철보국이라는 시대적 대의에 대한 약속을 완전히 실현한 '절대적 신뢰의 인간관계'를 1992년 개천절의 국립묘지한 귀퉁이에서 마침내 비장한 아름다움으로 매듭지었습니다. 가을 햇살이 하늘의 따뜻한 위무처럼 그의 정수리에 머물고 있었습니다.

## 하노이 바딘광장

1992년 10월 5일 박태준은 오래 전 결심한 대로 포스코 회장 자리에서 스스로 물러났습니다. 그날 제출한 자필 '사임서'에는 다음과 같이 적었습니다.

> 포항제철 2,100만톤 체제를 성공적으로 마무리지은 영광을 끝으로 대표이사 회장직을 사임코저 하오니 청허(聽許)하여 주시기 바랍니다.

돌연한 소식을 전해들은 임직원들은 곧바로 "지금 회사는 대내외적으로 가장 영광스러우면서도 가장 중차대한 변화의 시기에 직면해" 있기 때문에 반드시 '사퇴'를 철회해야 한다는 건의문을 올렸습니다. 하루 이틀 지나는 사이에 임직원의 가족들이 본사로 몰려와 "사퇴 절대 불가"를 외치는 집단행동에 돌입했습니다. 이들을 비난하는 말도 뒤따랐습니다. "박태준이 회장을 죽을 때까지 해먹으려고 임직원뿐 아니라 가족들까지 동원해서 쇼를 벌인다." 하는 식이었지요. 하지만 그런 악의적인 마타도어(흑색선전)가 나돌기 전에 이미 그의 진심을 담은 친필 메모가 회장 비서실에 도착해 있었습니다. 사퇴 철회 '건의문'의 여백, 거기에 다음과 같이 명백한 거부의사를 밝혔던 겁니다.

> 충정은 이해하나 사람이란 때가 되면 진퇴를 명확히 해야 한다고 사료됨. 24년

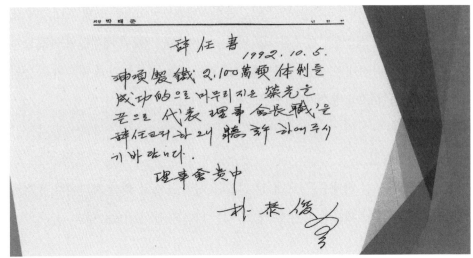

박태준의 육필 사임서

辭任書　1992. 10. 5.

浦項製鐵 2,100萬噸 体制를 成功的으로 마무리 지은 榮光을 끝으로 代表理事會長職'은 韓國政府 와 그 国民 主權 하여 주시기 바랍니다.

理事會 貴中

朴泰俊

表任書로 理解하나, 사랑어린 그내 마음과 建言의 뜻을 明確히 하여 아쉬나마로 建議文과 함

24개 6반(日)月 간 苦難은 身体的으로나 精神的으로도 견디기어려울 程度의 打擊이 되었음.

저희 임원 일동은 그간 회장님의 거취와 관련된 언론보도를 접하고 갈피를 잡지 못하는 가운데서도, 이는 단순한 추측보도이거나 아니면 회장님과 회사를 음해하는 부추김일 것으로 생각하고 애써 마음을 달래 왔습니다.

그러나 막상 오늘 회장님의 돌연한 사퇴서 제출이라는 청천벽력같은 사태를 접하고 충격과 당혹감을 금치 못하겠습니다.

우리는 엊그제 회사의 4반세기 대역사의 종합준공을 축하하였습니다.

그러나, 이 축하는 결코 회사 역사의 끝이 아니라 새로운 시작이며, 우리 모두가 회장님을 중심으로 더욱 단결하여 새로운 4반세기의 역사를 창조해 나가야 한다는 결의였기에 더욱 값진 것이라고 생각하고 있었습니다.

그러나, 이것이 만에 하나 회장님의 사퇴를 위한 한 단계였다면, 저희들로서는 이것이거늘 더 축하해야 할 경사스러운 날이라는 의미를 어디에서도 찾을 수 없습니다.

한마디로 회장님없는 회사의 미래는 없으며, 발전도 없다는 것이 저희들의 일치된 신념입니다.

지금 회사는 대내외적으로 가장 영광스러우면서도 또한 가장 중차대한 변화의 시기에 직면해 있습니다.

임직원들의 사임 반대 건의를 반려하는 육필 메모

6개월의 고난은 신체적으로나 정신적으로도 견디기 어려울 정도의 타격이 되었음을 여러분이 이해해주기 바람.

그동안 여러 임직원이 고난과 시련을 함께 견뎌내고 포철의 오늘을 있게 해주신 협조에 대해 만강(滿腔)의 경의를 표합니다.

며칠 지나서 포스코는 임시 주주총회를 열어 황경로를 제2대 회장에 선출하고 박태준을 명예회장

으로 추대했습니다. 명예회장을 수락하고 해외진출 업무에 전념하겠다고 밝힌 그는 '남방정책'의 장도에 올라 한 달쯤 지난 1992년 11월 하순, 중국을 거쳐 베트남 하노이에 도착합니다. 한국이 베트남에 파병했던 불행한 과거사가 있지요. 젊은 시절에 청년장교로서 전쟁터를 누비기도 했던 그의 마음은 착잡하고 경건했습니다.

박태준은 첫 일정으로 바딘광장의 호치민 영묘를 참배합니다. 청렴하며 지혜롭고 유연하며 단호했던 지도자의 유택은 뜻 깊은 곳에 마련돼 있습니다. 1945년 9월 호치민이 주석단 중앙에 서서 베트남 독립을 선포했던 바로 그 자리입니다.

평안히 잠든 노인처럼 누운 고인을 향해 명복을 빈 박태준은 가장 청렴했던 지도자의 육신을 영원히 부패하지 않도록 모셔둔 성역을 나서며 묘한 생각에 잠겼습니다. 한국에 돌아가서 가장 부패한 정치지도자의 육신을 영원히 부패하지 않게 안치하는 묘역을 하나 만든다면, 그것이 한국 정치지도자들의 부패를 예방해줄 수 있을까?

'도이 모이'라는 개방정책을 시행하는 도 머으이 당서기와 만난 박태준은 그의 인품과 영혼에서 호치민의 제자다운 냄새를 맡을 수 있었습니다. 인민에 대한 사랑과 국가경제 재건에 대한 열정이었지요. 박태준은 거듭 확신했습니다. 경제발전에 먼저 성공한 한국이 베트남에 적극 투자하는 것은 한국의 베트남에 대한 과거의 빚을 갚아나가는 길이며 한국의 도덕성을 높이는 길이라고. 주인은 경제개발 방향에 대해 묻고, 손님은 경험의 장단점을 간추려 진지하게 답하는 자리가 되었습니다. 구체적 사안도 다뤘습니다. 연산 20만 톤 규모의 전기로 공장 건설, 파이프공장 건설, 하노이-하이퐁 고속도로 건설 등이 화제에 올랐습니다.

이윽고 작별 포옹을 나누고 서로 손을 잡았습니다. 도 머으이가 박태준에게 아쉬운 표정으로 말했습니다.

"내가 왜 이렇게 늦게 당신을 만나게 되었는지 원망스럽군요."

# 에필로그

# "독재의 사슬도, 빈곤의 사슬도 기억케 하라!"

### 쓰라린 이별, 아름다운 해후

1997년 새해를 박태준은 도쿄의 13평 아파트에서 맞았습니다. 1993년 봄날에 포스코 명예회장마저 그만둔 뒤부터는 줄곧 해외를 떠돌고 있었습니다. 1992년 가을에 표출됐던 정치적 갈등과 대립의 악연이 그에게 포스코나 국가의 일을 맡을 수 없게 하는 환경을 조성했던 겁니다. 포스코로서도 국가적으로도 너무나 안타까운 손실이 되고 말았지만, 1993년부터 10년 동안 매년 1조원씩 정보통신사업에 투자하기로 했던 '원대한 구상'도 무산됐지요.

아무런 공식적 일정이 없는 생활에 적응해온 '세계 최고의 철강인'은 그동안 두 번의 비보를 들어야 했습니다. 1994년 4월 30일, 빅토르 위고의 『레 미제라

어머니를 유택으로 모시고 있는 박태준. 영정 든 이는 외아들 박성빈

블』에 나오는 파리의 하수도를 살펴본 다음에 받았던 것은 김호길 포스텍 총장 별세였지요. 친선체육대회에서 일어난 불의의 사고로 졸지에 세상을 떠났던 겁니다. 그리고 그해 10월 9일에는 검정색 양복을 입어야 했습니다. 어머니 별세. 향년 87세. 1906년에 태어나 고통과 비극으로 점철된 한반도의 20세기를 헤쳐 나왔던 무명의 한 여인은 삶의 눈꺼풀을 영원히 닫는 찰나에도 장남을 기다리며 그리워했을 테지요. 그 그리움의 무게는 필생의 무게와 맞먹었는지 모른다고 생각한 늙은 장남은 무너져 내리는 가슴을 부여안고 어머니의 영전 앞에 엎드려 눈물을 쏟았습니다.

평생을 일만 해온 사람이 일을 손에서 놓은 지도 어느덧 4년, 박태준은 신년 구상의 핵심에 귀국을 놓았습니다. 자신과 척을 진 김영삼 정권도 막바지에 다다랐으니 '참으로 길어진 휴가'를 마쳐야겠다는 결심이었지요. 어쩌면 새로운 시작을 축하하는 꽃소식이었을까요? 1월 27일 저녁, 그는 도쿄 한국문화원으로 찾아갑니다. 화가 한인현 전시회 개막.

도쿄 한국문화원에서 작품 「만남」 앞에 선 박태준과 한인현(왼쪽)

6·25전쟁 후반기의 국군 5사단 사령부. 박태준 중령은 1·4후퇴의 소용돌이에서 혈혈단신으로 내려온 네 살 아래의 '감수성 예민한 문관 청년'을 친동생처럼 보살 핀 적이 있었습니다. 그가 한인현이었지요.

"우리가 얼마 만이지?"

"44년 만입니다."

"벌써 그렇게 됐나?"

고희의 철강인, 예순여섯의 화가. 눈시울을 붉힌 두 늙은이는 방금 맞댔던 두 가 슴 사이에 무려 44년이 가로놓였다는 사실을 얼른 믿을 수가 없었습니다.

"5사단에 계실 때는 프랑스에 가서 그림공부를 하면 좋을 텐데 하셨고, 헤어질 때는 앞으로 어려운 일이 생기면 언제든지 연락하라고 하셨는데, 이제야 연락을 드 리게 되었습니다."

"참 무정한 사람이구나. 자네는 내 연락처를 쉽게 찾을 수 있었을 텐데."

"가끔 마음을 냈지만 너무 유명해서 뵙지 못하다 지금은 평범한 야인으로 계시 니 용기를 냈습니다."

"못난 사람……. 너무 늦었지만 연락 잘했어. 그래, 기어이 좋은 그림을 그리는 화가가 됐구나."

'좋은 그림을 그리는 화가' 한인현. 그는 청년장교 박태준의 기원과는 달리 '외 국에 나가서 그림공부'를 하지 못했습니다. 부모형제는커녕 일가친척도 없는 홀몸 으로 남한에 정착한 그에게 외국 유학이란 그림의 떡이었지요. 천부적 재능에 대한 부단한 절차탁마, 이것이 그가 걸어온 화가의 길이었습니다.

"우리도 사진 한 장 남기세."

"예에……. 밖에 나와서 고생이 많으셨지요?"

"다 지나갔다. 1·4후퇴 뒤의 자네보다는 내 처지가 훨씬 나았을 테지."

"그때 저한테는 박태준 중령이 계셨지요."

"그래, 고맙다. 저기가 좋겠다."

박태준이 지목한 그림은 한인현의 「만남」이었습니다. 오랜 세월을 사무치도록 그리워해온 어머니와 상봉한 어린 아들이 어머니의 품에 존재 전체를 맡기는 그림. 그는 한눈에 알아차렸지요. 늙은 예술가의 영혼에 쓰라린 이산의 고통과 혈육에 대한 그리움이 파동치고 있다는 것을…….

한인현은 '사람 박태준의 색깔'을 이렇게 그려냈습니다.

> 가장 외롭고 쓸쓸했던 전쟁 시기에 그분을 만났던 것이 가장 큰 힘이 되었습니다. 사병식당에 가서 국 끓이는 가마솥을 직접 휘저어보는 장교였어요……. 강하면서 부드럽고, 굵으면서 섬세하고, 단호하면서 따뜻한 가슴. 이것이 내 기억에서 일생 변하지 않는 박태준이란 사람의 색깔입니다.

대통령 박정희가 서거한 다음부터, 다시 말해 1980년부터 포스코로 불어오는 정치적 외풍을 막아내는 울타리가 되기 위해, 또는 포스코 회장의 인사권을 틀어쥔 권력자의 정치적 계산서에 의해 정계에도 부업하듯이 몸을 담아야 했던 박태준. 그가 '정치적 방법'으로 다시 국가를 위해 일할 수 있는 기회를 맞은 것은 1997년 5월로, 한국철강의 고향인 포항에 국회의원 보궐선거가 결정됐습니다.

### '겡제'는 가라, '경제'가 왔다!

1997년 5월 7일 박태준을 태운 승용차가 포스텍 들목을 지날 때, 빗방울 몇 개가 차창에 떨어져 꽃잎으로 찍힙니다. 마침 포항은 극심한 가뭄에 시달리는 늦봄이었지요. 그날 저녁, 포항의 한 아파트에 짐을 부린 그는 이튿날 아침에 '죽도시장 번

선거의 승리를 안겨준 포항시민에게 인사하는 박태준

영회'의 초청을 받아 담소를 나누게 됩니다. 7월 24일의 국회의원 보궐선거를 준비하는 노병이 첫 출정에 나선 것이었지요.

박태준의 상대는 둘이었습니다. 집권여당의 젊은 후보와 '민주당'이란 야당의 총재인 이기택 후보. 선거전의 양상은 야당 거물 이기택 후보와 무소속 박태준 후보의 맞대결로 굳어집니다. 한 사람에겐 포항이 태어난 곳이고, 또 한 사람에겐 포항이 자신의 인생을 쌓아둔 곳이었지요. 두 거물의 진검승부는 한국과 일본 정계의 이목을 집중시킵니다.

박태준은 생각했습니다. 자신의 상대는 야당 총재가 아니라 자신과 정치적으로 척을 진 김영삼 대통령이라고. 이것을 함축한 표현이 슬로건으로 나옵니다. 〈'겡제'는 가라, '경제'가 왔다!〉 그는 시민들에게 외칩니다.

"김영삼 대통령은 '경제'를 '겡제'라고 발음합니다. 그래서 오늘의 한국 정부에서 '경제'는 사라지고 '겡제'만 설쳐대고 있습니다. 여러분, '겡제'가 '경제'를 살릴 수 있겠습니까? 없습니다. 결코 살릴 수 없습니다. 지금 무너지고 있는 한국 경제를 살리기 위해 하루빨리 경제는 '경제'가 맡아야 합니다. 여기, 시민 여러분 앞에 한국경제를 회생시킬 '경제'가 돌아와서 외치고 있습니다. '겡제'를 심판합시다. '경제'를 살립시다. '겡제'는 가라! '경제'가 왔다!"

'겡제'는 가라, '경제'가 왔다! 박태준의 외침은 재미난 동요처럼 포항시내에 퍼져나갔습니다. 서울의 언론들도 불거지게 다뤘습니다. 그것은 포항시민과 많은 한국인에게 박태준이 왜 보궐선거에 출마했으며 현재 국가경제의 상황이 왜 그를 부르는가에 대해 따져볼 계기를 제공했습니다. 이때 한국경제는 외환위기의 국가부도사태 쪽으로 기울어가는 중이었지요.

'포철 신화의 주인공, 실물경제의 대가, 한국 산업화의 영웅, 세계의 철강황제'로 알려진 박태준의 거인 이미지는 자칫 평범한 시민들에게 거리감을 줄 수도 있었습니다. 이 염려를 극복하려는 늙은 후보는 몸을 아끼지 않았지요. 부단한 악수공세와 거리유세로 '시민 속으로' 들어갔습니다. 그럴수록 '더위'가 그를 힘들게 합니다. 하지만 그에겐 보병장교로서 한반도를 종단하고 포스코 지휘자로서 영일만과 광양만의 구석구석을 누빈 근육과 뼈가 있었고, 자신과의 투쟁에 패배하지 않으려는 강한 자존심이 건재했습니다. 민심의 대세는 세계 최고 철강인에게 힘을 안겨줘서 다시 큰일에 나설 기회를 줘야 한다고 형성되었습니다. 7월 24일 밤 11시 무렵, 박태준이 텔레비전 화면에 나타나 칼칼한 목소리로 당선 인사를 하게 됩니다.

"정말 감사합니다. 오늘의 이 승리를 반드시 국가와 포항에 돌려드리겠습니다."

'경제'가 확실히 시민의 품, 조국의 품으로 돌아온 순간이었지요. 선거운동 막바지에 몸을 다친 승자의 아내는 병원에 누워 있었습니다. 의사가 보름쯤 치료를 받아야 한다고 했지만, 그녀는 한참 동안 육체적 고통을 잊었습니다. 문득 지난 4년여 해외 유랑생활이 밀물처럼 몰려들면서 주체할 수 없는 눈물로 흘렸던 겁니다. 국회의사당에 가서 국회의원 선서를 한 박태준은 곧장 포항에 내려와 병원으로 달려갔습니다.

"이건 당신이 직접 달아줘야 돼."

그가 병상에 누운 아내의 손에 국회의원 배지를 놓았습니다. 핑그르르, 장옥자의 두 눈에 눈물이 고였습니다.

"당신이 달지 그러세요."

"안 그러면 의미가 없어. 형산강에 던져버릴까."

"예, 알았어요."

아내가 수줍게 상반신을 일으키고 남편은 허리를 구부렸습니다.

"축하합니다."

"고맙소. 그동안 고생 많았소."

박태준의 왼쪽 가슴에 금배지가 박히는 찰나, 지켜보는 사람들이 병실을 울음의 도가니로 바꾸었습니다.

## 21세기 대한민국의 새벽길을 위하여

'갱제'를 비판하며 화려하게 재기한 주인공이 국회에 들어서자 12월의 대통령 선거에 몰두한 정치인들이 서로 그의 팔을 이끌었습니다. 7월 28일에는 김종필과 김대중이, 29일에는 여당 대표 이회창이 박태준을 잡았습니다. '연대'를 모색하는 두 김은 '구원투수' 역할을, 이회창은 '선대위원장'을 부탁했지요. 그러나 그는 4년 만의 귀국을 기념하듯 누구든 부담 없이 만나고 다녀도 속으로 깊은 고심을 거듭하고 있었습니다. 국가적 상황을 통찰하는 가운데, 특히 '19세기 말'과 '20세기 말'의 한국을 비교해 보았습니다. 제국주의 외세의 침략과 집권층의 지리멸렬, 이것이 암수의 결합처럼 짝을 이뤄 탄생시켰던 19세기 말의 자주적 근대화 실패와 식민지 전락. 신자유주의의 세계화와 집권층의 무능, 이것이 암수의 짝을 이뤄 탄생시킨 20세기 말의 부패 재생산과 국가경제 위기. 이러한 사색과 고뇌의 향방은 9월 중순 〈21세기의 새벽길을 찾아서〉라는 특별강연에 고스란히 드러납니다.

현재 한국경제는 굉장히 심각한 위험에 빠져 있습니다. 이대로 가면 올해 연말을 못 넘기고 어느 코 큰 백인이 진주군 사령관처럼 김포공항에 내릴 것입니다. 그러면 상상 못할 국가적 대란을 맞이하게 됩니다. 이번 대선은 바로 그 국난에 대비하는 선택이 이뤄져야 합니다. 그래서 산업화세력과 민주화세력이 진정으로 화해하고 협력해야 하며, 영남과 호남이 정치적으로 이렇게 갈라져 있어도 안 됩니다. 국가의 총력을 집결시켜야만 전쟁을 이겨낼 것 아닙니까? 전쟁은 국가총력전입니다. 지금 우리는 과거의 정치적 고정관념에서 벗어나는 용기를 내야 합니다. 그래야 암담한 20세기의 최후를 돌파하여 21세기의 새벽길을 개척할 수 있습니다. 산업화세력과 민주화세력의 화해, 영남과 호남의 화합, 이 두 가지를 이루지 못하면 21세기가 열려도 우리는 새벽길을 볼 수 없을 것입니다. 나 자신부터 용기를 내야 하겠습니다.

이것이 10월 28일 'DJT'라는 신조어를 낳습니다. 야당 대통령 후보인 김대중(DJ), 그와 연대한다고 선언한 보수파 정치인 김종필(JP), 그리고 자유민주연합(자민련) 총재로 추대된 박태준(TJ), 이들의 연대를 한국 언론이 DJT라 부르기도 했습니다. 김대중과 손을 잡은 결단에 대해 박태준의 오랜 측근들은 회의적 반응을 보였

구미시 박정희 대통령 생가에서 화해를 말하는 김대중 대통령 후보와 함께(맨 왼쪽은 박지만)

습니다. 하지만 그는 그들을 설득하고 선거승리에 이바지하기 위해 최선을 바칩니다. 그리고 김대중 후보에게 고(故) 박정희 대통령과 화해하는 자리를 주선합니다.

1997년 12월 5일, 김대중은 부부 동반으로 경북 구미의 '박정희 생가'를 방문합니다. 산업화세력의 상징 박정희, 민주화세력의 대표 김대중. 박태준은 김대중과 함께 '산업화세력과 민주화세력의 화해, 영남과 호남의 화합'을 위한 역사의 디딤돌을 놓고 싶었습니다. 산 자가 찾아와 죽은 자와 맺어진 과거의 매듭을 푸는 그곳에는 500여 시민들이 한파를 무릅쓰고 모였습니다. 김대중은 진심에서 우러난 화해의 연설을 합니다.

고인이 경제에 7할을 바치고 인권에 3할을 쓴 분이었다면, 고인과 정치적으로 대결하던 시절의 나는 인권에 7할을 바치고 경제에 3할을 쓴 사람이었습니다. 고인과 나의 차이는 바로 거기에 기인한 것이었습니다.

이 자리에는 박정희의 외아들 박지만도 함께했습니다. 언론은 '박태준 총재가 박지만 씨를 설득한 것'이라고 보도했습니다. 사실이었지요.

대통령선거 투표일이 한 달도 남지 않은 11월 21일, 한국에는 어마어마한 사태가 터집니다. 외환(미국 달러화) 절대부족으로 국가부도 위기에 내몰린 김영삼 정권이 국제통화기금(IMF)에 긴급구제금융을 요청하기로 결정한 것이었지요. 그날 저녁에 박태준은 야당 총재로서 대통령의 요청을 받아 다른 정당의 대표들과 나란히 청와대 대책회의에 참석합니다. 김영삼과 5년 만의 재회. 이번에는 영광과 굴욕을 서로 바꿀 차례였습니다. 과거의 승자는 국가부도 사태와 권력형 부패에 대한 총체적 책임을 짊어져야 하는 '부끄러운 굴욕'의 의자에 앉게 되고, 과거의 패자는 그가 파괴한 경제를 수습하고 재건하기 위해 새로운 정책과 리더십을 발휘해야 하는 '험난한 영광'의 자리로 옮기게 되니까요.

기업의 부도행렬, 은행들의 연쇄파산, 거의 모든 주식의 휴지화, 실업자 사태, 원화가치 폭락……. 개발도상국의 희망이었던 한국이 느닷없이 캄캄한 나락으로 떨어진 상태에서 박태준의 예언대로 '코 큰 백인'이 김포공항에 진주군 사령관처럼 나타났습니다. 그의 이름은 미셸 캉드쉬, IMF 총재. 캉드쉬는 실제로 진주군 사령관과 마찬가지였습니다. 한국의 경제주권이 한시적으로 그의 손아귀에 들어갔으니까요. 역사상 초유의 이 사태를 한국인은 네 가지로 부릅니다. 아이엠에프(IMF) 사태, 외환위기 사태, 6·25전쟁 후 최대 국란, 그리고 정축국치(丁丑國恥). 정축국치란 일본에게 국권을 빼앗겼던 1910년(경술년)의 '경술국치'에 빗댄 말입니다.

박태준은 국가부도의 위기를 넘길 응급처방부터 맡아야 했습니다. 선거운동을 미뤄두고 도쿄로 달려가 일본 정부에 금융지원을 요청합니다. 빈사지경의 환자를 연명시킬 영양제와 혈액을 구해오는 사명을 완수하고 서울로 돌아오자, 한국사회는 어두운 늪 속으로 가라앉는 것 같은 암울한 분위기였습니다.

12월 18일 대통령선거는 차분하게 실시됩니다. 우리 국민은 김대중 후보에게 박빙의 승리를 안겼습니다. 여당의 이회창 후보를 39만 표로 따돌린 제일 공신은 김종필, 그 다음이 박태준이었습니다.

정축년이 갔습니다. 무인년 새해가 밝았지만 '정축국치'의 검은 그림자가 덮치고 있었습니다. 어떤 방법으로 희망을 세워서 밤의 등대처럼 깜박이게 할 것인가. 일찍이 한국전쟁에서 '절대적 절망은 없다'고 깨달았던 박태준은 '위기가 곧 기회'라는 금언(金言)을 새해의 희망으로 내걸었습니다.

진보와 보수의 공동정권을 준비하는 과정에서 박태준의 역할은 무엇보다 대통령 당선자 김대중을 도와서 무너진 경제를 재건하는 일이었습니다. 박태준은 재벌개혁의 5대 기본방안을 마련하여 김대중과 협의했습니다. 결합재무제표 조기도입, 상호지급보증 해소, 재무구조 개선, 주력기업 설정, 지배주주의 책임강화. 이것은 재벌개혁의 나침반이었고, 박태준은 재벌개혁의 선봉장을 맡았습니다. 그의 방향은 재벌기업에서 '소유와 경영의 분리'였습니다.

2월 6일 미국《월 스트리트 저널》은 박태준의 새로운 역할을 '영웅의 변신'이라 표현했습니다.《아시아 워싱턴포스트》는 "박정희 전 대통령의 막역한 동지였으며 관(官)주도 경제를 신봉한 핵심인물이기도 했던 박태준 씨가 이제 과거 군사정권에 의해 납치돼 암살될 뻔한 야당 출신 대통령의 핵심고문이 되어 박 전 대통령이 의존했던 족벌경영의 재벌을 직접 손질하고 있다"며 새 정권의 '경제전도사'라 지칭했습니다.

새 정권을 지휘할 지도자들의 동분서주 속에서 사회적 분위기에 활력이 살아나고 '다시 한 번 해보자'는 국민적 공감대가 형성됐습니다. 이것이 '금 모으기'라는 요원의 불길 같은 국민운동을 일으킵니다. 전후(戰後)의 폐허와 굶주림을 기억하는 한국인은 너도나도 조국을 위해 돌반지, 결혼반지, 기념 수저 등을 들고 나왔습니다. 메달을 들고 나온 이도 있었지요. 한국인의 끝도 없이 이어지는 '금 모으기'의 장엄한 행렬은 세계 여러 나라의 안방으로 생생히 중계되었고, 이것은 한국인이 틀림없이 국가부도 직전의 험난한 사태를 극복할 것이라는 믿음을 낳았습니다. 한국 경제에 들어온 파란 불은 '금빛의 파란 불'이었지요.

봄의 길목에서 박태준은 포스코 최고경영자 교체에 깊은 관심을 기울입니다. 1994년 3월부터 1998년 2월 현재까지 김영삼 대통령이 임명한 경제관료 출신의 외부인이 포스코 회장을 맡고 있었습니다. 그는 그것을 그냥 넘길 수 없었습니다. 그때까지도 포스코는 정부가 소유한 지분이 40%쯤 되는 공기업이었습니다. 얼마든지 대통령이 최고경영자 인사권을 행사할 수 있었습니다. 김대중 대통령은 포스코 최고경영자 교체에 대한 박태준의 의견을 존중합니다. 3월 17일 포스코 주주총회, 최고경영자 자리를 5년 만에 다시 포스코 출신이 맡게 됩니다.

박태준은 자유민주연합 총재로서, 공동정권의 한 축으로서, 김대중 대통령과 주례회동을 통해 국정을 조율하고 이따금 지역구인 포항도 찾았습니다. 포항의 한 모임에서 그는 솔직한 심경을 털어놓습니다.

"1995년 미국이 WTO체제를 관철시키면서 금융국경까지 붕괴시켰을 때, 그 의미와 파장에 대해 우리 대통령이 누구보다 긴장된 시선으로 공부해야 했습니다. 그러나 외환관리정책은 거꾸로 갔고, 이것이 불행의 시작이었습니다. 과거에 민주화투쟁을 해온 사람들은 단순히 인권 개선만 아니라 '부익부 빈익빈'의 사회구조를 개혁해야 한다고 주장했습니다. 나도 일정하게 공감해온 주장인데, 그러나 지난 정부의 무능과 실책에 의해 '20대 80'이라는, 가장 나쁜 '부익부 빈익빈'이 굳어지고 있습니다. 나는 당장 그것을 막아낼 힘이 없습니다. 경제회생이 급선무이기 때문입니다."

1998년 11월 12일 박태준은 국회에서 '교섭단체 대표연설'을 합니다.

노숙자, 명예퇴직자, 정리해고자, 대졸 미취업자. 이들은 정권이 잘못하고 정치가 잘못해서 만들어낸 이 시대의 희생자입니다. 잃어버린 그들의 삶은 우리가 책임져야 할 정치적 굴레이고 멍에입니다. 우리는 어떠한 일이 있더라도 금년 말까지는 경제·사회적 구조개혁을 끝내고, IMF를 벗어날 기반을 마련해야 합니다.

국회에서 교섭단체 대표 연설을 하는 박태준

아무리 늦어도 내년 중반 이후부터는 우리 경제가 다시 '플러스 성장'을 회복해야 합니다. 그러기 위해서 비장한 마음으로 정치인들이 스스로 정치를 개혁하는 도덕적 결단 위에 서야 합니다.

이어서 박태준은 언론과 인터뷰에서 '대한민국 근대화 40년'을 다음과 같이 평가합니다.

"6·25전쟁 후 민주화를 위한 투쟁의 한 정점이 4·19였고, 5·16 이후부터 산업화세력과 민주화세력의 갈등과 대립이 본 궤도에 진입했지요. 1961년부터 오늘날까지의 40년에 대하여 어떻게 평가할 것인가. 한 개인의 인생에서 40년은 거의 절대적인 시간이지만, 장구한 역사에서 40년은 한 개인의 인생에 비유하면 며칠에 불과할 수도 있는 건데, 그래도 질적인 기준에서는 매우 소중하게 다룰 수 있겠지요. 이런 시각에서 보면, 비록 현재는 IMF사태로 곤욕을 겪고 있지만, 지난 40년 동안 우리는 산업화도 성공했고 민주화도 성공했습니다. 어디까지나 한반도의 남쪽, 대한민국만을 염두에 둔 평가이지만, 수천 년에 걸쳐 대물림해온 절대빈곤의 역사에 마침내 종지부를 찍었고, 2차 세계대전 후 독립국들 중에 유례가 없는 수평적 정권교체를 성공시켜 민주주의의 새로운 단계에 진입했다는 사실에 대해 굉장한 의미를 부여할 수밖에 없을 것입니다. 다만, 분단 현실이 목에 가시로 걸리고 있지요."

1999년 7월 1일 박태준은 다시 국회 교섭단체 대표연설을 합니다. 그의 연설문에는 김대중 정부 1년6개월의 성적표가 반영됩니다.

되돌아보면 지난 1년 반, 우리들은 참으로 힘든 가시밭길을 걸어왔습니다. 엄청난 대가도 치렀습니다. 그러나 우리는 쓰러지지 않았습니다. 많은 것을 해내며 끝내 일어서고 있습니다. 400억 달러의 경상수지 흑자, 외환보유고 600억 달러, 기업과 금융의 구조개혁, 노동시장의 유연화, 외화유치, 국제적 신용평가의 재획득. 그야말로 비장한 도전이었고 경이적인 성취임에 틀림없습니다. 세계적인 경탄이 결코 과장이 아니라고 저는 생각합니다.

'IMF관리체제 조기극복'이라는 국가적 최대 목표가 성취될 것이라는 확신을 담은 연설이었습니다. 20세기가 저무는 12월 23일, IMF사태의 충격을 엔간히 극복해나가는 서울 거리에 휘황찬란한 크리스마스 불빛이 흐드러지게 피어난 그 시각, '세계 최고의 철강인' 앞으로 새로운 일이 다가오고 있었습니다. 국무총리 김종필

1997년 12월 김대중 대통령 후보 대선 광고 촬영에서(앞줄 왼쪽부터 김종필, 김대중, 박태준, 노무현)

이 자유민주연합 총재로 돌아오고, 박태준이 국무총리로 간다는 결정이 이뤄진 것이었지요.

그러나 박태준은 몇 달 지나지 않아 김대중 대통령에게 국무총리에서 물러나겠다는 뜻을 밝힙니다. 김종필 총재의 자유민주연합이 공동정권을 파기하여 이제부터 야당이라고 선언한 것이 정치적으로 곤란한 환경을 조성했지만, 대외적으로 공개하진 못해도 날마다 반복되는 각혈의 건강문제가 임계 수준이었습니다.

2000년 초여름, 73세, 철의 사나이, 그러나 늙어가는 그의 몸속에는 시나브로 3킬로그램까지 자라난 물혹이 달려 있었습니다. 적출하기에 위험하고도 까다롭게 그 위치는 폐 밑. 반복되는 각혈은 그 신생아 무게의 몹쓸 놈이 밀어 올리는 피였습니다. 나중에 집도한 의사가 그에게 알려주지만, 그 혹은 규사가 주성분이었습니다. 영일만의 모래, 그러니까 그의 물혹은 조국근대화의 제단에 바친 산업재해였던 거지요.

20세기 후반기의 한국 산업화 무대에서 단연 빼어난 주연이었던 박태준. 영일만과 광양만에서 철강신화를 창조하는 가운데 해방 이후 한국사에서 그와 동시대를 살아간 모든 방면의 모든 지도자를 통틀어 유일하게 세계가 인정한 '세계 최고'의 철강인 박태준. 1997년 10월부터 2000년 5월까지 한국이 50년 만에 수평적 정권교체를 달성하고 비참한 국가부도의 위기를 극복해낸 그 절박한 시기에, 그는 정치권력의 무대에서 과거의 순수한 열정과 화려한 경력을 바탕으로 김대중을 자문하고 지원하며 21세기 대한민국의 새벽길을 개척하는 '조연'을 맡았습니다. 역사의 관습은 조연에 대한 대접과 평가가 매우 옹색하다는 것을 세계 최고의 철강인은 잘 알고 있었지만, 정치권력의 무대에서 스스로 퇴장한 그는 지칠 대로 지친 몸으로 이제 자신의 건강을 되찾기 위한 고달픈 여정에 올라야 했습니다. 물론 그것은 자기 인생의 황혼을 폐 밑 '물혹의 억압'으로부터 해방시켜야 하는 길이었지요.

## "독재의 사슬도, 빈곤의 사슬도 기억하라"

뉴욕 코넬대학병원에서 폐 밑 물혹을 적출하는 대수술을 받고 회복기에 접어든 2001년 늦여름, 박태준은 문병 온 지인들과 즐거운 대화를 나누었습니다.

"제철소 지으면서 마신 모래들, 정치한다고 돌아다니면서 마신 먼지들, 그게 다 그놈의 물혹을 만들었던 거요. 이제 그놈을 해치웠으니 홀가분하오."

"퇴원하면 다시 건강해지실 테고, 그래서 다시 정치하자고 찾아오면 어쩝니까?"

"당신들하고 정친가 뭔가 한다고 먼지를 너무 마셔서 왼쪽 가슴에 세계 최고 무게의 물혹을 만들었는데, 그런 걸 오른쪽 가슴에 하나 더 만들어주고 싶냐고 소리를 질러버리지 뭐. 제철소 하나 더 짓자고 하면 그건 귀가 번쩍하겠지만 말이오."

병실에 통쾌한 웃음이 터졌습니다. 늙은 환자는 길게 꿰맨 옆구리에 송곳으로 쿡쿡 쑤시는 통증이 왔으나 마음은 넉넉했습니다.

회복기를 거친 박태준이 겉보기엔 멀쩡한 몸으로 부산시 기장군 임랑리 고향마을에 돌아온 때는 2002년 새해였습니다. 잔잔한 쪽빛 바다, 고향집 대문 옆 장대한 곰솔 두 그루를 눈물이 그렁그렁한 눈으로 바라본 그는 곧장 마을 뒷산으로 올라가 아버지와 어머니에게 밀린 인사를 올렸습니다.

서울의 기자들이 갑자기 천 리 길을 내달려 박태준의 고향집에 모여든 때는 그해 10월 중순이었습니다. '북한이 박태준 씨에게 신의주특구 장관을 제의했다'는 보도 때문이었지요. 뉴욕이나 베이징에서 누가 어떤 말을 흘렸는지 몰라도 그는 비밀리에 어느 누구와 접촉한 적이 없었습니다. 평양의 희망사항인지 아닌지, 그마저 추측이나 해볼 따름이었습니다.

박태준은 2003년 새해를 맞아 중국 국무원 산하 '중국발전연구기금회 고문'으로 초빙되었습니다. 일찍이 1978년에 덩샤오핑이 수입해야 되겠다고 지목한 인물에 대해 그의 후배들이 예의를 갖춘 격이었지요. 3월 21일 베이징으로 들어간 그는 며칠 뒤 '2003년 중국발전고위층논단'에서 〈소강(小康) - 대동(大同)사회 건설을 위한 몇 가지 제언〉이라는 제목으로 연설을 합니다.

경제성장과 함께 분배 문제도 중요합니다. 특히 개발도상국은 성장을 매우 중시하지만, 성장속도가 가속화할수록 분배구조는 더욱 왜곡됩니다. 이 점에서 중국은 한국의 경험을 참고할 필요가 있습니다.

경제발전 과정에서 환경문제를 놓칠 수 없습니다. 중국은 인구증가와 급속한 도시화, 산업화로 인해 급속히 악화된 환경문제에 국가적 관심을 기울여야 합니다. 환경보호에 대한 중국정부의 의지를 확인시키는 노력은 국제사회의 지원을 이끌어내는 교량이 될 수 있습니다.

경제발전에 따라 가장 빠르고 또 예상을 뛰어넘어 변하는 것은 인간의 의식입니다. 이데올로기, 가치표준, 도덕적 규범, 인간관계 등이 하루가 다르게 바뀌고, 사회 저변에 부패 같은 악습이 일상화됩니다. 이것은 앞서 발전한 많은 나라들도 모두 경험한 고도성장의 부산물입니다. 경제발전과 더불어 증가하는 '인간의 윤리문제'에 대해 정부가 정책적 차원의 깊은 관심을 기울여야 할 것입니다.

2004년 6월 포스코는 3년 연속 세계 철강회사 중에 가장 경쟁력이 뛰어난 기업으로 평가받았습니다. 세계적 철강분석 전문기관인 미국의 WSD(World Steel Dynamics)가 세계 철강회사 상위 21개 사를 대상으로 경쟁력을 조사해 발표한 자료에 따르면, 포스코는 종합 평점 7.95점으로 1위를 차지했습니다. 박태준이 물려준 실력이 아직은 잘 살아 있다는 뜻이었지요.

그해 여름의 어느 비 내리는 한낮, 그는 고향마을의 산중턱 소박한 음식점에 평전 작가와 막걸리 주전자를 놓고 마주앉았습니다.

작가가 물었습니다.

"인생에서 최후로 큰일을 한 가지만 더 하라면, 무엇을 하시겠습니까?"

박태준은 주저 없이 대답했습니다.

"북한 생각이 나요. 북한이 중국이나 베트남을 본받으면 안 되나? 그런 개방으로 나오기만 하면, 북한은 대일청구권자금부터 받아야지. 이 문제에 대해 내가 일본 가서 적극적인 역할도 하고, 평양 가서 코치도 했으면 좋겠소. 북한은 그 돈으로 제철소에 덤비면 안 돼. 도로, 발전소, 전선, 항만, 철도 등 이런 인프라에 집중 투자해야 돼. 그러면 제철소는 어떡하나. 만약 평양이 개방을 서둘러줘서 나에게 시간이 허락된다면, 포스코의 제3제철소를 원산이나 청진 어디쯤에 짓는 거야. 포스코엔 역전의 노병들이 많아. 북한은 돈을 낼 필요도 없어. 포스코의 국제적 신인도로 돈을 마련하고, 북한의 군대에서 천 명쯤 뽑아 포항, 광양에 보내 기술훈련을 시키면서 제철소를 건설해나가는 거지. 거기도 우리처럼 똑똑한 젊은이들이 많아. 북한도 산업화를 시작하면 철강수요가 폭발적으로 증가할 테니

까 윈-윈이지. 그러나 뭐야! 평양이 저렇게 답답하게 틀어막고 있는데."

서로가 막걸리 한 사발을 비웠습니다. 대화가 '한일관계' 쪽으로 나갔습니다. 작가가 친일문제를 거론하자, 그가 오히려 질문을 던졌습니다.

"을사5적, 용서가 안 되지. 그런데 그들이 아니었으면 조선은 일본에 안 먹혔나?"

작가가 냉큼 대답을 못하자 그가 말을 이었습니다.

"국가 전체, 국민 전체의 책임부터 엄중하게 제일 먼저 따져야 돼. 왜 그때 우리는 남을 때리진 않더라도 남의 주먹을 방어할 능력조차 없었느냐, 이게 식민지 문제의 제일 책임론으로 제기돼야 돼. 을사5적, 반민족분자, 그런 사람들을 전체의 책임을 면제하기 위한 속죄양으로 동원해선 안 돼. 그러면 오늘의 우리에게 '큰 교훈'이 안 남아. 오늘의 우리는 먼저 전체를 철저히 따져서 '큰 교훈'부터 얻고, 그 밑에서 친일반민족 행위자의 책임을 밝히고 물어야 돼. 여기서 방법론의 문제, 각론이 나오는 거지."

그리고 자주 오르내린 이름은 '박정희'였습니다. 간간이 '김영삼', '김대중'이란 이름도 나왔습니다. 박태준의 '산업화세력'이란 말은 자신의 젊은 무대를 가리키는 것이었습니다. 그러니까 1961년부터 1979년까지 압축적 경제성장 시대의 주도 세력을 일컫는 말이었습니다. 막걸리 주전자가 가벼워졌을 때, 작가가 하나 더 질문했습니다.

"해방 이후부터 2004년에 이르기까지 대한민국 역사를 후세에 바르게 알리고 가르치는 교육, 21세기 벽두의 대한민국이 간절히 기다리는 국민통합 리더십의 근원은 어디에 있다고 생각합니까?"

희수(喜壽)의 박태준은 명쾌하고 단호하게 대답했습니다.

"독재의 사슬도 기억케 하고, 빈곤의 사슬도 기억케 하라!"

## 진정한 극일파의 목소리

일본에 친구들이 많고 일본을 잘 아는 지일파(知日派) 박태준, 그의 일본에 대한 궁극적 목표는 극일이었지요. 진정한 극일파(克日派)였습니다. 그의 세대에서 한국은 어느 분야든 일본을 넘어서야 세계 정상을 바라볼 수 있었습니다. 특히 1970년대의 국제사회는 일본을 정상급 국가로 대우했습니다. 제철산업도 일본이 최정상이었지요. 그랬으니, 만약 박태준이 극일하지 못한다면 그의 일류주의는 성취할 수 없는 허상에 불과했습니다. 더구나 일본 철강사들의 도움을 받아 출발했던 포스코로서는 반드시 일본을 넘어서야 세계일류에 올라설 수 있었습니다. 일본에서 성장하며 받은 '조센진'이란 차별과 모욕이 민족의식과 일류의식의 씨앗으로 전화되었던 박태준에게 극일정신은 필생의 물러설 수 없는 절대적 과제였습니다. 극일을 못하면 포스코가 세계일류 반열에 오를 수 없고, 극일을 못하면 대한민국은 일류국가에 도달할 수 없다. 이 극일의 장벽 앞에서 그는 침착하고 치밀하고 집요했습니다. '3단계 일본관(日本觀)'이었습니다.

먼저 일본을 알아야 한다(知日), 그래서 일본을 활용해야 한다(用日), 그리고 일본을 극복해야 한다(克日). 지일-용일-극일, 이 전략이었지요.

상대들도 그의 내심을 알아챘습니다. 일본 최장수 총리를 지낸 나카소네는, "일본에서 하나라도 더 한국에 도움이 되는 것을 가져가려는 박 선생의 애국심에 감동했다"고 말했습니다. 미쓰비시상사 회장을 지낸 미우라 료헤이는, "우리가 비즈니스를 위해 한국을 연구하는 것처럼 박 회장은 일본을 연구하는 전략가"라고 간파했습니다.

2005년 6월 2일 서울 그랜드힐튼호텔에서 한일국교정상화 40주년을 맞아 국제학술회의가 열렸습니다. 극일의 전략가 박태준이 한국 측을 대표하여 기조연설에 나섭니다. 한일관계의 과제부터 한국인의 시각에서 알아듣기 쉽게 제시하지요.

일본은 한국을 가리켜 '일의대수(一衣帶水)'라 부르곤 합니다. 현해탄이라 부르는 대한해협을 한 줄기 띠에 비유한 말입니다. 한국은 일본을 가리켜 흔히 '가깝고도 먼 나라'로 부릅니다. 가깝다는 것은 지리적 거리이고, 멀다는 것은 민족감정을 반영합니다. 한국, 일본, 중국이 쓰는 말에 '친(親)'자가 있습니다. 친교, 친숙, 친구 등 한국인은 '친'을 '사이좋다'는 뜻으로 씁니다. 매우 기분 좋은 말입니다. 그러나 '친'을 매우 기분 나쁜 뜻으로 알아듣는 경우가 있습니다. 바로 '친일'이란 말입니다. '친일'의 '친'은 묘하게도 '반민족적으로 부역하다'라고 변해버립니다. 이것은 국교정상화 40주년 한일관계에 내재된 문제의 본질에 대한 상징입니다. 한국인의 언어정서에서 '친일'의 '친'이 '사이좋다'는 본디의 뜻을 회복할 때, 비로소 한일수교는 절친한 친구관계로 완성될 것입니다.

이어서 박태준은 신랄한 어조로 한반도 분단에 대한 일본의 책임을 추궁하고 반성을 촉구합니다.

한국전쟁의 기원은 분단입니다. 분단의 기원은 식민지 지배입니다. 미소(美蘇) 양극 냉전체제가 타협의 산물로 한반도 분단을 강요했지만, 식민지 지배라는 일본의 책임이 분단의 근원에 깔려 있습니다. 아무리 패전국이었더라도 일본은 한반도 분단의 고통을 망각하지 말아야 합니다. 해방을 맞았으나 분단에 이은 전쟁이 빈곤의 한국을 비참한 나락(奈落)으로 밀어 넣은 3년 동안, 과연 일본은 한국을 위해 무엇을 했습니까? 이 질문 앞에서 일본 지도층은 엄숙해지길 바랍니다. 한국전쟁에서 일본은 한국의 동맹국이 아니었습니다. 그때 일본은 미군의 군수기지 역할을 담당했습니다. 그것은 패전의 무기력과 잿더미 위에서 일본경제를 일으키는 절호의 기회로 활용되었습니다. 일본 노인들은 1950년대 '진무[神武]경기(景氣)'라는 호황시절을 잘 기억할 것입니다. '진무'는 일본국 첫 번째 임금의 원호(元號) 아닙니까? 진무경기란 말은 '유사 이래 최고 경기'라는 민심을 반영했던 것입니다. 실제로 진무경기는 막강한 일본경제 성장의 기반이 되었습니다. 한국전쟁이란 특수경기가 일본경제 회생에 신묘한 보약으로 쓰였던 것입니다. 오죽했으면 한국 지식인들이 '한국전쟁은 일본경제를 위해 일어났다'는 자탄을 했겠습니까? 그 쓰라린 목소리는 전쟁 도발자를 향한 용서 못할 원망도 담았지만, 분단의 근원에 대한 일본의 책임의식과 한국경제를 도와야 할 일본의 도덕의식을 촉구하고 있었습니다.

단적인 일례로, 오늘날 일본을 대표하는 기업이며 자동차업계의 세계 정상으로 꼽히는 '도요타'의 경우를 봅시다. 한국전쟁이 발발한 즈음, 도요타는 쓰러질 날을 기다리는 처지였습니다. 그러나 한국전쟁에 보내야 하는 미군 트럭을 만들게 되면서 일거에 활력을 회복했습니다. 이거 하나만 해도 '한국전쟁과 일본경제 회생'의 상관관계를 충분히 이해할 수 있겠지요?

그리고 박태준은 일본 정부를 향해 '때늦은 용기'를 주문합니다.

경제부흥을 이룩한 일본에는 패전의 참상을 내세워 일본의 과거를 호도하고 강변하려는 경향이 존재했습니다. 제2차 세계대전 막바지에 미군 폭격기들이 일본 대도시들을 무참히 파괴했습니다. 히로시마와 나가사키에는 원자폭탄까지 투하했습니다. 저는 지옥의 광경을 아직도 기억하고 있습니다. 그러나 그것이 침략전쟁과 식민지 지배의 면죄부가 될 수는 없습니다. '일본열도를 파괴한 나라는 미국이고, 한국과 중국과 동남아에 고통을 가한 나라는 일본인데, 왜 일본은 미국한테 당한 것을 내세워 가해자의 과거를 덮으려 하는가?' 이 반문은 일본의 양심을 겨냥하는 것입니다.

물론 일본은 문화의 다원주의가 성숙된 나라입니다. 한국에 극우와 극좌가 있
듯, 일본도 당연히 그러합니다. 문제는 극단적 주장에 대한 일본 정부의 대응방식
으로, 주변국들의 신뢰를 받을 수 있어야 합니다. 오늘의 신뢰가 없으면 내일의
친구는 없습니다. 한국과 중국, 동남아 국가들은 한결같이 "일본은 과거사 문제
에 관해 독일로부터 배워야 한다"고 비판합니다. 일본 정계 지도층부터 겸허하게
귀를 열어야 합니다. 이것은 '세계 지도자'를 설계하는 일본의 '때늦은 용기'라
고 권유하는 바입니다.

박태준은 노무현 대통령의 한국 정부에도 '때맞은 용기'를 내야 한다는 고언(苦
言)을 보냅니다.

이제는 한국도 새로운 시각이 필요합니다. 한일국교정상화 40년, 이 세월은 한
국사에서 경제와 민주주의를 성공시킨 특별한 시대로 기록될 것입니다. 한반도
절반 지역에서만 달성됐지만, 오늘날 한국인이 누리는 역사적 성과는 한국인의
피와 땀과 눈물로 쌓아올린 것입니다. 여기서 먼 미래를 내다보는 한국인은 한
일관계를 재조명할 때 국교정상화 '이전과 이후'를 구분해야 합니다. 다시 말해
'식민지의 고통스러운 기억'과 '근대화의 자랑스러운 기억'을 구분하자는 것입
니다. 국교정상화 과정에는 한국인의 자존심을 자극하는 요소도 개입됐지만, 그
'이후'의 한국은 평화헌법의 일본과 교류하면서 근대화에 더 힘찬 박차를 가할
수 있었습니다. 그래서 오늘의 한국은 한일관계에서 '국교정상화 이후' 전체를
통찰하는 가운데 미래를 구상하고 전망해야 합니다. 이것은 불과 한 세대 만에 경

제도 민주주의도 수준 높게 쟁취한 역동적인 한국의 '때맞은 용기'라고 생각하는 바입니다.

박태준은 동북아 국가들 사이에 작동되는 예민한 과거사도 지적합니다.

한일·한중·일중 간에는 사소한 문제도 쉽사리 거대한 문제로 증폭시킬 과거를 공유하고 있습니다. 무엇보다 19세기말부터 20세기 전반기까지에 관한 한, 한국인과 중국인은 일본이 머리카락만 살짝 건드려도 민족의식의 중추신경을 곤두세우게 됩니다. 결코 신경과민증이 아닙니다. 일본과의 불행한 과거사에서 생겨난 후천적 방어본능 같은 것입니다. 그래서 3국 정계 지도층은 마찰과 갈등을 적기에 조정할 시스템을 고안해야 할 것입니다. 3국간 어떤 문제가 발생했을 때 최단시일 내에 대화를 시작할 수 있는 '한·일·중 안정시스템'을 마련하기를, 저는 진심으로 바라마지 않습니다.

박태준은 한국과 중국의 불편한 문제도 언급하고 한국에 강력히 주문합니다. "중국의 고구려사 왜곡과 시비가 단적으로 드러낸 것처럼 한국 민족주의와 중국 중화주의는 불화를 일으킬 개연성"이 높은데, "동서고금의 역사는, 국가와 국가는 힘의 균형을 이루어야 진정한 친구도 될 수 있다는 교훈"을 일깨워주니, "한국에겐 어느 때보다 자강의 분발"이 요망된다는 것이었습니다.

### 즐거운 여행
2006년을 온통 평온하게 보낸 박태준은 체력과 건강의 자신감을 회복했습니다. 아주 가끔씩 왼쪽 옆구리에 통증이 덤벼들긴 해도 진통제 없이 너끈히 견뎌내고 있었습니다.

2007년 6월, 여든 살을 넘어선 박태준은 생애에 세 번째로 베트남을 찾습니다. 황경로, 안병화, 장경환, 백덕현, 박득표 등 오랜 동지들과 함께 보름 일정으로 돌아볼 동남아, 홍콩, 중국 여행의 첫 기착지는 호치민시. 특별한 목적은 없었습니다. 베트남의 변화와 발전 양상을 직접 돌아보려는 것이었지요. 식사 때마다 그는 베트남의 독한 소주를 반주로 곁들였습니다. "아주 좋은 술"이라며 기분 좋게 여러 잔을 거푸 마시는 그의 모습은 모처럼 천진한 청년 같았습니다. 그것은 천성의 기질이기도 하고 건강에 대한 심리적 자신감이기도 했지요.

박태준은 은퇴한 베트남의 두 지도자를 보고 싶었습니다. 도 머으이 전 서기장, 보반 키엣 전 총리. 도 머으이는 너무 늙어서 거동이 불편하다며 "진정 그리웠다"는 인사만 전해왔습니다. 다행히 보반 키엣은 만날 수 있었습니다.

어느덧 여든 고개를 넘어선 혁명과 개혁의 노인이 말합니다.

"왜 이제야 왔소?" 늙은 손님이 대답합니다. "미안합니다."

두 노인의 포옹과 악수는 길어졌습니다.

박태준은 젊은 지도자들도 만났습니다. 매년 7퍼센트 경제성장을 거듭하여 연간 철강소비량이 500만 톤에 이르는 베트남. 그가 오앙 트렁 하이(47세) 공업부 장관에게 충고합니다.

"이제 제철소를 세우시오. 조선, 자동차 같은 철강 연관 산업이 일어서야 중진국에 들 수 있

보반 키엣 전 베트남 총리와 재회하여 손을 잡은 박태준

소."

이것은 포스코 경영진에 의해 '포스코의 베트남 냉연공장 건설과 일관제철소 건설 프로젝트'로 구체화되었습니다. 붕따우의 냉연공장은 2009년 10월에 준공되지만, 아쉽게도 일관제철소 프로젝트는 베트남 당국과 포스코의 의견 차이로 무산됩니다.

## 과학인재를 위하여

2008년 5월 하순, 박태준은 서울 광화문 파이낸스센터 11층 개인 사무실에서 포스코 회장으로서 포스코청암재단 이사장을 겸하고 있는 이구택의 제안을 받습니다. 재단 이사장을 맡아 주시라는 것. 포철 공채 1기 출신의 이구택은 세계 최고 철강인의 '얇은 지갑'을 헤아리며 웃음 섞인 목소리로 "연봉 책정도 많이 해드리고 싶습니다" 하고 곁들입니다. 이 말에 박태준은 그냥 한 번 그를 쓱 쳐다보기만 합니다. 그것으로 끝이었지요. 순수한 봉사로 이사장직을 수락합니다. '청암'은 박태준의 호입니다.

연간 100억 원 수준에서 각종 사회공헌사업과 아시아펠로 프로젝트를 펼치는 포스코청암재단. 이 재단이 출범한 때는 2005년 9월이지만 그 뿌리를 추적하면 1970년 11월 박태준이 설립한 '제철장학회'로 거슬러 오릅니다. 그러니까 포항제철소 1기 중후장대 각종 설비들에 달라붙은 보험료에 대한 리베이트로 6천만 원을 받아 소박하게 출범했던 재단이 그 뒤 35년에 걸친 포스코의 비약적 발전과 더불어 승승장구해 드디어 한국 굴지의 사회공익법인으로 성장한 것입니다.

6월 16일 재단 이사회에서 이사장으로 추대된 박태준은 평소의 지론 하나를 내놓습니다.

"일본은 이미 과학분야에 노벨상 수상자를 많이 배출했는데, 우리나라는 한 명도 없어요. 부존자원이 빈약한 우리나라가 선진국으로 진입하려면 무엇보다도 과학에서 정예인재를 길러내야 합니다."

과학 정예인재 육성과 지원 방안을 찾아야 한다는 그의 제안은 머잖아 포스코청암재단의 '청암과학펠로십'으로 구체화됩니다.

그리고 그의 뜻에 따라 '베서머상수상기념재단'을 포스코청암재단에 통합합니다. 1987년 5월 박태준의 '베서머 금상' 수상을 기리는 뜻에서 지인들이 세운 그 재단은 2008년 12월 9일 이사회를 열어 총 기금 25억4천만 원을 포스코청암재단에 증여했습니다. 베서머 금상을 수상한 '세계 최고의 철강인'의 삶과 정신이 포스코청암재단의 취지에 새삼 아로새겨진 날이었지요.


# 강철거인·교육위인, 겨울에 떠나다


### 우리의 추억이 역사에 별처럼 반짝이니

2011년 한가위를 맞아 박태준은 고향 바닷가 생가에 머물렀습니다. 기침에 시달리고 있었습니다. 겨울철 독한 감기에 걸린 듯이 자꾸만 기침을 했습니다. 어느덧 일곱 달째 지속되는 몹쓸 기침. 결코 예사로운 징후가 아니었습니다.하지만 그는 한 주일 앞으로 다가온 행사를 연기하지 않겠다고 고집했습니다. 포항제철소 초창기부터 현장에서 청춘을 불사른, 이제는 함께 늙어가는 퇴역 직원들과의 만남. 그가 회장 자리에서 스스로 물러난 지 19년 만에 이뤄지는 재회. 현장 친구들의 얼굴을 보고 싶다던 그의 의지가 시나브로 버킷리스트의 하나로 굳어진 것 같았습니다.

창업 초기 직원들과 19년 만에 재회하여 생애 마지막 연설을 하기 직전의 박태준

2011년 9월 19일 오후 7시. 포항시 효자동 '포스코 한마당 체육관'에 퇴직사원 370여 명이 모여 들었습니다. 박태준이 천천히 행사장으로 들어서자 전원이 일어나서 우레 같은 박수를 보냈습니다. 그의 앞으로 뛰어나온, 그와 같이 늙어가는 몇몇 직원들은 악수를 나누며 벌써 눈물을 글썽이고 목이 메었습니다. 사반세기 가까이 제철보국의 동지로 살았던 '창업 최고경영자와 퇴직 현장 사원'의 19년 만의 만남, 이 행사의 이름은 〈보고 싶었소! 뵙고 싶었습니다!〉. 말 그대로 보고 싶어 하고 뵙고 싶어 해서 마련된 잔치였습니다. 세계의 기업 역사상 유례를 찾아볼 수 없는, 인간의 이름으로 만들 수 있는 따뜻한 해후였습니다.

박태준이 연단에 올라서서 목을 가다듬었습니다. "우리의 추억이 역사에 별처럼 반짝입니다"라는 그의 말처럼 늙은 동지들은 저마다 하나의 별이 된 것처럼 젖은

포항제철소 전경

눈을 반짝이더니 결국 체육관은 눈물의 호수를 이룹니다. 아, 이것이 박태준의 생애에 대미를 장식하는 마지막 공식 연설이 될 줄이야!

누구도 알 수 없고 오직 하느님만 알고 있어서 누구도 모르게 잠시 그에게 청춘을 돌려준 것이었을까요. 연단의 그는 북받치는 감정에 몇 번이나 손등으로 눈시울을 훔쳤지만, 그놈의 끈덕지게 달라붙는 기침을 하지 않았습니다. 행사를 마치고 헤어지는 삼삼오오가 "우리 회장님, 대통령에 출마해도 되겠더라." 즐거운 말을 주고받을 정도였습니다. '우리 회장님'이 그들의 기억에 생생히 남은 옛날의 우렁찬 기백도 발산한 것이었지요. 어쩌면 하느님이 그에게 마지막으로 잠시 청춘을 돌려준 것이 아니라, 그의 영혼에서 우러나온 진심이 불어넣은 힘이었는지 모릅니다.


정말 오랜만입니다. 정말 보고 싶었소!

오늘 이 자리에서는 여러분을 그냥 '직원'이라 부르겠습니다. 그 앞에 '퇴직'이란 말을 달고 싶지 않습니다. 여러분도 저를 그냥 '회장님'이라 부르시오!

보고 싶었던 직원 여러분.

이렇게 우리가 다시 만날 수 있도록 건강을 허락해주신 조물주에게 감사를 드려야 하겠습니다. 우리가 얼마만입니까? 제가 회장 자리에서 스스로 물러난 때가 1992년 10월이었으니 어느덧 19년이라는 세월이 흘러갔습니다. 19년만의 재회입니다. 지금 저는, 만감이 교차하고 감정이 북받쳐 오릅니다.

친애하는 직원 여러분.

오늘 저녁에 우리는 추억 속으로 걸어가게 됩니다. 우리가 영일만 모래벌판에서 청춘을 불태웠던 시절을 돌이켜보면, 여러분에게 미안한 마음을 금할 수 없습니다. 그때 저는 이렇게 외쳤습니다. "우리는 희생하는 세대다." "우리의 희생과 헌신으로 조국 번영과 후세 행복을 이룰 수 있다." 여러분은 그 외침에 공감하고 기꺼이 동참했으며, 저는 솔선수범으로 앞장섰노라고 자부합니다.

오늘의 대한민국은 그때의 대한민국과 비교할 수 없을 정도로 눈부신 성장을 이루었습니다. 그 바탕, 그 동력은 바로 여러분의 피땀이었습니다. 현재 여러분의 후배들은 한국 최고 수준의 연봉을 받습니다. 그러나 저는 여러분에게 당시 한국에서 중간 수준을 유지할 수밖에 없었습니다. 여러분은 맞교대나 3조 3교대였고 비상시에는 밤잠마저 반납했습니다. 우리 임직원들에게 희생과 헌신을 요구한 저에게 위안이 있었다면, 자녀 교육과 주택 문제, 후생 복지와 문화 혜택을 당시 한국에서 최고 수준으로 보장하는 가운데, 어려운 시대에 안정된 직장을 제공하고 있다는 것이었습니다.

그런데 우리는 남들이 갖지 않은 특별한 것을 공유하고 있었습니다. 연봉이나 복지보다 더 소중한 정신적 가치, 그것은 제철보국이었습니다. 기필코 회사를 성공시켜서 조국 근대화의 견인차가 되자는 투철한 사명의식을 가슴에 품고, 실패하면 영일만에 빠져 죽자는 '우향우' 정신으로 무장하고 있었던 것입니다. 우리의 그 열정, 우리의 그 헌신, 우리의 그 단결이 마침내 '영일만의 기적'을 창출하고 '영일만의 신화'를 쓰게 되었습니다.

그러나 우리의 힘만으로는 그 기적, 그 신화를 이룰 수 없었을 것입니다. 저는 언제나 잊지 못하는 사람들이 있습니다. 여러분도 그분들을 기억하고 있을 것입니다.

가장 먼저 기억할 것은, 회사의 종잣돈이 조상들의 피의 대가였다는 사실입니다. 대일청구권자금, 그 식민지 배상금의 일부로써 포항 1기 건설을 시작할 수 있었습니다. 그래서 우리가 외친 제철보국과 우향우는 한층 더 우리의 가슴을 적시고 영혼을 울렸을 것입니다. 바로 여기서 포스코에 요구되는 고도의 윤리의식이

나옵니다.

　고(故) 박정희 대통령을 잊을 수 없습니다. 제철소가 있어야 근대화에 성공할 수 있다는 그분의 일념과 기획과 의지에 의해 포항제철이 탄생했고, 그분은 저를 믿고 완전히 맡겼을 뿐만 아니라, 온갖 정치적 외풍을 막아주는 울타리 역할도 해주셨습니다. 이 사실을 우리는 망각하지 말아야 합니다.

　지역사회의 이해와 협력도 기억해야 합니다. 포항제철을 위해 수많은 주민들이 정든 고향을 떠나야 했고, 신부님과 수녀님들은 귀중한 시설을 포기했으며, 포항시민은 인내와 협조를 보내주었습니다. 그래서 지역사회와 포항제철은 공생공영의 공동체로 거듭날 수 있었습니다.

　해병사단은 포항제철의 듬직한 이웃이었습니다. 오늘 이 자리에도 해병 의장대가 우정 출연을 하고 있습니다만, 국가 안보가 요즘보다 훨씬 더 불안했던 그 시절부터 해병사단은 우리 회사를 잘 지켜주었습니다.

　일본에도 포스코를 위해 진심으로 협력해준 사람들이 있었습니다. 특히 두 분을 잊을 수 없습니다. 이미 오래 전에 고인이 되신 신일본제철의 이나야마 회장과 양명학의 대가 야스오카 선생입니다.

　그리고 우리 모두가 간직해야 할 이름들이 있습니다. 여러분의 현장에는 위험이 상존했고, 크고 작은 안전사고가 발생했습니다. 조금 전에도 그분들을 위한 묵념이 있었습니다만, 조업과 건설 중에 유명을 달리하신 분들은 우리의 마음과 포스코의 역사 속에 영원히 살아 있어야 합니다.

　친애하는 직원 여러분.

　인생의 황혼에 들어선 사람은 누구를 막론하고 '인생은 짧다'는 생각을 해보기 마련입니다. 저도 그런 생각에 잠길 때가 있습니다. 그러나 인생은 사람이 세운 큰뜻을 이루지 못할 정도로 짧은 것은 아닙니다. 이 자리에 모인 우리는 제철보국이라는 큰뜻을 함께 이룬 동료들입니다. 현재까지 85년에 걸친 저의 인생에서 여러분과 함께 그 큰뜻에 도전했던 세월이 가장 보람차고 가장 아름다운 날들이었습니다.

여러분은 저의 인생에 가장 보람차고 가장 아름다운 선물을 안겨준 사람들입니다. 여러분에게 진심으로 감사를 드리고, 여러분과 함께 청춘을 바쳤던 그날들에 대하여 하느님께도 감사를 드립니다.

사랑하는 직원 여러분.

우리의 추억이 포스코의 역사 속에, 조국의 현대사 속에 별처럼 반짝이고 있다는 사실을 잊지 맙시다. 그것을 우리 인생의 자부심과 긍지로 간직합시다.

여러분, 부디 건강해야 합니다. 부디 행복해야 합니다. 여러분 모두의 건승과 모든 가정의 행복을 빌면서, 포스코의 무궁한 발전을 기원합니다.


## 과학자의 길이 부자가 되는 길은 아니지만

보고 싶었던 얼굴들과 아쉬운 재회를 마친 박태준은 고향집으로 돌아가 며칠을 더 머물고 서울로 돌아갔습니다. 크고 작은 일정들이 그를 부르고 있었습니다. 그는 빠짐없이 참석합니다. 그러나 기침에 시달립니다. 가을이 깊어갈수록 기침은 더 심각해지고 있었습니다.

10월 27일 오전, 박태준은 오랜만에 서울 강남구 대치동 포스코센터를 찾았습니다. 일찍이 이십여 년 전에 손수 기획하고 결정했으나 정작 그는 한 시간도 근무해 보지 못한 빌딩. 차에서 내리는 노인을 포스코 최고경영진이 정중히 맞았습니다. 포스코청암재단이 3기 청암과학펠로들에게 연구지원금 증서를 수여하는 식장에는 학문별 선발위원장인 오세정 서울대 교수, 노혜정 서울대 교수, 김인묵 고려대 교수, 김병현 포스텍 교수를 비롯해 3기 펠로 30명, 2기 펠로 20명 등 과학자들이 이사장(박태준)을 기다리고 있었습니다.

2009년부터 포스코청암재단이 기초과학 분야에서 연구성과가 뛰어난 젊은 교수들과 박사들의 연구를 경제적으로 조건 없이 지원하는 청암과학펠로십에는 한국 과학기술의 세계일류를 희원하고 한국인의 노벨과학상 수상을 염원하는 박태준의 의지와 정신이 투영돼 있습니다. 그는 한국 기초과학에 대한 남다른 관심을 한마디에 응축했습니다.

"철강산업이 국가 기간산업인 것처럼, 기초과학은 과학기술 발전의 기간(基幹)입니다."

3기 증서 수여식에서 앞날이 촉망되는 젊은 과학자들과 만난 박태준은, "산업화에 매진한 우리 세대는 실용적인 과학기술을 우선시할 수밖에 없는 환경에서 뛰어야 했고, 그것이 효율성 측면에서 큰 장점을 발휘했지만, 장기적인 투자와 지원이 요구되는 기초과학을 제대로 육성하지 못하는 결과를 남겼으며, 아직도 그 영향이 잘못된 풍토"로 남아 있다는 미안한 소회를 밝히고, "자연의 신비를 탐구하고 그 속에 숨은 원리와 법칙을 찾아내는 과학자의 길이 부자가 되려는 길은 아니지만 인류사회의 고귀한 가치를 창조하는 길이니, 그 자부심, 그 사명감이 과학자의 인생에서 나침반이 되기"를 당부합니다.

박태준은 한국인 노벨과학상 수상자가 나오기를 열망하고 있었습니다. 기침에 시달리는 가운데도 지인들에게 토로하곤 했습니다.

"내 생전에 한국인 노벨과학상 수상자가 나오면 그 사람을 초대해서 맛있는 밥 한 끼 내고 싶은데, 이 학수고대는 헛수고가 되는 건가 싶소. 포스텍 세울 때도 그 기대가 참 컸는데……. 국가대표 축구팀이 일본과 붙어서 2:0으로만 져도 난리치는 우리가 왜 노벨과학상에서는 17:0이 돼도 무신경한 거야? 뭔가 크게 잘못됐어. 교육부터 바로 돼야 하는 거요. 교육의 비교우위가 중요해. 교육이 일본에 앞서야 일본을 앞서는 거고 극일도 하게 되는 거 아니겠소?"

## 수술대 위에 세 번째 눕다

박태준은 정치에 몸담았을 때 남다른 인연을 맺은 두 친구와 가을여행을 계획했습니다. 국회의장을 역임한 대구 출신의 박준규와 국회부의장을 지낸 전남 담양 출신의 고재청. 기간은 11월 3일부터 11일까지, 여행지는 일본 도쿄 근처의 아다미, 이즈반도, 요코하마. 아다미와 이즈반도는 그가 유년 시절을 보낸 곳이지요. 소학교, 수영대회, 밀감, 두부, '조센진'이라 불린 차별에 대한 설움과 분개, 그리고 바지 같은 긴 장화를 신고 이즈반도의 기차 터널 공사장에서 일한 아버지······. 여행은 출발 당일 아침에 취소됩니다. 여행을 준비한 이의 갑작스런 건강 악화, 정확히는 몹쓸 기침이 갑자기 심통을 더 부려서 드센 고통을 불러온 것이었지요.

11월 8일 오후, 박태준은 연세대 세브란스병원 본관에 들어섭니다. 그의 걸음걸이는 평소처럼 곧은 자세였습니다. 그러나 그것은 사생결단의 시간을 향하는 걸음이었지요. 수술을 전제로 하는 여러 가지 검사가 선행되었습니다. 그는 웃는 얼굴로 의료진과 편안히 대화를 나누었습니다. 십여 년 전, 2001년 여름의 뉴욕 대수술이 화제에 오르기도 했지요. 속으로 그는 생각했습니다. 그때보다 나이는 열 살을 더 먹었지만 그때나 이번에나 그게 그거지 뭐. 수술해도 되는 데이터가 나왔습니다. 기침을 일으키는 왼쪽 폐만 아니라면 다른 건강상태는 까딱없다는 뜻이었습니다.

수술 시간은 입원 나흘째인 11월 11일 아침 7시 30분, 박태준은 수술복으로 갈아입으며 문득 속으로 혼잣말을 했습니다. 이게 세 번째지. 그래, 세 번째구나. 메스가 그의 몸을 가르는 것이 세 번째라는 회고였지요. 첫 번째는 1950년 한국전쟁 때 혹한의 흥남 야전병원에서 마취도 없이 몸을 맡겨야 했던 맹장수술, 두 번째는 뉴욕의 대수술, 그리고 이번. 그는 입술을 굳게 다물었습니다.

이동식 침대에 누워 입원실에서 수술실까지 이동하는 물리적 시간은 아주 짧습니다. 그러나 환자와 가족에게는 그것이 얼마나 긴 시간인가요. 만감이 교차한 그 끝에 영원한 작별의 순간이 어른어른 그려지기도 하는 시간, 그럼에도 마치 나쁜 징조를 물리치려는 것처럼 누구 하나 의연한 자세를 한 치도 흩트릴 수 없는 시간.

8시 43분, 가족대기실 전광판이 박태준 환자의 수술 시작을 알렸습니다. 마취가 잘됐다는 신호이기도 했지요. 전광판에는 열 명 넘는 성명들이 올랐습니다. 점심시간이 되기 전에 기존 성명들은 거의 사라지고 새로운 성명들이 나타났습니다. 정오를 넘기고 오후 2시를 넘겼습니다. 새로운 성명들도 더러 사라졌습니다, 그러나 오후 3시가 지나도 '박태준'은 그대로 있었습니다. 예정 시간을 벌써 두 시간이나 넘기고도 계속되는 수술. 환자의 상태가 진단의 소견보다 훨씬 더 심각하다는 뜻이었습니다. 가족대기실에는 초조와 불안이 맴돌았습니다. 그러나 나쁜 쪽으로 생각하지 않고 환자에게 힘을 보내려는 묵상에 잠길 뿐이었습니다.

오후 6시 15분. 전광판이 수술 종료를 알려줬습니다. 장장 9시간 28분이나 걸린 대수술. 환자는 곧바로 중환자실로 옮겨지고, 집도의와 주치의가 가족들을 상담실로 불렀습니다.

"수술은 잘됐습니다."

낭보를 알린 집도의가 뻣뻣해진 손으로 그림을 그려가며 설명을 했습니다. 왼쪽 폐 전체와 흉막 전체를 적출했다, 십 년 전 물혹을 적출한 그 자리에 다시 혹이 자라고 있었다……. '흉막-전폐 절제수술'은 긍정적 예측을 불러오는 쪽으로 일단락되었습니다.

## 강철거인·교육위인, 겨울에 떠나다

11월 13일, 박태준은 일반병실로 옮겼습니다. 십여 년 전 뉴욕의 이집트인 의사가 그랬던 것처럼, 담당의가 힘이 들더라도 많이 움직이는 것이 회복에 도움이 된다고 일렀습니다. 십여 년 전 코넬대학 병원에서 그랬던 것처럼, 그는 영양제와 항생제 등을 주렁주렁 매달고 병실 복도를 걸었습니다. 그리고 십여 년 전 그랬던 것처럼, 이번에도 강인한 정신력으로 타인의 부축을 거절했습니다. 병실 복도 걷기. 처음엔 한 바퀴, 다음엔 두 바퀴, 그 다음엔 오전과 오후에 두 바퀴씩. 운동량을 늘려가는 사이에 회복도 순조롭게 진행되고 있었습니다. 십여 년 전 그랬던 것처럼, 담당의가 놀랐습니다. 조만간 퇴원해도 될 거라는 고무적인 의견도 들려줬습니다.

수술 후 12일째, 11월 22일. 드디어 외부인 면회가 허락되었습니다. 포스코 초창기부터 필생에 걸쳐 동고동락해온 황경로, 안병화, 박득표, 그리고 현역 포스코 최고경영진…….

"왼쪽 폐가 완전히 없어졌어."

환자의 유쾌한 목소리, 동지들과 후배들의 웃음소리. 병실은 넘치는 인정(人情)으로 마냥 따뜻했습니다. 바람은 자고 볕살은 오진 어느 봄날의 산모퉁이 양달 같았습니다. 그러나 그것이 신(神)이나 자연이 박태준에게 허락한 마지막 인간적인 시간이었을까요. 이튿날 아침, 그의 몸에 급격한 변화가 발생합니다. 오한과 발열, 혈압과 맥박 상승. 담당의가 다시 그를 중환자실로 옮겼습니다. 급성폐렴이 덮친 것이었지요. 남은 오른쪽 폐가 그놈을 극복할 것인가, 그만 지쳐서 그놈에게 먹힐 것인가. 싸움은 길어집니다. 호전과 악화를 반복합니다.

12월 2일 포스텍 노벨동산에서 개교 25주년을 하루 앞두고 포스텍 설립자 '청암 박태준 조각상' 제막식이 열렸습니다. 포스텍 총장을 비롯한 보직 교수들과 포항 시민단체 대표들이 '청암 박태준 선생의 교육 공적'을 영구히 기념할 수 있는 조각

포스텍 노벨동산의 박태준 조각상

상을 '성의를 모아 건립하자'는 뜻을 모아서 이뤄진 일이었지요. 포항시민, 포스텍 사람들, 퇴역한 포스코 사람들을 비롯해 전국에서 22,905명이 7억 원 넘는 성의를 보내왔습니다.

박태준 조각상은 세계 최고 조각가로 꼽히는 우웨이산(吳爲山)의 작품입니다. 2004년 출간된 이대환의 『박태준 평전』중국어 완역본을 읽은 그는 박태준의 정신세계를 깊이 이해하고 있었습니다. 태연자약하고 기백과 도량이 넘치는 전신 조각상의 모습은 선생에 대한 우러러봄을 나타냈다며, 특히 젊은이들이 선생의 정신을 본받게 되기를 염원한다고 밝힌 우웨이산. 뛰어난 서예가이기도 한 그는 전신상 받침돌에 '鋼鐵巨人 敎育偉人'을 바쳤습니다. 강철거인과 교육위인, 이것은 박태준의 삶에서 필생의 두 축이었던 제철보국과 교육보국이 최후에 남겨놓은 결실이었습니다. 건립취지문은 받침돌 뒷면에 새겼습니다. 평전 작가는 이렇게 썼습니다.

짧은 인생을 영원 조국에, 이 신념의 나침반을 따라 헤쳐 나아간 청암 박태준 선생의 일생은 제철보국 교육보국 사상을 실현하는 길이었으니, 제철보국은 철강 불모지에 포스코를 세워 세계 일류 철강기업으로 성장시킴으로써 조국 근대화의 견인차가 되고, 교육보국은 14개 유·초·중·고교를 세워 수많은 인재를 양성하고 마침내 한국 최초 연구중심대학 포스텍을 세워 세계적 명문대학으로 육성함으로써 이 나라 교육의 새 지평을 여는 횃불이 되었다. 이에 포스텍 개교 25주년을 맞아 포스텍 가족과 포항시민이 선생의 그 숭고한 정신과 탁월한 위업을 길이 기리고 받들기 위해 여기 노벨동산에 삼가 전신상을 모신다.

청암 박태준 전신 조각상의 좌우에는 이름을 빼곡히 새긴 동판들이 있습니다. 건립위원회가 성의를 보내온 모든 이들에 대한 답례로 만든 것이지요. 그리고 흉상은 포스텍 박태준학술정보관 2층 중앙에 놓였습니다.

12월 13일 오후, 환자는 마지막 사투를 벌이고 있었습니다. 상황이 아주 나쁜 쪽으로 기울고, 가족들과 지인들이 속속 병원으로 달려왔습니다. 회자정리(會者定離)를 준비하는 착잡한 시간이었습니다.

그날 오후 5시 20분, 국내외 언론들이 긴급 뉴스를 보도합니다. 박태준 타계, 향년 84세. 빈소는 연세대 세브란스병원 장례식장. 세계 최고의 철강인, 이 강철거인은 홀연히 세밑 겨울에 떠났습니다.

장례는 닷새의 사회장. 장지는 서울 동작동 국립 현충원 국가유공자 묘역으로 결정되고, 정부가 고인의 영전에 청조근조훈장을 추서합니다. 대통령부터 평범한 시민들과 다문화가정 아이들까지, 수많은 사람들이 조문을 다녀갑니다. 빈소 입구에 진을 친 기자들이 널리 알려진 얼굴들에게 다가가 고인에 대한 촌평(寸評)을 얻곤 했습니다.

서울 대치동 포스코센터에서 영결식을 마치고 현충원으로 떠나다

빈소를 찾아온 다문화가정 어린이들

정몽구 현대차그룹 회장, "인격적으로도 훌륭하고 국가를 위해 많은 일을 해주셨다. 고인의 뜻을 받들어 저희들이 더욱 잘하겠다."

이재용 삼성전자 사장, "스티브 잡스가 정보통신(IT) 업계에 미친 영향보다 고인이 우리나라 산업과 사회에 남기신 공적이 몇 배 더 크다."

'2011 젊은 과학자상'을 받은 안종현 성균관대 신소재공학부 교수, "1998년 초 이른 새벽부터 연구를 하고 있었는데 학교(포스텍)를 둘러보시던 박태준 회장님과 우연히 만났다. 그때, 나라를 위해 큰일을 해달라며 따뜻하게 격려해주시던 모습이 잊히지 않는다."

미무라 아키오 신일본제철 회장, "박태준 회장은 하나의 기업을 일으킨 훌륭한 경영자이기도 하지만 거기서 그치지 않고 국가 그 자체를 걱정하고 경영한 큰 인물이었다."

스즈키 노리모 전 신일본제철 임원, "고인은 일본인을 포함해 내가 가장 존경하는 분이다. 그만큼 훌륭한 분을 뵌 적이 없다."

1978년 12월에 포철 사장 박태준을 '올해의 인물'로 선정했던 《동아일보》는 그로부터 꼬박 33년이 지난 12월에 막 '고인'이라 불리는 그를 기리기 위해 특별히

'박태준의 50년 동지' 황경로의 목소리를 담습니다.

　　50여 년을 함께한 동료이자 상사의 영정 앞에서 백발의 사내는 연신 눈물을 훔쳤다. 연세대 세브란스병원에서 만난 황경로 전 포스코 회장은 침통함을 감추지 못했다. 황 전 회장에게 박 명예회장은 업무시간에는 '호랑이 상사'였지만 그 이면에는 깊은 정을 가진 사람이었다.

　　"1970년대 초의 일이야. 유능한 젊은 직원 하나가 그만두겠다며 회장님을 찾아왔어. 왜 그러느냐 물으니 퇴직금으로 빚을 갚으려 한다 하대. 회장님이 어떻게 하신 줄 알아? 알았다고 하시더니, 그날 밤에 적잖은 돈을 주셨어. '자네는 회사 나가면 안 돼.' 딱 한마디만 하시고."

　　황 전 회장은 "회장님 리더십의 근간은 청렴결백이었고, 그 때문에 수십 년 동안 포스코를 이끌 수 있었다"며 "경영일선에서 물러난 뒤에도 머릿속에는 언제나 포스코가 자리 잡고 있었다"고 말했다.

　　옛 기억을 떠올리며 때로는 웃음을 보였던 그의 표정이 이내 어두워졌다.

　　"서울파이낸스센터에 있는 회장님 집무실에 가면 벽에 5개의 지도가 있지. 중국, 북남미, 유럽, 아프리카, 오세아니아. 그 지도에 포스코의 진출 현황이 표시돼 있어. 글로벌 사업 현황을 항상 보고 계셨던 거지. 이제 사무실도 비워야겠지만, 그 지도를 떼어낸다면 참 마음이 아플 것 같은데……."

　　성공회대 교수 김민웅은 12월 14일 《프레시안》에 공인(公人)이 가야 하는 정도(正道)의 주인공을 담담히 추모합니다.

　　세상은 회장님과 저의 만남을 기이하게 여겼습니다. 한 사람은 보수인사로 알려져 있고, 다른 한 사람은 진보인사로 알려져 있었으니 말이지요. 게다가 한 사람은 박정희 대통령의 뜻을 받들어 국가의 산업기반을 다지는 일에 평생을 바쳤고, 다른 한 사람은 그가 통치하던 시절과 마주해 젊은 시절 싸웠던 세대의 하나였으니 말이지요. 그러나 회장님과 저는, 공을 앞세우고 사를 뒤로 하는 국가관과 모두가 고르게 잘 살 수 있는 미래에 대한 비전을 열심히 나누면서 서로 얼마나 감격적으로 마음을 통할 수 있었는지요. 회장님이 어디 항간에서 보수요, 하는 이들과 같은 보수입니까? 결코 아니었지요. 박, 태, 준. 이 이름 석 자는 우리의 가슴에 언제나 빛나는 자랑스러움이 될 것입니다. 위대한 이름으로 조국의 역사에 영원히 기록될 것입니다.

12월 15일 여러 신문이 고인을 추모하는 글을 실었습니다. 연세대 사회학과 명예교수 송복은 《매일경제》에 이렇게 남깁니다.

그는 우리에게 영원히 남을 철학과 의지, 신념을 주고 갔다. 모두가 절망하고 모두가 불가능하다고 단념하고 모두가 사익만 좇던 때에 그는 '절대적 절망은 없다' '절대적 불가능은 없다' '절대적 사익은 없다'는 가치를 실현했다. 절대는 상대할 만한 것이 없는 것이고 일체의 비교를 초월하는 것이다. 그것은 극한 상황이고 끝나는 상태다. 천 길 벼랑 끝에 서 있는 것이다. 우리는 지난날을 그 천 길 벼랑 끝에 서 있는 극한의 절망, 극한에 선 불가능, 극한까지 가는 빈곤 속에 살았다.

그런 절대적인 절망에서 어떻게 무너지지 않고 높이 솟아오를 수 있었는가. 그런 절대적인 불가능에서 어떻게 오늘의 대성취를 이룩할 수 있었는가. 그런 절대적인 빈곤, 그 빈곤이 가져오는 절대적인 사익(私益) 추구에서 어떻게 우리 모두의 이익을 추구하는 공(公)의 세계를 세울 수 있었는가.

그 '절대적 상황'의 극복, 그렇게 해서 전혀 새롭고도 다른 현실을 창조해낸 그의 철학과 의지, 신념, 그것이 그가 우리에게 남겨준 최고 최대의 유산이다. 그 유산으로 해서 그는 거인이면서 거인 이상이고, 위인이면서 위인 이상의 존재로 우리에게 남아있다.

《중앙일보》에 실린 소설가 조정래의 추모에는 이런 문장이 있습니다.

적지 않은 사람들이 오늘의 포스코가 그분의 것인 줄 알고 있습니다. 또는 그분이 엄청난 재산을 가진 부자인 줄 아는 사람도 많습니다. 20여 년 전 광양제철을 준공시킨 다음 몇 개월 후에 어이없는 정치 보복을 당해 포스코를 떠나 망명길에 오를 때 그분은 퇴직금을 전혀 받지 않았을 뿐만 아니라, 명예회장으로 복귀하신 다음에도 주식을 한 주도 받지 않았고, 당연히 받는 것처럼 되어 있는 스톡옵션이라는 것도 전혀 탐하지 않았다는 사실은 세상에 별로 알려져 있지 않습니다. 그 정직과 청렴은 포스코를 세워 조국의 경제를 일으킨 업적에 못지않은 참된 인간의 길을 보여준 우리의 영원한 사표입니다.

서울대학교 환경대학원 교수 전상인은 《경향신문》에 박태준을 '보국과 위민의 선각자'라 평합니다.

다양한 경력을 관통하는 그의 핵심적 정신은 국가와 국민에 대한 봉사였다. 제철이든 교육이든 도시든 그는 항상 보국(報國)의 신념으로 임했다. 그리고 그의 보국정신은 항상 위민(爲民)사상과 결합되었다. 그가 사원용 주택단지를 전원도시처럼 꾸민 것이나 사원들을 위한 자녀교육에 거의 완벽을 기한 것은 다 이런 맥락에서다. 국가와 국민을 위하는 그의 태도는 그가 누구보다도 미래를 멀리 내다보는 혜안을 갖추었기 때문에 가능한 것이었다. 동시대인이 미처 생각하지 못한 것을 예견하고 예상했다는 점에서 그는 선각자이자 선지자였다.

그리고 서울의 모든 언론이 닷새 내내 '청암 박태준 추모'를 마련했습니다. KBS MBC, YTN, 연합뉴스TV, JTBC 등 거의 모든 방송이 박태준을 위한 특집다큐나 대담을 긴급 편성하고, 한국의 거의 모든 신문이 박태준을 위한 특집지면을 긴급 구성했습니다. 세계의 여러 언론도 그의 삶과 죽음을 비중 있게 다루었습니다. 프랑스의 《르몽드》는 '한국의 영웅이 떠났다'고 했으며, 《뉴욕타임즈》는 '박태준 회장은 한국이 전근대 사회에서 산업사회로 넘어가는 근간을 닦은 인물이었다'고 했습니다.

대한민국의 큰 일꾼 박태준, 그에게 대한민국이 차린 '마지막 예의'는 서울 동작동 국립 현충원에 두세 평짜리 유택 자리를 마련해준 일이었습니다. 평양의 국방위원장 김정일이 사망한 12월 17일, 이날 이른 아침, 두터운 외투차림의 문상객들이 속속 빈소에 모였습니다. 한파가 서울을 장악하고 있어도 7시 30분부터 시작되는 발인예배에 늦지 않으려는 총총걸음들이었지요.

목사가 성경을 접었습니다. 빈소를 출발한 고인이 가야할 곳이 있었습니다. 노제 (路祭)라 불리는 그 영결의식은 서울 강남구 대치동 포스코 사옥빌딩에서 열렸습니다. 임직원들 일천여 명이 엄숙히 도열하여 창업회장의 마지막 회사 방문을 환영하고 석별했습니다.

영결식은 9시 30분부터 현충원에서 열렸습니다. 황경로가 고인의 약력을 보고한 뒤 추도사들이 이어졌습니다. 잊을 수 없는 장면은 국회의장을 지낸, 불과 달포

전 박태준과 함께할 일본여행을 준비했던 박준규의 추도 모습이었습니다. 박태준보다 한 해 앞선 1926년 이 땅에 태어난 박준규, 앞으로 여섯 달 지나면(2014년 5월) 먼저 보낸 친구를 따라가게 되는 그는 준비한 추도사를 고인의 위패 앞에 편지처럼 얹어놓고 그저 대화를 걸듯이 말했습니다.

"우리를 남기고 가니 좋겠죠. 위에 가시면 그래 좋겠지. 이승만 박사 계시지, 박정희 대통령 계시니까."

그러나 박준규는 이내 울먹였습니다.

"적시에 잘 가셨다. 나는 이제 농담할 친구도 없어졌지만, 나라를 이렇게 키워놓고 갔으니 마음속 깊이 존경한다."

천상병의 시 「귀천」, 흰옷을 입은 소리꾼 장사익의 그 조가(弔歌)는 모든 조객의 깊은 애도 안으로 스며들었습니다.


　　　나 하늘로 돌아가리라
　　　새벽빛 와 닿으면 스러지는
　　　이슬 더불어 손에 손을 잡고,

　　　나 하늘로 돌아가리라
　　　노을빛 함께 단 둘이서
　　　기슭에서 놀다가 구름 손짓하면은,

　　　나 하늘로 돌아가리라
　　　아름다운 이 세상 소풍 끝내는 날,
　　　가서, 아름다웠다고 말하리라……

영결식을 마쳤습니다. 오전 11시. 태극기로 감싼 고인의 관은 운구차에 실려 국가유공자 3구역 한쪽 가장자리로 옮겨졌습니다. 영하 10도, 차디찬 동토의 유택이 고인을 기다리고 있었습니다. 한강이 내려다보이는 자리, 부디 춥지 않고 늘 안녕하기를 간절히 비는 유족과 지인이 하토를 마친 12시 30분, 군 의장대가 조총을 발사했습니다. 그것은 박태준이 '소풍'을 끝냈다는 엄숙한 공표와 같았습니다. 짓밟히고 갈라지고 찢어진 피투성이에다 굶주리고 헐벗고 썩어문드러졌던 나라에서 기나긴 투쟁의 험난한 소풍을 훌륭하게 끝냈다고, 마침내 '짧은 인생을 영원 조국'에 남김없이 몽땅 다 아름답게 바쳤다고, 조총 소리는 얼어붙은 하늘을 울리고 나서 너른 골짜기의 숱한 순국자 비석에 한 줄기 따사로운 숨결처럼 스러져 내렸습니다. 그때, 한용운의 시 「님의 침묵」 결련(結聯)을 헤아리는 이들도 있었습니다.

우리는 만날 때에 떠날 것을 염려하는 것과 같이
떠날 때에 다시 만날 것을 믿습니다.

아아 님은 갔지만
나는 님을 보내지 아니하였습니다.

과연 박태준의 죽음을 한국 시민사회는 어떻게 받아들였을까요? 그가 이승을 떠나고 머잖아 맞은 새해, 한 언론인이 칼럼에 다음과 같이 썼습니다.

박태준이 작고하고 영결식 날까지 닷새 동안 일반 시민을 포함해 각계 조문객 8만7천여 명이 서울, 포항, 광양 등 전국 일곱 곳의 분향소를 찾았다. 우리 사회는 "세종대왕이 다시 와도 두 손 들고 떠날지 모른다"라는 자조의 농담까지 나올 만 큰 갈등과 반목이 심하다. 김수환 추기경, 성철 스님, 한경직 목사 등 극소수 원로를 빼면 이번만큼 범국민적 추모 열기가 뜨거웠던 적은 드물었다.

– 권순활,《동아일보》 2012년 1월 5일

미망인 장옥자는 영결식이 끝난 뒤부터 날마다 남편의 유택을 찾아갑니다. 늘 똑같은 일을 합니다. 묘소 상석 위에 주황색 보자기를 깔아 놓고 꽃무늬 찻잔에 믹스커피를 타서 살포시 올려두고는 긴 추념을 올립니다. 달이 바뀌고 계절이 바뀌고 해가 바뀌어도 멈출 줄 모르는 그 시묘살이를 사람들은 '현충원 망부가(望夫歌)'라 부르게 됩니다.

박태준 유택에 커피를 바치고 묵념하는 장옥자, 2021년 9월 2일

## 왜, 무엇을, 어떻게 기억할 것인가?

다산 정약용의 실체적 공적은 방대한 저술들이지요. 그것들이 정약용 연구의 텍스트입니다. 청암 박태준이 20세기 한국사에 끼친 실체적 공적은 지대합니다. 다만 그는 저술들을 남기지 않았습니다. 그러나 저술들은 결국 언어의 체계이고, 언어의 체계는 정신이고 철학이고 사상이잖아요? 박태준은 수많은 현장의 언어를 남겼습니다. '박태준 어록'을 국판 크기로 편집하면 일만 쪽을 넘길 것입니다. 박태준 연구의 텍스트가 넉넉히 준비돼 있는 거지요. 포스코, 포스텍, 포스코의 학교들, 포스코청암재단, 한국 현대사에 끼친 지대한 공로, 그리고 그의 방대한 어록……

박태준은 이병철·정주영과 동시대를 감당하며 탁월한 위업을 성취했습니다. 그들은 하나같이 대성취를 이루었지요. 그러나 박태준에게는 이병철·정주영에게 없는 매우 독특한 무엇이 있습니다. 그것은 '나'를 위해 일하지 않았다는 점이지요. 나의 사업을 하지 않았으며, 나의 대성취를 나의 재산이나 가족의 재산으로 여기지도 않고 만들지도 않았다는 점이지요. 국가의 일을 맡아 자기 소유의 일보다 더 성실하게 더 치열하게, 세계적 유일 사례로 기록될 만큼 가장 탁월하게 가장 모범적으로 성취했다는 점이지요. 바로 이 지점에서 박태준은 이병철·정주영과 갈라지게 되며, 이 지점에서 원로 사회학자 송복은 박태준의 사상과 대성취를 '태준이즘(Taejoonism)'이라 명명했습니다.

2012년 4월 『청암 박태준 연구서』5권이 출간되었습니다. 경제학, 경영학, 철학, 사회학, 심리학, 역사학을 망라한 교수들이 박태준의 정신과 경영철학을 탐구한 학문적 성과물로서, 앞날에 이뤄질 박태준 연구를 위한 선행연구의 목록이 되었습니다. 연구서 발간의 의의를 평전 작가는 이렇게 썼습니다.

　　박태준의 부음을 알리는 한국의 모든 언론들과 해외의 많은 언론들이 일제히

헌화하듯이 그의 이름 앞에 영웅·거인·거목이란 말을 놓았다. 시대의 고난을 돌파하여 공동체의 행복을 창조한 그의 인생에 동시대가 선물한 최후의 빛나는 영예였다. 그러나 어쩌면 그것이 망각의 늪으로 빠지는 함정일지 모른다. 영웅이란 헌사야말로 후세가 간단히 공적으로만 그를 기억하게 만들 수 있는 것이다. 거대한 짐을 짊어지고 흐트러짐 없이 필생을 완주하는 동안 시대의 새 지평을 개척하면서 만인을 위하여 헌신한 영웅에 대해 공적으로만 그를 기억하는 것은 후세의 큰 결례이며 위대한 정신 유산을 잃어버리는 사회적 손실이 아닐 수 없다. 그러므로 후세는 박태준의 위업에 내재된 그의 정신을 기억하고 무형의 사회적 자산으로 활용할 수 있어야 한다.

박태준보다 여섯 해 늦게 이 땅에 출현한 시인 고은(高銀)이 일찍이 청춘의 어느 나절에는 원시 미개척지 같았던 영일만 바닷가 드넓은 세모래(고운 모래) 백사장을 소요(逍遙)했습니다. 달빛은 파르스름하니 교교하고 파도소리는 구성지게 부서지는 밤이었지요. 그때로부터 서른 해도 훨씬 더 흘러간 1990년대 중반의 어느 하루, 고은은 한 번도 자리를 함께한 적 없었던 박태준을 '만인보'에 초대하여 큰 호흡으로 시를 읊었습니다. 깊은 기억 속의 세모래 몇 알갱이가 속절없이 묻어 나왔지요.

일본의 제철을 억척으로 배워다가
일본 제철을 능가한 대장부였다

포항 영일만 갈대와 세모래 갈매기 대신
시뻘건 쇳물이 흘러가며
식어가며

한 덩어리 무쇠가 되는 곳

세계 6대주가 그를 탐냈다
박태준 그로 하여금
석기시대
청동기시대 지나
철기시대 지나
이제야말로
그의 무쇠와 더불어
한국이 중공업의 나라가 되었다
― 「박태준」부분(『만인보』12권)


　모국어를 세계만방에 가장 널리, 가장 높이 빛내준 시인이 〈세계 6대주가 탐냈다〉는 전광석화 한 구절에 함축한 '큰 인생'을, 특히 공동체의 안녕을 최우선 가치로 받들어 천하위공의 무사심(無私心) 일류국가주의와 무소유 기업가정신을 생애에 두루 걸친 실천의 삶으로써 이 대지에 심어둔 박태준…….

　포스텍 강의동들의 중앙 광장에는 좌대 여섯 개가 있습니다. 뉴턴, 에디슨, 아인 슈타인, 맥스웰의 흉상을 받친 것, 그리고 한국인 노벨과학상 수상자 또는 그에 버 금갈 인물의 흉상을 기다리는 빈 좌대 두 개입니다. 일흔 살을 맞던 그해 겨울 한낮, 박태준은 햇볕 내리쬐는 빈 좌대에 손을 얹고 영혼에 걸린 회한 같은 말을 되뇌었 습니다.

　"과학기술은 국방과 국부의 원천이고, 문화와 함께 일류국가의 기둥이다."

　"교육이 일본에 앞서야 일본을 앞지를 수 있다."

# 아시아의 '청암 박태준 연구서' 논문 목록

**제1권　태준이즘**
· 박태준의 삶과 정신 - 이대환
· 어록의 내용 분석을 통한 청암 박태준의 가치 체계 연구: 허만의 리더십 특성 연구 방법을 중심으로 - 최동주
· 특수성으로서의 태준이즘 연구 - 송복
· 발전국가와 민족중흥주의: 청암 박태준의 '보국이념'에 대한 지식사회학적 탐구 - 김왕배
· 최고경영자의 복지사상과 기업복지 발전: 포스코 기업복지 발전에 관한 연구 - 이용갑
· 박태준과 지방, 기업, 도시: 포철과 포항의 병존과 융합 - 전상인

**제2권　박태준의 정신세계**
· 국가와 기업을 위한 '순교자적 사명감' : 박태준에 대한 정신사적 반성과 존재론적 성찰 - 최진덕, 김형효
· 양명학 관점에서 본 청암 박태준의 유상정신 - 정인재
· 청암 박태준의 무사사생관: 생성·실천·의의 - 서상문
· 청암 박태준의 포스코학교 설립 이념에 대한 해석학적 연구: '공교육 정상화'의 교육학적 담론 형성을 위하여 - 이상오
· 박태준과 과학기술 - 임경순
· 청암사상의 철학치료 모형 - 이영의
· 한 사상 관점에서 본 포항제철 신화: 선과 무의 만남 - 강구영

**제3권　박태준의 리더십**
· 청암 박태준의 리더십: 근거 이론과 결정적 사건법을 활용한 종합 모델 도출 - 백기복
· 청암 박태준의 교육 리더십 연구 - 이상오
· CEO 리더십과 작업장 혁신: 포스코 자주관리·QSS 사례 - 이도화, 김창호
· 산업재 시장에서 최고경영자의 리더십이 시장 지향성과 경영 성과에 미친 영향: 콘저-캐눈고 모델을 중심으로 - 이명식
· 최고경영자의 연설문을 통해 살펴본 조직 맥락과 리더의 심리적 발언 간의 관계: K-LIWC 분석을 중심으로 - 김명언, 이지영
· 개인적 요인 분석에 의한 청렴 리더십 - 김민정

**제4권　박태준의 경영철학 1**
· 청암 박태준의 군인정신과 기업가정신의 상관성 연구 - 서상문, 배종태
· 청암 박태준의 '도기결합'의 성인경영: 유교의 새로운 성인상 모색을 중심으로 - 권상우

청년의 꿈
# 박태준

2021년 11월 25일 초판 1쇄 인쇄
2021년 11월 30일 초판 1쇄 발행

**지은이** 이대환
**펴낸이** 김재범
**관리** 홍희표 박수연
**인쇄·제책** 굿에그커뮤니케이션
**종이** 한솔PNS
**펴낸곳** (주)아시아
**출판등록** 2006년 1월 27일 제406-2006-000004호
**주소** 경기도 파주시 회동길 445
**전화** 031.955.7958
**팩스** 031.955.7956
**홈페이지** www.bookasia.org

ISBN 979-11-5662-571-1 (03810)